Drei Wege und das Meer

Troy Dust

Drei Wege und das Meer
Roman

Herstellung und Verlag:
BoD – Books on Demand, Norderstedt

ISBN: 978-3-7534-9573-6

Rumata fuhr fort: »Die Zunge des gemeinen Mannes muss wissen, was sie tut. Gott hat sie ihm nicht gegeben, damit er schwatze, sondern die Stiefel seines Herrn lecke, jenes Herrn, der von Anbeginn über ihn gesetzt ist ...«

Arkadi und Boris Strugatzki
›Es ist schwer, ein Gott zu sein‹
1. Kapitel, Arno Specht

1

Der Zug hielt. Nur langsam drangen die Klänge der Umgebung aus der Stille, die das alles verschlingende Quietschen der Bremsen hinterlassen hatte.

Isbel stieg in den Zug und orientierte sich nach links, Richtung Ende, denn bei der Einfahrt hatte sie erahnen können, dass im vorderen Teil keine Chance auf einen Sitzplatz bestand. Sie sah im Vorübergehen in die offenen Abteile, die allesamt entweder ganz oder zum Großteil belegt waren. Einige Kinder rannten im Gang umher und spielten Fangen.

Als sie den nächsten Waggon erreichte, fuhr der Zug mit einem Ruck an. Irgendwo fiel ein Gepäckstück zu Boden und Mädchen lachten. Leider fand sie auch hier kein Abteil, das nicht zu voll war. Drei Waggons weiter wurde sie allerdings fündig.

Gegenüber der Schiebetür des Abteils stand eine ältere Frau am offenen Fenster und rauchte eine Zigarette. Als sie Isbel sah, machte sie Platz und lächelte ihr zu.

„Danke", sagte Isbel und schaute in das leere Abteil. Sie drehte sich zu der Frau, die gerade einen tiefen Zug von der Zigarette nahm. „Entschuldigen Sie, sind die Plätze reserviert?"

„Ich hoffe nicht", antwortete die Frau.

„Würde es Sie stören, wenn ich mich zu Ihnen geselle?" fragte Isbel. Die Frau wirkte sympathisch, ganz anders als die meisten Personen, die sie bisher im Zug gesehen hatte.

„Ganz und gar nicht", sagte die Frau lächelnd. Sie rauchte und blies den Qualm aus dem Fenster.

Isbel betrat das Abteil. Auf dem kleinen, ausgeklappten Tisch am Fenster lagen links eine Zeitschrift, ein Kugelschreiber und eine Lesebrille im offenen Etui. Sie nahm den Rucksack ab und stellte ihn rechts auf den mittleren der drei Plätze, ehe sie ihre Jacke ablegte und sich ans Fenster setzte.

Die alte Dame folgte und schob die Abteiltür hinter sich zu. „Wenn ich nicht in Fahrtrichtung sitze, wird mir leider übel", erklärte sie und nahm Platz. „Vielleicht habe ich unterbewusst Angst, dass der Zug über eine Klippe rasen könnte."

„Da würde es aber keinen Unterschied machen, ob Sie den Abgrund vorher sehen oder nicht", sagte Isbel.

„Genau da liegt das Problem", entgegnete die Dame und setzte ihre Lesebrille auf, ehe sie die Zeitschrift zurecht schob und den Kugelschreiber griff.

Isbel schaute aus dem Fenster, hinter welchem verfallene Hallen aus Backstein und teils von Gras und Gestrüpp bedeckte Schienen vorüberzogen. Dahinter erhoben sich unheilvoll rauchende Schornsteine, die giftige Wolken in den bedeckten Himmel spien.

Sie betrachtete ihr Spiegelbild, die sonnengebräunte Haut, ihre dunkelblonden Dreadlocks und die Augen, die leuchtend zu ihr blickten, irgendwo zwischen Smaragdgrün und der Farbe von Bernstein. Das Gesicht in der Scheibe wirkte verbittert. Kein Wunder, machte sie diese Stadt doch krank.

Isbel zwang sich zu einem kleinen Lächeln. Dann lehnte sie sich auf dem Platz zurück und betrachtete die Gegend, die in der Ferne kleiner wurde und irgendwann ihrem Blickfeld entschwand. Sie fühlte die Anspannung von sich fallen, begünstigt durch das rhythmische Rattern und Schaukeln des Zugs.

„Wohin sind Sie unterwegs?" fragte die alte Dame.

Isbel korrigierte ihre Sitzposition und schaute – beinahe abwesend – für einen Moment auf den goldenen Ring am Mittelfinger der Frau. Sie konnte nicht sagen, ob das Stück prunkvoll oder hässlich war. Vielleicht würde sie im Alter einen ähnlichen Geschmack entwickeln. „Ich besuche eine Freundin. Wir sahen uns zuletzt vor neun oder zehn Jahren."

„Das ist eine lange Zeit."

„Stimmt. Aber wir schreiben uns unregelmäßig Briefe, der Kontakt riss nie ganz ab. Und vor einer Weile kamen wir zu dem Schluss, dass wir ein Datum absprechen müssen, damit es endlich mit einem Treffen klappt. Tja, jetzt sitze ich hier und bin auf dem Weg."

„Mit so wenig Gepäck scheinen Sie nicht lange bleiben zu wollen."

Isbel sah nach links zu ihrem Rucksack. Er wirkte in der Tat kümmerlich. Aber sie benötigte nie viel, vor allem keine unnütze Kleidung. Unterwäsche, Socken, ein warmer Pullover, ein Wickelrock, eine Wechselhose, ein Trägertop und zwei T-Shirts waren zu dieser Jahreszeit mehr als ausreichend neben den Dingen, die sie aktuell trug. Sie blickte zu der Frau. „Ich wasche lieber zwischendurch und habe dafür weniger Gewicht auf den Schultern."

„Und Sie müssen sich nicht mit einem sperrigen Koffer abmühen."

Isbels Blick wanderte nach oben zur Ablage über der Dame, wo ein abgewetzter Lederkoffer mit Rollen lag. Auf dem Nachbarplatz der Frau befand sich eine Handtasche. „Wenn man ihn hinter sich herziehen kann, geht es ja."

„Ich kann auch wunderbar darauf sitzen und etwas verschnaufen." Die Frau sah kurz über den Rand ihrer Brille hinweg zu Isbel, ehe sie sich dem Kreuzworträtsel widmete.

„Das wiederum ist sehr praktisch." Isbel schlug die Beine übereinander und schaute aus dem Fenster.

Die Gleise und Hallen machten Raum für größere Büsche und Bäume, die den Blick auf die Vorstadt verschleierten, während der Zug immer mehr Fahrt aufnahm, bis er irgendwann seine Reisegeschwindigkeit erreichte. Kurz darauf zogen goldgelbe Felder vorüber, kleinere Ortschaften, Haine, Wälder und Bauernhöfe. Der Himmel klarte auf und erstrahlte, als würde er fern der Stadt durchatmen.

Isbel verschränkte die Arme vor der Brust, machte es sich bequem und schloss die Augen.

2

Das Licht des frühen Morgens brach durch das Unterholz und legte zwischen den Bäumen goldene Streifen auf den Waldboden. In der Höhe sangen die Vögel bereits mit voller Kraft. Irgendwo klopfte ein Specht.

Sie folgte einem weichen, laubbedeckten Trampelpfad. Hier und da funkelten Spinnennetze, während der sanfte, angenehm frische Wind die letzten Fetzen des nächtlichen Nebels zerstreute. Das Seitenstechen, das vor einer Weile eingesetzt hatte, wollte nicht nachlassen und zeigte ihr, dass sie nicht in Form war. Sie versuchte, den passenden Rhythmus zu finden, leider ohne Erfolg, ganz im Gegensatz zum gestrigen Tag.

Sie kämpfte noch eine Weile gegen den Schmerz an, gab sich dann jedoch vorerst geschlagen, drosselte das Tempo und ging in einen Laufschritt über. Der Schweiß auf ihrer Haut kühlte so stark, dass sie eine Gänsehaut bekam. Gräser und Farnblätter streiften ihre Arme.

Der Weg schlängelte sich durch das Grün. Sie spürte die Kälte des feuchten Bodens, die in ihre Schuhe drang.

Joggen befreite sie stets von unnötigen Sorgen und unklaren Gedanken. Zudem schätzte sie die Ruhe, die selbst in diesem etwas abgeschiedenen Wald am Morgen intensiver war als zu einer anderen Tageszeit.

Der Pfad führte zu einer kleinen Lichtung, die in dem weiten Meer aus Farn wie eine Insel, eine Oase wirkte. Sie blieb stehen und sah sich um. Ein Weg führte nach links, wo sich in einiger Entfernung die Ähren eines Feldes abzeichneten, ein zweiter schräg nach rechts, um sich nach ein paar Windungen im dunkleren Unterholz zu verlieren. Sie überlegte kurz, da sie sich eingestehen musste, die Orientierung verloren zu haben, und hielt sich dann rechts.

Der Farn machte allmählich dichtem Moos Raum, das kurze Zeit später sowohl den Boden als auch die Stämme der Bäume bedeckte. Einzig der Pfad zog sich unverändert wie ein graubraunes, ausgetrocknetes Bachbett dahin.

Als sich ihr Atem beruhigt hatte und das Seitenstechen abgeklungen war, erhöhte sie das Tempo wieder. Sie wurde dabei das Gefühl nicht los, sich in die falsche Richtung zu bewegen, ohne dafür einen Anhaltspunkt zu haben. Nach etwa 200 Metern hielt sie an. Der Pfad schlängelte sich durch die Mooslandschaft, die zu dieser Uhrzeit trotz der nicht sonderlich dicht stehenden Bäume kaum vom Sonnenlicht berührt wurde. Auch war die Luft deutlich kühler als auf der Lichtung. Es roch nach Pilzen und feuchter Erde.

Sie entschied, den Weg, den sie bis hierher genommen hatte, zurückzugehen und machte kehrt. Dabei fiel ihr Blick auf einen Baum, der auffällig isoliert von seinen Nachbarn war und aus vier Stämmen bestand, die sich auf Augenhöhe trennten. Es war auch möglich, dass es einzelne Bäume waren, die sich durch ihre Nähe zueinander irgendwann verbunden hatten. Was ihr sofort auffiel, war ein Seil oder Kabel, das aus der Gabelung hing. Neugierig verließ sie den Weg. Das Moos unter ihren Füßen war so weich, dass sie mehrere Zentimeter einsank.

Es war, als hätte ihr Hirn sämtliche Vermutungen und Ahnungen ausgeblendet und sie so nicht zurückgehalten, denn das bereits von der Witterung grünlich gewordene Seil legte sich innerhalb der Gabelung um einen dort platzierten, mumifizierten Körper. Der braunschwarze Leib war nackt. Die angewinkelten Beine waren an den Oberkörper geschmiegt, so auch die Arme. Das Seil stand auch jetzt noch sichtlich unter Spannung, derart straff hatte man die Person einst verschnürt.

Ein Schauder lief ihr über den Rücken und es schien, als wären plötzlich alle Vögel verstummt. Sie hörte das Blut in den Ohren pulsieren, während sie sich fragte, ob es sich um eine Frau oder einen Mann handelte.

Der kahle Kopf, auf dessen lediger Haut sich ein fleckiger, grüner Belag gebildet hatte, war schräg nach unten geneigt. Sie wusste nicht, ob der augenlose Blick Trauer widerspiegelte oder Verzweiflung und Angst. Die Lippen waren vernäht.

Plötzlich fühlte sie sich beobachtet. Ob ihr die Phantasie einen Streich spielte oder nicht, war in diesem Augenblick unerheblich. Sie wandte sich ab und lief hastigen Schrittes zurück zum Pfad, wo sie das Tempo erhöhte und unter den unheimlichen Blicken die Flucht ergriff.

Als sie die Lichtung erreichte, war bereits dichter Nebel aufgezogen, der die Sonne verhüllte, den goldenen Schein streute und diesen in ein gespenstisches, alles vereinnahmendes Glühen verwandelte. Der Dunst rollte heran wie eine körperlose Welle, lautlos und unbarmherzig.

Sie eilte nach links und lief damit den Weg zurück, der sie zu diesem Schrecken geführt hatte. Als der Nebel sie einholte und ihr die Sicht raubte, sie sich wiederfand in diesem Grau, dessen feuchte Kälte ihr bis auf die Haut drang, wurde ihr bewusst, dass die Vögel in der Tat schwiegen. Sie saßen auf den Ästen und starrten zu ihr, regungslos gespannt, ob ihr die Flucht gelingen würde.

Unweit von ihr knackte es im Unterholz.

3

Isbel schlug die Augen auf.

Das Abteil war leer. Durch den Spalt der nicht ganz geschlossenen Schiebetür sah sie die Schulter der alten Dame, die am Fenster stand und rauchte. Draußen hatte die Sonne den Zenit überschritten und thronte gleißend hell am Himmel. Isbel spürte die Wärme auf ihrer Haut.

Sie griff neben sich, öffnete ihren Rucksack und holte eine gläserne Wasserflasche hervor. Während sie ein paar Schluck nahm, betrachtete sie die goldenen Felder, die in der Ferne an einer Stadt endeten. Weit und breit war kein Berg, nicht einmal ein Hügel zu sehen.

Ein Blick auf ihre alte Armbanduhr verriet, dass nicht ganz eine Stunde vergangen war. Das kleine Nickerchen hatte sie trotz des sonderbaren Traums erfrischt. Sie fühlte sich wach und gut gelaunt.

Auf einmal verlangsamte der Zug die Fahrt und kam quietschend zum Stillstand. Isbel schraubte die Flasche zu, stellte sie auf den Tisch und erhob sich. Sie zog den oberen Teil des Fensters nach unten und ließ damit die warme Sommerluft in das Abteil. Das Zirpen der Grillen übertönte das Rauschen des Windes, der die Ähren in sanfte Bewegung versetzte. Isbel lehnte sich nach vorn und sah nach rechts. Der Zug folgte einer Biegung nach links. Ganz vorn konnte Isbel sogar die Lokomotive sehen, nicht jedoch den Grund für den Halt.

Die alte Dame betrat das Abteil und ließ die Tür offen, was für einen angenehmen Durchzug sorgte. Sie gesellte sich zu Isbel und schaute ihrerseits aus dem Fenster.

„Ich bin gespannt, ob wir lange warten müssen", sagte Isbel.

„Das ist eine gute Frage. Vielleicht blockiert etwas die Schienen. Oder wir müssen auf einen anderen Zug warten." Die Frau sah Isbel an. „Wie heißen Sie eigentlich?"

„Isbel."

„Ich bin Elenice", stellte sich alte Dame vor und streckte die Hand aus.

„Sehr erfreut", sagte Isbel und lächelte.

Elenice hatte einen unerwartet festen Händedruck.

Von draußen klangen Kinderstimmen in das Abteil. Zwei Waggons weiter vorn hatten Kinder die Köpfe aus den Fenstern gestreckt und stritten sich lauthals um den besten Platz.

„Wohin geht deine Reise?" fragte Isbel, nachdem sich beide auf das Du geeinigt hatten.

„Ich besuche meine Tochter", antwortete Elenice. „Seit mein Mann Anfang des Jahres starb, ist unser Kontakt sehr intensiv geworden."

„War er das vorher nicht?"

„Nein. Gut, wir telefonierten regelmäßig, aber nun besuchen wir uns auch gegenseitig. Wir sahen uns in den letzten drei Monaten öfter als in den letzten zwei Jahren zusammen."

„Es ist schön, wenn ihr füreinander da seid."

„Hast du eine Familie?"

Isbel schüttelte den Kopf. „Nein. Kein Kind, keinen Mann."

„Das hat Zeit."

Isbel schaute nach links, wo es vier oder fünf weitere Waggons gab. Auch dort sahen Passagiere aus den Fenstern und wunderten sich, weshalb der Zug stand. Unterdessen sammelten Bienen und Hummeln eifrig Nektar und Pollen an bunten Blumen, die gemeinsam mit Gräsern und hochgewachsenen Disteln das Gleisbett säumten.

Sie trat vom Fenster zurück und fragte Elenice: „Weißt du, ob der Zug einen Speisewagen hat?"

„Ja, weiter vorn."

„Dann lade ich dich ein."

„Das lehne ich gewiss nicht ab", sagte Elenice und nahm ihre Handtasche.

Isbel verstaute den Rucksack auf der Ablage über ihrem Platz. Dann machten sie sich auf den Weg.

Obwohl viele Passagiere die gleiche Idee hatten, mussten sie nicht lange anstehen, denn die meisten Leute wollten lediglich ein Getränk, etwas Obst, ein Stück Kuchen oder eines der belegten Brötchen. Kaum jemand war an einem Gericht von der Speisekarte interessiert. Elenice wählte eine kleine Flasche Apfelsaft und ein Stück Mohnkuchen, Isbel ein Brötchen mit Wurst, Käse, Tomaten und Salat und dazu eine Flasche Wasser. Da sämtliche Sitzplätze in dem Waggon besetzt waren, liefen sie zurück in ihr Abteil, wo sie in Ruhe aßen und sich mit den kühlen Getränken erfrischten.

„Musst du einen Anschlusszug erreichen?" fragte Isbel.

„Zum Glück nicht", antwortete Elenice. „Vermutlich würde ich ihn verpassen. Und du?"

„Nein, ich habe eine Direktverbindung. Irgendwann morgen Mittag müsste ich ankommen." Sie sah aus dem Fenster. „Oder auch nicht."

Der Zug stand nach wie vor auf der Stelle. Ob bald ein Schaffner von Abteil zu Abteil gehen würde, um den Stand der Dinge und vor allem den Grund für die Wartezeit zu erläutern?

Elenice sah auf ihre Armbanduhr. „Meine reguläre Ankunftszeit wäre gegen 19 Uhr, aber das wird wohl nichts."

Damit lag sie richtig. Der Zug fuhr mit über zwei Stunden Verspätung in den Bahnhof ein, ohne dass einer der Passagiere wusste, was der Grund für die Wartezeit gewesen war. Elenice hatte sich von Isbel verabschiedet und ihr für die nette Gesellschaft gedankt. Als sich der Zug wieder in Bewegung setzte, stand Isbel auf dem Gang und winkte ihr aus dem offenen Fenster zu. Augenblicke später war der kleine Bahnhof bereits verschwunden.

Isbel sah sich auf dem Gang um. Sie wusste, dass in den letzten Stunden konstant mehr Leute aus- als zugestiegen waren. Das erhöhte immerhin ihre Chance, die Nacht allein und damit in Ruhe verbringen zu können. Sie schloss das Fenster, ging in das Abteil und zog die Tür hinter sich zu. Sie setzte sich auf ihren Platz und schaute hinaus, wo sich der Himmel leicht bewölkt hatte und die Sonne bald hinter dem Horizont verschwinden würde. Das fast unnatürlich rotgoldene Licht blendete Isbel und verzauberte die Natur zugleich in ein wunderbar anzuschauendes Panorama, irgendwo zwischen Scherenschnitt und Traum.

Es zogen Wälder vorüber, deren Schatten einen starken Kontrast zum Himmel darüber bildeten, Felder mit Wegen und umliegenden Weideflächen und Seen, Bäche und Flüsse. Sie sah ein Reh, das durch ein Getreidefeld sprang und dabei immer wieder in den Wogen der Ähren verschwand. Der Zug folgte auch für mehrere Kilometer dem Lauf eines Kanals mit Stegen, Ruderbooten, angrenzenden Grundstücken mit Häusern, Gärten und alten Wohnwagen, von denen aus Leinen mit bunten Wimpeln die Umgebung überspannten. Ein Mädchen saß allein am Ufer und spielte Gitarre, woanders sprangen Kinder ins Wasser. Ein Mann hängte Wäsche auf und eine Katze balancierte auf einem Zaun, der über und über bedeckt war von verschiedensten Dingen, von Traumfängern, getrockneten Blumen, Schallplatten, Spiegelscherben, aufgefädelten Glasmurmeln in allen möglichen Farben und von lustigen, angemalten Figuren aus Ton, Draht und Holz, die dem Betrachter zuwinkten. Dann beschrieb der Kanal eine Biegung und verschwand aus ihrem Blickfeld.

Isbel schaute wie hypnotisiert auf die Welt da draußen, fragte sich, was die Leute dachten und worüber sie sich unterhielten, wie ihr Tag gewesen war und welche Pläne sie für den restlichen Abend hatten. Sie merkte nicht, wie die Zeit verging, Ortschaften vorüberzogen, Senken erst zu Hügeln und dann zu Bergen in der Ferne wurden und Bäche zu Flüssen. Ein Bauer war im ausklingenden Tag noch auf den Feldern unterwegs, woanders spazierte eine Frau an einer Schafweide. Sie warf immer wieder einen Stock, um den sich ihre beiden Hunde spielerisch rauften.

Ein Pärchen lief Hand in Hand an einem Birkenhain vorüber, während das Rattern des Zugs Isbel heimlich aus dem Hier und Jetzt lockte.

4

Sie spazierten auf dem kleinen Trampelpfad, der vom Wald aus über die Wiese hinüber zu den Feldern führte, wo er sich verlor. Linker Hand sahen sie am abschüssigen Gelände mehrere Büsche mit violetten und roten Blüten und dahinter eine groß gewachsene Birke mit einer im Sonnenlicht funkelnden, dichten Krone. Überall um sie herum zirpten Grillen, summten Bienen und Hummeln, flatterten bunte Schmetterlinge und sangen Vögel. Immer wieder frischte der Wind auf, der vor geraumer Zeit begonnen hatte, zunehmend dunklere Wolkenfetzen und damit Schattenflecken über das Land zu treiben. Am Horizont verfinsterte sich der Himmel bereits bedrohlich. Für den späten Nachmittag waren schwere Regenfälle gemeldet. Sie hofften, es trockenen Fußes zurück zum Dorf zu schaffen.

Als sie die Büsche hinter sich ließen, sahen sie, dass das Gelände daneben noch stärker abfiel und mit Gras bedeckt war, so kurz, als hätte es jemand gemäht. Überall gab es kleine Inseln aus Blumen, die in den heitersten Farben strahlten. Es erhoben sich auch vereinzelte Farne und Mohnblumen, die auf dem Grün kleinen Farbtropfen glichen. Diese Stelle wirkte wie ein gepflegter Garten, ein Geheimnis inmitten der Natur. Dann entdeckten sie einen von der Birkenkrone beinahe vollständig verborgenen Hochstand, der ihr Interesse weckte, woraufhin sie den Weg verließen.

Mit jedem Schritt wurde der Himmel dunkler. Der Wind trug schon den frischen Geruch des nahenden Regens mit sich und ehe sie den kleinen, magischen Ort erreichten, trafen erste Tropfen ihre Haut.

Die hölzernen Pfeiler des Hochstands ragten gemeinsam mit der Leiter aus einem dichten Teppich von Vergissmeinnicht und Blauglöckchen, der auch den Birkenstamm umgab und schlagartig an einer unsichtbaren Grenze endete. Einige Meter weiter gab es eine kleine Fläche mit weiteren Blumen, als hätten sie, gleich einer Flüssigkeit, eine Lache gebildet.

Der Regen setzte ein und wurde auf einen Schlag so kräftig, dass sie binnen weniger Sekunden bis auf die Haut durchnässt waren. Da sich genau das nicht ändern ließ, blieben sie stehen und genossen den warmen Sommerregen und dessen Duft.

Sie schloss die Augen und richtete das Gesicht gen Himmel. Irgendwo in der Ferne grollte es. Plötzlich spürte sie eine Berührung seitlich am Hals: Es waren seine Lippen. Sie neigte den Kopf leicht, um den Küssen mehr Fläche zu bieten. Eine Gänsehaut wanderte vom Nacken aus über ihren Rücken und die Arme. Sie drehte sich zu ihm, wo ihre Lippen die seinen suchten. Mit jeder Sekunde, die sie sich küssten, wurden sie mehr und mehr eins mit dem Wind und dem Regen. Sie gaben sich wortlos dem Zauber dieses Ortes und ihren Instinkten hin.

Kurz darauf liebten sie sich auf dem kühlen, weichen Grün. Ihr war, als wären die warmen Regentropfen auf ihrem Körper Kuss und tastende, forschende Berührung zugleich, als würde der Wind jede ihrer Fasern durchdringen und sie dabei elektrisieren. Sie ließ sich fallen, übergab ihrem Freund die Kontrolle und verlor sich in den Zärtlichkeiten.

Irgendwann saßen sie nackt nebeneinander im feuchten Gras, schwiegen und schauten in die Ferne, wo sich ein ungewöhnlich farbintensiver Regenbogen zeigte.

Der Regen war weitergezogen und mit ihm die finstere Wolkenfront. Nun wanderten letzte, dunkelgraue Fetzen über den blauen Himmel. Überall funkelte es und aus den Feldern und Wiesen erhob sich leichter Dunst.

Sie hatten ihre Kleidung zum Trocknen über die Leiter des Hochstands gehängt, wo sie im Wind flatterte.

Die Brise ließ sie angenehm schaudern. Aus ihrem Haar tropfte Wasser kühl auf ihre Schultern und perlte anschließend über ihren Rücken nach unten.

Sie fühlte sich entspannt, frei von jeglichen Gedanken, beinahe unwirklich, wie in einem Traum. Sie saß nur da, spürte den Boden und das Gras unter sich, die Wärme der Sonne und den Wind auf ihrer Haut. Sie nahm den facettenreichen Gesang der Vögel intensiver wahr, als wäre er durch den Regen klarer geworden, genau wie die Farben der Blumen.

Sie legte sich ins Gras, die Arme hinter dem Kopf, und schaute hinauf zu den Wolken. Sekunden später landete völlig unbemerkt, beinahe heimlich, ein Zitronenfalter neben ihrem Bauchnabel, um seine Flügel zu trocknen. Sie schloss die Augen und schlief kurz darauf ein.

5

Isbel, die sich im Speisewagen ein Glas Wein gönnte, sah von einem Fensterplatz aus dem Sonnenuntergang zu, welcher den Horizont zunächst in ein flammendes Meer verwandelte und dann zartrosa Wolkenbänder am Himmel hinterließ, während das Blau allmählich zu verblassen begann.

Im Waggon saßen noch ein älteres Paar und eine Familie mit zwei kleinen Kindern. Auch ein älterer Herr mit Anzug und Fliege hatte es sich bequem gemacht. Dieser trank etwas Hochprozentiges aus einem zartgrünen Glas und las dabei eine Zeitung. Mit dem Zylinder, der auf dem leeren Platz neben ihm lag, hatte er etwas von einem Edelmann.

Isbel fragte sich, wann sie je einer Person mit einem Zylinder begegnet war.

Mehrere Leute kamen, um sich Getränke für den Abend und die Nacht zu kaufen. Mittlerweile war die Zahl der Passagiere um mindestens drei Viertel geschrumpft. Wo vorher kein Platz frei war, standen mittlerweile ganze Abteile leer.

Sie trank den letzten Schluck, stand auf und stellte das Glas am Rand des Tresens ab, ehe sie sich auf den Rückweg machte.

Kinder waren aufgeregt, weil sie ausnahmsweise länger wach bleiben durften, einige Leute unterhielten sich bei einer Zigarette auf dem Gang, manche vertrieben sich die Zeit mit einem Kartenspiel und andere sangen Lieder, begleitet von einer Gitarre. Die Stimmung des ausklingenden Tages legte sich auch auf den Zug, ein Durchatmen, eine Leichtigkeit, die Ruhe. Durch offene Fenster strömte duftende, kühle Luft und wo hier bereits das Licht in einem Abteil brannte und eine Leselampe in einem anderen, herrschte im nächsten ein Dämmerlicht, in welchem sich Reisende Geschichten erzählten, ohne sich für den Einbruch der Nacht zu interessieren.

Isbel zog die Tür des Abteils auf und schloss sie hinter sich. Sie trat an das offene Fenster und ließ sich mit geschlossenen Augen den Fahrtwind ins Gesicht wehen. Sie konnte nicht sagen, wie lange sie dort am Fenster stand, irgendwann fiel ihr jedoch auf, dass sich die ersten Sterne zeigten und der Tag nichts weiter war als ein schwaches, blauschwarzes Glühen in der Ferne, das bald vergehen würde.

Sie wandte sich ab, nahm ihren Rucksack von der Ablage und stellte ihn auf den Boden. Dann holte sie daraus einen Pullover hervor, rollte diesen zusammen, um ein einfaches Kissen zu haben, und machte es sich auf der Sitzreihe so bequem, wie es ging. Sie deckte sich mit ihrer Jacke zu, denn sie benötigte zum Einschlafen das behütende Gefühl einer Decke. Mit dem Kopf legte sie sich zum Fenster hin, um so den Himmel sehen und möglichst viel der frischen Nachtluft genießen zu können, die durch das Fenster drang und wunderbare Abkühlung spendete. Das sanfte Schaukeln des Zugs machte sie in Kombination mit dem Wein sehr müde. Entspannt spürte sie die angenehme Schwere ihrer Glieder. Nach einer Weile schloss sie die Augen und schlief kurz darauf ein.

Als Isbel aufwachte, war es mitten in der Nacht. Das Abteil lag in beinahe völliger Dunkelheit. Durch das Licht der Sterne waren von allen Formen lediglich Schemen übrig geblieben. Sie lauschte. Es gab nur die typischen Geräusche der Zugfahrt, keine Stimmen, keine Schritte und kein Öffnen und Schließen von Schiebetüren.

Sie stand auf und hielt den Kopf aus dem Fenster. Die warme Luft, die ihr entgegenwehte, roch nach Gras und Regen. Auf allem lag eine ruhige Stimmung, als wäre Isbel in Watte gehüllt. Auch die Welt dort draußen erholte sich. In der Ferne zeichneten sich einzelne Lichtpunkte ab, bei denen es sich vermutlich um Straßenlaternen handelte. Die Gegend war, soweit sie erkennen konnte, flach; die letzten Ausläufer der Berge lagen gewiss längst hinter ihr.

Sie nahm die Wasserflasche, trank etwas und versuchte, die Zeit auf ihrer Uhr zu erahnen. Wenn sie nicht irrte, war es kurz vor halb drei. Nach einem weiteren Schluck stellte sie die Flasche zurück auf den Tisch.

Isbel hatte sich gerade gesetzt und wollte sich wieder hinlegen, als ihr etwas unter dem Platz auffiel, wo Elenice gesessen hatte. Es hob sich in der Dunkelheit nur schwach vom Boden ab, und doch deutlich genug, um Isbels Aufmerksamkeit zu erregen. Neugierig stand sie auf, ging in die Knie und griff unter den Sitz. Sie hob das Objekt auf und stellte sofort fest, dass es sich um ein abgegriffenes Buch handelte.

Nachdem sie das Fenster bis auf einen winzigen Spalt nach oben geschoben hatte, knipste sie die Leselampe über ihrem Sitzplatz an und widmete sich dem Fund.

Das Taschenbuch verriet durch die teils abstehenden Seiten und den stark gewölbten Einband, dass es unzählige Male gelesen worden war, berührt von vielen Händen, dabei mitunter sehr grob, sichtbar durch zahlreiche Schrammen und harte Knicke auf der Außenseite. Das Papier war vergilbt, teils eingerissen, an den Rändern dreckig und voller Eselsohren. Vielleicht lag das Buch hier, weil es ebenfalls auf Reisen war. Oder hatte es Elenice verloren?

Der Einband zeigte einen Kreis, geschnitten von drei senkrechten, unterschiedlich langen Linien, die nicht symmetrisch aufgeteilt waren. Einen Titel suchte Isbel vergeblich. Auf dem Buchrücken war lediglich eine kleinere Version des merkwürdigen Symbols. Sie schlug das Buch auf. Die ersten Seiten fehlten, vermutlich hatte sie jemand herausgerissen. Es blieb daher ein Rätsel, wie der Titel lautete und wie der Autor oder die Autorin hieß.

Isbel lehnte sich zurück und begann neugierig zu lesen ...

Vorspiel

Ruf der Möwe

Wasser.

Der Klang von kleinen, sanften Wellen lockte ihn aus der alles erfüllenden Schwärze, in die sich ein leichter, nach Meer duftender Wind drängte.

Er öffnete die Augen. Mühsam erhob er sich von dem kalten Stein, kämpfte sich mit schmerzenden Gliedern auf die Beine und sah sich um:

Er befand sich am Ende einer rechteckigen Plattform, die aus dem Wasser ragte, gerade so weit, um beim vorherrschenden Wellengang trocken zu bleiben. An diesen Steg grenzte der Zugang zu einem Gebäude, dessen Dimensionen er aufgrund seiner Position und des Blickwinkels nicht ermessen konnte. Am Mauerwerk war nicht zu übersehen, dass Zeit und Witterung deutliche Spuren hinterlassen hatten. Die gut zwei Meter dicke Außenwand bestand aus riesigen Gesteinsquadern, zwischen denen sich kleinere Blöcke unterschiedlicher Größe befanden, was ein harmonisches Gleichgewicht erzeugte. Hier und da konnte er Elemente ausmachen, welche die leeren Fensteröffnungen in der Höhe rahmten und der Fassade Struktur und damit eine gewisse Leichtigkeit verliehen: Pilaster, Säulen, Gesimse und Kragsteine. Moos und Flechten hatten alles bedeckt; auch zeichneten sich grüne Ranken ab, die aus dem Bauwerk hingen, die Architektur verhüllten und sich leicht im Wind wiegten. Weiter oben ragten sogar Büsche und Bäume hervor. Es war nicht zu erkennen, ob sie dem Inneren entsprangen oder der Fassade, die mit ihren zahlreichen Spalten, Rissen und Nischen gewiss nicht nur Gräsern einen Standort bot.

Er wandte sich ab und sah zum Meer, das sich in alle Richtungen bis zum Horizont erstreckte und dort mit dem Blau des wolkenlosen Himmels verschmolz. Die Sonne war irgendwo auf der anderen Seite des Gebäudes, dessen Schatten dunkel, kühl, ja beinahe bedrohlich auf dem Wasser lag.

Hoch über ihm ertönte der Ruf einer Möwe.

Was war hier los?

Kapitel 1

H i m m e l w ä r t s

Er betrat die kühlen Schatten des Gebäudes und brachte mehrere Säulenreihen hinter sich, die gut sieben Meter aufragten und in einem Kreuzrippengewölbe endeten, bevor er den freien Raum erreichte, der einen Blick auf das Innere der Anlage erlaubte.

Die Grundfläche des gigantischen, symmetrisch aufgebauten Turms war quadratisch. Auf jeder der etwa 80 bis 100 Meter langen Seiten gab es einen mittig gelegenen Durchgang nach außen. Nach oben hin zeigte sich, dass der Turm in zahllose Ebenen gegliedert war. Die Etagen erstreckten sich wie Emporen umlaufend auf gut 15 Metern Breite, was einen atemberaubenden Raum in der Mitte erzeugte, welcher wie das Auge eines überdimensionalen Treppenaufgangs wirkte. Der Turm ragte derart hoch auf, dass sich die Architektur auflöste und zu einem Tunnel wurde, dessen Ende nicht zu erahnen war. Das durch zahllose Fenster einfallende Licht tauchte den Innenraum in einen beinahe magischen Schein. Die Ebenen verfügten umlaufend über ein steinernes Geländer, dessen Baluster so detailreich verziert und kunstvoll gearbeitet waren, wie der Handlauf und die Kapitelle der Säulen. Neben geometrischen Formen konnte er Blattornamente, Tierfiguren und menschliche Darstellungen ausmachen. Überall hatten sich Gräser und Ranken gemeinsam mit Moosen und Blumen verschiedene Nischen erobert und schon vor Ewigkeiten damit begonnen, das Gestein zu zersetzen.

Steinerne Treppen verbanden die Etagen auf allen vier Seiten. Ihre aus den Wänden ragenden Stufen wurden durch schlanke, elegante Säulen ergänzt, die vermutlich mehr Zierde waren als bauliche Notwendigkeit.

„Hallo?!" rief er. Das Echo verhallte in der Höhe.

Er betrachtete den Boden: Neben Geröll bedeckten vertrocknete Blätter und dürre Zweige das schachbrettartige Muster, das von graublauen und elfenbeinfarbenen Steinplatten gebildet wurde, von denen jede gut einen Quadratmeter maß und sich deutlich vom dunklen Beige des Sandsteins abhob, aus welchem die unbekannten Baumeister den Turm errichtet hatten.

Er spürte einen Luftzug, der durch die Kaminwirkung nach oben strömte.

Was war das für ein Ort? Und wie hatte es ihn hierher verschlagen?

Er marschierte zielgerichtet zum linken Ausgang, blieb auf der Plattform davor stehen und sah sich um: Die See erstreckte sich auch hier bis zum Horizont. Die Sonne, die rechts von ihm am Himmel stand, warf seinen gestreckten Schatten auf das Wasser. Er schaute an der Fassade des Turms nach oben, fand aber nichts von Bedeutung. Anschließend lief er zurück ins Innere und dort nach links zum dritten Ausgang.

Er musste die Hand heben, um seine Augen vor dem gleißenden, goldgelben Licht der Sonne zu schützen. Seine Verwirrung wich langsam einer Unruhe, denn auch hier sah er nur Wasser, das in der unbestimmten Ferne eins mit dem Himmel wurde.

Er trat an das Ende der Plattform, ging in die Hocke und hielt die Hand in das kühle Nass. Mit der Zungenspitze prüfte er den Geschmack und sah sich in seiner Vermutung bestätigt: Es war Salzwasser. Er richtete sich auf, wandte sich von der Sonne ab und betrachtete die Fassade.

Wer hatte diesen Turm erbaut? Und weshalb ausgerechnet hier im Nirgendwo, mitten in den Weiten des Meeres? Dass etwas nicht stimmte, lag auf der Hand, und genau deshalb wurden seine Gedanken mit zahlreichen Vermutungen bombardiert. Er musste Ruhe bewahren.

Am vierten und damit letzten Ausgang blieb er überrascht, fast erleichtert stehen und schaute zu dem fernen Objekt, das sich deutlich vom Hintergrund abhob: Ein weiterer Turm, der unglaublich hoch aufzuragen schien. Wie weit er wohl entfernt war? 10 Kilometer? 20?

Er lief zum Ende der Plattform. Das Wasser plätscherte unverändert sanft gegen den Stein. Ob ihn eine Strömung erfassen und abtreiben würde? Oder gab es Haie? Giftige Quallen?

Er drehte sich um und schaute an der Fassade nach oben. Es half nichts: Er musste den Turm erklimmen, um sich ein besseres Bild von der Umgebung und seiner Lage machen zu können. Eventuell würde er von der Spitze aus etwas sehen, das er hier unten nicht erkennen konnte.

Er lief zurück in das Innere und wählte kurzerhand die Treppe rechts von sich. Vorsichtig stieg er hinauf in die erste Etage.

Der Boden war mit den gleichen Platten wie in der unteren Ebene ausgekleidet. Einige von ihnen wiesen Risse auf oder fehlende Bruchstücke. Die Säulen hingegen wirkten makellos, ebenso die Balustrade.

Auf der nächsten Treppe blieb er stehen und durchsuchte seine Hosentaschen. Dabei realisierte er, dass seine Kleidung trocken war – T-Shirt, Jeans, Unterhose, Socken und die abgewetzten Lederschuhe. Wie also kam er an diesen Ort, der von Wasser umgeben war? Selbst nach einem ganzen Tag im Trockenen, wäre definitiv eine Restfeuchte in seinen Schuhen gewesen. Es ergab keinen Sinn. Oder hatte man ihn hier ausgesetzt? Wenn ja, wer?

Nachdem er nichts in den Hosentaschen gefunden hatte, wollte er weitergehen, hielt jedoch inne: Was war seine letzte Erinnerung?

So sehr er sich anstrengte, es wollte ihm nicht gelingen, die vorangegangenen Geschehnisse zu rekonstruieren. Er grub tiefer, doch auch da fand er nichts. Weshalb dieser Gedächtnisverlust?

Wie hieß er? Der Name *Hal* blitzte in seinen Gedanken auf, ohne dass mit ihm eine Gefühlsregung verbunden war. War das die Antwort?

Er musste hinauf zur Turmspitze, um sich einen Überblick verschaffen zu können, das war das einzige Ziel, das es aktuell zu verfolgen gab. Alles andere konnte und musste warten.

Der Wind des Meeres und die Abgelegenheit des Ortes sorgten dafür, dass sich kaum ein Staubkorn niedergelassen hatte. Abgesehen von Schäden, die auf die Verwitterung des Turms zurückzuführen waren, gab es nichts Aufschlussreiches zu entdecken; außer einigen Vogelfedern, toten Zweigen und vertrocknetem Laub fand er nichts, kein Anzeichen darauf, dass jemand vor ihm hier gewesen war.

Irritiert und ratlos erklomm er Stufe um Stufe, bezwang Etage für Etage und stieg höher und höher, ohne sich der Turmspitze merklich zu nähern. Nur das Schachbrettmuster in der Tiefe wurde immer kleiner.

Kapitel 2

Der Turm

Anfangs wechselte Hal zwischen den Seiten des Turms, um dabei durch die zahlreichen Fenster einen Blick auf das Meer zu werfen, doch musste er nach einer Weile feststellen, dass der damit verbundene Weg zu viel Energie und vor allem Zeit raubte. Er musste mit seinen Kräften haushalten.

Was, wenn die Treppen und Ebenen weiter oben nicht mehr intakt waren und er die Spitze nicht erreichen konnte? Die Antwort war einfach: Er würde schwimmend versuchen, den zweiten Turm zu erreichen. An diesem Ort würde er so oder so sterben, das wusste er. Es gab folglich nichts, vor dem er hätte Angst haben müssen.

Die Welt außerhalb des Turms veränderte sich nur aufgrund der Sonne, die sich langsam dem Horizont näherte und dabei eine warme Farbe annahm, die allmählich von Goldgelb zu Orange wechselte und dabei den Himmel und das Meer darunter zu entfachen schien.

Die Architektur des Turms hingegen variierte stark: Auf der einen Etage waren vorwiegend Tiere Gegenstand der Bildhauerarbeiten an den Kapitellen, auf einer anderen hatte jedes Fenster einen gotischen Spitzbogen, dann wieder einen Kielbogen, hier waren die Schäfte der Säulen mit Kanneluren versehen und dort mit geometrischen Formen; einige zeigten halbplastische Blumen, Ranken, Bäume und ganze Landschaften. Andere Säulen waren rechteckig, dreieckig oder verdreht, sonderbar gewunden oder gar mehrteilig, wie Eisenstäbe einer meisterhaften Schmiedearbeit, die sich voneinander lösten, um sich dann wieder zu vereinen. Die Elemente wechselten sich scheinbar willkürlich ab, behielten aber stets die Symmetrie des Turms und seiner vier Seiten bei.

Wie viel Anstrengung war nötig gewesen, um diesen architektonischen Koloss zu errichten? Wie viele Steinbildhauer und Steinmetzen hatten die Blöcke behauen? Wer war der Architekt, in dessen Vision er sich hier bewegte? Wie hatte man das Baumaterial an diesen entlegenen Ort gebracht und wie unter den gegebenen Bedingungen zu einem derartigen Ungetüm zusammenfügen können? War es vielleicht das Werk einer verschollenen Hochkultur? War der

Turm möglicherweise ein Zeichen des Glaubens? Ein spiritueller Ort? Eine Opferstätte? Oder war er ein Symbol ohne greifbaren, praktischen Nutzen? Hal verlor jegliches Zeitgefühl. Nur der sich verändernde Stand der Sonne verriet, dass er seit Stunden Treppe für Treppe bezwang. Die Muskeln seiner Beine brannten, die Waden waren verhärtet und selbst sein Rücken schmerzte. Es war ein beschwerlicher, nicht enden wollender Weg.

Hal trat an die Balustrade heran und beugte sich vorsichtig nach vorn, um einen Blick in die Tiefe zu werfen: Der Boden des Turms war weit unter ihm und die Farben der Bodenplatten hatten begonnen, ihre Konturen abzustreifen. Von rechts fiel Sonnenlicht ein, das sich mit seinen geraden Kanten deutlich von der dunkleren Umgebung abhob.

Über ihm hingegen sah es unverändert aus. Wie hoch der Turm wohl war? Hal befand sich auf der 29. Etage und damit rund 200 Meter über dem Meer.

Mit der Höhe hatte die Präsenz von Pflanzen zugenommen; anfangs ein paar Grashalme in einem Spalt am Boden, später ein kleiner Busch in einer geschützten Ecke, dann ein ganzer Baum, dessen Wurzeln sich an die Innereien der Architektur klammerten und diese durchdrangen, bis hin zu Rankenwerk, das zu Beginn nur kleine Teile einnahm und später ganze Etagen auskleidete. In den Bereichen, die das meiste Sonnenlicht abbekamen, erfreuten bunte Blumen das Auge des Betrachters.

All diese Veränderungen hatten einen hohen Preis: Die Bausubstanz wurde teils massiv angegriffen, was dazu führte, dass Treppen eingestürzt waren, Säulen deutliche Risse aufwiesen und ganze Abschnitte der Balustraden jeden Augenblick in die Tiefe stürzen konnten. Diese Faktoren verlangten von ihm ein bedachtes Vorgehen, um nicht in eine Katastrophe zu steuern.

Hal wandte sich von der Balustrade ab und lief zu einem der Fenster in der Nähe. Er blickte über das Meer. Ein kühler Wind war aufgekommen. War das der Vorbote für ein Unwetter? Er suchte den Himmel ab, sah aber nur vereinzelte Wolken, die in das warme Licht der Sonne getaucht waren.

Zu seinen Füßen wuchs eine Pflanze, die ihn an eine Lampionblume erinnerte, jedoch nicht größer war als ein Vergissmeinnicht. Die pastellblauen, etwa erbsengroßen Fruchthüllen hingen dicht an dicht und wiegten sich sanft in der Brise.

Hals Gedanken glitten während des Betrachtens ab und er fragte sich, welche Kraft Pflanzen innewohnte. Für Pflanzen und Tiere gab es keinen vergleichbaren Fortschritt, keine Möglichkeit, mittels Ideenreichtum und Können nach den Sternen zu greifen. Was also hielt die Dinge zusammen?

Er wandte sich ab. Durch die kleine Pause waren seine Glieder schwer geworden. Weshalb hatte er überhaupt den Fokus verloren? Er musste sich konzentrieren, wenn er noch ein paar Etagen vor Einbruch der Nacht bewältigen wollte. Er sah nach links, wo das Sonnenlicht durch die Fensteröffnungen fiel und immer längere Schatten warf, die bald vom Boden über die Wände hinauf zur Decke wandern würden. Dann atmete er durch und lief weiter.

Kapitel 3

Aufstieg

Bis zum Erreichen der 43. Etage hatte sich der Himmel stark verfinstert, was nicht nur an der untergehenden Sonne lag, sondern auch an den aufziehenden Wolken, die das kälter werdende Blau des Himmels in ihrer Dunkelheit erstickten. Die Sonne ließ den Horizont über dem Meer glühen, spie mit letzter Kraft goldenes Licht, das sich auf den Wellen brach und die tiefsten der mächtigen Wolken berührte und mit einem Farbhauch segnete.

Hal blieb an einem der Fenster stehen und blickte hinaus. Der Wind roch frisch, gereinigt vom Regen, der sich in nebelgleichen Bändern in der Ferne erahnen ließ, gleich dem einsetzenden Wetterleuchten, das die dunklen Wolkenmassive durchzuckte, wie ein sichtbarer Impuls in geisterhaften Nervenbahnen.

Er sah sich um. Außer einigen Gräsern und Ranken, die sich im Wind bewegten, gab es nichts, das er irgendwie hätte nutzen können, um sich vor dem nahenden Unwetter zu schützen. Da es mit jeder Minute dunkler wurde und in der Ferne bereits ein Grollen zu erahnen war, musste er sich beeilen. Deshalb suchte er hastig das an Gras, Blättern und Zweigen zusammen, was er auf der Etage finden konnte, und platzierte alles in der Ecke rechts von jenem Fenster, durch welches er im Anschluss die letzte Glut der Sonne erlöschen sah. Kurz darauf spürte er die ersten Regentropfen auf der Haut; Sekunden später befand sich der Turm im Zentrum des Unwetters, das Hal mit Donner, Blitz und vom Wind gepeitschtem Starkregen aus dem Dunkel anfiel wie eine unzähmbare Bestie. Eilig ging er in Deckung, kauerte sich in die Ecke und versuchte, unter den Zweigen und Ranken Schutz zu finden.

Zwischen völliger Finsternis und dem ohrenbetäubenden Tosen keimten Gedanken: Was, wenn die Statik des Turms versagen würde? Was, wenn sich nun jemand aus den oberen Etagen nach unten bewegte, gleich ob Freund oder Feind? Was, wenn diese Person seine einzige Chance war, diesen Ort zu verlassen, und sie sich in der Schwärze verfehlen würden?

Immer wieder trafen Regentropfen sein Gesicht, denn der Wind kannte weder Gnade noch eine bestimmte Richtung. Die niederfahrenden Blitze warfen die Schatten mal hierhin, mal dorthin, oder lösten sie ganz in ihrem Schein auf. Die wiederkehrenden Lichter zeigten Hal, dass er nach wie vor allein war. Nur die Ranken zappelten gespenstisch, während der Sturm an ihnen zerrte, Blätter pflückte und Schattenspiele auf moosbedeckten Stein malte.

Was, wenn er eine Erkältung bekam? Er konnte nicht einmal ein Feuer machen, um sich zu wärmen und seine Kleidung zu trocknen. Gut, letzteres würde der Wind des Meeres bewerkstelligen, aber nichtsdestotrotz konnte er keinen Tropfen des Wassers auffangen, das nun so reichlich vom Himmel fiel und bei einem Fieber noch wichtiger sein würde.

Er zwang sich zur Ruhe. Bei Tagesanbruch würde er sich wieder an den Aufstieg machen, um schnellstmöglich die Spitze des Turms zu erreichen und dort zu entscheiden, wie es weitergehen sollte. Ihm war bewusst, dass es keinen Wert hatte, sich unnötig verrückt zu machen und über Dinge nachzudenken, auf die er ohnehin keinen Einfluss hatte. Aber was, wenn genau in dieser Gedankenflut die Antwort seiner Fragen und Lösung seiner Probleme trieb?

Hal raffte die Zweige und Ranken zusammen, die ihm der Wind zu entreißen versuchte. Er spürte deutlich, wie sich die nasse Kälte des Unwetters auf seine Haut legte. Es würde eine lange, unangenehme Nacht werden.

In den folgenden Stunden erfüllten Schmerzen seine Glieder, während die nasse Kleidung an seinem Körper klebte und ihm konstant Wärme entzog.

Der Wind heulte und brauste, verwandelte den Turm in ein riesiges Instrument und übertönte gemeinsam mit den Donnerschlägen, die einem unbestimmten Rhythmus folgten, alles andere. Hal hätte gegen den Lärm anschreien können und dabei gewiss nicht einmal sich selbst gehört.

Dämmerte oder wachte er? Versetzten ihn die Klangkulisse und die Berührungen des Regens in eine Trance? Er wusste es nicht. Das war nur ein weiteres fehlendes Teil in diesem Puzzle. Er konnte auch nicht sagen, wann die Blitze leiser und wieder zu einem stillen Wetterleuchten in der Ferne geworden waren. Wann hatte der Regen aufgehört und wann der Wind abgeflaut?

Mit dem ersten graublauen Hauch das anbrechenden Morgens hatte er die Ranken und Zweige abgestreift, sich erhoben und daran gemacht, auf der Stelle zu laufen und die Arme und Finger zu bewegen, um seinen ausgekühlten, tauben Körper aufzuwärmen. Danach wartete er an einem der Fenster darauf, dass die aufgehende Sonne den Horizont erhellte und ihm so viel Licht spendete, dass er den Weg gefahrlos fortsetzen konnte.

Er kam gut voran, denn anstatt sich umzuschauen, konzentrierte er sich einzig auf das Erreichen der Turmspitze. Leider wich das goldene, angenehm wärmende Licht der aufgehenden Sonne bereits nach kurzer Zeit einem trüben, grauen Schein: Aus der Tiefe erhob sich dichter, undurchdringlicher Nebel, der selbst in mehreren Hundert Metern Höhe unbeweglich alles umfing und durchdrang. Die Sichtweite schrumpfte auf unter fünf Meter und Hal war, als würden die Wassertropfen, die vor seinen Augen dahinschwebten, jegliches Geräusch schlucken, denn selbst seine Schritte klangen weit entfernt und dumpf. Er setzte einen Fuß vor den anderen in dieser scheinbaren – oder realen – Zwischenwelt und stieg von Etage zu Etage, ohne zu wissen, wie viele hinter und wie viele vor ihm lagen.

Glücklicherweise wurde ihm durch die Bewegung nicht kalt. Er konnte beobachten, wie sein Atem vor ihm aufstieg und sich im Dunst verlor.

War der Nebel vielleicht die Summe der letzten Atemzüge seiner Vorgänger? Oder ein Echo aus der Vergangenheit, das all die Opfer vereinte, die der Bau des Turms gefordert hatte?

Diese und andere Fragen vereinnahmten ihn so stark, dass die Zeit wie im Flug verging. Er hielt erst inne, als der Nebel damit begann, sich zu lichten. Und wie sich all die Schemen in klar definierte Formen verwandelten, so schälten sich immer mehr Teile des Turms aus dem Dunst.

Hal trat an eines der Fenster und spähte hinaus: Tief unter ihm wurde das Meer teils von riesigen Nebelfeldern verhüllt und andernorts von der kurz vorm Zenit stehenden Sonne zu einem funkelnden Schauspiel verleitet. Der Blick nach oben offenbarte einen strahlend blauen Himmel.

Als er sich umsah, kam die Frage auf, ob er am gestrigen Tag Kondensstreifen gesehen hatte. War er weit vom nächsten Festland entfernt oder nur in einem Bereich, über den keine Flugroute führte? Hatte die Antwort möglicherweise etwas damit zu tun, dass ihm nie eine Geschichte über einen solchen Turm untergekommen war?

Um nicht erneut aus seinem Rhythmus zu geraten und sich in einem Labyrinth der Fragen zu verirren, wandte er sich ab und erklomm die nächste Treppe, um sich weiter der Turmspitze zu nähern.

Kapitel 4

Mechanismus

Hal, der die Vorrichtung eingehend betrachtet hatte, trat an die Brüstung und sah nach unten, wo sich das Sonnenlicht in der Tiefe auf der tanzenden Wasseroberfläche brach. Er bekam aufgrund der Höhe feuchte Handflächen.

Er hatte außer dem zweiten Turm nichts von hier oben aus entdecken können, kein Schiff am Horizont, keine Insel, die sich abhob, keinen Punkt am Himmel, der ein Flugzeug hätte sein können. Er war ganz allein hier draußen in diesem schier endlosen Nichts.

Wassermangel war vorerst kein Thema mehr, denn auf dem Weg nach oben hatte er Moos von den Säulen und Wänden gepflückt und es ausgepresst, um an das kostbare, darin gespeicherte Regenwasser zu gelangen. Hunger hatte er keinen. Über Nahrung konnte er sich später Gedanken machen.

Er schaute nach oben. Sein Blick folgte der gigantischen Kette, die eindeutig am Fuß jenes Turms endete, der seit dem gestrigen Tag stiller Begleiter seines Aufstiegs war. An einem Kettenglied hing eine rostige Konstruktion, zusammengenietet aus einzelnen Metallstäben und Eisenbändern, ein Transportkorb, der alles andere als sicher wirkte und etwa drei mal zwei Meter maß. Der Boden war mit Brettern ausgekleidet, die von Sonne und Witterung verzogen und rissig waren. Den vier Ecken entsprang jeweils eine Kette, die untrennbar mit der riesigen, tragenden Kette verbunden war. Armdickes Metall formte Glieder von etwa 70 Zentimetern Länge und 30 Zentimetern Breite. Links der Vorrichtung gab es einen eisernen Hebel, der aus dem Boden ragte. Direkt unterhalb des Transportkorbs war das Bodenniveau etwa einen Meter tiefer. Rost hatte große Teile des sichtbaren Metalls umhüllt. Einzig die riesige, tragende Kette wirkte, als wäre sie erst vor kurzem angebracht worden. Da sie in über fünf Metern Höhe hing, war es Hal nicht möglich, sie zu berühren und die seltsam schimmernde Oberfläche zu ertasten.

Wie die Mechanik in der Architektur des Turms verankert und untergebracht war, blieb Hal verborgen; alles schien den Gesetzmäßigkeiten der Statik zu trotzen. Aber weshalb verwunderte ihn das? Er wusste ja nicht einmal, wie er an diesen unbekannten Ort gekommen war.

Sein Blick folgte der Kette, die von einer dunklen, kreisrunden Öffnung in einer der großen Säulen verschluckt wurde, die hinter ihm aufragten und das Dach trugen, welches aus einer massiven Steinplatte bestand und das Auge des Turms schützte. Da es im gesamten Turm ähnlich dimensionierte Säulen gab, lag der Gedanke nahe, dass die Kette im hohlen Inneren nach unten geleitet wurde.

Wie hoch war die Chance, dass der Transportkorb Hals Gewicht trug? Und was, wenn die Fahrt nach einigen Metern endete? Selbst wenn er es bis hinauf zu der gigantischen Kette schaffen würde, wäre es ihm aufgrund ihrer Dimensionen schlichtweg nicht möglich, dort Halt zu finden, geschweige denn, von Glied zu Glied zu klettern, um sich zu retten. Ein Fehler, ein Versagen der Vorrichtung wäre sein Todesurteil – wie der Verbleib auf diesem Turm. Er hatte keine Wahl, er musste sich dem Risiko stellen.

Hal betrachtete das rissige Holz im Inneren der Gondel mit Skepsis. Er öffnete die schmale Tür, die mit einem Metallstift, der sich an einer dünnen Kette befand, um nicht verloren zu gehen, geschlossen und in Position gehalten wurde, und setzte behutsam einen Fuß nach vorn. Dabei traf ihn die plötzliche Bewegung der Vorrichtung unvorbereitet und er wich schlagartig zurück. Er atmete durch, machte sich bewusst, dass ihm aktuell noch nichts geschehen konnte, hielt sich an der Metallbrüstung fest und wagte einen zweiten Anlauf.

Die Ketten quietschten und das Holz unter seinen Füßen ächzte, während er sein Gleichgewicht zu halten versuchte und die Tür schloss. Durch den Schwerpunkt hing die Konstruktion etwas schief, aber weitaus weniger, als er anfangs befürchtet hatte.

Ihm wurde unwohl. Er schwitzte stark und spürte sein Herz, das Adrenalin durch den Organismus pumpte. Er wusste, dass es kein Zurück gab.

Hal griff nach dem eisernen Hebel und zog diesen mit etwas Mühe zurück, woraufhin ein leichter Ruck durch die Gondel fuhr, ehe sich das Gefährt langsam in Bewegung setzte. Sekunden später befand sich unter den Brettern am Boden für Hunderte Meter nichts.

Er nahm die Dinge schlagartig klarer wahr, ein Zeichen dafür, dass sich sein Körper in höchster Alarmbereitschaft befand. Er ließ den Turm hinter sich und bekam beim Anblick des Bauwerks aus dieser ungewöhnlichen Perspektive eine Gänsehaut. Fast zaghaft begab sich Hal zum hinteren Ende der Gondel, ließ sich dort im Schneidersitz in der Mitte nieder, lehnte sich mit dem Rücken an das Metall und betrachtete die Weiten, die sich vor ihm auftaten, während der angenehm warme Wind über seine Haut strich.

Was würde ihn dort drüben erwarten?

Er sah nach oben zu der riesigen Kette. Wie hatte man das eiserne Ungetüm an diesen Ort transportiert und in dieser Höhe zwischen den Türmen gespannt? Wer? Und weshalb? Definitiv gab es einfachere Wege, eine Verbindung zu errichten.

Da er nicht wusste, wie lange die Überfahrt dauern würde, konnte er nur hoffen, dass kein Wetterumschwung bevorstand, denn einen Sturm wie in der vergangenen Nacht hätte das rostige Gefährt eventuell nicht überstanden, zumal es hier draußen den Kräften schutzlos ausgeliefert war – genau wie er.

Seine Gedanken glitten ab und erneut zu der Frage, wie er an diesen Ort gekommen war. Hatte er eine Ehefrau, die ihn nun vermisste? Kinder? Welchen Beruf übte er aus? Wo war er zur Schule gegangen, wie aufgewachsen und was hatte er in seiner Jugend erlebt?

Je mehr Fragen in ihm keimten, umso leerer fühlte er sich. Dort, wo er Antworten erhoffte, klaffte lediglich eine bodenlose Furche, ein Nichts, dem nicht einmal der kleinste Hinweis zu entrinnen vermochte.

War es möglich, dass er sich alles einbildete, einen Traum durchlebte und in Wirklichkeit nur schlief? Würde er den Gedächtnisverlust überwinden und herausfinden, was das hier zu bedeuten hatte?

Weshalb war ihm diese gigantische Kette nicht vorher aufgefallen? Sie war so offensichtlich. Oder hatte er sie nur nicht bemerkt, weil ihr Schatten aufgrund der Sonnenbahn zu keiner Zeit auf den Turm fiel? Ihm war, als wäre sie so unvermittelt erschienen, wie er am Fuß des Turms.

Schweiß stand auf seiner Stirn. Durch die Meeresoberfläche und die hoch am Himmel stehende Sonne befand er sich wie in einem Hohlspiegel; die Strahlung kam von überall. Deshalb kauerte er sich zusammen und versuchte dabei, so wenig Haut wie möglich dem direkten Licht auszusetzen. Leider spendete auch der Wind keine Erleichterung, da es ihm an Frische fehlte.

Nach einer gefühlten Ewigkeit hatte sich die Gondel so weit vom ersten Turm entfernt, dass Hal nicht mehr sagen konnte, ob sich die Kette überhaupt bewegte oder ob ihm der Wind einen Streich spielte und seine Sinne in die Irre leitete. Er schaute zwischen den Eisenstäben hindurch in die Tiefe, aber durch die unruhige, funkelnde Oberfläche hatte er auch dort keinen Anhaltspunkt.

Er verschränkte die Arme vor der Brust, zog die Beine an und schloss die Augen. Er konnte nur abwarten – und hoffen.

Zwischenspiel

Honduras

Es war kurz nach 2 Uhr. Die Bäume der umliegenden Wälder verdeckten immer wieder den Himmel, als würden sie mit ihren Ästen und Zweigen nach den Sternen greifen, um sie aus dem Kosmos zu pflücken. Die Straße war sehr kurvenreich, weshalb ich nicht sehr schnell fahren konnte – und genau das sollte sich Augenblicke später als meine Rettung erweisen:

Hinter einer scharfen Linkskurve tauchten plötzlich rote Lichter am Straßenrand auf und es bedurfte nur der Zeit zwischen meinem Aufschrecken und der Vollbremsung, um zu erkennen, dass sich dort ein schwerer Unfall ereignet hatte.

Noch während ich aus dem Auto stieg, griff ich mein Mobiltelefon und wählte den Notruf. Ich gab meine ungefähre Position durch, beendete das Gespräch und eilte im Licht der Scheinwerfer und der Warnblinkanlage auf den Wagen zu, der rechts von der Straße eine Schneise in den Bewuchs der Böschung gepflügt hatte und auf der Seite liegend zwischen zwei Bäumen eingekeilt war. Der Asphalt war übersät mit Glassplittern, verstreut wie das verlorene Diebesgut eines Juwelenraubs, und nicht identifizierbaren Kunststoffteilen. Der zerrissene Kadaver eines Rehs zeugte von der Heftigkeit des Aufpralls.

Im Wagen konnte ich niemanden entdecken, deshalb suchte ich die nähere Umgebung ab. Die brennenden Rücklichter und der intakte Scheinwerfer, der ins Unterholz strahlte, erleichterten mir die Sache. Die Beifahrertüre lag im Gras, aus ihrer Halterung gerissen wie der Flügel vom Körper einer Wespe. Ich stieg den Hang hinab und rutschte dabei fast auf dem feuchten Laub aus. Es dauerte nicht sehr lange, bis ich sie fand: Sie lag mehrere Meter vom Wagen entfernt auf dem Rücken.

Ich stellte mir erst im Nachhinein die Frage, wie sie aus dem Fahrzeug geschleudert werden konnte, dazu noch so weit. Ich weiß bis heute nicht, ob es Leichtsinn ihrerseits oder ein technischer Defekt gewesen war.

Ihre Verletzungen waren grauenvoll. Ihr Körper hatte ein Gebüsch durchschlagen und beim Aufprall am Waldboden einen abgestorbenen, kleinen

Baumstumpf getroffen, der sich von hinten in ihren Rücken gebohrt und den Unterleib durchstoßen hatte. Ihre Beine hatten eine groteske Stellung, die anatomisch nicht zur Lage ihres Oberkörpers passte. Als ich mich ihr näherte, roch ich das Blut, dessen Glanz sich mit dem des feuchten Waldbodens vermischte.

Ich ging neben der Frau in die Hocke. Sie lag mit dem Kopf hangabwärts. Ihr Blick war auf mich gerichtet. Sie atmete ruhig.

„Ein Rettungswagen ist unterwegs", sagte ich, kniete mich rechts von ihr auf den kalten, weichen Boden und kroch etwas näher. Ich sah ihr ins Gesicht. Sie betrachtete mich mit einer Mischung aus Freude und Angst. Ich zwang mich, nicht auf ihre Verletzungen zu schauen. Ich musste sie ablenken; sie durfte das nicht sehen. Ich zog meine Jacke aus und legte sie über ihren Oberkörper und bedeckte den Baumstumpf, so gut es ging.

„Was ist passiert?" fragte sie. Ihre Stimme war sanft, beinahe schlaftrunken. Sie war nicht älter als Mitte 20.

„Du hattest einen Unfall. Ein Reh muss dir vor das Auto gesprungen sein."

„Ist es tot?"

„Ja."

„Ich bin so müde", sagte sie.

Ich wusste nicht, was richtig war und was falsch. In ihrer Position stieg das Blut unweigerlich verstärkt in den Kopf. Aber wie reagierte ein Körper auf diese Lage? Pumpte er das Blut mit mehr Druck durch den Organismus, um auch die höher liegenden Beine zu erreichen? Würde sie womöglich genau deshalb verbluten? Oder würde auch die kleinste Veränderung die Situation weiter verschlimmern?

Ich zitterte. Instinktiv raffte ich Laub und Gräser aus der Umgebung zusammen und schob alles vorsichtig unter ihren Kopf. Ich wiederholte den Vorgang, bis ich den Eindruck hatte, dass es für sie bequemer war. Ich setzte mich im Schneidersitz auf den Boden und rückte etwas näher zu ihr. Ich strich ihr die klebrigen Haarsträhnen aus dem Gesicht und wischte den Dreck von ihrer Stirn. Ihr Blick ruhte auf mir.

„Ich wollte noch so viel reisen", sagte sie.

Ich legte die rechte Hand an ihren Kopf und streichelte ihr Haar. Mit der linken griff ich nach ihrer Hand und hielt sie fest; sie war eisig.

„Wo warst du denn bisher?"

„In Norwegen. Und das im Winter. Eigentlich hasse ich Kälte, aber die Luft war so schön. In Belize war ich auch, leider nur eine Woche." Sie blinzelte mehrmals. „Mir ist kalt."

„Ich weiß", antwortete ich. „Der Krankenwagen müsste jeden Moment hier sein, dann wird es besser." Ob ich das glauben konnte? Wusste sie vielleicht, wie schlecht es um sie stand? Hatte sie das Ausmaß ihrer Verletzungen vor mir erkannt?

„Ich wollte trotzdem noch viel mehr reisen. Ich war auch in Honduras."

„Das ist mehr, als viele Leute je sehen und erleben werden. Heutzutage gibt es so viele Möglichkeiten, da ist es schwer, mit seinen Träumen und Wünschen Schritt zu halten. Früher war die Welt kleiner und die Menschen vielleicht auch glücklicher."

Sie sah an mir vorbei ins Nichts. „Das kann gut sein."

Ich bemerkte, dass ihre Augen beim Blinzeln auffällig lang geschlossen waren und sich die Lider nur träge bewegten. Das musste am Blutverlust und der Temperatur liegen. Wo blieb der Notarzt?

Ihre Hand war so kalt. Ob sie die Berührung überhaupt spürte? Ich drückte sie sanft – keine Reaktion.

„Ich möchte schlafen."

„Das kannst du im Krankenwagen", sagte ich. „Jetzt musst du aber wach bleiben."

Es schien, als würde sich ein kurzes Lächeln in ihrem Gesicht zeigen. Ich wusste nicht, ob es die Kälte der Luft und die des feuchten Bodens war, oder ob mein Körper durch ihre Hand Wärme verlor. Ich fröstelte.

Dann hörte ich die Sirene in der Ferne.

„Ist das der Notarzt?" fragte sie.

„Ja", antwortete ich und schaute nach hinauf zur Straße. Kurz darauf sah ich das Blaulicht, das die Nacht erfüllte und von klammen Baumstämmen und Laub reflektiert wurde. Es war wie ein sich flink bewegender Schwarm Glühwürmchen „Da ist er." Das Blau verschwand immer wieder hinter dichten Baumgruppen, während es sich näherte. Ich nahm den Blick nicht von der Straße. „Wie heißt du eigentlich?"

Als sie keine Antwort gab, sah ich zu ihr. Ihre Augen waren geschlossen und ihre Brust hob und senkte sich nicht. Anstatt in Panik zu verfallen, akzeptierte ich das, was mir mein Gefühl sagte: Es war vorbei. Ich wusste nicht einmal ihren Namen. Wie sollte ich mich von ihr verabschieden?

Plötzlich quietschten Reifen. Ich hob den Kopf und wollte zur Straße schauen, als der Klang berstenden Holzes durch den Wald schallte. Ich wurde von etwas Hartem getroffen und in die Dunkelheit gerissen, die noch schwärzer war als die tiefsten Schatten dieser Nacht ...

Kapitel 5

Sisyphos

Hal schrak auf.

Metall quietschte und ächzte. Ehe er realisierte, was geschah, wurde sein Körper nach vorn gerissen und landete unsanft auf dem Boden der Gondel. Blitzschnell war er wieder auf den Beinen und sah sich um, während der Transportkorb schaukelte und seinen Gleichgewichtssinn forderte.

Er war am Fuß des zweiten Turms angekommen, wo sich ein breiter Steg befand, der in der Mitte über einen vertieften Bereich verfügte, welcher der Gondel Freiraum gab – genau wie jener auf der Spitze des ersten Turms. Die gigantische Kette verschwand in einer runden Öffnung im Mauerwerk des Bauwerks, dessen Dimensionen denen des anderen in nichts nachstanden. Links unterhalb des Lochs befand sich der Eingang zum Turm. Ein Blick zurück zeigte lediglich einen kleinen Strich, der sich in vom Horizont abhob.

Die Sonne, welche in einigen Stunden im Meer versinken würde, erzeugte lange Schatten, deren Kühle aus dem Inneren des Turms nach außen strahlte.

Hal betrachtete seine Hände und Unterarme. Wie stark der Sonnenbrand war, konnte er nicht beurteilen; er würde ihn aber noch früh genug spüren, da war er sich sicher. Er öffnete die Gittertür, verließ die Gondel und schloss sie. Er war keine zwei Schritte gegangen, als sich die Kette und damit der Transportkorb rückwärts in Bewegung setzte und vom Turm entfernte.

Überrascht betrachtete Hal den Vorgang. Er vermutete, dass das Gewicht geprüft wurde und der Mechanismus entsprechend reagierte. Doch wie konnte ein Unterschied festgestellt werden, wenn die riesige Kette allein gewiss Tausende von Tonnen wog? Wie auch immer die Messung erfolgte, sie sorgte dafür, dass die Gondel eine Einbahnstraße war, eine Tatsache, die Hal nicht einordnen konnte, aber im Hinterkopf behalten musste.

Als der Transportkorb nach wenigen Augenblicken unerreichbar war, betrat Hal das Innere des Turms, das ihm durch all die Stunden seines zurückliegenden Aufstiegs und die ähnliche Architektur vertraut vorkam. Er sah sich um und prüfte die anderen drei Ausgänge. Von links fiel das Sonnenlicht durch Fenster und Öffnungen, während sich geradeaus in der Ferne ein weiterer Turm aus dem Wasser erhob – und es war Hal erneut nicht möglich, die Distanz zu schätzen. Er wusste ja nicht einmal, welche Strecke er in der Gondel zurückgelegt hatte. Auf der dritten Seite des Turms gab es nichts zu sehen, nur Wasser und das dunkler werdende Blau des Himmels.

Ihm kam ein Gedanke: Was, wenn es ewig so weitergehen würde? Ewig einen Turm erklimmen, um dann zum Fuße des nächsten zu gelangen. Immer und immer wieder, bis er irgendwann auf dem Weg verunglückte, auf einer der Treppenstufen an Altersschwäche starb oder über dem Meer schwebend in einer festgefahrenen Gondel verendete.

Es half nichts: Er musste nach oben, wo er eine weitere Kette erahnen konnte, ein Haar im Himmel, und das wahrscheinlich nur, weil er von ihrer Existenz wusste.

Der Aufstieg verlief ohne Zwischenfälle. Zu seiner Überraschung fand er mehrere Stellen, an denen Pilze wuchsen. Da er nicht wusste, ob sie giftig waren, probierte er ein kleines Stück, um zu sehen, wie sein Körper reagieren würde. Die übrigen Pilze pflückte er, wickelte sie in sein T-Shirt und trug es wie einen Beutel neben sich her. Dabei sah er, dass seine Arme gerötet waren, ganz im Gegensatz zum Oberkörper. Er drückte kurz eine Stelle am rechten Unterarm. Der Abdruck blieb einige Sekunden hell, ehe er sich wieder verfärbte.

Er fand Moos, um seinen Durst zu stillen, und schillernde Käfer, einige etwa so groß wie ein Daumennagel. Soweit er sehen und beurteilen konnte, betrug die Gesamtpopulation nur ein paar Tausend Tiere, verteilt auf zahlreiche Stellen im Turm. Hal fragte sich, ob sie eine Art Kontakt pflegten oder ob es zu Kämpfen um Nahrung oder gar zu Kannibalismus kam. Obwohl ihn allein der Gedanke anwiderte, griff er sich einen der Käfer und überlegte, ob er ihn verspeisen sollte. Der Panzer schillerte in sämtlichen Nuancen zwischen Gelb, Türkis und Violett, während die sich träge in der Luft bewegenden Beinchen rötlich waren. Das kleine Stück des Pilzes hatte keine spürbare Auswirkung gehabt. War es für eine verlässliche Aussage vielleicht zu wenig gewesen? Ihm war nicht einmal leicht übel; nichts deutete darauf hin, dass sein Körper etwas Schädliches aufgenommen hatte. Waren die Käfer vielleicht giftig?

Hal, in Gedanken versunken, zuckte plötzlich zusammen, als irgendwo hoch über ihm einige Vögel kreischend aufflatterten. Er trat an die Balustrade und schaute hinauf. Ein paar Federn sanken tanzend herab und mehrere schwarze Vögel stiegen spiralförmig immer weiter auf, während sich andere hier und da niederließen.

Was hatte sie aufgescheucht?

Hal konnte nicht sagen, um welche Vogelart es sich handelte.

Er erinnerte sich, dass der Ruf einer Möwe sein Begleiter gewesen war, um ihn in dieses Mysterium zu entlassen. Hatte er seit seinem Erwachen am Fuße des anderen Turms Möwen gehört oder gesehen? Oder andere Vögel? Er wusste es nicht; er konnte sich so wenig daran erinnern wie an die vorangegangenen Ereignisse oder sein bisheriges Leben. Aber was waren die Kilometer zwischen den Türmen schon für einen Vogel? Eventuell gab es ja auf dem nächsten Turm Möwen.

Hal lauschte, konnte aber nichts Ungewöhnliches hören, weder aus den unteren Etagen noch aus jenen, die es zu bezwingen galt.

Er betrachtete den Käfer zwischen seinen Fingern. Definitiv eine gute Proteinquelle. Aber giftig? Er würde es einfach wagen müssen, genau wie mit dem Pilz; erst ein kleines Stück – oder einen einzelnen Käfer – und später etwas mehr, um dann schrittweise die Menge zu erhöhen und dadurch das Risiko einer Vergiftung zu minimieren. Von den Käfern gab es im gesamten Turm mehr als genug, wie waren damit eine potenzielle Nahrungsquelle. Aber vielleicht, nur vielleicht, würde es ihm auch gelingen, einen der Vögel zu erlegen. Je mehr er darüber nachdachte, desto bewusster wurde ihm der Hunger, der damit begonnen hatte, sich in seinen Eingeweiden auszubreiten.

Er nahm seinen Mut zusammen, steckte den Käfer in den Mund, biss dreimal schnell auf das Tier – der feste Panzer knackte, gefolgt vom bitteren Geschmack der sich verteilenden Flüssigkeit – und schluckte. Er hustete und musste den Würgereiz unter Kontrolle halten. Doch dann war es ausgestanden. Er spülte den Geschmack mit etwas Wasser aus einem Moosteppich hinab, atmete durch und machte sich an den weiteren Aufstieg.

Hal spürte bei einigen Bewegungen den Sonnenbrand. Der Meereswind und die Schatten des Turms kühlten seine Haut, was die Sache erträglicher machte. Er kam gut voran, auch wenn er hin und wieder auf gefährlich beschädigte oder gar eingestürzte Treppen stieß, die ihn zu einem Umweg zwangen. Da der Käfer ebenfalls keine körperliche Reaktion auslöste, verschlang er hastig deren zwei, um in den folgenden Stunden die Menge nach und nach zu erhöhen. Er stellte dabei fest, dass die kleineren Exemplare weniger bitter waren als die ausgewachsenen. Doch trotz dieses Unterschieds konnte er nicht sagen, ob die Tiere den Hunger stillten oder ob es der Ekel war. Deshalb wechselte er später zu den Pilzen. Dabei behielt er speziell seine Wahrnehmung im Auge, um ein mögliches Gift zu erkennen.

Der Aufstieg schien ihm weniger beschwerlich als am Vortag, was er dem klaren, zu verfolgenden Ziel zuschrieb: Den Turm erklimmen und zum nächsten gelangen.

Vom schreckhaften Verhalten der Vögel leitete er ab, dass sie sich der Gefahr bewusst waren. Es war folglich nicht ausgeschlossen, dass es irgendwo in ihrem Lebensraum neben Raubtieren auch Menschen gab, die Jagd auf sie machten – und genau das gab Hal Hoffnung, so klein sie auch war.

Auf die zweite Nacht bereitete er sich schon am frühen Abend vor. Er sammelte Zweige, Gräser, trockenes Moos und Blätter, um sich unter einer der Treppen ein halbwegs geschütztes und bequemes Lager herzurichten. Da der Himmel wolkenfrei war und auch der Wind nur leicht wehte, rechnete er mit einer ruhigen Nacht.

Nachdem alles vorbereitet war, machte er sich, bewaffnet mit einigen Steinen, auf die Jagd nach Vögeln. Leider waren die Tiere zu wachsam, weshalb Hal ein Erfolg verwehrt blieb. Und so sammelte er weitere Pilze, ein paar Käfer, Blüten, deren Nektar süßlich schmeckte, und Gräser mit Samen.

Als er der Sonne dabei zusah, wie sie in das flammende Meer sank, durchforstete er erneut seine Gedanken, um in ihnen eine mögliche Begründung für die aktuelle Situation zu finden und Einblicke in die verschleierte Vergangenheit zu erlangen.

Er betrachtete seine Kleidung. Woher hatte er sie? Er suchte auch seinen Körper nach eventuellen Narben und Tätowierungen ab, um über diese zu einer Erinnerung vorzudringen. Doch was immer er versuchte, nichts half. Seine Vergangenheit blieb im Dunkel verborgen – wie die Dinge in der Schwärze des Weltalls. Dieses Nichts frustrierte ihn, lud ihn innerlich auf, so dass er am liebsten geschrien hätte. Doch das hätte nichts gebracht, nichts an seiner Lage, an diesem Mysterium geändert, und ihm lediglich kostbare Energie geraubt. Er konnte nur nach vorn blicken. Entweder würde er aus diesem sonderbaren Traum erwachen oder bald den dritten Turm erreichen.

Die Vögel verstummten und nach und nach kehrte Stille ein, die einzig vom Wind und dessen Spiel mit den Pflanzen und der Architektur gestört wurde. Hal wollte am nächsten Tag die Augen offen halten, um eventuell das eine oder andere Vogelnest zu entdecken und darin mit etwas Glück ein Ei.

Irgendwann – die Sonne war längst hinter dem Horizont verschwunden – legte sich Hal im Restlicht des Tages auf sein Lager und beobachtete die umliegenden Schatten dabei, wie sich diese mit der Dunkelheit der aufziehenden Nacht vermählten.

Der sanfte, angenehm kühle Wind säuselte durch das Gemäuer, sang ein melodisches Lied und geleitete Hal so in einen erholsamen Schlaf.

Am nächsten Morgen erwachte er ausgeruht und voller Tatendrang. Er stillte seinen Durst, aß mehrere Pilzköpfe und einige Pflanzensamen, und machte sich energiegeladen an den weiteren Aufstieg. Stunden später erreichte er ohne Zwischenfälle die Spitze des Turms und fand dort eine Transportanlage, deren Gondel einen ausgesprochen guten Eindruck machte: Das Holz war weniger rissig und das Metall in einem optisch guten Zustand.

Hal kleidete den Transportkorb am Boden und an den Seiten mit Blättern, Gräsern und Zweigen aus, um möglichst viel Schatten zu bekommen. Mit einigen Ästen baute er ein primitives Dach im hinteren Bereich, um es sich darunter bequem machen zu können. Er band alles mit geflochtenen Gräsern und elastischen Ranken fest und hoffte, dass sein Werk Windstößen standhalten würde.

In der letzten Nacht waren leichte Wolken aufgezogen, die nun als ein lückenloser Schleier den Himmel bedeckten und die Welt um ihn herum in ein graues, fades Licht tauchten. Hal suchte das Meer nach allen Richtungen hin ab, konnte aber nichts Interessantes entdecken; selbst der erste Turm war nicht zu erkennen – er lag irgendwo im trüben Dunst verborgen, genau wie jener, der das Ziel der nächsten Überfahrt war.

Hal trank etwas Wasser, sammelte einen Vorrat an Pilzen und schlug ein Ei auf, das er in einem Nest entdeckt und unter lautstarkem Protest eines Vogel-pärchens entwendet hatte. Er verschlang Eiweiß und Dotter hastig, denn allein der Gedanke an deren Konsistenz ließ ihn würgen. Ihm war bewusst, dass er es sich nicht leisten konnte, wählerisch zu sein; an einem sonnigen Tag hätte er es allerdings trotzdem auf den heißen Steinen gebraten.

Nachdem er wiederholt geprüft hatte, dass alles nach bestem Wissen und Gewissen hergerichtet war, betrat er den Transportkorb, schloss die Tür, steckte den Metallstift in die Öse und betätigte den Hebel, woraufhin sich die gigantische Kette über ihm und damit die Gondel in Bewegung setzte.

Er warf einen kurzen Blick zurück. Im Anschluss machte er es sich unter dem provisorischen Dach bequem und betrachtete die Blätter, die bereits ver-trocknet waren.

Der Ruf von mehreren Vögeln erfüllte die Luft, fast so, als wären sie glück-lich über seine Abreise.

Hal hoffte inständig, dass er den nächsten Turm ohne Zwischenfall errei-chen würde.

Kapitel 6

Zeitenlauf

Die folgenden Tage waren von einer Art Routine gezeichnet: Nahezu konstanter Aufstieg, durchzogen von der Suche nach Nahrung und Wasser, aufmerksames Beobachten der Umgebung, das Herrichten eines Nachtlagers, das Auskleiden der Gondel und die Überfahrt zum nächsten Turm.

Das Wetter verzichtete weitgehend auf plötzliche Umschwünge. Regen und Sturm kündigten sich am Horizont an, lange bevor sie auf den Turm trafen. Einzig der Nebel war unberechenbar, denn dieser kam teils wie aus dem Nichts und erreichte hierbei selbst die ungeheure Höhe der Türme, um diese völlig zu verschlingen. Zeitweise sah Hal nicht einmal die Hand vor den Augen, was ihn der Sicherheit wegen zu einer Pause zwang.

Er begann, die Überfahrten auf die Nacht zu legen, um vor der Sonne geschützt zu sein. Sobald er die Gondel in Bewegung setzte, war es unerheblich, ob ihn ein Unwetter bei Nacht heimsuchte oder bei Tageslicht; er konnte sich dann lediglich an die alte Konstruktion klammern und hoffen, die Sache zu überstehen. Er legte sein Leben in die Hände des Meeres, dessen Wetter so wechselhaft und unberechenbar war, dass selbst die kleinste Prognose binnen weniger Stunden hinfällig wurde.

Bei einer der Überfahrten konnte er gigantische Wale ausmachen, die tief unter ihm aus dem Graublau des Meeres brachen, weiße Wasserfontänen in die Luft schleuderten und – sich dabei leicht drehend – aus der Dunkelheit sprangen und unter lautem Getöse wieder darin verschwanden. Einige Exemplare waren so groß wie ein Wolkenkratzer. Abgesehen von der Größe war ungewöhnlich, dass ihre Haut manchmal in allen Farben schillerte, fast wie Perlmutt oder die Schuppen eines Fisches. Ein Wal hätte zudem aus einem gigantischen Saphir bestehen können, dessen Facetten das Licht brachen und ein unglaubliches Schauspiel boten. Spätestens diese Kreaturen führten Hal vor Augen, dass er der verborgenen Normalität seiner Vergangenheit völlig entrissen war. Dennoch konnte und wollte er nicht an einen Traum glauben. Es musste definitiv etwas anderes hinter alledem stecken, das aktuell jedoch so unergründlich war wie seine eigene Geschichte.

So ließ er seit seinem Erwachen insgesamt sieben Türme hinter sich, wobei diese die Grundzüge der ihm mittlerweile bekannten Architektur beibehielten, parallel dazu immer neuen Pflanzen und Tieren Lebensraum boten. Wo er hier duftende, kobaltblaue Blumen in Hülle und Fülle fand, wuchsen dort knochige, rostbraune Flechten. Bald fand er Schmetterlinge, verschiedene Vogelarten, Salamander und sogar Bienen, deren Körper im Sonnenlicht schwarzblau schimmerten, mit glänzenden Flügeln irgendwo zwischen Dunkelrot und Violett.

Als Hal am späten Abend die für die Überfahrt zum neunten Turm vorbereitete Gondel bestieg, verwandelte die untergehende Sonne sonderbare Wolkenformationen in flammende Säulen, die hoch aufragten und ein brennendes Dach aus schwerelosen Bergen trugen, über denen das Blau des Himmels nach und nach an Farbe verlor. Das goldene Licht wärmte auf eine angenehme Weise die vom auffrischenden Wind gekühlte Haut und erzeugte dabei eine Stimmung, die Hal tief entspannte. Er war fast sorgenfrei, beinahe glücklich.

Als er den Hebel betätigte und damit den Mechanismus in Gang setzte, war ihm klar, dass die Fahrt zum nächsten Turm viele Stunden dauern würde. Was er allerdings nicht wusste, nicht einmal ahnen konnte, war, welches Wunder ihn in der Nacht erwartete:

Er öffnete die Augen. Die mittlerweile verdorrten Blätter der Zweige raschelten im sanften Wind, der die nächtliche Fahrt begleitete. Hal drehte sich zur Seite und betrachtete den sternenklaren Himmel, der sich jenseits des rostigen Metalls der Gondel bis zum Horizont erstreckte. Dabei weckte ein heller Punkt auf dem dunklen Wasser seine Aufmerksamkeit, ein Leuchten im Meer.

Hal kroch aus seinem Lager hervor und richtete sich vorsichtig auf, um den Transportkorb nicht unnötig schwanken zu lassen, und trat an die Brüstung, von wo aus sein Blick in die Tiefe wanderte. Und dort unten erhellten grünliche und bläuliche Lichter das Meer, gaben sich den Wogen, den Verwirbelungen und den Strömungen hin, tanzten wie Leuchtkäfer in einer lauen Sommernacht. Hier suchten verirrte Lichter Gefährten und dort bildeten Milliarden eine zusammenhängende, magische Geometrie, die sich in den tieferen, dunkleren Wasserschichten verlor. Die Organismen glichen Sternen, die vom Himmel gesunken waren; es war ein ganzes Universum, das sich da unter Hal entfaltete, wunderschön und zugleich unergründlich weit.

Er sah sich um: Das Leuchten erstreckte sich nach allen Richtungen und verlor sich in der Ferne, wo sich dann, nur durch einen dunklen Streifen getrennt, das funkelnde Nachtgewölbe erhob. Es war, als würde er durch den Kosmos gleiten, losgelöst von Zeit und Raum.

Hal wusste nicht, wie lange er das Schauspiel beobachtete. Irgendwann wurden seine Augenlider schwer und er legte sich wieder auf sein Nachtlager, wo er noch eine Weile dem Wind lauschte, bevor er in der Dunkelheit versank und entspannt einschlief.

In den frühen Morgenstunden – die Dämmerung war gerade angebrochen – wachte Hal leicht fröstelnd auf. Er lief langsam in der Gondel umher und streckte sich dabei.

Er hatte in den vergangenen Tagen keine Antworten finden können, doch die Fragen, mit denen er sich beschäftigte, während er sich aufwärmte, verflogen, als er sah, was sich vor ihm befand: Ein Turm, größer als die bisherigen, über und über von dichtem Grün bedeckt. Ranken, Moos, Flechten und Gräser hatten das Mauerwerk quasi unsichtbar gemacht, während Büsche und Bäume – zu seiner Verwunderung überwiegend Birken – aus nahezu jeder Öffnung ragten und himmelwärts strebten. Doch selbst die Erscheinung dieses mächtigen Bauwerks, das sich aus der schwindenden Nacht schälte, wurde von einer Entdeckung in den Schatten gestellt, die sein Herz schneller schlagen ließ: Eine zweite Kette endete links an der Westseite des Turms.

Hals Blick folgte ihrem Lauf: Sie verlor sich so in der Ferne wie jene, an welcher seine Geschicke hingen.

Er betrachtete den Turm aufmerksam, suchte alles ab, um eventuell eine Bewegung zu registrieren, die nicht der Wind verursachte. Schrittweise wurden die Laute der ersten Vögel zu ihm getragen, die das Licht des Tages begrüßten. Einige flatterten bereits außerhalb der Mauern umher.

War jemand hier? Oder würde in absehbarer Zeit eine weitere verirrte Seele zu diesem Ort finden?

Schlagartig waren Hals Sinne geschärft. Auch wenn er von der Gondel aus nichts gegen einen Angriff hätte ausrichten können, beobachtete er die Umgebung genau. Die neuen Impulse beeinflussten sein Denken: Würde er zukünftig eine Waffe benötigen? Wie konnte er sich nachts schützen? Vielleicht war es ja egal, da die Dinge so geschehen würden, wie sie vorherbestimmt waren.

Mit einem Ruck hielt die Gondel am Turm.

Die Sonne war mittlerweile über den Horizont gestiegen und legte auf alles ihr kühles Morgenlicht, das vielen Wolken ein rosa Gewandt gab. Der frische Wind trieb ein Raunen durch die Pflanzenwelt des Turms und größere Wellen gegen dessen Fuß.

Hal nahm die verbliebenen Vorräte an sich – einige getrocknete Pilze und ein Bündel mit Gräsern, die dicke, eiförmige Samen trugen – und verließ die Gondel, die sich augenblicklich langsam entfernte.

Die Vegetation, der er sich gegenübersah, war derart dicht, als wäre ein alter Wald im Inneren des Turms konserviert worden. Obwohl sich viele Wurzeln tief in das Gestein vorgearbeitet und es beschädigt oder gar zertrieben hatten, wurde alles von kräftigen Ranken zusammengehalten, die das Mauerwerk knöchern umschlossen. Bäume ragten auf und erfüllten mit ihren teils mächtigen Kronen den gigantischen Raum, den die Architektur bildete. Luftwurzeln hingen von den Etagen wie Ranken von Ästen und Balustraden. Der Wind gab allem eine sanfte Bewegung und ließ hier und da wunderbare Spiele aus Licht und Schatten entstehen. Sattes Grün wechselte sich mit Blüten ab, die dabei waren, sich zu öffnen und ihre strahlenden Farben zu präsentieren, während Insekten aktiv wurden und Vögel blitzschnell und wendig von Baum zu Baum flatterten. Hal spürte deutlich, dass alles in diesem Turm auf seine Anwesenheit reagierte, gleich einem gigantischen Organismus. Aber das sollte ihn nicht weiter stören, solange es keine Abwehrreaktion war.

Er konnte sich bei der Artenvielfalt nicht vorstellen, weit vom Festland – oder zumindest von einer Insel – entfernt zu sein. Eventuell würde der Blick von der Turmspitze Aufschluss darüber geben. Jedoch würde es bis dahin dauern, denn der Aufstieg war dazu bestimmt, kein leichter zu werden; nicht bei all den Pflanzen, die ihm den Weg versperrten und teils nach ihm zu greifen schienen, um ihn festzuhalten. Aber Hal ließ sich nicht beirren, denn er spürte, dass er einer möglichen Antwort näher kam, auch wenn sie das Hier und Jetzt betraf und nicht seine in der Dunkelheit schwebende Vergangenheit.

Auf der 11. Etage verharrte er. Oder hatte er sich verzählt? Durch die dichte Vegetation konnte er geradeso eine Ebene nach unten und eine nach oben sehen.

Was diese Etage speziell machte, war ein hoher Tonkrug in der Nähe einer Treppe, umgeben von Gräsern und halb vereinnahmt von einem kleinen Busch. Am oberen Rand fehlte eine große Ecke, sodass Hal augenblicklich erkennen konnte, dass das Gefäß mit Wasser gefüllt war. Leider zuckten darin schwerelose Insektenlarven.

Dass er keinen stärkenden Schluck nehmen konnte und weiterhin auf feuchtes Moos angewiesen war, war eine Sache, eine andere die Entdeckung des Krugs, war er doch der erste Hinweis darauf, dass irgendwann jemand an diesem Ort gewesen sein musste. Das traf zwar ebenfalls auf die bloße Existenz der Türme zu, aber diese stellten mehr Teil des Rätsels dar und weniger einen Hoffnungsschimmer. Wobei das beim nächsten Gedanken nicht ganz richtig war, denn solange es in der Ferne einen weiteren Turm gab, den Hal erreichen konnte, war seine Reise nicht vorüber. Auf eine gewisse Art entsprang den mysteriösen Ungetümen dann doch ein Hauch von Hoffnung.

Auf den folgenden Etagen fand Hal weitere Tonkrüge – das Wasser war ausnahmslos ungenießbar –, die verrottenden Reste von Brettern und Holzbalken und vereinzelte, relativ dicke Splitter aus Porzellan und Glas. Die Form der Fragmente ließ vermuten, dass sie einst runde Gefäße gebildet hatten. Er nahm von jedem Material zwei Stück an sich, denn er wusste nicht, ob er bald vor einem Problem stehen würde, das zur Lösung eine scharfe Kante benötigte.

Als er eines der Fenster passierte und die Wärme der einfallenden Sonne spürte, bildete sich in seinem Kopf ein Wort: Feuer. Eilig suchte er dürres Laub, trockenes Gras und Zweige zusammen, positionierte alles an einer geeigneten Stelle und versuchte, mittels der Glasscherben das Sonnenlicht zu bündeln. Er drehte die Scherben einzeln, überlagerte sie und versuchte alle erdenklichen Winkel und Abstände, sowohl zwischen dem Glas als auch zum

Laub, doch es wollte ihm nicht gelingen, auch nur einen ansatzweise definierten Brennpunkt zu finden. Da die Sonne recht schnell sank, beließ er es bei dem Fehlversuch und kümmerte sich stattdessen um das Nachtlager, welches aufgrund der Pflanzenvielfalt das bequemste seit seinem Erwachen am ersten Turm werden sollte. Anschließend suchte er Früchte, Gräser und Moos, um Hunger und Durst im Rahmen seiner Möglichkeiten Einhalt zu gebieten. Obwohl es zahlreiche Vögel gab, musste er sich mit Käfern und Schmetterlingen begnügen. Beinahe hätte er sich an einen unachtsamen Vogel anschleichen und ihn eventuell sogar mit einem Stockhieb erlegen können, doch ein plötzlicher Windstoß schreckte das Tier auf und vereitelte damit seinen Plan. Bedauerlicherweise konnte er in den Baumkronen der Etage kein einziges Nest erspähen. Vielleicht würde er ja am nächsten Tag mehr Glück haben.

Während Hal auf seinem Lager ruhte dabei zusah, wie die Nacht aus den Schatten quoll, lauschte er den Klängen von Wind und nachtaktiven Insekten.

Er nahm die Glasscherben erneut zur Hand und betrachtete sie im Halbdunkel von allen Seiten. Es fehlte ihnen jegliche Gemeinsamkeit zu einer Linse. Damit war es nicht realistisch, sich den Traum von einem Feuer mit ihrer Hilfe zu erfüllen. Folglich blieb ihm aktuell nur der Weg über Reibungswärme. Aber was, wenn das Feuer außer Kontrolle geraten würde? Abgesehen von dem Wasser in den vereinzelten Tongefäßen gab es nichts, womit er einen Brand hätte löschen können. Durch den Wind war auch ein Funkenflug unberechenbar, nicht nur hier, sondern überall. Und auf einem Turm mit wenig Vegetation gab es nichts, um die Flammen lange genug zu nähren und so überhaupt einen Nutzen aus den Bemühungen zu ziehen. Und sollte es ihm doch in der Zukunft gelingen, ein Feuer zu entfachen, so musste er unter allen Umständen jede noch so kleine Unachtsamkeit verhindern, um keine Katastrophe heraufzubeschwören.

Hal legte die Scherben zur Seite. Danach dauerte es nicht lange, bis seine Lider schwer wurden, sich schlossen und die Welt ausblendeten.

Kapitel 7

Scheideweg

Nachdem sich Hal etwas gestärkt hatte, machte er sich an den weiteren Aufstieg. Die Sonne war noch nicht stark genug, um durch den Höhennebel zu dringen, der dem Tag einen trüben Schein auferlegte, welcher allen Lebewesen die Kraft zu rauben schien. Selbst die Vögel waren weniger aktiv als am Vortag. Der Wind ruhte völlig, sodass die Welt in einer Stille lag, die Hal beinahe hätte greifen können.

Er vermutete, dass noch mindestens zwei weitere Tage von Nöten sein würden, um die Turmspitze zu erreichen. Dieser Gedanke zerbarst allerdings, als er in den frühen Nachmittagsstunden in einer Sackgasse landete: Die beiden für ihn erreichbaren Treppen, die hinauf zur nächsten Etage führten, waren der Zeit zum Opfer gefallen und nichts weiter als Geröll. Die Treppen auf den zwei anderen Seiten des Turms waren – soweit Hal zwischen all dem Grün erkennen konnte – intakt, doch nicht zu erreichen, da an zwei Stellen jeweils ein Spalt von mehreren Metern Breite klaffte; Wurzeln hatten die Bausubstanz gesprengt. Leider waren die alten Ranken beim Einsturz von den nun brüchigen Wänden und angrenzenden Säulen gerissen worden. Ihre Nachfolger waren zudem verhältnismäßig jung und grün und daher kein Garant für sicheren Halt. An diesen lose hängenden Pflanzen konnte er sich definitiv nicht zur anderen Seite hangeln.

Da der Verfall bereits weiter unten begonnen und ihn mehrmals zur Umkehr gezwungen hatte, wusste Hal, dass es keinen alternativen Weg zu den Treppen gab. Würde er es zur Not schwimmend oder mit einem selbstgebauten Floß bis zum nächsten Turm zu schaffen?

Er zwang sich zur Ruhe, trat vorsichtig an eine der Kanten und sah zwischen von oben herabhängenden Zweigen und Ästen hindurch zur anderen Seite. Es waren reichlich vier Meter und damit zu weit, um die Distanz mit einem waghalsigen Sprung zu überbrücken.

Hal suchte in der üppigen Vegetation nach einem toten Baum, um diesen eventuell als Steg nutzen zu können, doch vergebens. Hinzu kam, dass sich der Sandstein des Turms als relativ weich erwies, was Hal beim Versuch feststellte, mit einem scharfkantigen Brocken den Stamm eines gesunden Baums zu schwächen, dessen Höhe ausreichte, um den Abgrund zu überbrücken; die gezielten Hiebe durchschlugen die Rinde zwar problemlos, behielten aber ihre zerstörende Wirkung beim Kontakt mit dem Holz nicht bei. Unter diesen Voraussetzungen würde es vermutlich Tage dauern, einen Baum zu fällen, und noch länger, ihn von den größten Ästen zu befreien und durch das Dickicht zu transportieren. Deshalb ließ Hal von der Idee ab und untersuchte stattdessen die Umgebung genauer. Es musste eine andere Möglichkeit geben.

Kurze Zeit später machte einen Abschnitt aus, an welchem er – zumindest theoretisch – zur anderen Seite klettern konnte, indem er einen jener Bäume bestieg, deren Kronen weit in den Innenraum des Turms ragten; an zahlreichen Stellen überlagerten sich große Äste, die Hals Gewicht ohne Probleme tragen konnten. Allerdings stand die Frage im Raum, ob die Stämme fest genug am und im Mauerwerk verwurzelt waren. Hal musste folglich abwägen: Entweder Zeit und Geduld investieren und einen geeigneten Baum zu Fall bringen oder das gefährliche Risiko eingehen und zur anderen Seite klettern.

War es überhaupt möglich, einen Stamm zu fällen, ihn bis an einen der Abgründe zu befördern und diesen damit zu überspannen? Eventuell würde der Stamm beim kleinsten Missgeschick in die Tiefe stützen und im schlimmsten Fall Hal mit sich reißen. Dann hätte er seine Kräfte verschwendet oder gar sein Leben völlig grundlos verwirkt. Dass er eine Lösung benötigte, lag auf der Hand, denn hier saß er schlicht und ergreifend in der Falle; er musste jede Chance nutzen – und davon gab es an diesem Ort bedeutend mehr als auf einem der kahlen Türme.

Er prüfte, ob er nicht einfach an der Außenwand entlang zu einem Fenster auf der anderen Seite klettern konnte. Das erste Problem, das ihm auffiel, war der Wind, der stets die Richtung wechselte und damit seine Angriffspunkte. Die zweite Schwachstelle waren die Ranken, denen Hal trotz ihres Aussehens nicht trauen wollte. Als er zur Sicherheit an einigen von ihnen rüttelte und zog, löste sich ein Teil von der Wand, was durch das Eigengewicht eine Kettenreaktion auslöste. Das hatte zur Folge, dass sich ein mehrere Hundert Quadratmeter großer Rankenteppich löste. Überrascht und zugleich entsetzt sah Hal dem Schauspiel zu, bis die Pflanzen an fester mit dem Turm ver wachsenen und kräftigeren Exemplaren hängen blieben und mit ihnen eine Einheit bildeten.

So kam es, dass er sich bald darauf in der Krone eines Baums befand, dessen Stabilität er immer wieder durch Rütteln testete, denn er musste sicher sein, dass sein Gewicht getragen wurde, sobald er vollständig über dem grünen Abgrund im Auge des Turms war. Er konnte nur darauf vertrauen, dass die Bäume auf der anderen Seite ebenfalls stabil und fest verwurzelt waren.

Seine Handflächen wurden feucht, als er die Reste der Balustrade hinter sich ließ und damit wusste, dass jeder Fehler, jedes Missgeschick den Tod bedeuten konnte.

Von unten stiegen mehrere Vögel auf und Schmetterlinge zogen mit dem warmen Wind, der aus der Tiefe nach oben strömte. Hal sah über und unter sich nur Dickicht, das die Dimensionen des Turms verschleierte. Alles war in Bewegung. Er musste sich auf seine Bewegungen konzentrieren; kein leichtes Unterfangen, da ihm schwindelig wurde.

Er wechselte zwischen zwei Eichen, ununterbrochen bemüht, sicher zu stehen und sich zu jeder Zeit an einem Ast festzuhalten. Immer wieder pausierte er und betrachtete die Wuchsrichtungen von Zweigen und Ästen, um nur dem Weg der kräftigsten Exemplare zu folgen. So tastete sich Hal Stück für Stück voran.

Plötzlich gab der Ast unter seinen Füßen nach. Er verlor den Halt und fiel. Reflexartig ruderte er mit den Armen, um irgendetwas zu greifen. Alles drehte sich, Holz brach. Zweige prügelten auf ihn ein und schnellten in sein Gesicht, ohne dass er es spürte.

Ein Zufall verhinderte Schlimmeres: Mit dem linken Arm traf er auf einen Ast und hakte sich geistesgegenwärtig fest; den Schmerz in seiner Ellenbeuge sollte er erst viel später spüren. Blitzschnell klammerte er sich zusätzlich mit dem rechten Arm fest, zog sich nach oben und kreuzte die Beine über dem Ast, um einen sicheren Halt zu haben und auf diese Weise über dem Abgrund hängend kurz zu verschnaufen. Er sah seine zerschundenen Arme und all das sich bewegende Grün. Er wusste nicht, wie tief er gefallen und von welcher Seite aus er geklettert war. Um ihn herum waren die Vögel mehr in Aufruhr denn je.

Als er die richtige Seite des Turms erreichte, fehlte in seiner Erinnerung der Weg durch mehrere Baumkronen, um an Höhe zu gewinnen, die Erkenntnis, in die falsche Richtung geklettert zu sein und das erneute Unterfangen, der Sackgasse zu entrinnen. Wie ferngesteuert stieg er eine der beiden Treppen empor und ließ anschließend zahlreiche Etagen hinter sich, ohne anzuhalten.

Gegen Abend nahm die Temperatur stark ab und er musste sich aus Zweigen, Laub und Gräsern ein Lager bauen, das mehr einer Höhle glich, in die er sich zurückzog, als würde er Winterschlaf halten wollen.

Am frühen Abend des folgenden Tages erreichte er die Spitze des Turms, die aufgrund der fehlenden Wände von einer zügellos wuchernden Vegetation bedeckt war, die an einen Urwald erinnerte. Und wo es ihm in der Sackgasse an Optionen gefehlt hatte, sah er sich hier mit einer ungleich schwierigen Situation konfrontiert: Es gab zwei abgehende Ketten.

Nach Erreichen des Turms war seine Aufmerksamkeit immer wieder zu der zweiten Kette geglitten, die am Turm endete. Doch schnell war ihm klar geworden, dass es keinen Sinn machte, hier zu warten, bis eventuell jemand die Gondel nutzte. Interessanterweise machte er sich zu diesem Zeitpunkt keinerlei Gedanken, was wäre, wenn es auch auf der Spitze des Turms zwei Ketten gab. Die Möglichkeit wurde ihm erst bewusst, als er vor vollendeten Tatsachen stand.

Eine der Ketten führte Hals Reiserichtung fort – nach Norden –, während die andere nach rechts, nach Osten hin gespannt war. Durch das Gestrüpp konnte er in der Ferne je einen Turm ausmachen. Da beide Transportkörbe und die Ketten von Rankenwerk überwuchert waren, musste er sich seine Wahl genau überlegen, denn es würde Stunden dauern, das Grün zu entfernen. Da er wusste, dass es bis zum Einbruch der Nacht nicht umzusetzen war, wollte er wenigstens damit beginnen und sich anschließend um ein Lager, Wasser und Nahrung kümmern. Die Arbeiten würde er dann am nächsten Tag fortsetzen, um mit etwas Glück schon am späten Nachmittag aufzubrechen.

Zwei Ketten erreichten den Turm und zwei verließen ihn. Handelte es sich um ein Netzwerk? Wenn ja, an welcher Stelle war dieser Knotenpunkt? Und was verbarg sich dahinter? Welche Vision verfolgten die steinernen Ungetüme aus den Händen ihrer geheimnisvollen Erbauer?

Hal fragte sich, ob er dem Weg nach Osten den Vorzug gegeben hätte, wenn er von Westen gekommen wäre, denn sein Bauchgefühl riet ihm, die aktuelle Richtung – Norden – beizubehalten; und diesem Gefühl wollte er folgen. Aber was, wenn dort eine Sackgasse war, wenn keine Kette vom nächsten Turm abging? Beide Vorrichtungen konnten ihm durch einen Stillstand potenziell zum Verhängnis werden, das ließ sich nicht ausschließen. Er konnte jedoch sehr sorgfältig beim Entfernen der Pflanzen vorgehen, um das Risiko zu minimieren, aufgrund nicht gelöster Ranken den Mechanismus zu blockieren oder gar die Bausubstanz zu beschädigen. Die tragende Kette war zwar riesig, aber Hal wusste nicht, welche Feinheiten sich in der verborgenen Mechanik befanden und wie diese auf Störungen reagierte. Immerhin wurde sein Gewicht registriert, und das stand in keinem Verhältnis zu den Kräften, die eine Ranke mit der Stärke eines Arms aufnehmen und vor allem übertragen konnte.

Diese und weitere Gedanken beschäftigten ihn, während er Beeren und Insekten sammelte, um den gröbsten Hunger zu stillen. Gewiss hatte er in den letzten Tagen mehrere Kilogramm abgenommen, denn der Mangel an Nahrung und die ständige Bewegung gingen Hand in Hand mit dem Umstand, dass sich das Hungergefühl nur bemerkbar machte, wenn er zur Ruhe kam. Er suchte Teile zerbrochener Tongefäße und fand sogar mehrere große Glassplitter, die er für seine Arbeit nutzen konnte. Er genoss anschließend süßen Blütennektar, presste Moos aus und aß Samen von verschiedenen Gräsern, die ihm ausnahmslos unbekannt waren. Neben sauren Beeren und bohnenartigen, leicht salzigen Früchten fand er auch welche, die ihn an Mirabellen erinnerten, gelb und honigsüß.

Sein Lager errichtete er zwischen mehreren Birken, indem er die Stelle mit einer dicken Schicht aus weichen Pflanzen bedeckte. Nach dieser Arbeit stand er noch eine Weile an der von Gräsern, Ranken und Moosen überwucherten Brüstung und sah in die Ferne, wo die Sonne bald hinter dem Horizont verschwinden würde.

Das Licht entspannte ihn. Es schien mit seiner warmen Farbe jede Faser von Hals Körper zu umspielen. Er gähnte, woraufhin das glitzernde Meer in der Tiefe verschwamm. Der Wind frischte etwas auf und sandte ein Raunen durch die Baumkronen. Es war der Gesang des Schlafs, ein Lockruf der Nacht.

Bald darauf ruhte Hal auf seinem bequemen Lager und schaute zwischen den Zweigen und Ästen hindurch zum Himmel. Immer wieder wanderte sein Blick in die Dunkelheit, wo die Säulen mit ihren sonderbaren Kreaturen die riesige Steinplatte trugen, die das Auge des Turms bedeckte. Beobachteten ihn die gemeißelten Wesen? Sie wirkten auch als Schemen so lebendig, dass er beinahe damit rechnete, im nächsten Moment eine Bewegung zu erkennen.

Hal verlor sich wieder in den Sternen, Sterne so mannigfach und hell, dass die Nacht hier oben nicht völlige Schwärze mit sich trug. Der Mond, der außerhalb seines Sichtfelds am Horizont nur knapp über dem Meer hing, leistete mit seiner in dieser Nacht winzigen Erscheinung hierzu kaum einen Beitrag.

Hal hatte die Sterne bereits mehrfach beobachtet und festgestellt, dass nicht einmal das Fragment einer ihm bekannten Konstellation dort oben thronte. Es war ein fremder Himmel über einer fremden Welt; eine Welt, so verschlossen und unbekannt, wie jene, die hinter ihm lag. Aber er wollte die Hoffnung nicht aufgeben – er durfte sie nicht aufgeben.

Zwischenspiel

S i e

Ich lief durch die Straßen. Es war ein zielloses Spazieren, denn ich wollte mir noch etwas die Beine vertreten und die letzten Sonnenstrahlen des schönen Tages genießen. Der Wetterbericht hatte nämlich eine Regenfront und für die übrige Woche schlechtes Wetter mit Gewitter und Sturmböen vorhergesagt.

Ich war bei weitem nicht allein mit der Idee, denn die Gehwege quollen teilweise über, ganz zu schweigen von den Bänken im nahegelegenen Park, wo sich Pärchen im goldorangen Licht unterhielten oder schweigend den Augenblick genossen, während hin und wieder jemand mit seinem Hund vorüberlief oder ein Jogger seine Runden absolvierte. Außerhalb des Parks standen Leute vor den Häusern und plauderten, einige setzten ihre Einkaufstüten ab und richteten das Gesicht mit geschlossenen Augen zur Sonne. Es war, als würde jeder seine Hektik ablegen und den Moment genießen.

Ich kam aus einer schattigen Seitenstraße und bog nach rechts ab. Hier spielten ein paar Kinder und malten mit Kreide den Gehweg voll. Aus einem der Fenster auf der anderen Straßenseite tönte laute Reggae-Musik, die in der ganzen Umgebung zu hören war. Ich weiß nicht, ob es das mit den Spiegelscherben war, die an Schnüren hingen und sich im Wind drehten, oder eins der anderen – zu viele Fenster waren offen. In einem saß eine Frau mit dem Rücken zur Straße auf der Fensterbank und rauchte. Sie lachte über irgendetwas. Aus einem anderen wehten dünne Gardinen. Wahrscheinlich waren alle Fenster der Wohnung geöffnet, um die schöne Abendluft bis in den letzten Winkel zu verteilen.

Dann sah ich wieder nach vorn und hielt erschrocken an, denn fast wäre ich mit jemandem zusammengestoßen. Und da stand *sie* vor mir.

Sie hatte kurze, strubblige Haare, die so hellblond waren, dass sie sogar das Licht der Sonne zu schlucken schienen. Ihre Haut besaß eine wunderbare, leichte Bräune, durch die ich wusste, dass das die zarteste und schönste Haut war, die es gab. Ihre Gesichtszüge waren gleichmäßig und ihre Lippen so wohlgeformt, dass ich fast nicht den Blick von ihnen lassen konnte. Und ihre blaugrünen Augen, sie strahlten.

Erst jetzt fiel mir auf, dass ihre gesamte Haut – Gesicht, Hals, Schultern und Arme – von hellblonden, beinahe weißen Härchen bedeckt war, ein leichter Flaum, der im orangen Licht wie ein Glühen wirkte, das ihren Körper umspielte. Und obwohl genau das sehr überraschend und ungewöhnlich war, fühlte ich mich von ihr angezogen, und das so intensiv, wie ich es vorher noch nie gespürt hatte.

Sie hob die hellen Augenbrauen. Dabei zeichneten sich leichte Fältchen auf ihrer hohen Stirn ab.

Ich war perplex. Die ganze Situation machte mich sprachlos. Ich trat zur Seite, um ihr Platz zu machen.

Sie lächelte. Und ich brachte kein Wort heraus.

Mit ihren großen Augen lief sie an mir vorüber. Ich schaute ihr nach. Sie hatte ein eng anliegendes, rotes Träger-Top an, einen bunten Wickelrock, der knapp unter ihren Knien endete, und dunkelgrüne Sandalen. Der Flaum bedeckte auch ihre Beine und den Rücken. In der linken Hand trug sie einen blauen Stoffbeutel.

Ich hatte nichts gesagt, hoffte aber, dass sie sich noch einmal umdrehen würde. Leider blieb es bei der Hoffnung, denn sie lief weiter. Sie fuhr sich mit der Hand durch das Haar. Spürte sie, dass ich ihr nachschaute? Oder war das nur Wunschdenken?

Mir fiel auf, dass keines der Kinder und keiner der Passanten zu ihr blickte oder auch nur den Kopf hob. Es war, als wäre sie unsichtbar. Kannte man sie? Wusste hier jeder, wer sie war?

Ich hatte keine Ahnung, was ich denken und von alledem halten sollte.

Ich sah ihre Schulterblätter, ihre schlanke, angenehme Figur, ihre Waden und das Licht, das sie aufgrund des Flaums umgab. Oder war es ihre Aura? Ihr langgezogener Schatten entfernte sich, während sie in die Sonne einzutauchen schien, die am Ende der Straße wie eine Explosion glühte, verheißungsvoll thronte, regungslos gefangen in einer Zeitschleife. Das und noch mehr schoss mir durch den Kopf.

Plötzlich klirrte es laut auf der anderen Straßenseite.

Ich sah nach rechts. Einem jungen Mann war eine Glasflasche aus der Hand gerutscht. Ich schaute wieder nach vorn – sie war verschwunden.

Ich weiß nicht, wie lange ich noch dort stand. Die Gegend war mir nicht unbekannt, aber ich hatte sie hier noch nie gesehen. Würden sich unsere Wege noch einmal kreuzen?

Ich wurde innerlich ganz unruhig. Und ich hätte mir eine Ohrfeige geben können, weil ich nichts zu ihr gesagt hatte. Ich lief ihr eiligen Schrittes nach, sah in die abgehenden Gassen und Seitenstraßen, doch keine Spur von ihr. Sie musste sich entweder in Luft aufgelöst haben – oder in Licht. Wahrscheinlicher war aber, dass sie hier irgendwo wohnte, direkt in der Nähe.

Ich lief zurück. Ich fragte in den Geschäften nach und jeder wusste, von wem ich sprach. Allerdings konnte mir niemand ihren Namen nennen oder die

Straße, in der sie wohnte. Sie sei nur ab und zu hier. Und sie grüßte immer nur mit einem Lächeln und einem Nicken. Auf Nachfrage wurde mir gesagt, dass sie immer allein unterwegs war.

Als ich jedem Laden in der näheren Umgebung einen Besuch abgestattet hatte, fragte ich die Kinder, die noch immer draußen spielten, aber auch sie konnten mir keine genauere Auskunft geben.

Ich lief die Straße noch auf und ab, als es längst dunkel war und sich der Duft der einbrechenden Nacht auf alles legte. Hier und da gossen Leute die Pflanzen in den Blumenkästen vor ihren Fenstern, während aus den Wohnungen die Klänge von Unterhaltungen und Fernsehgeräten drangen.

Wieso hatte ich nichts gesagt?

Diese Frage ließ mich in der Nacht nicht zur Ruhe kommen. Was, wenn sie morgen schon die Stadt verlassen und damit die Möglichkeit verschwinden würde, dass sich unsere Wege noch einmal kreuzen? Die Situation führte dazu, dass ich am nächsten Tag zur gleichen Zeit einen Spaziergang unternahm, trotz Wind, der den kalten Regen durch die Straßen peitschte und damit die Kreidezeichnungen der Kinder ausradierte. Ich wartete, lief umher und wärmte mich im Schein der Straßenlaternen, als es bereits spät und dunkel war. Vergebens; sie kam nicht. Mir blieb nichts anderes übrig, als mit meinem Regenschirm den Heimweg anzutreten.

Ich wiederholte das Prozedere am folgenden Tag, und dem Tag darauf. Es wurde Teil meiner täglichen Routine, auch wenn das Wetter so unwirtlich war, das ich mich von Herzenslust gerne zuhause eingesperrt hätte.

So verging eine Woche. Das Wetter wurde schrittweise besser und auch die Temperaturen stiegen wieder auf ein angenehmes Niveau. Man konnte es unmittelbar spüren, wie die Psyche die Sonne aufsog, nach der sie gelechzt hatte. Jeder schien fröhlicher zu sein und auch ich war voller Energie.

Aufgrund der fortwährenden Enttäuschung fällte ich den Entschluss, meine Spaziergänge noch ein paar Tage beizubehalten, um zwei Wochen zu füllen, die seit dieser sonderbaren, einschneidenden Begegnung vergangen waren und die unverändert intensiv in meinem Kopf nachhallte. Aber ich war ja selbst schuld an dieser Situation.

Ich verließ die Wohnung. Damals wohnte ich in der vierten Etage. Ich lief die Treppen hinab und war schon nach ein paar Stufen wieder in meinen Gedanken und der Erinnerung versunken. Ich sollte allerdings blitzschnell in die Realität zurückgeholt werden, genau in dem Moment, in welchem ich die Haustüre öffnete: Auf der anderen Straßenseite, da stand *sie*.

Das Herz schlug mir bis zum Hals. Ich ließ die Tür hinter mir einfach ins Schloss fallen und lief geradewegs auf sie zu. Ich sah nur kurz nach links und rechts, ehe ich auf die Straße trat.

Sie trug rotbraune Lederschuhe, die etwas klobig wirkten, und ein minzfarbenes, luftiges Sommerkleid mit zartblauen Blüten, das ihr bis zu den Knien reichte, und eine leichte, orange Strickjacke.

Ich erwiderte ihr Lächeln und blieb vor ihr stehen.

„Wie hast du mich gefunden?" wollte ich wissen. Ich war perplex, dass sie augenscheinlich auf mich gewartet hatte.

„Ich bin dir gefolgt, nachdem ich dich in der Straße sah, wo wir fast zusammengestoßen wären."

Ihre Stimme klang so angenehm und vertraut, dass mir war, als würde ich sie schon ewig kennen.

„Da war ich die letzten Tage immer zur gleichen Zeit, weil ich dich suchte."

„Ich weiß."

„Hast du dich versteckt?"

Sie lachte. „Vielleicht."

„Und jetzt stehst du hier und wartest auf mich, weil ...?"

„... ich weiterziehen werde", antwortete sie. „Dem Wind folgen."

Obwohl ich sie nicht kannte, stimmten mich diese Worte traurig.

„Ich weiß, dass ich es bereut hätte, wenn ich nicht gekommen wäre", fuhr sie fort. „Morgen hätte ich bei jeder Wohnung geklingelt, um dich zu finden."

Erst in diesem Moment wurde mir der Flaum auf ihrer Haut wieder bewusst; ich hatte ihn gar nicht beachtet. Ich musste mich konzentrieren, damit meine Gedanken nicht abglitten und ich bei der Sache blieb.

„Jedenfalls dachte ich, dass wir zusammen einen Kaffee trinken sollten", sagte sie. „Oder einen Tee. Ich kenne eine wunderbare Teestube in der Nähe." Eine kurze Pause. „Falls du überhaupt Zeit und Lust hast."

„Ich wollte eben wieder nach dir Ausschau halten", erklärte ich.

Sie lächelte. „Du hast mich gefunden."

„Tee klingt gut."

Ihre Augen strahlten. Dann liefen wir los.

„Es wäre auch dir gegenüber ungerecht gewesen, mich nicht zumindest kurz blicken zu lassen", sagte sie. „Immerhin wusste ich, dass du nach mir suchst."

„Ziemlich erfolglos."

„Das würde ich nicht sagen. Hätte ich dich nicht ein paarmal in der Straße gesehen, wäre ich jetzt woanders und hätte gewiss keinen Gedanken mehr an dich verloren." Sie sah mit einem Lächeln zu mir. „Aber jetzt sind wir ja hier."

Als sie das sagte, konnte ich es noch immer nicht glauben.

„Wir wären uns wahrscheinlich nie wieder über den Weg gelaufen. Das war kein Zufall."

Ich nickte. Ich wusste, dass es kein Zufall war.

Und das weiß ich noch heute.

Kapitel 8

Der Stern über dem Meer

Hal öffnete die Augen. Das Licht der Sterne und das des nun höher stehenden Mondes gab den Dingen Kontur. Der Wind – angenehm warm, beinahe ein Föhn – ging so sanft, dass er nur vereinzelten Blättern ein Geräusch entlockte. In Nächten, in denen sich der Mond zeigte, fühlte er sich nie einsam. Er wusste dann, dass er nicht allein auf dieser Reise war, dass es einen stillen Beobachter und Weggefährten gab.

Hal nahm die Umgebung ungewöhnlich intensiv wahr; mit einer Klarheit, die für einen erholsamen Schlaf sprach. Doch was hatte ihn geweckt?

Getrieben von dieser Frage stand er auf und lauschte aufmerksam. Von irgendwo schwebte ein leises, undefinierbares Geräusch zu ihm. Träumte ein Vogel in seinem Versteck? Er entschied sich für einen kleinen Spaziergang und wandte sich nach links, um die Turmspitze im Uhrzeigersinn zu umrunden. Für etwas Bewegung war die Nacht einfach perfekt.

Hal musste vorsichtig sein, um kein Unglück heraufzubeschwören, denn die Wurzeln am Boden waren selbst bei Tageslicht eine nicht zu unterschätzende Gefahrenquelle. So tastete er sich Stück für Stück voran und erreichte bald die Gondel, die er bei Tagesanbruch freilegen wollte, um Richtung Norden zu reisen. Er passierte die Vorrichtung und hielt sich nahe der Brüstung, um einen guten Überblick zu haben.

Auf der Ostseite des Turms blieb er stehen und sah zwischen den Bäumen hinauf zum unbekannten Nachthimmel mit all seinen funkelnden Sternen. Anschließend suchte er den Horizont nach dem leichten Glühen des anbrechenden Tages ab, um die aktuelle Zeit grob abschätzen zu können – vergebens. Er tastete sich bis zur Brüstung vor und schaute nach unten. In dieser Nacht tanzten keine leuchtenden Algen durch die bodenlose Schwärze. Er wandte sich ab und lief weiter. Sein Unterbewusstsein hatte etwas registriert und es dauerte einige Sekunden, ehe es zur Oberfläche drang und ihn innehalten ließ. Er sah wieder nach Osten.

Was er gesehen hatte und nun suchte, versteckte sich noch einen Moment, um Augenblicke später umso klarer in Erscheinung zu treten: Einer der Sterne, die nur knapp über der unsichtbaren Linie waren, die Meer und Himmel trennte, hatte einen orangefarbenen Ton und passte damit zu keinem der anderen Gestirne. Das Funkeln war zudem deutlich stärker ausgeprägt und auf zunächst unerklärliche Weise organischer; doch dann drang die Erkenntnis zu ihm durch: Feuer!

Hal kniff die Augen zusammen und spähte in die Ferne. Es musste ein Feuer sein. Und es war genau in der Richtung, in welcher sich die gigantische Kette verlor. Irgendwo in dem Turm brannte ein Feuer und was das bedeutete, wusste Hal.

Schlagartig war sein Plan über Bord geworfen, sich nach Norden zu orientieren. Das konnte kein Zufall sein. Wäre er nicht für einen Spaziergang aufgestanden, hätte er das Licht aller Wahrscheinlichkeit nach gar nicht oder erst auf seinem Weg zum anderen Turm entdeckt. Er konnte es kaum erwarten, bis die ersten Sonnenstrahlen den Himmel erhellten, um dann mit den Arbeiten zu beginnen, die ihm, so hoffte er inständig, schnell und einfach von der Hand gehen würden.

Nach dieser Entdeckung fiel es Hal schwer, zur Ruhe zu kommen, aber er schlief letztendlich noch einmal ein, bis ihn der helle Gesang der ersten Vögel weckte. Ungeduldig wartete er auf den Sonnenaufgang, um genügend Licht zu haben und sich der Aufgabe zu widmen, die Gondel und die Kette von Pflanzen zu befreien.

Zu seiner Überraschung verlief alles reibungslos. So konnte er schon am frühen Nachmittag die Arbeiten an der Gondel beenden, in der er sich wieder ein Lager für die Überfahrt hergerichtet hatte. In einem kleinen Tongefäß befand sich frisches Wasser aus zahlreichen Lagen Moos. Er deckte den Behälter mit großen Blättern ab und beschwerte sie mit Zweigen und einem Stück Stein. Ein paar Tonscherben nutzte er wie Teller für Körner und Früchte.

Hal sah zurück und überlegte, ob er etwas Wichtiges vergessen hatte. Dann stieg er in die Gondel und schaute hinauf zu der riesigen Kette. Die Ranken lagen dort oben weit außerhalb seiner Reichweite, dennoch war es ihm gelungen, mehrere Stränge am Turm zu durchtrennen. Leider führten andere auf die mächtige Steinplatte, was ein Verfolgen der jeweiligen Wuchsrichtung vereitelte. Weder über Bäume noch über Ranken war es ihm geglückt, auf die Platte zu gelangen. Als er nur knapp einem Sturz entging, brach er die Bemühungen ab. Er konnte folglich nur darauf vertrauen, dass sich seine Befürchtungen nicht bewahrheiteten und die Mechanik nicht blockierte und die Bausubstanz des Turms nicht derart in Mitleidenschaft gezogen wurde, dass Teile der Statik versagten, die tragende Kette aus ihrer Verankerung gerissen wurde und mit ihm in die Tiefe stürzte.

Die Kette war, genau wie jene, die nach Osten reichte, Lebensraum für Pflanzen, Insekten und Vögel. Ob das grüne Geflecht bis zum nächsten Turm reichte, konnte er nicht abschätzen, aber er vermutete, dass es eine natürliche Barriere gab, eine Grenze, über die keine der Pflanzen das lebensnotwendige

Wasser transportieren konnte; eine Notbremse in der Evolution. Und obwohl eine nächtliche Überfahrt die bessere Variante gewesen wäre, wollte er keine Minute verlieren. Was, wenn die Person, die das Feuer gemacht hatte, in diesem Augenblick ihre Reise zum nächsten Turm vorbereitete? Möglich, dass er durch schnelles Handeln die einzige Chance bewahren konnte, Antworten zu finden. Zwar war es aufgrund der Dimensionen der Kette möglich, sie von der Turmspitze aus zu sehen, aber nicht ihre Bewegung – Hal hätte sie aus dieser Höhe garantiert nicht bemerkt. Und selbst wenn, setzte das voraus, dass es einen Beobachter gab.

Hal griff den Hebel und betätigte ihn. Der gewohnte Ruck ging durch die quietschende Konstruktion. Im gleichen Augenblick ächzten die teils armdicken Ranken über ihm, knarrten und spannten sich mit einem sehnigen Geräusch, das sich im Klang reißenden Holzes entlud. Teile des Mauerwerks wurden aus ihrer Umgebung gerissen und polterten auf den verwurzelten Boden oder stürzten in die Tiefe. Hals Blick folgte einem Brocken: Dieser wurde kleiner und verschwand lautlos unter ihm. Nicht einmal den Aufprall im Wasser konnte er erkennen.

Der Transportkorb entfernte sich gleichmäßig vom Turm. Obwohl der Himmel von einigen Wolken bedeckt war, die immer wieder die Sonne verhüllten, verkroch er sich in sein schützendes Lager.

Die Überfahrten, die ihm stets Zeit gaben, in Ruhe nachzudenken, hatten ihn nicht schlauer gemacht, ja, sie hatten nicht einmal das kleinste Stück seiner Vergangenheit an die Oberfläche befördert. Ihm schossen Theorien durch den Kopf, angefangen bei militärischen Experimenten bis hin zu drogeninduzierten Wahnvorstellungen, aus denen es kein Entrinnen gab. Oder lag er im Sterben? War er vielleicht schon tot und befand sich hier in einer Zwischenwelt? Möglicherweise im *limbus patrum*? Aber wie passte dann das Feuer auf dem anderen Turm in dieses Bild?

Was, wenn dort drüben eine Gefahr lauerte und sein Auftauchen als Bedrohung angesehen wurde? Falls sich jemand auf dem Turm befand und das Feuer nicht Hals nächtlicher Einbildung entsprungen war, so würde diese Person oder gar Gruppe nun oder zumindest bald – wenn überhaupt – wissen, dass sich Besuch näherte. Er war dieser Situation so ausgeliefert wie dem Wetter und der Mechanik, der er vertrauen musste.

Er legte sich hin, atmete durch, verschränkte die Arme vor der Brust und schloss die Augen. Bald darauf schlief er ein.

Kapitel 9

Der Klang des Labyrinths

Obwohl Hal bisher atemberaubende, teils unwirklich anmutende Dinge gesehen hatte, konnten ihn diese nicht auf das vorbereiten, was ihn am Ziel seiner Überfahrt erwartete.

Nachdem er in der recht kühlen Morgendämmerung den 10. Turm erreicht, dessen einzigen Bewohner – ein Mann namens Yaco – kennengelernt und sich mit ihm bei einer stärkenden Mahlzeit unterhalten hatte, stand er am späten Nachmittag frisch gewaschen an einem der Fenster in der dritten Etage und schaute hinaus: Ein Netzwerk aus hölzernen Stegen umgab den Turm. Diese waren mit Tauen, Kabeln und Ketten verbunden und trieben auf der Wasseroberfläche, deren Bewegung durch die Flächen optisch verstärkt wurde. Hal fragte sich, welcher Zweck sich dahinter verbarg.

Nicht minder sonderbar war der Turm, dessen Grundfläche ein Vielfaches der Türme betrug, die Hal bisher bereist hatte, und welcher über sechs statt nur vier Ecken verfügte. Er war mit hölzernen Gerüsten, Zwischendecken, Wänden und Treppen in seiner Architektur derart verändert, dass Hal hier an ein Baumhaus dachte und dort an eine komplexe Anlage unter Tage, wo nach Edelsteinen und Gold gesucht wurde. Teile der Konstruktionen befanden sich außen am Turm, genau wie zahllose Stege, die lanzengleich aus dem Grundriss ragten. Es war ein riesiges Chaos, dessen Aufbau sich nicht selten den Gesetzen der Physik zu entziehen schien. Durchbrochen wurde alles von Hainen, Flächen mit bunten Blumen und Gräsern, Gemüsegärten und Bereichen, wo die Natur sich weitgehend selbst überlassen blieb. Es war ein unübersichtliches, verwirrendes Labyrinth, dessen dunkle Areale mittels eines komplexen Systems aus Spiegelscherben erhellt wurden; entweder durch das natürliche Tageslicht oder das Feuer im oberen Bereich des Turms, welches Hal aus der Ferne gesehen hatte. Die meisten Scherben waren an diversen Oberflächen fixiert, wohingegen ein Teil an Schnüren und Seilen baumelte und sich im Wind bewegte, wodurch funkelnde Spiele von Licht und Schatten erzeugt wurden. Dass es überhaupt möglich war, Licht auf diese Art zu verteilen und es mitunter noch zu verstärken, verblüffte Hal.

Der Klang von Windspielen aus Holz, Bambus, Metall und Knochen, die überall hingen, vermischte sich mit dem Ächzen des Holzes, das ständig arbeitete, und dem Heulen, Dröhnen und Pfeifen des Windes, der Gänge und Räume durchströmte. Der gesamte Turm war wie ein gigantisches Instrument, das seinem eigenen Takt folgte.

Es gab gezimmerte Wassertanks, Kanäle und Rohre aus Bambus. Das gesammelte Regenwasser wurde durch die Schwerkraft und Archimedische Schrauben – angetrieben von Wasser- und Windrädern – in konstanter Bewegung gehalten. Es diente einerseits der Bewässerung, andererseits der Verschönerung des Turms; hier bildete sich ein funkelnder, kühler Vorhang und dort wurde mittels Spiegelscherben das Nass erhellt, um tanzende Wasserschatten zu erzeugen. Hal wusste bereits von Yaco, dass es auch mehrere Vorrichtungen gab, in denen durch Verdunstung Trinkwasser – und Salz – aus dem Meer gewonnen wurde, sodass ein Überleben auch ohne Regen über einen theoretisch unbegrenzten Zeitraum möglich war.

„Guten Morgen", sagte Yaco, der sich zu Hal gesellte.

Hal sah zur Seite und grüßte zurück.

Yaco maß 1,80 Meter, was seine schmächtige Figur betonte. Er hatte stahlblaue Augen, die im starken Kontrast zu seiner dunklen, sonnengebräunten und wettergegerbten Haut standen, und dunkelblondes, mittellanges Haar, dessen teils verfilzte Locken wild nach allen Seiten hin abstanden. Bekleidet war er mit einer selbstgenähten Hose aus derbem Stoff, die mit einer Kordel am Leib gehalten wurde. Schuhe trug er keine – er besaß nicht einmal welche.

Wie Hal erfahren hatte, litt Yaco ebenfalls unter Gedächtnisverlust und wusste nicht, wie er hier auf dieses Meer gekommen war. Auch er hatte irgendwann die Augen geöffnet und sich am Fuß eines einsamen Turms wiedergefunden. Später hatte ihn sein Weg an diesen Ort geführt, der ihm seit unbekannter Zeit als Heimat diente. Ein Hauptgrund hierfür war am Turm selbst zu erkennen, genauer gesagt an den Veränderungen: Jedes noch so kleine Stück Holz, jeder Nagel und jede Scherbe, alles war von den Wellen angespült worden, einzeln, in Holzkisten oder als gigantischer Teppich aus Treibgut, das sich teils in Stoffen und zerrissenen Segeltüchern, Leinen, Schnüren und massiven Tauen verfangen hatte.

„Wofür sind die Stege da unten?" wollte Hal wissen.

Yaco trat an das Fenster und beugte sich neben Hal beinahe gefährlich weit hinaus, um den Blick über das Wasser schweifen zu lassen, während er antwortete: „Zum Einsammeln der Geheimnisse des Meeres. Ich habe an vielen Stellen Netze. Oft treiben die besten Stücke unter der Oberfläche. Und ab und zu verfängt sich auch ein Fisch.

Vor Jahren hatte ich eine durchgehende Fläche rund um den Turm angelegt, aber dann kam ein tagelanger Sturm und das Meer holte sich die meisten Teile zurück. So, wie es jetzt ist, erfüllt es seinen Zweck bei weniger Materialeinsatz. Und Reparaturen sind auch einfacher."

„Das ist ein gutes Stichwort", begann Hal. „Mir fiel auf, dass es keine Ebbe und keine Flut gibt." Um diese Beobachtung bestätigt zu wissen, hatte er in einem der zurückliegenden Türme einen ganzen Tag auf den untersten Ebenen zugebracht und bis in die Nacht hinein den Wasserstand kontrolliert.

„Das stimmt", sagte Yaco. „Leider kenne ich den Grund nicht. Ich bin aber froh, dass es so ist, die Stege würden sich sonst wahrscheinlich andauernd lösen. So kann ich in Ruhe jeden Tag die Verbindungen prüfen und böse Überraschungen vermeiden." Er zuckte mit den Schultern.

Hal konnte sich nicht vorstellen, dass sie sich in einem Binnenmeer befanden, nicht bei dieser Größe. Weshalb ruhte das Wasser dann?

Yaco wandte sich ab und lief zu einer der Treppen, die von dem kleinen Gang aus nach oben führte. „Hast du auch Hunger?"

„Ja", antwortete Hal, der sich über die Aussicht auf eine weitere Mahlzeit freute.

„Dann sollten wir etwas essen."

Sie liefen durch die Eingeweide des Turms bis zur Vorratskammer, wo selbstgebackenes Brot und gedörrter und geräucherter Fisch lagerten, Früchte und Kräuter. Es gab sogar Wein in Flaschen und Tonkrügen. Yaco lud Hal dazu ein, sich frei zu bedienen. Nachdem sie ihre Holzteller – die Form war fast mehr die einer flachen Schüssel – gefüllt hatten, nahm jeder einen hölzernen Becher und schöpfte etwas Wasser aus einem kleinen Becken.

„Das Wasser ist ununterbrochen in Bewegung", erklärte Yaco. „Es gibt nicht eine Stelle im Turm, wo es steht. Deshalb ist es immer frisch. Ich muss die Leitungen trotzdem jeden Tag untersuchen und die Filter prüfen, wegen all der Tiere. Zum Glück schmeckt man sehr schnell, sobald irgendwo ein Kadaver schwimmt." Er lachte.

Sie gingen zu einem Bereich außerhalb des Turms, von wo aus Hal einen Eindruck von der Größe der Steganlage am Fuße des Turms bekam; diese führte unterschiedlich weit auf das Meer hinaus, auf der Ostseite beispielsweise bis zu 100 Meter – ein sich organisch bewegendes, rätselhaftes, beinahe magisch wirkendes Muster, das Yaco auf das Wasser gelegt hatte.

„Und wie lange bist du schon unterwegs?" fragte Yaco.

Hal überlegte. Er hatte keine exakte Antwort. „Ich bin mir nicht sicher, aber drei Wochen bestimmt."

Yaco nickte. „Ich kann auch nur schätzen, wie lange ich unterwegs war. Oder wie lange ich schon hier bin. 20 Jahre? 200? Irgendwann verschmilzt alles zu einer einzigen Masse." Er zuckte mit den Schultern.

„Es macht mich verrückt, dass ich mich an wirklich nichts erinnern kann. Ich habe keine Ahnung, was vorher war."

„Ehe du aufgewacht bist?"

Hal nickte. Er genoss den wunderbaren Geschmack der Brotscheiben, denn es war ein unvergleichlicher Kontrast zu losen Körnern, Pilzen, Früchten und Insekten.

„Ich entschied irgendwann für mich, dass die Frage irrelevant ist, denn ich bin nun einmal hier. Die Antwort wird mich nicht auf eine Insel zaubern oder ans Festland."

Hal wusste, was Yaco meinte. Aber konnte er eine derart wichtige Frage einfach begraben und nicht mehr darüber nachdenken? Sie ausblenden, als hätte es sie nie gegeben? „Hast du schon versucht, ein Boot zu bauen?"

„Ja", antwortete Yaco und biss in ein gedörrtes Stück Fisch. „Vor Ewigkeiten. Aber ich trieb ab." Er deutete nach Südosten. „Da zieht die Strömung hin. Ich kam fast nicht zurück. Da beschloss ich, lieber auf dem Turm zu bleiben als irgendwo auf dem Meer zu sterben. Hier habe ich es richtig gut! Fast jeden Tag kann ich etwas aus dem Wasser holen. Praktisch ist, dass ich sogar das kleinste Stück Unrat trocknen und für ein Feuer nutzen kann. Ich fand noch nie etwas, das ich wieder ins Wasser warf."

„Hast du eine Ahnung, woher die Sachen kommen?"

Yaco schüttelte den Kopf. „Nein. Ich vermute aber, von anderen Türmen. Du bist auch nicht mein erster Gast. Und nicht die einzige Person, die dort draußen unterwegs ist." Er deutete mit dem Kopf in die unbestimmte Ferne des Meeres. „Da gibt es Türme, die sind hundertmal größer als der größte, den du dir vorstellen kannst. Ganze Städte, mit Ackerbau und Viehzucht ... und Kultur!"

„Da hast du mehr gesehen als ich."

„Ich war auch länger unterwegs."

„Wieso bist du nicht in einer der Städte geblieben?"

„Ich wollte weiter, weil ich dachte, ich könne dem Geheimnis auf die Spur kommen. Aber nachdem ich in einer Sackgasse landete, einem Turm ohne abgehende Kette, hatte ich Zeit, mir genau zu überlegen, was ich eigentlich will. Ich kam von dort auch nur wieder weg, weil ich mir aus ein paar Baumstämmen ein einfaches Floß bauen und zurück zu dem Turm gelangen konnte, wo ich die falsche Abzweigung nahm. Dabei hat es mich auch gefährlich weit abgetrieben. Keine Ahnung, wie ich das überstehen konnte.

Jedenfalls: Ich hörte von Türmen mit ganzen Hügelketten auf ihren Etagen und ausgedehnten Wäldern, Platz und Nahrung für jeden Bewohner. Wenn nämlich mehrere Leute, die sich nicht kennen, die gleiche Geschichte erzählen, dann könnte sie wahr sein. Und wenn nicht, dann ist die Sache immerhin für viele ein Hoffnungsschimmer. Nicht jeder kommt allein auf einem Turm zurecht. Die Menschen sind verschieden. Ich habe mein kleines Reich aufgebaut und bin zufrieden. Ich will gar nicht mehr weg."

Diesen Entschluss konnte Hal sehr gut verstehen. Yaco wirkte glücklich.

„Und von den Leuten, mit denen du gesprochen hast, wusste niemand, was hier vor sich geht?"

„Nicht eine Person", antwortete Yaco. „Und in diesem Punkt stimmen alle Aussagen überein. Aber" – seine Stimme wurde ernster – „es gibt das wiederkehrende Gerücht über einen Turm, der so groß sein soll, dass darin sogar

Gebirge, Wüsten, Flüsse, riesige Seen und ganze Urwälder Platz haben. Er soll viel größer sein als die Türme, von denen ich vorhin sprach. Es weiß nur niemand, wie man ihn erreichen kann."

Plötzlich sprang Yaco auf. „Komm!"

Hal, von Yacos Aufregung überrascht und angesteckt, erhob sich. Er wandte sich kurz um und griff sich den Rest des Fisches von seinem Teller und eine Scheibe Brot.

Er folgte Yaco durch den Turm, Treppen und Leitern hinauf, durch enge Flure und große Räume. Und überall war der Klang dieses sonderbaren Labyrinths zu hören, das Hal mehr und mehr wie ein lebendiges Wesen vorkam, das nach seiner Erschaffung mit seinem Schöpfer eine Symbiose eingegangen war, wohl wissend, dass keiner ohne den anderen überleben konnte.

Hier hing ein durch Wasser beschädigtes Gemälde, dort stand eine Vase mit vertrockneten Blumen, in einem Raum lagerte Holz und in einem anderen gab es ein Becken mit Fischen. Hal bestaunte gezüchtete Pilze, Tomatenstauden und Kirschbäume. Je mehr er von den Geheimnissen des Turms sah, umso verblüffter war er. Verglichen mit den Türmen, die er bisher gesehen hatte, war dieser Ort eine andere Welt.

Nach einer Weile erreichten sie ein lichtdurchflutetes Zimmer mit mehreren Regalen, die aus schiefen Brettern bestanden und in denen Bücher, Unterlagen und Papierrollen lagerten.

„Das wurde alles angespült?" fragte Hal verwundert. Gab es dort draußen einen gigantischen Teppich aus Treibgut, an dessen Rand sich zufällig Yacos Turm befand?

„Ja, es ist unglaublich", sagte Yaco. „Ich überlegte schon, ob es Fracht von Schiffen sein könnte, die über Bord gegangen ist. Allerdings bezweifle ich, dass da draußen Schiffe unterwegs sind."

„Wieso?"

„Es gibt Geschichten von Riesenkraken, seltsamen Anomalien ... und Berichte von Katastrophen. Das entmutigt, hielt mich aber auch nicht von meinem eigenen Versuch ab. Vielleicht sieht es mittlerweile anders aus, meine Informationen sind nicht wirklich auf dem neuesten Stand." Yaco lachte kurz. „Ich erfahre hier draußen ja nichts Neues, außer ich bekomme Besuch. Und bisher sah ich kein einziges Schiff, das ist für mich Beweis genug."

Hal konnte nur einen Brummlaut von sich geben, der Zustimmung ausdrückte. Wenn das Leben an einem Ort gesichert war, wozu die Gefahren eingehen, die definitiv auf dem Meer warteten? Er erinnerte sich an die riesigen Wale. Weshalb sollte es dann nicht noch andere Tiere in den Weiten des Meeres geben? Ungetüme, aggressiv und unberechenbar.

Er dachte über die riesigen Türme nach, die Yaco erwähnt hatte. Wenn er sie von hier aus nicht sehen konnte, so dauerte eine Überfahrt mit der Gondel möglicherweise Wochen oder gar Monate.

Yaco lief zu einem Regal und durchsuchte es.

Hal trat näher, entnahm eines der Bücher und schlug es auf. Durch das Meerwasser war die Schrift nur noch ein Schleier; die meisten Wörter bargen mehr eine Ahnung als eine Bedeutung.

Mit einem kurzen Seitenblick kommentierte Yaco: „Ich habe nie herausfinden können, was das für eine Sprache ist."

„Erinnert mich irgendwie an Spanisch", sagte Hal. Er schlug das Buch vorsichtig zu und stellte es zurück. Er nahm ein zweites Exemplar. „Gibt es andere Sprachen?"

Yaco, der einen Stapel loses Papier durchsah, verneinte. „Aber ich blättere gern darin. Ein Buch, das man nicht lesen kann, ist hier draußen besser als gar kein Buch. Und sie sehen doch schön aus."

Im Gegensatz zu dem ersten Buch beinhaltete das zweite mehrere einzelne Texte. Ob es sich um einen Reisebericht oder eine Sammlung von Geschichten und Gedanken handelte, blieb Hal verschlossen.

„Hier ist es", sagte Yaco, legte alle anderen Blätter auf das Regal und trat an den kleinen, schiefen Tisch, dessen Platte aus rissigen Bootsplanken bestand. Dort breitete er das mehrmals gefaltete Papier aus.

Hal stellte das Buch zurück und lief zum Tisch. Er sah mehrere Punkte auf dem fleckigen Papier, die teils mit Linien verbunden waren. Es dauerte keine Sekunde und er wusste, dass es sich um eine Karte handelte.

„Ist dein Turm eingezeichnet?"

Yaco schüttelte den Kopf. „Nein. Ich weiß nicht einmal, wo das ist." Mit dem Zeigefinger folgte er einer der Linien. „Die Kette geht von hier nach da."

Hal sah nun, dass neben den Linien kleine Pfeile und damit die Richtungen eingezeichnet waren. Im unteren Bereich gingen bis zu 6 Verbindungen von einem Turm ab, im oberen waren es bis zu 12. Es gab aber auch eine nicht geringe Zahl an Türmen, die eindeutige Sackgassen waren.

„Ich weiß nicht viel über den Aufbau", fuhr Yaco fort, „und das, was ich weiß, erfuhr ich auch nur auf meiner Reise von anderen Leuten. Die Karte gab mir eine alte Frau, die auch allein auf einem der Türme lebt ... oder lebte, es ist zu lange her. Sie erzählte mir, dass alles kreisförmig aufgebaut ist und zum Zentrum hin komplexer wird."

„Lass mich raten: Der größte Turm mit den Gebirgen und Seen steht genau dort."

Yaco nickte. Er deutete wieder auf die Karte. „Die Verzweigungen nehmen kreisförmig zu. Stelle es dir am besten wie eine aufgeschnittene Zwiebel vor: Jede Schicht entspricht einem Sprung in der Komplexität, wobei jede Schicht aus mehreren Turmreihen besteht."

Hal dachte laut: „Dann sind die Türme dort drin entweder näher beisammen oder es gibt am Rand mehr von ihnen mit kleineren Abständen."

Yaco zuckte mit den Schultern. „Ich denke eher letzteres. Wahrscheinlich ändern sich die Abstände proportional zur Größe der Türme. Was aber wichtiger ist: Laut der Frau gibt es zwischen den einzelnen Ringen nur wenige

Übergänge." Er deutete auf eine der Verbindungen. „Auf dem Plan beispielsweise genau einen."

Hal musste die Karte genau prüfen. Die Grenze zwischen den Ringen war nicht eindeutig definiert und damit nicht sofort erkennbar: Es gab ineinandergreifende Verästelungen, so fein gefächert, dass das Auge Probleme hatte, einzelne Elemente zu unterscheiden. Aber Yaco hatte Recht, es gab nur eine Verbindung. Alle übrigen Linien endeten in Sackgassen oder waren Teil eines Kreislaufs.

„Mit den richtigen Karten müsste es theoretisch möglich sein, weiter ins Zentrum vorzudringen, sofern man Referenzpunkte hat."

Hal suchte erneut den Grenzbereich der Ringe ab und prüfte jeden Pfeil neben den entsprechenden Linien. „Das ist eine Einbahnstraße."

„Für den Abschnitt stimmt das", erklärte Yaco. „Die alte Frau sagte, dass man zwischen den Ringen einfacher zum Zentrum hin wechseln kann als anders herum, weil Übergänge nach außen angeblich noch seltener vorhanden sind. Aber da bewegt man sich schnell im Bereich der Spekulation. Allerdings müssen Verbindungen nach außen existieren, sonst wüsste man hier gar nichts über den inneren Aufbau."

„Man müsste ein Boot bauen", warf Hal ein.

„Und die Fahrt überleben", fügte Yaco hinzu. „Ich möchte gar nicht wissen, was sich alles in den Tiefen verbirgt. Viele der Geschichten sind Seemannsgarn, da gibt es keinen Zweifel, allerdings findet man immer eine Wahrheit, wenn man nur tief genug gräbt. Und wer weiß, vielleicht gibt es die Ketten zwischen den Türmen nur, um nicht auf das Wasser zu müssen."

„In einer Gondel kann unterwegs viel passieren. Ein Boot wäre schneller und wahrscheinlich nicht einmal mit mehr Risiko verbunden. Schätze ich jedenfalls. So oder so müsste wohl jemand eine lange Reise unternehmen, um das Wissen zu sammeln und dann zu verbreiten."

„Treibgut, Flaschenpost, Rauchzeichen ... es gibt schon Möglichkeiten, sich mitzuteilen. Ist nur die Frage, wie effektiv die einzelnen Wege sind. Vielleicht fanden ja Abenteurer geeignete Passagen, die von eingeweihten Leuten bereist werden." Yaco zuckte mit den Schultern.

Darauf konnte Hal nichts erwidern. Fest stand nur, dass eine Karte genau vor ihm lag, dass sie keine Einbildung war. Weshalb sollte sich jemand so etwas ausdenken und auch noch die Mühe machen, es zu zeichnen?

Er stellte sich einen Plan mit jedem Turm vor. Was er vor seinem geistigen Auge sah, war nichts als ein großer, kreisförmig angelegter Irrgarten.

Nun stand er hier, hier in diesem seltsamen Turm, gefangen zwischen den Fragen nach seiner Vergangenheit und der ungewissen Zukunft. Was es wohl dort draußen zu finden, zu entdecken gab? Lag vielleicht irgendwo eine Antwort auf noch nicht gestellte Fragen? Ein Blick auf sein vorheriges Leben? Waren die Ringe dort draußen so magisch und zugleich chaotisch, wie Yacos Turm?

Hal schüttelte die Vermutungen ab und betrachtete die Karte. Die Zahl an Sackgassen war ernüchternd. Und dann gab es noch das Risiko, dass der Mechanismus defekt war oder eine der Gondeln so verwittert, dass sie unbrauchbar war. Von anderen Gefahren, wie etwa Unwetter und giftige Tiere, wollte er gar nicht erst anfangen. Fest stand, dass sich eine ganze Heerschar von Faktoren gegen jeden aufbäumte, der zum Zentrum vordringen wollte; und dafür musste es einen Grund geben.

Hals Gedanken glitten von der Thematik ab, als der Wind auffrischte und einige Windspiele in der Nähe anstimmte. Auch der Klang des Turms selbst wurde lauter, dieses Dröhnen und Pfeifen, das sich teils wie ein Raunen, ein Wispern anhörte, als hätte das alte Holz zu neuer Kraft gefunden, um Erinnerungen und Geschichten zu teilen. Hal musste sich konzentrieren.

Er wusste von Yaco, dass dieser bestimmte Elemente des Turms gestaltet und verändert hatte, um den Klang des Windes zu beeinflussen. Durch das Öffnen und Schließen von Fensterläden und Türen war es seiner Aussage nach möglich, die Geräuschkulisse unmittelbar zu kontrollieren. Yaco hatte mit alledem keinen tieferen Sinn verfolgt, sondern lediglich eine Idee umgesetzt – in jahrelanger Arbeit.

„Ob es schon jemand bis zum inneren Bereich geschafft hat?" fragte Hal.

„Wer weiß", entgegnete Yaco. „Die Frage stelle ich mir oft. Im Laufe der Zeit sprach ich mit vielen Leuten über das Thema, aber niemand konnte mir etwas dazu sagen. Und falls es jemandem gelang, wie hoch wäre die Wahrscheinlichkeit, dass die Information nach außen dringt? Und damit meine ich nicht nur in die äußeren Bereiche. Wenn jemand eine Passage findet, dann dürfte er oder sie es sich genau überlegen, wer die Information bekommen darf. Aber vielleicht treibt auch genau jetzt eine Flasche mit einem Stück Papier auf dem Meer, das verrät, wie man einfach und schnell zum Zentrum kommt. Wenn es aber niemanden gibt, der die Flasche findet oder die Nachricht entziffern kann ...."

Hal wusste, dass ihm die Sache keine Ruhe lassen würde. Er hatte gar keine andere Wahl, als sich auf den Weg zu machen mit dem Ziel, den Ringen ihr Geheimnis zu entlocken. Doch wo sollte er beginnen?

Yaco sah Hal von der Seite an. Er schien die Gedanken des Besuchers zu spüren, denn er sagte: „Du willst zum Zentrum."

Hal nickte. „Wenn ich es nicht versuchte, lassen mich die Fragen nie los. Und was habe ich schon großartig zu verlieren?"

Yaco lächelte. „Dann lass mich dir helfen. Ich habe Ausrüstung und vielleicht den einen oder anderen Rat für dich." Er überlegte. „Und hier irgendwo auch einen Plan. Damit dürftest du problemlos zu einem der größeren Türme gelangen."

„Warst du schon dort?"

Yaco nickte. „Bevor ich hier strandete." Er lachte kurz. "Das ist dann aber leider auch schon alles, was ich für dich tun kann."

„Das ist mehr, als ich erwarten darf", sagte Hal und meinte es aufrichtig. Dass er hier überhaupt willkommen war, grenzte für ihn an ein Wunder. Es hätte bei seiner Ankunft auch zu einem erbitterten Kampf kommen können. Bei diesem Gedanken wurde ihm klar, dass er sich mit dieser Thematik zeitnah auseinandersetzen musste, denn er würde unter Garantie auf Personen stoßen, die ihm nicht so freundlich gesinnt waren wie Yaco.

Damit standen die nächsten Schritte fest. Von nun an war er mehr als ein Reisender, der planlos von Turm zu Turm wechselte; er war jemand auf der Suche nach einer Antwort – und er wusste, wo er sie finden konnte.

Yaco wandte sich vom Tisch ab und durchsuchte erneut das Regal. Dabei sagte er: „Das ist schon so lange her. Ich hoffe, ich finde das gute Stück." Er sah kurz über die Schulter zu Hal, der über die Karte gebeugt am Tisch stand. „Es ist nicht so, dass ich jeden Tag hier bin und alle Schriften studiere." Er suchte weiter. „Ich schaue nur ab und zu nach dem Rechten, denn ein Wasserschaden ist hier drin so schlimm wie Feuer."

Hal richtete sich auf und sah zu Yaco. „Was machst du, wenn es brennt?"

„Das System an Wasserleitungen ist sehr ausgeklügelt, ich habe auf jeder Etage einfachen Zugang zu ausreichend Wasser. Aber wenn es einmal brennen sollte, dann wäre vermutlich ohnehin alles zu spät, wenn ich nicht direkt neben dem ersten Funken stehe. Deshalb lasse ich ein Feuer nie aus den Augen. Und wenn ich beispielsweise kochen möchte und eine Zutat in der Vorratskammer vergessen habe, dann verzichte ich entweder darauf oder lösche das Feuer."

„Und was ist mit Blitzeinschlägen?"

„Da habe ich, soweit es geht, vorgesorgt." Yaco sah zu Hal. „Die oberen zehn Etagen sind leer, da gibt es nur Stein. Ich entferne dort regelmäßig alles, was sich ansammelt, Pflanzen, Federn, Tierkot. Ich habe auch aus Metallresten einen Blitzableiter gebaut. Keine Ahnung, ob er funktioniert. Bisher kam es zumindest zu keiner Katastrophe." Yaco schwieg und sein Gesichtsausdruck verriet, dass er grübelte. „Ich wüsste ehrlich gesagt nicht, was ich tun würde, wenn das alles verbrennt und ich überlebe." Dabei wanderte sein Blick zu einem der Fenster, das den Himmel wie ein Bilderrahmen fasste. „Es regnet oft tagelang, das nässt das Holz. Und ich achte darauf, dass nirgends ein Linseneffekt entstehen kann, trotz all der Spiegel. Es darf einfach nichts passieren. Ich sammelte so viele Jahre lang, konstruierte, veränderte, riss ab und baute auf. Der Turm ist mehr als mein Lebenswerk, viel mehr."

Leider war es Yaco nicht möglich, die selbstgezeichnete Karte zu finden, was ihn zu der Annahme führte, dass er sie woanders untergebracht oder verlegt hatte; letzteres konnte er sich aber nicht vorstellen, nicht bei der Ordnung, auf der das vermeintliche Chaos in seinem Turm beruhte.

Nachdem die große Karte wieder sorgsam zusammengefaltet und im Regal verstaut war, gingen Hal und Yaco zurück, um ihre Mahlzeit zu beenden.

Kapitel 10

W e g e

Hal erfuhr von Yaco vielerlei Dinge über diese Welt, doch nichts von dem enthielt auch nur einen Hinweis darauf, welche Umstände ihn dazu verdammt hatten, hier zu erwachen. Woher der Gedächtnisverlust? Da tröstete es nicht, dass offenbar jeder mit diesem Problem zu kämpfen und den Umgang damit zu lernen hatte. Ungeachtet der Rätsel und Zweifel war er sich sicher, dass die Zeit kommen und sich der mysteriöse Schleier lichten würde.

Yaco berichtete von Türmen, die gigantische Gewölbe unterhalb des Meeresspiegels besaßen, einige so tief und verzweigt, das es niemandem gelingen wollte, dieser allumfassenden Dunkelheit ihre Geheimnisse zu entlocken und weiter als einen Steinwurf in diese Schwärze vorzudringen. Das Meer war in der Nähe mancher Türme 20 Meter tief, bei anderen war es zehnmal mehr. Die Vorstellung, dass nicht jedes Fundament massiv war und selbst zu den Seiten hin ungeahnte Ausdehnungen besaß – ob über oder gar unter dem Meeresgrund –, verlieh Hals Vorhaben einen wahrlich unschönen Beigeschmack. Was, wenn die Antworten, die er suchte, irgendwo dort unten lagen und für alle Zeit außerhalb seiner Reichweite blieben?

Hal bekam von Yaco einen einfachen Rucksack geschenkt, den dieser selbst genäht hatte, dazu ein rostiges aber funktionsfähiges Fernrohr, zwei Paar Stiefel, einen Lederhut, drei Messer, einen Feuerstein, einen Satz Wechselkleidung und eine Kopie jener Zeichnung, die Yaco auf seiner Reise selbst angefertigt und nach zwei Tagen doch noch in seinem Archiv gefunden hatte, nebst einer Handvoll Bleistifte und einem Notizbuch, dessen Seiten sich langsam lösten; auch die größere Karte hatten sie gemeinsam nachgezeichnet, um Hal damit auszustatten. Eines der wichtigsten Geschenke war allerdings ein kleiner Becher, der in die Mitte einer hölzernen Schale mit hohem Rand gestellt werden musste. Anschließend wurde alles mit einer Art Teller abgedeckt, der auf der Unterseite spitz zulief und damit an einen Kreisel erinnerte. Yaco erklärte Hal, dass er einen Stein in den Becher legen, die Schale zur Hälfte mit Meereswasser füllen und alles mit dem Teller abdecken und in der Sonne platzieren sollte. So ließ sich durch Verdunstung und Kondensation

Trinkwasser gewinnen; nicht viel, aber möglicherweise irgendwann die Menge, die den Unterschied zwischen Leben und Tod ausmachte.

Yacos eigene Karte war wie jene aufgebaut, die sie gemeinsam betrachtet hatten: Sie zeigte mehrere Punkte, die Türme symbolisierten, und die Verbindungen untereinander. Allerdings waren zahlreiche Lücken vorhanden, was Yaco damit begründete, dass er damals kein besseres Fernrohr besessen hatte, um zweifelsfrei sagen zu können, ob von einem benachbarten Turm eine Kette abging oder nicht. Hinzu kam der Faktor, dass er nur die ihm zugewandten Seiten der Türme hatte sehen können und nicht, was sich auf der Rückseite befand. Hin und wieder hatte sich zwar eine Kette im Hintergrund abgezeichnet, doch das änderte nichts daran, dass der größte Teil dieser Karte ein Niemandsland mit potenziellen Sackgassen war – oder nicht dokumentierten Chancen.

Zwischen dem großen Turm, den Yaco verlassen hatte, und seiner jetzigen Heimat zählte Hal 16 Türme, die mit den Verbindungslinien den exakten Weg aufzeigten. Da er durch die Funktionsweise der Ketten unmöglich auf exakt diesem Weg in die andere Richtung reisen konnte, ging er davon aus, mindestens 20 Türme hinter sich lassen zu müssen. Leider gab es in der Umgebung von Yacos Strecke nur vereinzelt eingezeichnete Türme, die wenigsten mit Verbindung zu den Nachbarn. Es würde ein riskantes Unterfangen werden, das wusste er, aber kaum riskanter, als sein bisheriger Weg. Er machte sich lediglich vermehrt Sorgen, weil er ein konkretes Ziel verfolgte und nicht mehr nur von Turm zu Turm wollte. Er musste vorausplanen und abwägen, wie bei einer Partie Schach.

Hal wusste so gut wie Yaco, dass es für nichts eine Garantie gab und seine Reise bereits am nächsten Turm vorbei sein konnte. Aber nun war er an dem Punkt, körperlich und geistig bereit, sich der Aufgabe zu stellen. Er hätte auch – und das wusste er – einfach hier an diesem Ort bleiben, Yaco beim Ausbau des Turms helfen und eigene Ideen einbringen können, doch etwas rief lautlos nach ihm. Seine Wissbegier zog ihn weiter, lockte ihn fort in die unbekannten Gefilde der Grenzregionen des Rings und hinein Richtung Zentrum, ins Zentrum dieser wundersamen Welt.

Yaco berichtete Hal von den Erlebnissen seiner Reise und schilderte die Dinge, die er in Unterhaltungen erfahren oder zufällig aufgeschnappt hatte. Er gab ihm Tipps zur effektiven Jagd, zur Herstellung von Gebrauchsgegenständen und Waffen und einen Kurs in Pflanzenkunde. Mit dem erworbenen Wissen war Hal bestens für den bevorstehenden Weg gerüstet.

Der Abschied war kurz aber herzlich, als Hal am frühen Abend die schützend ausgekleidete Gondel bestieg. Da eine Kette nach Südosten abging, eine zweite nach Nordost und die dritte nach Süden, wählte Hal jene nach Nordosten, welche auch Yacos Wahl gewesen wäre, denn dieser war aus nördlicher Richtung gekommen. Sie konnten sich beide nicht vorstellen, dass man einen derart gewaltigen Bogen beschreiben musste, wie es bei den zwei anderen Optionen der Fall gewesen wäre. Beim Blick durch das Fernrohr zeigte sich, dass der Turm zu weit entfernt war, um dem Betrachter seine Details zu offenbaren. Wo Hal aktuell noch etwas mehr als einen halben Tag unterwegs war, würde es in den tieferen Regionen mit viel mächtigeren Türmen ein Vielfaches länger dauern. Es gab Berichte, dass Leute während einer Überfahrt verdurstet waren, eine Gefahr, die Hal keinesfalls auf die leichte Schulter nehmen durfte.

„Behalte immer den Überblick, um zur Not einen Weg zurück zu einem sicheren Turm zu finden", riet Yaco. Das Thema war in den letzten Tagen mehrmals angesprochen worden und man konnte es sich nicht oft genug ins Bewusstsein rufen, wie ihn die Erfahrung lehrte.

Hal nickte. „Das werde ich. Und danke."

„Es war mir eine Ehre!"

Hal sah sich kurz in der Gondel um, um sicherzugehen, nichts Wichtiges vergessen zu haben: Er hatte seinen Rucksack mit all den Habseligkeiten, reichlich Nahrung in einem großen, geschnürten Bündel und zwei lederne Trinkbeutel mit frischem Wasser. Dann betätigte er den Hebel und setzte den Mechanismus in Betrieb.

Yaco trat einen Schritt zurück und schaute hinauf zu der riesigen Kette, die sich schon sehr lange nicht bewegt hatte. Ein paar Vögel, die darauf saßen, flatterten auf und ließen sich auf der Brüstung nieder.

Hal wusste nicht recht, wie er sich fühlen sollte. Die etwas mehr als zwei Wochen bei Yaco waren so lehrreich, unterhaltsam und mitunter lustig gewesen, dass ihm schwer ums Herz wurde, denn vor ihm lag das Ungewisse. Auf der anderen Seite lockte die Lösung des Rätsels. Was blieb, war ein lachendes und ein weinendes Auge.

Hal schaute zurück zu Yaco, der ihm winkte.

„Wirf bei Gelegenheit eine Flaschenpost ins Wasser und berichte mir, wie es dir geht!" rief Yaco.

„Das werde ich!" versicherte Hal.

Im Schein der sich dem Horizont nähernden Sonne ließ er den Turm hinter sich, und nach einer Weile war Yaco nichts weiter als ein ferner Schatten, der mit der Silhouette des Turms verschmolz.

Hal fragte sich, wie es Yaco ging, zurückgeworfen in den Alltag, der allein zu bewältigen war. Keine Unterhaltungen, keine neuen Eindrücke und keine Unterstützung bei den Dingen, die es kontinuierlich zu erledigen gab. Möglicherweise war er aber auch froh, endlich wieder Ruhe zu haben in der freiwillig gewählten Einsamkeit.

Hal nahm das Fernrohr zur Hand und suchte das Meer ab. Trieb da unten vielleicht etwas Interessantes, das sich bald in einem von Yacos Netzen verfangen würde? Er betrachtete die Grenze zwischen Wasser und Himmel, konnte aber lediglich die Türme ausmachen, die er kannte und welche bereits in seiner Karte vermerkt waren.

Die Kette bewegte sich gleichmäßig. Für Hal war es fast, als würde ihn die Luft tragen. Der abendlich auffrischende Wind roch nach nichts. Gut möglich, dass er nach Meer roch, aber für Hal war es nur eine fade Brise; kein Blütenduft, kein Geruch von geräuchertem Fisch, kein Gestank von Tier und Dung. Und dann war da noch die Stille.

Er fühlte sich verloren. Er blickte zurück: Der Turm war nur noch ein dunkler Pfahl, der aus dem Wasser ragte, auf welchem sich die letzten Sonnenstrahlen des Tages brachen. Ihm war klar, dass er sich wieder daran gewöhnen musste, auf sich allein gestellt zu sein, aber das verbesserte seine Stimmung in keiner Weise.

Er trank etwas Wasser, bevor er es sich am Boden der Gondel bequem machte. Es dauerte eine Weile, doch dann sank er in einen traumlosen, erholsamen Schlaf, noch ehe sich die ersten Sterne zeigten.

Kapitel 11

Nordwärts

Die folgenden Wochen waren gezeichnet von körperlichen Strapazen, Entbehrungen und der allgegenwärtigen Gefahr, den falschen Weg einzuschlagen und in einer Sackgasse zu enden, wo es weder ein Entrinnen gab noch Gegebenheiten, die ein dauerhaftes Überleben gewährleisteten. Hal investierte viel Zeit in die Beobachtung der umliegenden Türme, wartete, bis Wetter und Sicht optimal waren, glich alles mehrfach mit seiner Karte ab und versuchte dabei stets, sich ein Bild des Ganzen zu machen. Er versank teils so in dieser Arbeit, dass er alles um sich herum vergaß; auch die Fragen, das Echo seiner unbekannten Vergangenheit.

Jeder Aufstieg war ein Kampf gegen die Monotonie, gegen die Vegetation einiger Türme, gegen die Witterung und die Gefahren, die mal mehr und mal weniger offensichtlich waren. Es fiel Hal schwer, bei all den Treppen, den immer gleichen Bewegungen und der sich kaum verändernden Umgebung einen wachen Geist zu behalten und nicht in einen riskanten Trott zu verfallen.

Entschädigt wurde Hal von großen und kleinen Wundern, die sich auf der Reise offenbarten, von in der Dunkelheit leuchtenden Flechten über winzige, daumennagelgroße Vögel mit goldenem Gefieder bis hin zu Bäumen mit gelber Rinde und weißen bis zartrosa gefärbten Blättern. Er sah Vogelschwärme, so groß, dass sie die Sonne verdunkelten, Wolkenformationen, die an Bilder eines Künstlers oder die eines völlig Irren erinnerten, blau leuchtende Fische, die ringförmig ihre Bahnen zogen, nur um sich dann in alle Richtungen vor türkisfarbenen Haien zu retten, die wie Pfeile aus der Dunkelheit des Meeres schnellten. Es gab Nebelbänke, so dicht und klar definiert, dass sie an Festland erinnerten, Tage, an denen Schnee fiel, obwohl die gefühlte Temperatur viel zu hoch dafür war, Nächte mit brütender Hitze und Gewitterstürme mit violetten und orangen Blitzen, die oft mehrere Minuten erstrahlten, als wären sie Teil eines im richtigen Moment gemachten Fotos, dann langsam verblassten und sich sterbend in ihrer Umgebung verloren.

Auch veränderten sich die Türme. Wo anfangs Sandstein dominierte, war es später polierter Granit, aber auch Marmor in jeder denkbaren Farbkombination, mal strahlend weiß mit himmelblauen Bändern, dann wieder blutrot mit heller Maserung, beinahe wie Fleisch. Und so verschieden die Materialien und Bildhauerarbeiten auch waren, eines blieb gleich: Der gigantische, im Inneren der Architektur verborgene Mechanismus, der es Hal ermöglichte, von einem Turm zum nächsten zu gelangen.

Auffallend war, dass er zunehmend Hinweise darauf fand, dass die Türme in der Vergangenheit für einen längeren Aufenthalt genutzt wurden: Es gab neben Amphoren einfache Behausungen aus Zweigen, Ästen und aus Gräsern geflochtenen Stricken, ob nun in irgendeiner Ecke oder als Baumhaus, Feuerstellen – mit rußgeschwärztem Gestein in ihrer Umgebung – und sogar einfache Möbel. Diese Möbel aber waren es, die sich sprunghaft in ihrer Qualität veränderten, von grob gesägtem Holz, das mit geflochtenen Seilen und Holzstiften zusammengehalten wurde, bis hin zu geschliffenen, mit Schnitzereien verzierten Stücken, die sogar kupferne Beschläge und Scharniere besaßen.

Hal vermutete, dass die Veränderungen der Umgebung in direktem Zusammenhang mit der Nähe zum Zentrum standen; wenn er seine spärlichen Aufzeichnungen richtig deutete, so änderte sich stets irgendetwas, sobald er sich näherte oder davon entfernte. Natürlich war es aufgrund der Dimensionen nicht möglich, auf einen Blick zu erkennen, in welcher Richtung sich was befand. Daher war es für ihn wichtig, seine Karte auf dem aktuellen Stand zu halten und auf jedem Turm die jeweilige Richtung von Sonnenauf- und untergang zu vermerken, um so irgendwann aus den Markierungen ableiten zu können, wie die Welt im Detail aufgebaut war – ein Unterfangen, das zahllose Türme und damit Referenzpunkte benötigte. Er war zuversichtlich, mittels der Himmelsrichtungen im Laufe der Zeit die Krümmung der Ringe darstellen zu können. Dank des Fernrohrs konnte er zwei, an klaren Tagen sogar bis zu vier Türme weit blicken. Jedes Teilstück, jede Information half ihm, eine bessere Vorstellung von dieser Welt zu erhalten. Eventuell existierten ja zu diesen Themen irgendwo Aufzeichnungen – im schlimmsten Fall hinter Türen, die sich für ihn nie öffnen würden, oder in Tiefen, deren Geheimnisse nicht für ihn bestimmt waren. Doch diese Spekulationen durften kein zu wichtiges Element seiner Gedanken werden; er musste fokussiert bleiben, sein Ziel verfolgen und sich nicht von Eventualitäten beirren lassen.

Der neunte Turm, den er seit Verlassen von Yacos Reich betrat, war ungewöhnlicher als die vorherigen, denn dieser war über und über mit Moos bedeckt. Es gab keinen Quadratzentimeter, der das unter dem Grün liegende Gestein zeigte. Das Moos war stellenweise so dick, dass Hal nicht einmal den Boden unter den Füßen spüren konnte. Jeder Schritt war eine Herausforderung für seinen Gleichgewichtssinn.

Was er in diesem Turm an Flüssigkeit im Überfluss hatte, fehlte an Nahrung. Es gab nicht einen Grashalm, der aus dem Moos ragte, welches Hal nach einer Weile wie das Fell eines sonderbaren Tieres vorkam, das den Turm verschlungen hatte und nun verdaute. Er musste daher mit den Resten vorlieb nehmen, die er bei sich trug, und hoffen, auf dem nächsten Turm mehr Glück zu haben.

Leider wurde er dort enttäuscht, denn es gab nichts als knochige Ranken mit Dornen, die spitz und scharf zugleich waren. Alles entsprang einem gigantischen Haupttrieb im Auge des Turms. Dieser war etwa fünf bis sechs Meter dick und bestand aus mehreren Einzeltrieben, die, obwohl sie sich mal mehr, mal minder geordnet umeinander wanden, derselben Hauptrichtung folgten und so ein Gebilde erzeugten, das wie der Tentakel eines riesigen Ungeheuers wirkte, das beim Versuch erstarrt war, der Finsternis in der Tiefe zu entrinnen.

Hal wusste nicht, wie er den Aufstieg gemeistert hatte, als er geschwächt aber unversehrt die Spitze des Turms erreichte. Dort teilte sich der Haupttrieb in seine Einzelstränge, welche sich nach allen Seiten hin ausgebreitet hatten und außen am Turm über 100 Meter nach unten hingen. Diese Stränge waren übersät mit dunkelroten, süß duftenden Blüten, jede so groß wie ein menschlicher Kopf. Doch wem galt der lockende Geruch? Es gab weder Insekten noch andere Tiere auf diesem kargen Turm.

Er trat näher und blickte zwischen die Blütenblätter, wo er im Inneren mehrere kleine Kelche sah. Um diese Kelche herum waren zahllose, mit Pollen bedeckte Härchen verteilt, die es unmöglich machten, an das Innere zu gelangen, ohne sie zu berühren. Vielleicht hatte der Wind irgendwann einen Samen dieser sonderbar monströsen Pflanze an diesen Ort getragen, wo er keimen und gedeihen konnte.

Hal sah sich um. Selbst in der direkten Umgebung der Blüten gab es lediglich Ranken dieser einen Pflanze. Er vermutete daher, dass sie sich nicht selbst bestäuben konnte. Gab es also irgendwo ein Gegenstück?

Er pflückte einen der Kelche aus der Blüte und roch daran. Er war überrascht, wie lieblich und dennoch durchdringend die Note war. Der Kelch war etwa so groß wie sein kleiner Finger. Er tropfte etwas Nektar auf seinen Handrücken und kostete. Er spürte, dass bereits diese winzige Menge die Lebensgeister weckte und seinem Denken eine positivere Ausrichtung gab.

Nachdem er sich an dem süßen Saft gelabt hatte, kostete er eines der pollenbesetzten Härchen – es schmeckte nach nichts. Mangels Alternative aß er ein paar davon, um in den nächsten Stunden auf eine eventuelle Reaktion seines Körpers zu warten. Die Wartezeit überbrückte er mit dem Studium der Umgebung. Er aktualisierte die Karte und zeichnete gewissenhaft die drei Ketten ein, die von dem sechseckigen Turm abgingen. Da insgesamt zwei Ketten den Turm erreichten, konnte er insgesamt vier neue Türme eintragen. Immer wieder spähte er mit dem Fernrohr zum Horizont, um doch noch einen kleinen Hinweis zu erhalten. Nach einer Weile wusste er allerdings nicht, ob die Dinge Einbildung waren oder ob er tatsächlich Türme erahnen konnte, wo noch vor einer Weile nur Wasser, Dunst und Wolken gewesen waren.

Der trübe Tag forderte bedachtes Handeln. Mit Trinkwasser wäre die Lage weniger heikel gewesen, doch die am Fuß des Turms mittels Yacos Vorrichtung aufgefrischten Reserven waren längst verbraucht. Mit ihnen hätte Hal mühelos ein bis zwei Tage auf klares Wetter und damit bessere Sicht warten können. Es war ernüchternd, denn selbst das Anschneiden der riesigen Pflanze spendete lediglich ein paar Tropfen Wasser. Ob er wollte oder nicht: Er musste schnell hier weg, denn die Überfahrt würde ebenfalls erbarmungslos an seinen Kräften zehren.

Hal brütete über der Karte und sah immer wieder unentschlossen in die Ferne. Sollte er direkt in nördliche Richtung reisen oder besser den Weg nach Osten einschlagen? Die dritte Kette verlief nach Südwesten; da er jedoch aus Südosten gekommen war, bildete sie keine Option. Oder doch?

Er biss zwischenzeitlich ein Stück von einem Blütenblatt ab, musste es aber direkt ausspucken, denn der bittere Geschmack legte sich auf seine Zunge und glitt beißend bis hinab in den Rachen. Selbst der Inhalt von vier Kelchen mit Nektar brachte keine Linderung.

Er hätte noch tagelang dasitzen können und keine Entscheidung wäre besser gewesen als die andere. Wenn er nicht in Bewegung blieb, befand er sich in der Falle. Es war folglich auch eine Frage der Betrachtungsweise, nicht nur eine der örtlichen Gegebenheiten. Eine höhere Zahl abgehender Ketten wäre dem Ausbau seiner Karte zugute gekommen und damit dem Auffinden potenzieller Sackgassen, vereinfacht hätte es nichts.

Nachdem er sich für Norden entschieden und in mühevoller und vor allem schweißtreibender Arbeit die Gondel von den dornigen Ranken befreit hatte, sammelte er so viel Nektar und genießbare Blütenteile, wie möglich, ehe er zahlreiche Blüten von den Ranken drehte, um mit ihnen den Boden des Transportkorbs auszulegen und es so wenigstens etwas bequemer zu haben. Dann versicherte er sich, keine Habseligkeiten zurückzulassen, und betätigte den eisernen, leicht schwergängigen Hebel.

Es war Nachmittag und die Sonne verschwand unregelmäßig hinter immer dunkler werdenden Wolken. Hal konnte und wollte nicht auf die Nacht warten. Er spürte, dass jede Stunde zählte.

Er ließ den Blick nicht von den Ranken, welche die Kette außerhalb seiner Reichweite umklammerten. Altbekannte Sorgen erfüllten ihn.

Zu seiner Erleichterung gab es keine Katastrophe. So ließ er den unwirtlichen Ort hinter sich und hoffte auf bessere Gegebenheiten am nächsten Turm.

Zwischenspiel

Wachsam

Wenn du durch die Straßen spazierst oder in der Gegend mit dem Auto deine Runden drehst, dann sollte dich nicht die Frage nach dem Wann beschäftigen. Planung ist alles. Hast zieht Fehler nach sich und genau die können dir das Genick brechen, sofern sie sich nicht mit etwas Glück schnell und unkompliziert ausbügeln lassen.

Du kannst dich irgendwo hinstellen, jeden Tag zur gleichen Uhrzeit, suchst dir jemanden aus und beobachtest, von wo er oder sie kommt, ob zu Fuß, mit dem Auto, mit der Straßenbahn oder per Fahrrad. Sobald du dir sicher bist, dass die Person einem festen, täglichen Ablauf folgt, bewegst du dich nach und nach zum Ausgangspunkt. Welche Bahnverbindung? Von wo biegt sie mit den Rad ab? An welcher Ampel wartet er in seinem Auto auf Grün? Mit der nötigen Geduld und Vorsicht erfährst du, wo die Person wohnt, ob sie in einer Partnerschaft lebt, wann sie den Müll wegbringt, wann sie vom Einkauf kommt, wann sie duscht, auf das Klo geht oder sich mit einer Affäre trifft. Mit Ruhe und offenen Augen kannst du das und noch mehr herausfinden, nur durch Beobachtung.

Und du solltest dein Können immer den örtlichen Gegebenheiten anpassen. Wenn du also nicht in der Lage bist, jemanden auszuspionieren, der in einer winzigen Gasse lebt, dann solltest du diese Grenze erkennen, akzeptieren und weiterziehen. Der Weg zu dieser Einsicht ist nie vergebens. Du bekommst bessere Menschenkenntnis, verfeinerst dein Vorgehen, baust dein System aus. System, nicht Routine, denn Routine ist so giftig wie Hast. Sei immer wachsam, höre alles, sieh alles.

Wenn du diese Dinge beherzigst, dann kannst du dir Gedanken über einen Plan machen, der dir das ermöglicht, was du willst. Vorher ist es Zeitverschwendung, es gibt zu viele unbestimmte Variablen.

Worauf ich mit alledem hinaus will: Spaziere durch die Straßen und sieh dich um. Jeder Mensch dort draußen ist ein potenzielles Opfer. Wenn du das realisiert hast, dann kannst du dir die besten Stücke herauspicken. Wie an einem Buffet, das gerade erst hergerichtet wurde.

Kapitel 12

Die Stadt im Turm

Der achteckige Turm war riesig: Etwa 500 bis 600 Meter im Durchmesser bei einer Etagenhöhe von 20 und mehr Metern. Es gab kaum Fensteröffnungen im klassischen Sinne, dafür aber gigantische Durchbrüche in den Außenwänden, welche die lebhafte und sehr unstrukturiert wirkende Architektur aufbrach und mittels Licht etwas erschuf, das auf eine sonderbare Art magisch wirkte und an eine Kathedrale erinnerte. Es gab lange Treppen, hölzerne Aufzüge, Krane, Ebenen, die dem Anbau von Obst und Gemüse dienten, Weideflächen, Parkanlagen und hölzerne, teils auch steinerne Gebäude. Viele Bereiche wirkten dunkel und trist, in anderen wetteiferten bunte Farben von Blumen, bemalten Fassaden und kreuz und quer gespannten Girlanden und Seilen mit im Wind flatternden Wimpeln um die Aufmerksamkeit des Betrachters.

Hal hatte den Turm lange vor seiner Ankunft sehen können, nachdem er fast zwei Tage in der Gondel zugebracht hatte, ohne zu wissen, wie lange die Reise noch dauern würde. Beim Erblicken des gigantischen Turms waren all die Strapazen der vergangenen Tage und Wochen wie verflogen, denn er wusste, dass er es geschafft, dass er die erste Etappe des Weges gemeistert hatte. Und noch wichtiger: Er konnte, wenn es sein musste, von hier aus dank der Karte problemlos wieder zu Yaco und zurück.

Als der Mechanismus Hals Fahrt beendete, wartete bereits eine nicht gerade kleine Gruppe von Leuten, um ihn willkommen zu heißen. Über die Köpfe hinweg sah er etwas, das sich später als der Mittelpunkt aller Dinge in diesem Turm entpuppen sollte: Einen Brunnen, der auf einer weiten, freien Fläche stand, umgeben von einem eisernen Zaun und bewacht von mehreren bewaffneten Männern. Von diesem Brunnen gingen zahlreiche Leitungen ab, welche – gemeinsam mit alternativen Quellen, wie er sie von Yacos Turm kannte – die Stadt, ihre Bewohner, Tiere und Pflanzen mit Trinkwasser versorgten und damit Leben spendeten.

Während Hal seine Sachen griff, um den Transportkorb zu verlassen, kam ein Mann mit einem Eimer näher, den er mit Meerwasser füllte. Damit stieg er über die Brüstung der Gondel, um mit dem Gewicht zu verhindern, dass sich der Mechanismus umkehren konnte, sobald Hal den Turm betrat. Er stellte den Eimer in der Mitte ab und blieb schweigend daneben stehen.

Später sollte Hal erfahren, dass es – entgegen seiner Vermutung – nicht oft vorkam, dass neue Leute den Turm erreichten, der über vier eingehende und vier abgehende Verbindungen verfügte. Das war der Grund, weshalb man ihm einen derartigen Empfang bereitete. Ein Mann mit einem schiefen Hut aus Stroh und Leder trat zu Hal und stellte sich als Bürgermeister der Stadt vor.

„Mein Name ist Isac und ich heiße Euch herzlich willkommen in und auf *Di'ium*", sagte der Mann und reichte Hal die Hand. Er hatte einen grauen Vollbart, einen dicken Bauch und trug eine geflochtene Kette um den Hals, an der etwas hing, das wie ein Stück Koralle aussah.

Hal stellte sich seinerseits vor, während er das Treiben um sich herum beobachtete. Der Bürgermeister hatte einen festen Händedruck.

„Die Vorrichtung ist so empfindlich, dass nicht einmal ein kleines Kind damit zurückfahren könnte", erklärte Isac. „Bei einem Hund oder einer Katze würde es vermutlich funktionieren. Wir platzieren immer einen Hinweis in dem Korb, damit andere wissen, dass wir hier sind. Meist ein Stück Holz mit einer geschnitzten Nachricht. Aber da immer sehr viel Zeit zwischen den Neuankömmlingen liegt, ist das im Grunde nur vergebliche Mühe. Oder habt Ihr etwas im Korb vorgefunden?"

„Leider nein."

Der Bürgermeister nickte. „Vermutlich riss es ein Sturm mit sich." Er lud Hal mit einer Handbewegung ein, ihm zu folgen.

Laut Isac bündelte sich das Leben in den unteren der insgesamt 162 Etagen. Die Bevölkerungsdichte nahm nach oben hin ab, wo es zwar Häuser gab, aber ungleich mehr Fläche für Pflanzen und Tiere – es war regelrecht ländlich auf den höheren Ebenen. In der Stadt selbst gab es Einkaufsmöglichkeiten, eine kleine Bibliothek, Wirtshäuser, Imbissbuden, Werkstätten und Ausstellungsräume für Zeichnungen und Holzskulpturen. Nahezu jeder hatte Arbeit und damit ein Einkommen, denn es gab immer irgendwo Aufgaben, die erledigt werden mussten, ob nun in den Fischfarmen, die es um den Turm herum gab, beim Fällen, Pflanzen und Pflegen von Bäumen, auf deren Holz quasi das gesamte Leben an diesem Ort gründete, beim Anbau von Obst und Gemüse, bei der Verarbeitung der Ernte, bei der Viehzucht oder bei den nicht enden wollenden Reparaturen in und am Turm. Und da fast nichts weggeworfen wurde, gab es praktisch für jeden Nahrung und Dinge des täglichen Bedarfs, unabhängig vom gesellschaftlichen und finanziellen Status. Kinder gingen zur Schule, ältere Leute saßen auf Bänken und beobachteten die Umgebung, unterhielten sich, lasen ein Buch oder spielten Schach und Dame.

Hal erfuhr, dass der Brunnen angeblich schon da war, als der erste Mensch seinen Fuß auf den Turm setzte. Obwohl Regenwasser gespeichert und Trinkwasser aus dem Meer gewonnen wurde, hoffte jeder unentwegt, dass der Quell nicht versiegen würde. Das hätte katastrophale Folgen nach sich gezogen, denn die Vorräte hätten bei weitem nicht jeden versorgen können. Aufgrund seiner Erfahrung wusste Hal, wie lange es dauerte, durch Verdunstung auch nur eine kleine Menge Wasser vom Salz zu trennen. Hier konnte man zwar zur Not den Vorgang mittels Feuer beschleunigen, doch die Ausbeute stand in keinem Verhältnis zum Bedarf. Auf dem Weg durch die Stadt sah er ähnliche Vorrichtungen aus Ton und Holz wie die, die er von Yaco hatte. Da mit ihnen auch lebenswichtiges Salz gewonnen wurde, vermutete Hal, dass es sich um eine Grundausstattung für jeden Bewohner handelte. Die großen und kleinen Schalen standen auf Fensterbänken, in Hauseingängen, auf Dächern, Mauern und an ruhigeren Stellen auf Plätzen, in Straßen und Gassen.

Wie alt die Stadt war? Das konnte man ihm nicht sagen. Zwar gab es Aufzeichnungen, die über Jahrhunderte in die Vergangenheit reichten, doch sie gaben keinerlei Aufschluss darüber, wann genau die Gründerväter den Turm betraten oder wer sie waren. Und als hätte es Hal geahnt, litt auch hier jeder unter dem Verlust seiner Erinnerungen. Selbst die Kinder, die irgendwo erwacht waren und es wie durch ein Wunder zum Turm geschafft hatten, konnten nichts über ihr Alter sagen.

Hal erfuhr, dass der Glaube an Gott tief in den Menschen verwurzelt war, denn er war es angeblich, der ihnen hin und wieder Dinge sandte. Auf Nachfrage berichtete Isac, dass es gelegentlich vorkam, dass ein Bauer auf einem seiner Felder einen Haufen Nägel fand, eiserne Werkzeuge, Messer oder Tonkrüge und andere Gefäße. Auch Gläser und Spiegel waren bereits erschienen.

Hal fragte sich, ob all die Dinge, die bei Yacos Turm in die Netze gingen, den gleichen – göttlichen – Ursprung hatten und ob die Tongefäße auf den anderen Türmen ebenfalls erschienen waren, ohne je von einer Person dort abgestellt worden zu sein. Er war keine zwei Stunden in der Stadt und hatte bereits mehr Fragen als Antworten. Unter weniger sonderbaren Umständen hätte er möglicherweise die göttliche Verbindung so in Frage gestellt wie die Aussage, dass Objekte aus dem Nichts erschienen. Doch diese Geschichte war so abwegig, dass sie einfach wahr sein musste. Letztendlich nahm er die Information hin, ohne weiter darüber nachzudenken, denn nach all den Wochen der Einsamkeit wurde sein Gehirn nun gnadenlos mit Eindrücken bombardiert.

Isac bot ein Zimmer in einem Wirtshaus an, was Hal dankend annahm. Dort brachte er seine Habseligkeiten unter. Anschließend aß und trank man zusammen und tauschte sich aus. Hal hielt es für strategisch richtig, Yaco und dessen Turm nicht zu erwähnen, denn irgendwie war ihm der Bürgermeister nicht ganz geheuer – genau wie einige der Leute, mit denen sich dieser umgab. Hal wusste nicht, ob von den Männern eine Gefahr ausging, doch er wollte – er musste – auf sein Bauchgefühl hören. Niemand sollte sich zwischen ihn und sein unbekanntes Ziel drängen. Je mehr er verschwieg, desto sicherer fühlte er sich.

Hal erzählte von seinem Erwachen, wie er sich auf den Weg machte, wie er Kleidung entdeckte und schließlich den Rucksack. Und irgendwie hatte er sich schließlich bis zu diesem Turm durchgeschlagen. Eine Geschichte, so plausibel, dass er sich still ins Gedächtnis rufen musste, dass sie größtenteils frei erfunden war.

Mit dieser Version schien jeder der Anwesenden zufrieden zu sein, denn es gab weder verräterische Blicke untereinander noch Fragen, die darauf schließen ließen, dass man ein Lügenkonstrukt vermutete.

„Also seid Ihr auf der Durchreise", sagte Isac und nickte dabei. „Ihr wisst aber, wie gefährlich es da draußen sein kann, oder? Euer bisheriger Weg war gewiss nicht einfach, aber Ihr hattet auch viel Glück."

Hal nickte und griff als Beispiel seinen Fund – den Rucksack – auf: „Wer weiß, was dem Mann oder der Frau passiert ist. Ich sah unter anderem Haie." Er musste sich konzentrieren, um nichts zu erwähnen, das ihm Yaco erzählte.

„Haie können wirkliche Probleme verursachen und eine ernsthafte Gefahr sein", hob ein anderer Mann an, der eine schlanke Statur hatte, eine große, etwas schiefe Nase und eine hohe Stirn. Er hieß Espinozo und war der Stellvertreter Isacs. „Mit unseren Booten können wir keine 2 Kilometer hinaus, weil sich dort Haie tummeln. Die aggressiven Biester schrecken nicht einmal davor zurück, ein Boot mit Stößen und ihren Schwanzflossen zum Kentern zu bringen. Der Sturz ins Wasser ist ein Todesurteil."

„Also ist es nicht möglich, einfach mit einem Boot oder einem Schiff zu einem der anderen Türme zu fahren?" Hal wollte mit dieser Frage verhindern, dass jemand sein bisheriges Wissen erahnte und das Schauspiel durchschaute. Andererseits konnte ihm jede Antwort helfen. Neue Erkenntnisse ermöglichten einen klareren Blick auf das Gesamtbild.

Isac schüttelte den Kopf. „Nicht von hier aus. Ob es andernorts funktionieren würde, weiß ich nicht. Mir ist jedenfalls nichts bekannt."

„Vermutlich wären längst mehrere Schiffe am Horizont aufgetaucht", sagte Espinozo. „Wir wissen von anderen Türmen, dass die Leute versuchten, alternative Wege zu den Ketten zu beschreiten, aber ohne Erfolg. Hängebrücken unter den Ketten oder Stege darauf fielen teils schon nach kurzer Zeit Unwettern zum Opfer. Boote sind praktisch unbrauchbar und Gleiter zu sehr vom Wind und der Höhe des Startpunks abhängig. Es gab auch Versuche mit großen Drachen und Heißluftballons, aber ob das je erfolgreich war, wissen wir nicht. Dafür ist die Welt zu groß und der Informationsfluss zu eingeschränkt. Zudem sind nicht auf jedem Turm so viele Ressourcen verfügbar, wie es hier der Fall ist."

Hal nickte.

„Ich denke, wir sollten uns weitere Themen für morgen und die nächsten Tage aufsparen", hob Isac an, das Treffen zu beenden. „Sie müssen ohnehin erschöpft sein, dazu plötzlich all der Trubel hier." Er lachte. „Sagen Sie mir nur bitte Bescheid, sobald Sie wissen, wann Sie aufbrechen möchten."

Isac und die anderen erhoben sich. Hal stand ebenfalls auf und man verabschiedete sich voneinander.

„Bleiben Sie ruhig noch etwas, wenn Sie möchten", sagte Espinozo. „Sie sind weiterhin eingeladen und Gast." Er nickte Hal kurz zu, ehe er Isac folgte.

Hal ließ sich wieder auf dem Stuhl nieder und blickte sich um. Das Lokal war in dunklen Tönen gehalten und verfügte über zahlreiche, mit detailverliebten Schnitzereien überzogene Pfeiler und Balken. Das teils polierte Holz und das gesamte Ambiente erinnerten Hal an das eines chinesischen Restaurants. Hier und da hingen orange und grüne Papierlaternen von der Decke. Draußen vor der Gaststätte – es gab keine Wände, lediglich die Küche war in einem abgetrennten Raum – sah er reges Treiben, in dessen Wogen die Männer sich unterhaltend verschwanden.

Er hielt inne. Der Gedanke an ein chinesisches Restaurant verblüffte ihn. Er wusste so vieles über die Natur, das Weltall, Mathematik und Kunst, und doch fehlten bei alledem jegliche persönliche Verbindungen zu den einzelnen Elementen. Er konnte sich weder an alte Schulfreunde erinnern noch an Leute, mit denen er beispielsweise einen Kinofilm gesehen oder in einem chinesischen Restaurant gegessen hatte. Es war, als wären all diese Erinnerungen durch einen unbekannten Vorgang gefiltert worden, bereinigt von bestimmten Informationen.

„Darf ich Ihnen noch etwas bringen?" fragte die freundliche Bedienung und riss Hal damit aus seinen Gedanken. Sie lächelte.

Hal überlegte. „Ich denke, ich nehme noch ein Glas Wein."

„Sehr gerne."

Er schaute der Frau nach. Sie trug Federn im roten Haar, das zu mehreren Zöpfen geflochten war. Unter ihrer etwas zu weiten Kleidung erahnte Hal einen traumhaften Körper; er war sich sicher, dass sie nackt umwerfend aussah.

„Bitte sehr", sagte sie einige Augenblicke später, stellte das Weinglas auf den Tisch und schob es zu ihm.

Hal bemerkte, dass sie innerlich mit etwas zu ringen schien. Deshalb fragte er: „Sie sehen selten neue Gesichter, oder?"

Sie nickte. „Das können Sie laut sagen. Es ist immer eine kleine Sensation."

„Die Frage ist eventuell etwas seltsam, aber: Was können Sie mir über den Bürgermeister erzählen?"

„Einiges", antwortete die Frau. „Ich habe bald Feierabend. Dann würde ich mich gerne mit Ihnen unterhalten."

Etwas Elektrisierendes lag in der Luft, das spürte Hal in diesem Moment. Er nickte und lächelte der Frau mit den hellgrünen Augen und der dunklen Haut zu.

„Falls Sie eher gehen, warten Sie bitte dort draußen an der Bank auf mich", sagte die Bedienung und deutete mit einer Kopfbewegung über den Tisch hinweg zu einem kleinen Platz an einer Brüstung.

„Das werde ich", antwortete Hal. „Wie ist eigentlich Ihr Name?"

„Ziola."

„Ich heiße Hal."

„Dann sehen wir uns nachher ... Hal." Sie nickte ihm zu, drehte sich um und lief zu einem anderen Tisch, um dort eine Bestellung anzunehmen.

Irgendwo sangen Vögel. Hal wusste nicht, ob es freilebende Tiere waren oder Exemplare jener Singvögel, die, wie er mehrfach gesehen hatte, von Leuten in Käfigen gehalten wurden. Der helle Klang eines Windspiels drang zu ihm, aber er konnte es nicht entdecken. Erinnerungen an Yacos Reich wurden wach. Ein junges Pärchen nahm am Nebentisch Platz. Er fragte sich, ob das Leben an diesem Ort mehr Fassade war als Segen. Waren die Menschen glücklich?

Der Wein mundete ihm. Nicht zu trocken, nicht zu lieblich. Es war das zweite Glas und er spürte, wie ihm der Alkohol zu Kopf stieg. Er genoss das angenehme Gefühl.

Als der Geschmack des letzten Schlucks verflogen war, stand Hal langsam auf, atmete durch und versuchte, sich seinen Zustand nicht anmerken zu lassen, während er das Restaurant Richtung Bank verließ, um dort auf Ziola zu warten.

Kapitel 13

Skepsis

Die Bank stand nahe einer hölzernen Brüstung, hinter der ein Freiraum lag, der sich über mehrere Stockwerke nach unten und nach oben erstreckte. Die von filigran wirkenden Pfeilern, Streben und Bögen gebildete Turmwand auf der gegenüberliegenden Seite ermöglichte Hal einen weiten Blick hinaus auf das Meer. Vögel stiegen auf, Insekten schillerten im goldenen Sonnenlicht des ausklingenden Nachmittags wie magische Partikel und der Wind spielte mit bunten Wimpeln und gespannten Tüchern. Hätte es um den Turm herum einen weiten, weißen Sandstrand mit Palmen gegeben, wäre dieser Ort ein wahres Paradies gewesen, dessen war sich Hal sicher.

Er sah über die Brüstung hinweg nach unten. Geschäftig liefen Menschen umher. Der Brunnen war von dieser Stelle aus nicht zu sehen.

„Hallo", sagte Ziola, die plötzlich neben Hal stand.

Er lächelte ihr zu und nickte.

Da war es wieder, dieses Gefühl, von einer Energie durchströmt zu werden. Im Licht der Sonne verloren Ziolas Augen das Grün und erinnerten mehr an Bernstein. Ihr markantes Kinn harmonierte mit ihrem wohlgeformten Mund. Sie hatte ein auffallend symmetrisches Gesicht.

Ziola ließ den Blick schweifen und fragte dabei: „Was willst du über den Bürgermeister wissen?"

„Kann man ihm trauen?" Die Frage war ausgesprochen, noch ehe Hal genau überlegt hatte, ob es schlau war, so etwas überhaupt zu äußern.

„Nein", war die knappe, ausdruckslose Antwort, ohne dass Ziola die Augen vom Meer nahm.

„Dann hat mich mein Gefühl nicht getäuscht."

„Ich würde sogar behaupten, dass er dich beobachten lässt."

Diese Möglichkeit war ihm noch gar nicht in den Sinn gekommen. „Wieso sollte er das tun?"

„Wir sollten spazieren gehen", schlug Ziola vor. „Das ist weniger auffällig und ich kann dir dabei die Stadt zeigen."

Hal nickte und so brachen sie auf.

Ziola führte Hal an Basaren vorbei, die neben Stoffen, Früchten und Gewürzen auch Zierobjekte aus Holz anboten, Malereien und große Matten aus Bast, die gefärbt waren und neben einfachen und aufwändigen Mustern auch Landschaften zeigten. Überall duftete es nach Speisen und Blumen, stets durchsetzt von der reinen Frische der salzigen Meeresluft.

„Lass dir nichts anmerken", riet Ziola. „Ich führe dich einfach herum. Wir werden garantiert beobachtet, aber solange wir uns unauffällig verhalten, sollte keiner von uns Ärger bekommen."

„Das klingt nicht wirklich beruhigend", fand Hal.

„Hast du Gepäck?"

„Ja."

„Wo ist es?"

„In dem Zimmer, das man mir gab."

„Dann hoffe, dass nichts Wichtiges drin war. Falls doch, hat man es längst gefunden."

Hal überlegte. Weshalb sollte er Ziola mehr vertrauen als Isac? Vielleicht war es eine Falle und man versuchte so, ihn aus der Reserve zu locken und an Informationen zu gelangen, die er dem Bürgermeister gegenüber verschwiegen hatte. Würde sie bei einem unüberlegten Wort seinerseits getarnte und versteckt lauernde Wachposten mobilisieren? Er konnte sie nicht einschätzen, schließlich hatten sie sich erst kennengelernt.

Sollte er die Karten erwähnen? Er trug diese seit einer Weile stets bei sich, eingeschlagen in Leder und versteckt in einer geheimen Tasche seiner derben Jacke, an deren Kratzen er sich in den letzten Wochen gewöhnt hatte. Er holte sie nur hervor, wenn es auf der Spitze eines Turms an der Zeit war, neue Einträge vorzunehmen und seine Position zu prüfen. Auf diese Art konnte er sie weder durch Zufall noch durch mögliche Wegelagerer verlieren. So verschwieg ihre Existenz und antwortete: „Das wertvollste Stück ist ein Fernrohr. Das lassen sie hoffentlich in Ruhe."

Ziola nickte und blieb an einem Stand stehen, wo es wunderbar riechende Blumen zu kaufen gab, deren Blüten teils derart intensive Farben hatten, dass sie künstlich aussahen. „Die werden in einer der oberen Etagen gezüchtet. Es gibt sogar Versuche, ihnen Linienmuster und geometrische Formen zu verleihen. Aber die Ergebnisse dürfte man dann nur in einer Ausstellung sehen oder hinter Glas, weil sie zu wertvoll wären. Solchen Luxus können sich nur die wenigsten leisten."

Sie liefen weiter.

„Jedenfalls sammelt der Bürgermeister Informationen rund um die Welt, alles, was er bekommen kann", fuhr Ziola fort. „Daher auch sein Interesse an dir."

„Welche Art von Informationen?"

„Alles zum Aufbau, Entfernungen zwischen den Türmen, wie sie verteilt sind, was an ihnen besonders ist und solche Dinge. Er sucht nämlich nach

Möglichkeiten, zum Zentrum vorzudringen. Er ist besessen von der Idee." Sie zuckte mit den Schultern. „Aber loszuziehen und es selbst zu versuchen, das traut sich der feine Herr nicht."

Die angesprochene Besessenheit kam Hal sehr bekannt vor. Und Ziolas Blick verriet, dass sie wusste, was in ihm vorging.

„Viele denken nicht darüber nach, dass es da draußen mehr gibt. Sie haben sich ihrem Schicksal ergeben und stellen keine Fragen. Deshalb funktioniert auch alles so wunderbar, zumindest auf den ersten Blick. Niemand muss hungern und fast jeder hat eine Arbeit. Das System ist aber nicht so, weil es keine Unterschiede zwischen Arm und Reich gibt, sondern weil damit alle bei Laune gehalten werden. Satte Menschen rebellieren nicht."

„Versucht wirklich niemand, auszubrechen?"

„Doch, natürlich. Aber entweder scheitern sie und sterben dabei, weil die abgehenden Ketten von den Männern des Bürgermeisters bewacht werden, oder sie hoffen auf ein Wunder. Deshalb hat er auch stets Leibwächter wie Fliegen um sich geschart."

„Also regieren Angst und Schrecken und nicht Zufriedenheit und Nächstenliebe, wie es auf den ersten Blick scheint."

Ziola nickte. „Genau. Der Drang, etwas Neues von der Welt zu entdecken, ist stark, nur fehlt vielen der Mut. Man muss auch skrupellos sein, um sich gegen Widersacher und Neider durchsetzen zu können. Andernorts ziehen vielleicht alle an einem Strang und erreichen damit womöglich mehr, als wir uns vorstellen können. Aber so, wie die Dinge auf Di'ium liegen, wagt sich kaum jemand, auch nur eine falsche Bewegung zu machen."

„Seit wann ist das so?"

„Wenn das jemand wüsste. Vermutlich gibt es in diversen Archiven verstaubte Aufzeichnungen über die gesellschaftlichen Entwicklungen, aber das ist alles längst vergessen. Ich weiß nicht, wie der Bürgermeister an sein Amt kam und vor allem wann. Die Dinge sind, wie sie sind, so traurig das klingen mag. Sobald jedoch jemand wie du hier auftaucht, schrillen seine Alarmglocken. Es wäre nicht das erste Mal, dass Neuankömmlinge, die auf der Durchreise sind, verschwinden und nie wieder gesehen werden." Sie warf ihm einen kurzen Blick zu. „Du musst immer auf der Hut sein. Immer!"

Hal nickte. Diesen Ratschlag nahm er sich zu Herzen.

Sie verließen den Markt und näherten sich einem hölzernen Aufzug.

„Wohin geht die Fahrt?" fragte Hal.

„Ich dachte an einen Park", antwortete Ziola.

Hal betrachtete die wackelig aussehende Konstruktion, die etwa zehnmal so groß war wie die Gondeln, die er kannte.

Ziola bemerkte seinen Blick und meinte: „Keine Sorge, hier gibt es nur alle drei Tage einen tödlichen Zwischenfall. Der letzte war gestern."

Hal, der nicht wusste, ob Ziola scherzte, verzog nur den Mund und achtete auf seine Schritte, als sie den Aufzug betraten.

„Wohin darf es gehen?" fragte der Mann, der die Schranke der nach allen Seiten hin nur mit einem Handlauf begrenzten Plattform schloss, nachdem er geprüft hatte, ob weitere Passagiere heraneilten, um auch einzusteigen. Doch es kam niemand.

„Zum Mohnblumenpark", sagte Ziola.

„Mit Vergnügen", entgegnete der Mann, nickte Hal freundlich zu und lief zu einer Kurbel, die er drehen musste, wodurch sich der Aufzug, bedingt durch lederne Riemen und verschiedene Zahnräder mit optimalen Übersetzungsverhältnissen, binnen kürzester Zeit bei minimalem Kraftaufwand und wenigen Umdrehungen nach oben bewegte.

Das Holz ächzte und knarrte, Seile und Riemen knirschten. Hal fühlte sich nicht wirklich sicher. Wieso eigentlich? Es war doch laut Ziola ein Tag ohne Zwischenfall.

Sie brachten fünf Etagen hinter sich, ehe der Aufzug die Fahrt verlangsamte und punktgenau hielt. Der Mann öffnete die Schranke und verneigte sich leicht. „Ich wünsche einen schönen Aufenthalt!"

„Danke sehr", sagte Ziola, während Hal im Vorbeigehen nickte.

Sie folgten einem gepflasterten Weg. Vor ihnen befand sich eine Reihe hochgewachsener Zitronenbäume, hinter denen eine Balustrade die Etage von dem großen, lichtdurchfluteten Freiraum des Turms trennte. Zwischen den Bäumen standen Bänke. Der Weg vollführte einen Bogen nach links und verschwand dort zwischen Hecken und duftenden Orangenbäumen – beides diente dazu, dem Park Struktur zu verleihen. Irgendwo plätscherte Wasser.

Den Namen hatte der Park aufgrund der Mohnblumen, die nahezu alle Flächen außerhalb der Wege bedeckten. Vereinzelt lockerten blaue und gelbe Blüten das Bild auf, dessen Rot mit den Farben der Zitronen und Orangen perfekt harmonierte.

Ziola steuerte auf die Balustrade zu. „Ich schaue mir von hier oben gerne den Sonnenuntergang an."

Hal stellte sich neben sie und betrachtete das goldene Funkeln des Meeres, vor welchem sich die Strukturen des Turms wie das gigantische Netz einer Spinne abhoben. Hier und da zeichneten sich die Silhouetten von Personen ab, die auf den hölzernen Treppen, Stegen und Plattformen waren, welche sich mal an den Stein schmiegten, mal freitragend leeren Raum überspannten.

Ziola sagte leise: „Lass dir nichts anmerken. Es könnte sein, dass sogar hier Spitzel sind."

Hal überlegte. „Dann stehen meine Chancen wohl in der Tat schlecht, dass ich einfach weiterziehen kann."

„Nur, wenn man in dir irgendeinen Vorteil sieht, eine Quelle des Wissens sozusagen. Wahrscheinlich weißt du mehr, als du zugibst. Aber das ist auch richtig so. Es sollte nur keiner auf die Idee kommen, dass du nicht nur ein Reisender bist, denn dann würde man dich mit Fragen löchern, um an alle Informationen zu gelangen. Du solltest deshalb eine gute Antwort parat haben, wenn man dich fragt, wieso du Di'ium unbedingt wieder verlassen und dich freiwillig in Gefahr begeben willst."

Damit lag Ziola richtig. Sobald er angeben würde, Antworten zu suchen, wäre alles verloren. Ein zusätzliches Problem war der Umstand, dass ihn weit über 100 Etagen von der Turmspitze und den Gondeln trennten. Er konnte folglich nicht einfach aufbrechen und hoffen, seinen möglichen Verfolgern zu entrinnen, denn jeder wusste, dass man den Turm nur auf eine Art sicher verlassen konnte. Und an den Wachen, die laut Ziola die Ketten sicherten, würde er sich gewiss nicht vorbeischleichen können.

Es war deprimierend und ernüchternd. Er hätte nie gedacht, dass sich die Dinge so entwickeln würden. Eventuell hier und da ein Zweikampf, aber gegen eine Übermacht, gegen das offenbar ausgeklügelte System Isacs konnte er nicht ohne Hilfe ankommen. Nach der Zeit auf Yacos Turm hatte er mit allem gerechnet, sich teils große Hoffnungen gemacht, hier Unterstützung zu finden. Doch nun kam ihm der Turm weitaus bedrohlicher vor als der Gedanke an ein Boot auf offener See. Waren die Dinge zu Yacos Zeiten an diesem Ort vielleicht anders gewesen? Hal vermutete, dass Yaco ihn gewarnt hätte, wäre er über Isacs Treiben im Bilde gewesen. Oder hatte er es einfach in all den Jahrzehnten vergessen?

Er benötigte einen Plan.

Ziola sah ihn von der Seite an. Sie sagte aber nichts. Dann schaute sie wieder zur brennenden Sonne, die sich dem Horizont näherte.

„Ist Leuten je die Flucht gelungen? Man kann es vermutlich gar nicht anders ausdrücken."

„Das trifft es gut", antwortete Ziola. „Und natürlich konnten einige entkommen. Mit List, Tücke, Gewalt und Glück. Aber darüber kann dir mein Großvater mehr erzählen."

Hal wurde neugierig: „Großvater?"

Ziola sah zu ihm. „Ja."

„Wurdest du hier geboren?"

Sie schüttelte den Kopf. „Nein. Irgendwann wachten wir auf einem Turm auf und *wussten*, dass wir verwandt sind."

„Isac erwähnte Neugeborene. Kommen hier viele Kinder zur Welt?"

„Nein, hier ist niemand fruchtbar. Ich kenne Schwangere nur aus Erzählungen. Babys sind einfach irgendwann da."

„Sie erscheinen aus dem Nichts?" Einerseits wusste er nicht, wie er Ziolas Aussage einordnen sollte, andererseits gab es da nach wie vor diese schwarze Leere, die seine Vergangenheit war. Zudem fiel ihm ein, dass Isac beim Essen berichtet hatte, dass hin und wieder Dinge auftauchten. Ehe er so etwas nicht mit eigenen Augen gesehen hatte, wollte er solche Äußerungen mit Vorsicht genießen und sich nicht bereitwillig in die Idee stürzen, dass hier ein Schöpfer, ein Gott wirkte, der noch im Begriff war, sein Werk zu formen. Auf der anderen Seite wollte er die Sache nicht als Märchen abstempeln.

„Das konnte bisher zwar niemand beobachten, aber das ist die einzige Erklärung, die wir haben. Es ist einfach so. Plötzlich kommt ein Kind aus einem Zimmer oder ein Baby schreit in einer Seitenstraße. Und das ist einer der Gründe, weshalb es Waisenhäuser gibt."

Hal war irritiert. Bei diesen Schilderungen fehlten Elemente, die der Sache eine Logik verliehen, eine nachvollziehbare Grundlage. Gab es so etwas überhaupt?

„Dafür verschwinden andere Leute einfach spurlos hinter einer Hausecke. Jeder weiß, dass sie nicht zurückkommen. Deshalb gibt es mehrere Friedhöfe mit leeren Gräbern unter den Holzkreuzen."

„Als würden Zeit und Realität verschmelzen", sagte Hal mehr zu sich als zu Ziola.

„Vielleicht", sagte sie. „Wer weiß. Wenn jemand durch einen Unfall stirbt, dann ist es offensichtlich. Wenn aber jemand einfach verschwindet, bleiben selbstverständlich Fragen."

„Zu Recht." Hal überlegte. „Zieht es dich nicht trotzdem ab und zu fort? Ich meine, hier gibt es Essen, Wasser ... Gesellschaft. Das ist schon sehr luxuriös im Gegensatz zu den Türmen, die ich bisher kenne."

Ziola beugte sich nach vorn und stützte sich mit den Unterarmen auf die Balustrade. „Bei all den Geschichten, die kursieren ... was will ich da draußen? Hier ist es immerhin sicher, solange man keine Regeln bricht und Geheimnisse für sich behält."

Darauf wusste Hal nichts zu sagen. Vielleicht war das einfach der Unterschied zwischen ihm und den Leuten hier; der gleiche Unterschied, der Yaco dazu bewegt hatte, Di'ium den Rücken zu kehren und sich sein eigenes Reich aufzubauen.

„Es kommt mir nicht wie ein Gefängnis vor, wenn du das meinst."

Hal konnte den Gedanken nicht nachvollziehen, musste ihn aber akzeptieren. Es gab schon einen Grund, dass er hinaus in die Welt wollte und die vielen Menschen hier nicht. Irgendwann würde er ihn erkennen, dessen war er sich sicher. Und es hatte keinen Wert, gegen Windmühlen zu kämpfen. Er benötigte die Kraft für sich. Es war auch nicht seine Aufgabe, den Leuten hier die Augen zu öffnen. Wenn sie es selbst nicht schaffen, dann wollten sie es nicht. Das war nicht seine Angelegenheit. Auf der anderen Seite: Er war erst seit kurzem hier. Was wusste er da schon von den genauen Zusammenhängen?

„Es ist so schön", sagte Ziola und schloss die Augen. Sie konzentrierte sich auf die Sonne, die ihre Haut wärmte.

Hal drehte sich um und schaute zum Park. Er sah einige Leute, die in Gespräche vertieft spazierten oder schweigend die Stimmung genossen. Sein Blick wanderte nach oben. Die Decke der Etage war so von Ranken übersät wie die mächtigen Säulen, die aus dem Park aufragten. Überall flatterten, zwitscherten und schrien Vögel. Bekamen die lautesten Exemplare die besten Schlafplätze?

Er wollte sich gerade zur Seite drehen und zu Ziola schauen, als diese plötzlich vor ihm stand und ihm einen kurzen Kuss auf den Mund gab. Er sah in ihr Gesicht, das einen fragenden und zugleich hoffnungsvollen Ausdruck hatte. Durch die Sonne, die schräg in seinem Rücken stand, wurde ihr Gesicht erhellt; ihre Augen strahlten. Ohne weiter darüber nachzudenken, gab er sich dem Wind des Meeres hin, beugte sich nach vorn und küsste sie.

Aus kurzen, sich annähernden Küssen wurden längere, erforschende und verspielt leidenschaftliche. Kurz darauf berührten sich ihre Zungen für einen zarten Reigen.

Nach einer Weile lösten sie sich voneinander. Ziola sah ihm in die Augen. Dann liefen sie Hand in Hand zurück zum Aufzug.

Kapitel 14

Ein Rad beginnt sich zu drehen

Ziola erhob sich aus dem Bett. Das kleine Zimmer wurde nur von mehreren Kerzen aus Bienenwachs erhellt, doch das Licht genügte, um den Schweiß auf ihrer Haut glitzern zu lassen und die geschmeidigen Formen ihres Körpers nachzuzeichnen.

Hal sah dabei zu, wie sie sich kurz streckte und in ihre Kleidung schlüpfte. In seinem Kopf erlebte er erneut, wie er sie am Hals geküsst, wie er ihren Körper mit den Lippen erkundet und sich in ihrer Schönheit verloren hatte. Wie zart ihre Haut doch war. Und wie sie duftete. Er erinnerte sich an die Kontrolle, die sie auf ihm sitzend übernommen hatte, um sie dann vor ihm kniend wieder abzugeben. Gerne hätte er mehr Hände gehabt, mehr Haut, um die ihre zu spüren, mehr Lippen, um jeden Teil von ihr mit Küssen zu übersäen und dabei ihren Duft und den leichten, salzigen Geschmack ihrer Haut aufzunehmen.

Sie hatte ihn beinahe um den Verstand gebracht, auf ihn reagiert und so erkannt, wann sie seinen Höhepunkt hinauszögern konnte, um das Spiel fortzusetzen. Als er dann in der alles umgebenden Wärme ihres Schoßes seine Energie abgab, war ihm, als würde er deutlich spüren, wie diese auf Ziola überging. Sie hatte ihm dabei in die Augen gesehen und die Hände in seinem Haar vergraben, fast so, als würde sie ihn zwingen, dass sich ihre Blicke trafen.

Nun lag er auf ihrem Bett, erschöpft, schweißnass und mit einem klebrigen Gefühl auf der Haut. Während seine Blicke ihren Körper liebkosten, spürte er, wie seine Lust erneut aufzuflammen begann.

„Wohin willst du?" fragte er.

„Bleib ruhig liegen", antwortete sie und warf ihm einen kurzen Blick über die Schulter zu. „Ich werde kurz zu meinem Großvater gehen und ein Treffen für morgen arrangieren. Ich muss arbeiten, also will ich dafür sorgen, dass ihr euch nicht verfehlt."

Als sie sich angekleidet hatte, kam sie an das Bett, beugte sich zu Hal hinab und gab ihm einen Kuss. „Das klingt jetzt unromantisch, aber ich weiß, dass du weiterziehen wirst."

Hal wollte etwas dazu sagen, doch sie legte ihm einen Finger auf den Mund. Ihre wundervollen Hände! Wie geschickt sie mit ihnen gewesen war.

„Es wird mir das Herz brechen, wenn es soweit ist, aber das wäre nicht das erste Mal. Ich würde mich trotzdem freuen, wenn wir die Zeit gemeinsam genießen. Und das nicht nur, um für dich eine Tarnung aufzubauen." Bei diesen Worten legte sie ihre kühle Hand auf seinen Bauch und ließ sie langsam nach unten wandern.

Hal erwartete eine intime Berührung, doch dann tanzte ein verschmitztes Lächeln über Ziolas Gesicht und sie zog die Hand zurück.

„Es wird eine Weile dauern", sagte sie und richtete sich auf. „Du kannst die Nacht hier bleiben. Vermutlich wird die Situation ohnehin gerade im Büro des Bürgermeisters diskutiert."

Hal nickte ihr zu und beobachtete sie dabei, wie sie in ihre abgewetzten Lederschuhe schlüpfte, ihn noch einmal anlächelte und das Zimmer verließ. Sie schloss die Tür, ohne sich ein weiteres Mal umzudrehen.

Im durch den Luftzug unruhigen Kerzenschein sah Hal zum Fenster. Durch einen Spalt zwischen den Vorhängen machte er das Licht von bunten, sich sanft im Wind wiegenden Papierlaternen aus, das die Dunkelheit des langsam ausklingenden Abends zerriss.

Er wusste, dass sein Geist aktuell von Glück erfüllt war und sein Urteilsvermögen von Hormonen getrübt, aber er fragte sich, ob er sich das alles antun sollte. Er mochte Ziola. Aber nutzte er sie dann nicht aus? Dabei spielte es für ihn nicht einmal eine Rolle, dass sie ihm das Angebot gemacht hatte und die Initiative von ihr ausgegangen war. Eventuell musste er das nur als eine Etappe betrachten, einen Schritt, der abgeschlossen sein würde, sobald er auf der Turmspitze in eine der Gondeln stieg. Er konnte die Angelegenheit so sachlich betrachten, wie er wollte, es änderte nichts. Er spürte, wie sehr ihm körperlicher Kontakt, Intimität und der Austausch von Zärtlichkeiten in den letzten Monaten gefehlt hatten. Nichts davon war auf der zurückliegenden Reise Bestandteil seines Denkens gewesen, denn die körperlichen Strapazen und die Ungewissheit hatten den Raum für derartige Sehnsüchte eingenommen.

Was würde er wohl von Ziolas Großvater erfahren? Er spürte, dass irgendetwas bevorstand und nun Kräfte am Werk waren, denen er sich lediglich ergeben konnte, gleich Treibgut auf dem Meer. Und er war sich bewusst, dass er ein Vielfaches vorsichtiger sein musste als bisher. Je weniger Ziola über ihn wusste, desto besser – und das schloss nahezu jede Erkenntnis ein, die er in Yacos Reich erhalten hatte. Es ging weniger um sein Vertrauen, mehr um ihre Sicherheit.

Er sah sich im Zimmer um: Rechts war das Fenster, vor welchem eine Kommode stand. In der Ecke gab es einen kleinen, schiefen Tisch mit zwei Stühlen, auf dem sich ein hölzerner Krug mit frischem Wasser befand und ein bunt bemalter Holzbecher. Von der Decke hingen Traumfänger und die Wände waren bedeckt von bunten Stoffen, deren Farben von den Schatten des Raums zunehmend ausgewaschen wurden. Links gab es ein simples Wandregal – nicht mehr als ein Brett – mit einer Schatulle, einem Vorrat an Kerzen und einem Heftchen mit Märchen. In der Ecke zwischen Wand und Bett stand eine Holztruhe.

Er konnte nicht glauben, dass er hier lag, hier im Bett dieser bezaubernden Frau. Alles duftete nach ihr.

Das war also ihr kleines Reich. Er schaute sich noch einmal um, ehe er tief durchatmete, die zerknüllte Decke entwirrte und diese über sich schlug. Er drehte sich anschließend zum Fenster. Obwohl das Bett hart war, war es doch ein Traum im Vergleich zu seinen Schlafplätzen der vergangenen Wochen. Und hier, umgeben von den Wänden, musste er keine Sorge haben, von einem Tier gebissen oder von einem Unwetter überrascht zu werden.

Mit dieser beruhigenden Erkenntnis schloss er die Augen und sank bald darauf in einen erholsamen Schlaf.

Zwischenspiel

Der Hauch des Sommers

Schlafe ich? Oder wache ich? Da ist ein Licht vor meinen Lidern. Wenn ich die Augen öffne, sehe ich dann einen Traum oder nur mein verstaubtes Zimmerfenster, durch das die Sonne scheint?

Aber darum geht es gar nicht. Es geht um den Geruch, der hier ist, dieser unglaublich angenehme Duft. Ich kann leider nicht sagen, ob er aus dem Diesseits kommt oder nur Teil meines Traums ist. Es ist ein Parfum. Und dieser wundervolle Eigengeruch ihrer Haut, der sich als Unterton abzeichnet und alles zum Leben erweckt. Wenn ich die Augen aufschlage, wird sie dann bei mir sein? Oder werde ich nur erkennen, dass ihr Duft nichts weiter ist als eine Erinnerung daran, dass ich allein bin? Und was, wenn sich das alles nur in meinem Kopf abspielt und es in meinem Zimmer nichts gibt? Nichts außer Tristesse. Könnte ich das ertragen? Sollte ich nicht für immer schlafen?

Ich weiß noch, wie ich sie ansah, wie sie dastand in ihrem Sommerkleid, barfuß im Gras am Waldrand, wo ich sie von hinten zärtlich am Hals küsste, wo sie den Kopf zur Seite neigte, um meinen Lippen noch mehr ihrer so angenehm duftenden Haut preiszugeben. Auf ihr lag der Hauch des Sommers. Ich schloss die Augen und atmete langsam ein, um keine der Nuancen unentdeckt zu lassen.

Ich will nicht riskieren, den Zauber zu verlieren. Ich darf meine Augen nicht öffnen, denn das könnte den Tod meiner Phantasie bedeuten. Ein Traum, so zerbrechlich wie ein Schmetterling – und ebenso flüchtig.

Wenn ich warte, wird sie mich überraschen und küssen? Oder wird sie sich umdrehen und verschwinden? Stehen wir vielleicht noch am Waldrand?

Ich möchte den Moment bewahren, möchte, dass der Sommer nie vergeht.

Aber was, wenn stattdessen viele Sommer mit ihr auf mich warten?

Instiktiv schlage ich bei dieser Frage die Augen auf. Die Sonne blendet mich, die warme Sonne des Nachmittags, die mein Gesicht bedeckt. Als ich mich an die Helligkeit gewöhnt habe, merke ich, dass ich nicht träume.

Ich stehe an ihrem Grab; und es ist Herbst. Ein goldener Herbst.

Irgendwo singt ein blinder Vogel, der weder Leid noch Freude sieht.

Kapitel 15

Auf das erste Treffen mit Ziolas Großvater folgten weitere, wie ein zaghaftes Annähern an eine Klamm, wo sich jeden Augenblick ein Teil des Bodens lösen und den Tod bedeuten konnte. Es war aber nötig, an diesen Abgrund zu treten, um einen Blick nach unten werfen zu können, wo eventuell etwas lag, das genau dieses Risiko rechtfertigte.

Soledad war dünn, hatte ledrige, faltige Haut und Hände, an denen Knöchel und Fingergelenke ungewöhnlich stark hervortraten. Er rauchte hin und wieder Pfeife, humpelte mit dem linken Bein und trug meist einen Hut aus Bast, an welchem eine kleine, rote Feder stak. Seine mittellangen Haare waren grau, beinahe weiß, und seine Haut sonnengebräunt. Um die Augen herum sahen er und Ziola sich sehr ähnlich, auch wenn seine blaugrün waren.

Da Hal damit begann, für Ziola ernsthafte Gefühle zu entwickeln, die weit über ihre sexuelle Anziehungskraft hinausgingen, waren sie schnell als Liebespaar bekannt. Jeder wusste, dass er der Neuankömmling war, eine wahre Sensation. Da sie jedoch unauffällig blieben, vermutete er, dass gewisse Kräfte im Hintergrund nur noch ein oberflächliches Interesse an ihm hegten. Zwar erfolgten immer wieder Treffen mit dem Bürgermeister, aber Hal verstand es, bei seiner Geschichte zu bleiben und von allen Türmen zu berichten, die er bereist hatte, ohne dabei jenen zu erwähnen, auf welchem er Yaco kennengelernt hatte. Hal musste schlichtweg davon ausgehen, dass Isac seinen Worten Glauben schenkte – und ihn nach wie vor beobachten ließ. Es kam hin und wieder vor, dass sich Hal in einem ruhigen Moment fragte, wie sich alles entwickelt hätte, wären sie am Tag seiner Ankunft in ein anderes Restaurant gegangen oder hätte Ziola in einer anderen Schicht gearbeitet. Oder hätte sie dennoch den Kontakt gesucht? Er vermutete es fast, denn er erkannte, dass weitaus mehr hinter allem steckte – und genau deshalb achteten sie darauf, dass Unterhaltungen abseits alltäglicher Themen nicht belauscht werden konnten und für Außenstehende wie normale Dialoge und Diskussionen wirkten, was sie durch gespielte Mimik und Gestik unterstrichen, ein Verhalten, das sie perfektionierten. Soledad und Ziola hielten Hal immer wieder an, nicht den kleinsten Hauch von Misstrauen zu erwecken, egal, ob er sich beobachtet fühlte oder in Sicherheit wiegte. Sie bezeichneten Isac als Räuber; ein Räuber des Wissens, jemand, der sich auf alles und jeden stürzte, sobald er Witterung aufnahm und selbst dem kleinsten Verdacht folgte, dass ihm Informationen vorenthalten wurden – ganz wie ein Raubtier, das tagelang einer verletzten Ziege nachstellte, nur um dann zuzuschlagen.

Hal und der alte Mann lernten sich kennen und schenkten einander Vertrauen, was dazu führte, dass ihre Gespräche intensiver wurden und die Themen schon bald die Grenzen und Strukturen dieses Turms verließen, während sich diese Unterhaltungen konstant in dessen Schatten abspielten.

So berichtete Soledad von Gerüchten über Türme, die einen Bereich unterhalb des Meeresspiegels besaßen, bevölkert von Gesellschaften, weitaus höher entwickelt als alles, was sich Hal nur vorstellen konnte, mit modernen Maschinen, deren Wirkung Realität und Fiktion, Wissenschaft und Magie miteinander verwob. An diesem Punkt war es schwer für Hal, Yaco nicht zu erwähnen, welcher bereits die angebliche Existenz verborgener Areale angedeutet hatte.

Ziolas Großvater erzählte zudem von *dreieckigen Türmen*, trist, verlassen, lebensfeindlich und so riesig, dass sie die Sonne verdunkelten, irgendwo weit außerhalb der äußersten Reihen der einfachen, viereckigen Türme. In diesem Zusammenhang bestätigte Soledad, dass es zwischen den Komplexitätsstufen der Türme durchaus nur sehr wenige Übergänge gab und dass diese in ihrer Zahl zum Zentrum hin konstant abnahmen, ganz so wie Yaco berichtet hatte. Im Gegenzug nahm die Zahl an tödlichen Sackgassen rasant zu. Was aber eine für Hal neue und im Nachhinein essenzielle Erkenntnis war, betraf den Aufbau dieser Welt: Es handelte sich nicht um einzelne Ringe, sondern um eine gigantische Spirale, so mächtig, dass sie von oben betrachtet theoretisch wie eine Ansammlung von Kreisen aussah, ähnlich den Rillen einer Schallplatte. Diesen Vergleich fand er überaus treffend.

In Hals Geist formte sich das Bild der Spirale, bestehend aus zahllosen Punkten und Linien, außen dicht an dicht und zum Zentrum hin überproportional umgekehrt: Weniger Türme, dafür mehr Verbindungen und stetig wachsende Abstände. Die Vorstellung war so flüchtig und veränderlich, dass er sie kaum greifen konnte und mehr erahnte. Es war eine abstrakte Idee, beinahe paradox.

Soledad sagte, dass er durch eine Unterhaltung mit Ziola zu einer Erinnerung vorgedrungen war, die ihn selbst überraschte: Irgendwann war ein Mann zum Turm gekommen und für eine Weile geblieben, um später weiterzureisen. Wie ihm das hatte entfallen können? Die Zeit, die Stunden, Tage, Wochen und Jahre, die zu einer Masse verschmolzen, hier auf diesem Turm. Der Name des Mannes? Yaco.

Yaco. Hatte er etwas von dem Aufenthalt hier erzählt, das Hal auf all das hätte vorbereiten können? Hatte er es vielleicht während der Jahre in seinem

Reich vergessen? Oder hatte Hal nun auch diese Erinnerungen verloren? War er eventuell schon länger unterwegs, als er glaubte zu sein?

Hal nahm Soledads Aussagen zum Anlass, einen Teil seiner Deckung fallen zu lassen und zu offenbaren, dass Yaco für ihn kein Fremder war. Soledad seinerseits erzählte, wie er Yaco damals angesprochen und vorsichtig nachgefragt hatte, ob dieser irgendwelche Informationen über die Welt da draußen besaß, nur um ihn im gleichen Atemzug vor Isac zu warnen.

Hal spitzte die Ohren. „Hatte er?"

Soledad nickte. „In Form eine Karte."

Sie liefen einen Feldweg entlang, um einen Bauern aufzusuchen und von ihm frisches Gemüse zu kaufen. Obst und Gemüse auf den Märkten der Stadt waren zwar frisch, aber für Soledad nicht frisch genug, zu viele Hände waren am Transport beteiligt. Und er kaufte schon seit Jahren in diesem Hofladen, nicht nur wegen der Frische, nein, auch wegen der Bewegung und der guten Luft, besonders dann, wenn die Felder bewässert wurden.

„Ich fertigte eine Kopie an", ergänzte Soledad.

Hal erinnerte sich: Yaco hatte erwähnt, die große Karte von einer alten Frau zu haben, die ebenfalls ein Einsiedlerleben auf einem der Türme führte. Um diese Karte musste es sich handeln.

„Wo ist sie?"

Soledad warf ihm einen seitlichen Blick zu. „Ich bin mir nicht sicher, ob wir schon so weit sind ..."

Hal nahm die Aussage kommentarlos hin. Er konnte Soledad verstehen.

„Du kannst dir denken, welche Macht von solchem Wissen ausgeht, und welche Gefahr. Besonders durch Leute wie Isac. Da kann selbst das kleinste Gerücht verheerende Folgen haben."

Hal nickte.

„Er lässt wirklich nichts unversucht, um an Informationen zu gelangen. Dass Yaco alles geheim halten und irgendwann einfach weiterreisen konnte, wundert mich heute noch. Aber vermutlich hatte Isac damals noch so etwas wie ein Gewissen. Mittlerweile schreckt er nicht einmal vor Erpressung, Folter und Mord zurück."

Hal sah zu Soledad und schlagartig bekam dessen Humpeln eine Bedeutung, die über das Gebrechen eines alten Mannes hinausging. Es bedurfte keiner Worte, Soledads Blick verriet das Unausgesprochene.

„Ich muss an Ziola denken, an mich und in erster Linie an die *Bewegung*."

Hal hob die Augenbrauen. *„Bewegung?"*

Soledad nickte. „Dazu muss ich etwas ausholen." Er überlegte. „Einerseits gibt es die, die hinter Isac und seinen Machenschaften stehen, und andererseits die *Gläubigen*, wobei die Übergänge fließend sind. Man kann sie auch militante Verfechter der Idee nennen, dass alles auf diesem Turm Gottes Wille und damit unantastbar ist. Alles ist so, wie es sein soll, niemand sollte reisen unternehmen dürfen. Das belegen sie damit, dass es mit einem Boot zumindest aktuell nicht möglich ist, die unsichtbare Barriere von Gottes Willen zu durchbrechen, also vor Haien und anderen Kreaturen sicher zu sein. Isac hingegen ist daran interessiert, alles über die Welt zu erfahren, vor allem jedes noch so kleine Fragment, das ihn näher zum Zentrum bringen könnte. Dafür ist ihm sogar die Nähe zu den *Gläubigen* recht. Von dieser Verbindung haben aber beide Seiten einen Vorteil: Isac erfährt, sobald es auch nur den Hauch eines Verdachts gibt, dass jemand abtrünnig wird und sich gegen das System auflehnen möchte, die *Gläubigen* auf der anderen Seite genießen einige Privilegien, die sie vor dem hiesigen Rechtssystem schützen. Übrigens, Espinozo, der Stellvertreter des Bürgermeisters, ist ein sehr einflussreicher *Gläubiger*. Du siehst, die Verflechtungen sind tief verwurzelt. Aber ich hörte mehr als einmal, dass es solche Zustände auch auf anderen Türmen gibt, Türme, die Hunderttausend und mehr Menschen Raum bieten. Es geht immer um Macht, immer."

„Und was ist mit der *Bewegung*?"

„Wir sammeln sämtliche Informationen, um irgendwann, so hoffen wir, ein Bild des Ganzen zu erhalten. Wieso sind wir hier? Woher kommen wir? Im Gegensatz zu Isac geht es uns um Antworten und nicht um einen selbstsüchtigen Vorteil, auch wenn wir ironischerweise dasselbe Ziel verfolgen."

Hal sah sich um. Links und rechts erstreckten sich goldene Felder, deren Ähren im Licht der Nachmittagssonne glänzten. Der warme Schein fiel durch die zahllosen, gigantischen Öffnungen in den Turmwänden. Hal musste an gotische Fenster denken, schlank, hoch und mit einem Spitzbogen gekrönt, jeweils getrennt von einer Säule, die über 100 Meter aufragte. Hier oben fehlten stets mehrere Zwischenebenen, um einen größeren Raum zu schaffen und für Tiere und Pflanzen mehr Licht bereitzustellen, als es in den tieferen Etagen möglich gewesen wäre. Auch aus den Feldern erhoben sich Säulen, da die belastenden Kräfte zu stark waren, um allein von den äußeren Strukturen aufgenommen zu werden. Ein Schwarm schwarzer Vögel zeigte hoch über ihren Köpfen vermeintlich chaotische, bei näherer Beobachtung allerdings koordinierte Formationen, wobei Hal nicht sagen konnte, wie viel davon Muskelkraft war und was auf der schlauen Nutzung von Aufwinden und anderen Luftströmungen beruhte. Er sah nahe der Außenwände weitere Aufzüge, groß und klein, mit denen man nach unten oder weiter hinauf gelangen konnte. Zwar gab es an einigen Säulen hölzerne Treppen mit ausladenden Zwischenpodesten, doch diese wurden kaum genutzt und dienten mehr als Alternative und Fluchtweg, sollte es mit den Aufzügen Probleme geben oder ein Gefahrenfall eintreten. Fast keine der Treppenkonstruktionen machte den Eindruck, von Fachkräften geplant und errichtet worden zu sein. Vieles an ihnen war krumm und schief und erinnerte Hal zwangsläufig an Yacos Turm.

Obwohl sie nun beide voneinander wussten, dass sie Yaco kannten, schwieg Hal und rang innerlich mit sich. Sollte er Soledad von den beiden Karten berichten und so das Geheimnis lüften, das nicht einmal Ziola kannte? Welche

Garantie gab es, dass der alte Mann nicht doch zu den *Gläubigen* oder zu der erwähnten Schnittmenge zwischen ihnen und Isacs Gefolge gehörte? Vielleicht stammte das kaputte Bein Soledads in Wirklichkeit von einem Unfall – oder es war tatsächlich nur ein Gebrechen des Alters, aufgetreten ganz ohne fremdes Zutun. Obwohl er Ziola gegenüber nichts von den Karten erwähnt hatte, wäre es ihr durchaus möglich gewesen, seine Kleidung zu durchsuchen und dabei auf das Versteck zu stoßen. Er wusste, dass die Karten noch da waren, denn er hatte für die Naht einen unmerklich eingefärbten Faden genutzt und zusätzlich unauffällige Markierungen an der Jacke selbst hinterlassen, um zu verhindern, dass er einen eventuellen Diebstahl übersah; es würde niemandem gelingen, den Stoff wieder so exakt zusammenzunähen, dass alles millimetergenau an der gleichen Stelle war.

Er hielt Soledads Zurückhaltung, wenn es um Aufzeichnungen ging, nicht für ein Schauspiel, das ihn in Sicherheit wiegen sollte. Oder war es das doch?

Unabhängig davon wusste Hal genau, dass er jeden Verbündeten benötigen würde, sollten sich die Umstände negativ entwickeln.

Sie näherten sich dem Hof des Bauern, der gerade dabei war, auf einem seiner Gemüsebeete Unkraut zwischen den dicht gereihten Pflanzen zu jäten.

Hal setzte alles auf eine Karte. Was hatte er schon zu verlieren? Sein Leben? Das wäre so oder so verwirkt. Es gab all die Sackgassen und andere Gefahren, von Durst und Hunger ganz zu schweigen. Es half nichts. Deshalb sagte er mit beiläufigem Ton: „Ich habe zwei Karten von Yaco."

„Wo?" Soledad sah ihn mit großen Augen an und Hal bemerkte, dass sich der alte Mann konzentrieren musste, um nicht plötzlich auf der Suche nach eventuellen Verfolgern zu allen Seiten zu blicken und sich dadurch zu verraten. Sie waren hier oben die ganze Zeit wie auf einem Präsentierteller.

„In meiner Jacke, eingenäht."

„Wir müssen Kopien anfertigen! Aber später mehr. Er gehört nicht zur *Bewegung*." Damit sah er zu dem Bauern, der sie noch nicht bemerkt hatte, weil er mit dem Rücken zu ihnen arbeitete. Sie kamen in Hörweite.

„Von hier beziehst du also dein Gemüse", sagte Hal und wechselte damit unauffällig das Thema.

„Nur das beste Gemüse", sagte Soledad, der, wie Hal mittlerweile wusste, sein Leben als Schuster bestritt.

Hal ging ihm dabei seit einer Weile zur Hand, um etwas Geld zu verdienen, das auf Di'ium aus gesägten und geschliffenen Rippen von Rindern bestand. Jedes Stück hatte den gleichen Wert und verfügte über ein Symbol und eine einzigartige, in den Archiven des Bürgermeisters verzeichnete Kombination aus Linien und Punkten, alles mit einer heißen Nadel sorgsam eingebrannt. Unentwegte Stichproben sorgten dafür, dass kaum Fälschungen im Umlauf waren. Bei einem Fund wurde – und das nicht nur unter Androhung von Gewalt – der Fälscher ermittelt und hingerichtet. Ein solcher Betrug kam recht selten vor, denn es gab für jeden Nahrung und Kleidung, und wenn sich jemand etwas ansparen wollte, so war es ihm durchaus möglich, ohne dabei auf essenzielle Dinge verzichten zu müssen. Natürlich klaffte auch auf Di'ium ein Spalt zwischen Arm und Reich, aber zahlreiche Anstrengungen sollten verhindern, diesen unnötig wachsen zu lassen, denn in einem so abgeriegelten System waren Neid, Hass und Revolten eine riesige Gefahr, der sich niemand freiwillig aussetzen wollte, schon gar nicht Isac. Der Unterschied lag vielmehr darin, wie viel Macht und damit Einfluss jemand besaß, etwas, das den meisten Leuten egal war, solange der Teller gefüllt vor ihnen stand. Jeder, der viel arbeitete und dabei eventuell sogar dem Gesamtwohl diente, konnte es durchaus zu etwas bringen. Hinzu kam, dass jedem von Gesetzes wegen zumindest ein kleines, eigenes Quartier zustand. Niemand musste Hunger leiden. Jeder, der bedürftig war, konnte zweimal täglich bei einer der zahlreichen öffentlichen Küchen kostenlos eine Mahlzeit einnehmen und in Kleiderkammern verschlissene Gewänder und Schuhe gegen gebrauchte aber unbeschädigte eintauschen oder kleinere Schäden ausbessern lassen.

In der Summe waren diese Regelungen einer der Gründe, weshalb die Macht des Bürgermeisters und die der *Gläubigen* seit unbekannter Zeit andauerte und weiterhin wuchs. Vielleicht wurde gerade aufgrund dessen Diebstahl jeder Art rigoros geahndet, ob nun mit körperlichen Strafen, gefährlicher Zwangsarbeit oder gar dem Tod. Letzteres bedeutete den Sprung aus einer der oberen Etagen ins Meer, was bisher noch niemand überlebt hatte.

Hal und Soledad unterhielten sich im Laden nie über Dinge, die abseits der Öffentlichkeit bleiben sollten, obwohl sie dort die meiste Zeit miteinander verbrachten. Die Tarnung musste unter allen Umständen aufrecht erhalten werden, denn selbst ein kleiner Fehler hätte ihren Tod bedeuten können – und im schlimmsten Fall einen schweren Schlag gegen die *Bewegung*.

Nun hörte der Bauer die Schritte auf dem Feldweg, sah kurz über die Schulter und erhob sich. Er wandte sich um und rieb die dreckigen Hände an der Hose. „Guten Tag!"

Sie begrüßten einander mit Handschlag.

„Was kann ich für euch tun?"

„Ich hätte gerne ein Bündel Karotten, eine Gurke, vier große Kartoffeln und zwei Zuckerrüben", antwortete Soledad. „Und etwas Lauch."

„Dann soll es so sein", sagte der Bauer und führte die Männer zur Scheune, in deren schattigem Eingang sich der kleine Laden befand.

„Du musst der Neuankömmling sein, von dem jeder spricht", sagte der Bauer. „Ich merke mir keine Namen, aber Gesichter. Es fällt mir auf, wenn ein unbekanntes Gesicht auftaucht." Er lachte.

„Ganz recht", entgegnete Hal.

„Wie fühlt man sich als Berühmtheit?"

Hal zuckte mit den Schultern. „Beobachtet."

Soledad musste leicht schmunzeln, wusste er doch um die Doppeldeutigkeit dieser Aussage, die selbst Hal nicht aufzufallen schien.

„Das gibt sich schnell", beteuerte der Bauer. „Das ist mit allen Dingen so. Kaum passiert etwas, sind alle aus dem Häuschen, und nach ein paar Wochen erinnert sich kaum einer daran, was eigentlich los war. Am Ende macht jeder das seine."

„Und vielleicht noch etwas Honig." Soledad betrachtete die Waren in der Auslage. Der Honig befand sich in kleinen Holzbechern mit Deckel.

„Der wurde vorgestern geliefert", sagte der Bauer. Er sah zu Hal. „Ein Freund, acht Etagen über uns, hat mehrere Bienenvölker. Er produziert sehr hohe Qualität."

Beim Thema Honig musste Hal unweigerlich an Isac denken und daran, dass dieser Hinweise in den eintreffenden Gondeln hinterlegen ließ, um andere Reisende auf die Stadt aufmerksam zu machen und sie gegebenenfalls anzulocken, wie die Blüte eine Biene, nur mit dem Unterschied, dass seine Absichten weniger unschuldig waren; er glich einer fleischfressenden Pflanze.

„Was soll der Honig kosten?" fragte Soledad, während er seinen Einkauf zusammenstellte.

„Vier Knochen", sagte der Bauer.

Hal hatte mittlerweile ein Gespür für den Wert der Knochen entwickelt und wusste daher, dass das kein Wucher war, aber trotzdem ein stolzer Preis. Auf der anderen Seite war es Honig, ein Produkt, das Zeit und ein gewisses Maß an Sorgfalt benötigte.

„Hast du noch Geld dabei?" fragte Soledad an Hal gerichtet.

Dieser griff in seine Hosentasche und holte ein Knochenstück hervor.

Der Bauer nahm einen aus Gräsern geflochtenen Beutel und legte die von Soledad gewählten Stücke sorgsam hinein. „Gib mir acht Knochen, nimm dir noch ein paar Äpfel mit und das nächste Mal macht es einen mehr." Er sah zu Hal. „Wozu es kompliziert machen?"

Soledad trat an den Korb mit den roten, gelben, orangen und grünen Äpfeln heran. „Pass auf, er will dich nur ködern."

Der Bauer sah zu Hal. „Funktioniert es?" Er reichte Soledad den Beutel.

Hal gab dem Bauern den Knochen. „Gut möglich." Er lächelte dabei. Es war ein ernstgemeintes Lächeln.

Der Bauer legte den Knochen in eine hölzerne Schale, die auf einem kleinen Tisch neben der Auslage stand. „Ich habe einfach das Glück, recht nahe an der Stadt zu sein. Ich mache deshalb fast mehr Geschäfte mit den Bauern der oberen Ebenen als die Leute aus der Stadt. Vielen ist der Weg zu weit, also kommen sie zu mir."

„Dann dürfte der Bauer zwei Etagen tiefer noch bessere Geschäfte machen", vermutete Hal.

„Das stimmt."

„Aber seine Ware ist oft nicht so frisch", sagte Soledad, der sich ein paar schöne Äpfel ausgesucht und in den Beutel gelegt hatte.

„Aber er verschenkt auch viel, das musst du zugeben", warf der Bauer ein.

Soledad nickte und holte das Geld aus seinen Taschen.

„Das tun wir alle", erklärte der Bauer Hal. „Einmal die Woche liefern wir alles kostenlos in die Stadt. Nichts wird weggeworfen. Das können wir uns hier gar nicht erlauben. Wenn wir damit anfangen würden, wäre das unser aller Tod." Er schaute zu Soledad. „Noch sieben."

Soledad zählte ab und ließ die Knochen einzeln in die hohle Hand des Bauern fallen. Dann suchte er sich einen der Honigbecher aus und platzierte ihn sicher im Beutel.

„Wir sollten uns auf eine Flasche Wein treffen", sagte der Bauer. „Meine Frau würde es auch interessieren, was du da draußen so erlebt hast." Er lachte. „Hier bekommen wir sonst nicht so viel mit." Er schaute kurz nach oben. „Und die noch weniger."

„Auf das Angebot komme ich gerne zurück", sagte Hal.

Die Männer schüttelten sich zum Abschied die Hände. Dann traten Soledad und Hal den Rückweg an, während sich der Bauer mit einem kräftigen Schluck Wasser und ein paar Bissen von einem Butterbrot stärkte, um dann wieder an die Arbeit zu gehen.

„Entweder ist er ein Sympathisant der *Gläubigen* oder er hält für Isac Augen und Ohren offen", sagte Soledad, als sie ein gutes Stück gegangen waren. „Ich traue ihm nicht."

Der Wind frischte auf und ließ die Felder um sie herum rauschen.

Sie traten in den mächtigen Schatten einer Säule und Hal spürte, wie die Luft darin schlagartig kälter wurde. Hatte er den Effekt vorhin nicht bemerkt?

„Und zu deinen Karten: Lass sie genau dort, wo sie sind. Ich werde mich um weitere Schritte kümmern, damit wir sie sichern können. Das kann aber eine Weile dauern. Wir müssen alle noch vorsichtiger sein."

„Habt ihr untereinander irgendwelche Erkennungszeichen?" wollte Hal wissen. „Ich meine, innerhalb der *Bewegung*."

„Nein", antwortete Soledad. „Das wäre viel zu gefährlich. Keiner von uns kennt jedes Mitglied, aber es gibt gewisse Schlüsselpersonen, die mehr wissen als andere. Man müsste quasi jedes einzelne Mitglied finden und dazu bringen, zu sprechen. Und selbst das wäre keine Garantie, dass man alles über uns erfährt. Jeder von uns ist sehr wachsam. Ehe du uns findest, finden wir dich."

„Und wie weit reicht euer Einfluss?"

„Wir haben niemanden innerhalb der *Gläubigen* oder in den Kreisen des Bürgermeisters, falls du das meinst."

„Und andersherum?"

Soledad zuckte mit den Schultern und reichte Hal einen Apfel, ehe er sich selbst bediente. „Eine gute und berechtigte Frage, auf die ich keine Antwort weiß. Wir gehen nicht davon aus, dass einer von uns ein falsches Spiel spielt. Aber wie gesagt, unser System ist komplexer als der Aufbau der Spirale da draußen." Er deutete mit dem Kopf an Hal vorbei nach rechts Richtung Meer. „Wenn dem so wäre, dann hätte es schon Durchsuchungen und Befragungen gegeben, beides ein guter Hinweis darauf, dass etwas nicht in Ordnung ist. Es kam aber schon vor, dass wir Leute entlarven und damit größeren Schaden vermeiden konnten."

„Was passierte mit ihnen?" Hal biss in den roten, prallen Apfel und kaute genüsslich. Er war zuckersüß.

„Das kannst du dir denken."

Es bedurfte Hal keiner großen Phantasie, um sich genau das auszumalen.

„Und du ahnst gar nicht, wie viele Leute nicht einmal über die Möglichkeit nachdenken, dass es einen Widerstand gegen die *Gläubigen* und Isac gibt, so still er auch sein möge."

„Satte Menschen rebellieren nicht", sagte Hal und zitierte damit Ziola.

Soledad nickte. Er biss in seinen Apfel. „Heute werden wir auch satt. Die Rebellion muss warten." Er lachte.

Irgendwo im Rauschen des Windes hörte Hal ein Plätschern, vermutlich in einem der Kanäle, welche die Verfügbarkeit von Wasser an möglichst vielen Stellen garantierten, denn nicht nur die Bewässerung war ein Thema, sondern auch das schnelle, effektive Vorgehen bei einen Brand. Ziola hatte Hal erzählt, dass einst ein verheerendes Feuer über die Hälfte der Stadt und ihrer Bewohner verschlungen hatte. Die Flammen fanden durch den Wind immer wieder zu neuer Kraft. Erst nach mehreren Wochen war die letzte Glut erfolgreich gelöscht, wonach der Wiederaufbau begann. Es handelte sich um eines der schlimmsten Kapitel in den Chroniken von Di'ium.

Hal und Soledad liefen schweigend weiter und genossen dabei die Luft des langsam ausklingenden Tages.

Kapitel 16

Die Fuge

Die Tage, Wochen und Monate vergingen. Isac bat hin und wieder um ein Treffen, um sich nach Hals Befinden und seinen Plänen zu erkundigen, was dieser als Hinweis darauf wertete, dass der Bürgermeister nach wie vor hoffte, irgendwelche Informationen zu bekommen. Zwischenzeitlich wurde auch Hal vorstellig, um seine Deckung zu wahren. Soledad und er boten dem Bürgermeister sogar ein Paar neue Schuhe aus dem Geschäft an, welche dieser gerne annahm.

Das alles führte eines Abends dazu, dass Ziola wie aus dem Nichts fragte, auf welcher Seite er stand oder ob er sich von Isac und den *Gläubigen* unterbewusst oder gar freiwillig einwickeln ließ.

„Dein Großvater weiß Bescheid und ich wüsste nicht, was falsch daran sein soll, mich mit Isac zumindest ein kleines bisschen gut zu stellen", sagte Hal zu seiner Verteidigung. Es war eine Verteidigung, das konnte er an Ziolas Augen erkennen, in denen etwas Ernstes aufblitzte.

„Und du bist dir ganz sicher, dass das alles ist?"

„Ja, bin ich. Aber wenn ich mich weder mit ihm treffen noch auf seine Gesuche reagieren würde, wäre das erst recht ein Grund für ihn, misstrauisch zu werden."

„Was allerdings voraussetzen würde, dass er es jetzt weniger ist als bei deiner Ankunft."

„Das ist richtig."

„Du nimmst recht viel an, findest du nicht?"

Hal zuckte mit den Schultern. „Was soll ich denn deiner Meinung nach tun?" Er sah Ziola an. „Jetzt muss ich anscheinend darauf achten, dass *du* nicht misstrauisch wirst. Gut zu wissen."

„Mittlerweile hängt an der ganzen Sache mehr, als du glaubst."

„Ist das so?"

Draußen erfüllte der Klang eines Sturms die Nacht. Hin und wieder fuhr ein Blitz vom Himmel und zerriss dabei die Finsternis außerhalb der Schatten. Auf dem kleinen Tisch neben dem Bett brannte eine Kerze.

Ziola richtete sich auf, lehnte sich an die Wand und sah zu Hal hinab. „Gut. Dann werden wir ja gleich sehen, ob du etwas verschweigst."

Hal, der die Unterhaltung keinesfalls zu einem Streitgespräch anschwellen lassen wollte – schon gar nicht bei so einem absurden Thema –, tat es Ziola gleich: Er richtete sich auf, lehnte sich an die Wand, zog die Decke nach und sorgte dafür, dass auch Ziola genug davon hatte.

Diese beiläufige aber dennoch verbindende Geste der Zuneigung brachte Ziola nicht von ihren Gedanken ab.

„Dann bin ich mal gespannt", sagte Hal.

Ziola beugte sich zu Hal und flüsterte ihm ins Ohr: „Man plant einen Anschlag. Auf Isac."

„Ernsthaft?"

Sie nickte. „Es wird Zeit für einen Wandel." Sie sprach weiterhin sehr leise, verzichtete aber darauf, ihm ins Ohr zu flüstern.

„Habt ihr das auch gut durchdacht?"

„Darüber zerbrechen sich andere den Kopf. Nun habe ich es gesagt. Solltest du also für den Bürgermeister oder wen auch immer arbeiten, dürfte schon morgen jemand bei mir im Restaurant oder hier mitten im Zimmer stehen, um mich abzuführen."

„Das glaubst du nicht wirklich, oder?"

„Ich hoffe eher, dass das nicht passieren wird." Sie sah ihn an.

„Es wird nicht passieren. Und *ich* möchte auch gerne am Leben bleiben."

Ziola sah ihn fragend an.

„Ich weiß von deinem Großvater, dass es durchaus schon vorkam, dass Leute ... nun ... einem gewissen Missgeschick ausgeliefert waren, sobald sie eine Bedrohung für die *Bewegung* darstellten. Und da weder ich, noch du, wahrscheinlich nicht einmal Soledad, keiner von uns weiß, wer alles in die Geschichte verwickelt ist, könnte ich mir nicht sicher sein, das unbeschadet zu überstehen. Aktuell würde ich mein Leben nur für eine Person riskieren, wenn es sein müsste."

Die Aussage kam für Ziola so überraschend, dass sie ihn nur perplex ansehen konnte. Sie spürte, dass Hal von ihr sprach.

„Aber das kann morgen schon ganz anders aussehen."

Sie hörte am Klang seiner Stimme, dass es sich um einen Scherz handelte. Sie wusste, wie sehr er den Wunsch hegte, seine Reise fortzusetzen. Unter diesem Gesichtspunkt war es in der Tat absurd, die eigene Zukunft zu riskieren. Hal konnte sich ausrechnen, was Isac mit ihm anstellen würde, wenn dieser keinen Nutzen mehr aus ihm ziehen konnte. Zudem war sich Ziola sicher, dass Hals Aufgabe hier noch nicht erfüllt war. Ein höherer Grund, eine Bestimmung hatte ihn genau diesen Turm geführt, ihr Kennenlernen ermöglicht und damit der *Bewegung* einen wichtigen Dienst erwiesen.

Ziola rückte etwas näher zu ihm. „Aber was ist schon Morgen, wenn wir diese Nacht haben?" Damit küsste sie ihn.

Hal war irritiert. Erst diese Vorwürfe und nun war wieder alles in Ordnung. War es das? Oder tat es ihr leid, ihn einer Sache beschuldigt zu haben, die mehr einer Sorge entsprang als greifbaren Beweisen? Eventuell lag die Wahrheit irgendwo in der Mitte. Wenn tatsächlich ein Anschlag auf Isac geplant war, so lagen gewiss nicht nur Ziolas Nerven blank, denn es stand viel, eventuell sogar alles auf dem Spiel.

Ziola löste sich von Hal und sah ihn schweigend an.

Sie hatte Recht: Morgen war irrelevant, denn die kommenden Ereignisse ließen sich nur bedingt beeinflussen. Doch jetzt konnten sie glücklich sein.

Kurze Zeit später liebten sie sich und schliefen irgendwann erschöpft und zufrieden fest aneinandergeschmiegt ein, während draußen das Unwetter verging und sich die aufgepeitschten Wogen des Meeres glätteten. Bei Sonnenaufgang würde das Wasser einen mächtigen Spiegel bilden und den Himmel und die vom Sturm zerfetzten Wolkenreste zeigen.

Am nächsten Morgen frühstückten sie in einer der Kantinen, die am Vortag Ware der Bauern erhalten hatten. Im Anschluss begleitete Hal Ziola zu ihrer Arbeit, von wo aus er dann zum Schuhladen aufbrach.

Obwohl Hal bereits viel von Soledad gelernt hatte, war es ihm noch nicht vergönnt, Schuhe für Erwachsene zu fertigen. Stattdessen musste er sich weiterhin an Sandalen und Schuhen für Kinder üben, eine Aufgabe, der er sich bereitwillig annahm, denn er konnte sich glücklich schätzen, eine derartige Arbeit zu haben, die, abgesehen von gelegentlichen Nadelstichen, keinerlei Gefahr für Leib und Leben mit sich brachte – ganz im Gegensatz zu Tätigkeiten auf den Gerüsten im und am Turm, wo unter ungünstigen Umständen selbst ein Windhauch das Todesurteil sein konnte.

Hal sperrte die Tür zum Geschäft auf, trat in das Dunkel und öffnete von innen die Fensterläden neben der Tür, um Licht und die Geräusche der Straßen in die Werkstatt zu lassen. Dann zog er die Tür ins Schloss.

Der Schuhladen befand sich in einer kleinen Seitengasse, nicht weit von der Einkaufspassage der Ebene. In der direkten Nachbarschaft gab es eine Schneiderei, ein Geschäft für Schafwolle und einen Imbiss, der sich auf gegrilltes Gemüse spezialisiert hatte. Die Gegend war zwar schattig, lag aber nicht, wie andere Teile der Stadt, dauerhaft im Halbdunkel oder in völliger Schwärze. Von der Gasse aus konnte Hal sogar über etwas tiefer gelegene Dächer blicken und in der Ferne den Himmel ausmachen. Da natürliches Tageslicht nicht jedem Geschäft in der Stadt vergönnt war, konnte die Lage durchaus als gut bezeichnet werden. Laufkundschaft gab es nicht viel, dafür zahlreiche Stammkunden, die für einen ausgezeichneten Ruf sorgten.

Als er in den hinteren Bereich der Werkstatt lief, betrachtete er sein Ebenbild, das ihn aus dem schmalen, hohen Spiegel ansah, welcher aus einzelnen Scherben bestand und gegenüber der Ladentüre an der Wand hing. Hal trat näher und sah in sein verzerrtes, zersprungenes Gesicht, das im Halbdunkel gespenstisch wirkte. Und da kam ihm die Erkenntnis, dass er keinen Bart be-saß. Das wäre nicht weiter verwunderlich gewesen, aber er hatte sich seit sei-nem Erwachen kein einziges Mal rasiert. Er wusste, dass sich andere Leute regelmäßig rasieren mussten, wohingegen ein unbestimmter Prozentsatz da-rauf verzichten konnte. Hatte er schon einmal darüber nachgedacht? Oder be-gann auch um ihn herum die Zeit damit, zu einem Klumpen zu schmelzen, der es ihm nicht ermöglichte, zu unterscheiden, ob nun ein Tag vergangen war oder eine ganze Woche? Er wusste beispielsweise, dass Isac seinen Vollbart in Form bringen ließ. Einer der Bauern im oberen Bereich des Turms konnte auf eine Rasur verzichten, denn ihm wuchs so wenig ein Bart wie Haupthaar. Hal fragte sich, ob er für immer eine Glatze haben würde, sollte er sich einmal seines Haars entledigen. Die Erkenntnis, dass auch dieses nicht wuchs, war völlig neu, ein Thema, mit dem er sich bisher nicht befasst hatte. War sein Körper wie eine Momentaufnahme, die sich unveränderlich durch einen langen Traum bewegte? Es war seltsam.

Hal entdeckte nach wie vor kein Muster, keinen Zusammenhang und schon gar keinen Hinweis auf den Grund, weshalb seine Vergangenheit ein unsicht-bares Rätsel blieb.

Er dachte an die ernste Unterhaltung mit Ziola und seine Gespräche mit Yaco. Hatte er eventuell etwas Traumatisches erlebt, das seine Erinnerungen gelöscht hatte? Würde es sich irgendwann offenbaren und über ihn herein-brechen? Lag eventuell darin die Lösung?

Hal schüttelte den Gedanken ab. Er hatte mehrere Aufgaben zu erledigen und sollte sich daher aktuell nicht mit Fragen aufhalten, die keine Verbindung zu seinem Tagewerk aufwiesen. Deshalb lief er nach rechts und öffnete den Fensterladen, was den Blick auf eine Gasse freigab, wo einige Kinder spielten und zwei ältere Damen lachend eine Teestube betraten.

Er wollte sich gerade den gegenüberliegenden Fensterläden widmen, als er in der dunklen Ecke des Raums eine Kontur erahnte, von der er nicht sagen konnte, ob sie menschlich war oder nicht. In einem Augenblick stand sie dort, dann plötzlich etwas weiter links, um dann verzerrt größer zu erscheinen und zersplittert wie sein eigenes Abbild.

Hal erschrak derart, dass er einen undefinierten Laut ausstieß und zur Tür eilte, diese aufriss und nach draußen stürmte, wo er mit Soledad zusammen-stieß, der gerade nach der Türklinke greifen wollte. Hal konnte verhindern, dass sie beide zu Boden gingen, und wirbelte danach herum, um in den Laden zu schauen.

„Was ist denn in dich gefahren?" wollte Soledad wissen, der von Hals Auf-regung angesteckt wurde. Er sah in den Laden, denn er vermutete fast, dass sich darin Diebe befanden. Zwar hatte es erst einen Einbruch gegeben, und das auch nachts, aber man wusste nie.

Hal wandte sich um und spähte in das Geschäft. „Da war etwas."

„Was meinst du mit ‚etwas'?" Soledad lief an Hal vorbei in den Laden.

„Eine Gestalt in der Ecke, die sich veränderte. Wie ein tanzender Schatten."
Besser konnte er es nicht beschreiben. Er hatte noch immer eine Gänsehaut.
Soledad ließ den Blick schweifen. Die Materialien und Utensilien auf den
Tischen und in den offenen Regalen an den Wänden wirkten unberührt. Er sah
nach rechts, wo die Kinder in der Gasse am Fenster vorübereilten und sich
gegenseitig jagten. Er lief hin und sah hinaus, konnte aber nichts Verdächtiges
ausmachen.

Hal betrat seinerseits den Laden.

„Vielleicht ist er oder sie durch das Fenster abgehauen", sagte Soledad.
„Obwohl, hier draußen benimmt sich niemand so, als hätte er etwas Ungewöhnliches gesehen."

„Da war aber jemand", beteuerte Hal und trat an die Stelle, an welcher der
sonderbare Schatten getanzt hatte. Er streckte die Hand aus, um einen schwachen, fast unscheinbaren Eindruck bestätigt zu wissen: Die Luft dort war deutlich wärmer als auch nur einen halben Meter daneben.

„Das war die *Hand Gottes*", sagte Soledad, der Hal beobachtete.

Hal wollte sich zu ihm drehen und fragen, was er damit meinte, doch
Soledad war bereits bei ihm, ging neben ihm in die Hocke und hob etwas vom
Boden auf. Er reichte es Hal.

Hal betrachtete das Objekt, das warm in seiner Hand lag: Es war eine Murmel mit zarten Linien im Inneren, die sich gelb, blau und orange im leicht
türkisfarbenen Glas umschlangen und gemeinsam einen Wirbel malten, der an
einem weißen, winzigen Punkt in der Mitte endete.

„Der Gott, der auch Werkzeuge und Eisen in die Felder der Bauern legt",
sagte Soledad, der nie etwas Vergleichbares erlebt hatte. Er kannte nur die
Berichte, Schilderungen und Geschichten, je nach Quelle mehr oder minder
präzise und glaubwürdig.

Hal lief zum offenen Fenster und betrachtete die walnussgroße Murmel genauer: Um die bunten Linien herum befanden sich winzige Lufteinschlüsse, an
denen sich das Licht brach und violett, schwarzblau und rot schillerte. Die Linien selbst hatten keinen harten Anfang, sie begannen mikroskopisch klein
und wurden erst nach und nach für das Auge sichtbar, als würden sie aus dem
Nichts erscheinen, als würde ein Lufthauch zu fester Materie werden.

Hal sah ratlos zu Soledad, der in der Zwischenzeit die Tür geschlossen und
die verbliebenen Fensterläden bei der Auslage geöffnet hatte.

„Darüber sollten wir mit niemandem sprechen", sagte Soledad leise. „So etwas zieht die *Gläubigen* an wie das Licht die Motten."

„Oder ein Misthaufen die Fliegen."

Soledad nickte.

Hal rollte die Murmel in seiner Hand hin und her. Wie sie funkelte! Als wäre darin ein Teil des Kosmos gefangen. Er beschloss, Ziola damit zu überraschen, und steckte das kleine Wunder in seine Hosentasche. Anschließend
ging er an die Arbeit.

Kapitel 17

In den Windungen der Spirale

Es dauerte nicht lange und Hal war – genau wie Soledad – in seine Arbeit vertieft. Er lauschte dabei den Klängen von draußen, dem Gesang der Vögel, die sich auf den Dächern sammelten in der Erwartung, hier und da einen kleinen Happen ergattern zu können. Zur Mittagszeit verließen viele Ladenbesitzer und Mitarbeiter die Geschäfte, um sich in der Nähe etwas zu Essen zu kaufen. Dass dabei hin und wieder etwas zu Boden ging, war unausweichlich – und genau das wussten die Vögel.

Hal nähte gerade mit einer Nadel aus Knochen eine zusätzliche Laufsohle an einen Mokassin, als ein älterer Herr am Fenster stehen blieb und interessiert die Schuhmodelle in der Auslage betrachtete.

Soledad, der seit Stunden mit einem wichtigen Kundenauftrag beschäftigt war, sah kurz auf. An Hal gewandt sagte er: „Könntest du das bitte übernehmen?"

Hal nickte, unterbrach seine Arbeit und widmete sich dem Kunden. „Guten Tag. Kann ich Ihnen helfen?"

„Da bin ich mir noch nicht sicher", antwortete der Mann.

„Dann sollte ich es einfach versuchen", scherzte Hal.

Der Mann sah freundlich zu Hal und betrachtete dann wieder die Schuhe. „Die Sache ist die: Meine Mutter ist seit langer Zeit nicht mehr gut zu Fuß unterwegs und es wird von Tag zu Tag schlechter. Sie kann kaum noch von einem Zimmer in das andere laufen. Ich und meine Geschwister, auch sie selbst, wir spüren, dass es bald vorbei sein wird. Nun ist es ein Wunsch meiner Mutter, noch einmal selbst nach draußen zu gehen, um den Himmel sehen zu können und die Sonne, wie sie untergeht. Und genau dafür suche ich ein Paar Schuhe."

„Haben Sie ihre aktuelle Schuhgröße?"

„Nein, aber ich habe hier ein älteres Paar von ihr", sagte der Mann und zeigte einen grobmaschigen Beutel, in welchem die Schuhe waren.

„Wir könnten Ihnen zwar auf dieser Basis entsprechende Schuhe verkaufen, aber es wäre nicht garantiert, dass sie passen."

„Ich habe mich schon zwei anderen Geschäften erkundigt, Maßanfertigungen sind leider aus finanziellen Gründen keine Option."

„Ich verstehe", sagte Hal. „Ich kann Ihnen allerdings einen Vorschlag machen: Ich nehme genau Maß und dann können wir gemeinsam hier schauen, welche Schuhe in Frage kämen. Wenn sie etwas größer ausfallen, kann man den Unterschied mit einem zusätzlichen Paar Socken ausgleichen. Probleme gäbe es nur, wenn sie zu klein sind."

Der Mann fand die Idee gut. „So einen Vorschlag machte keines der anderen Geschäfte. Dort wollte man mir direkt ein Paar verkaufen."

„Das hören wir leider öfter", sagte Hal. „Wir suchen immer nach einer Lösung, alles andere hat wenig Wert."

Diese Worte hörten sich in seinem Kopf befremdlich an.

„Und es wäre auch unschön, wenn Sie ein Paar mitnehmen und wir am Ende mehrfach umtauschen müssten. Da wäre das genaue Maß sehr hilfreich."

„Du kannst das direkt erledigen", sagte Soledad, der die Unterhaltung nebenbei verfolgt hatte und kurz aufsah.

Hal nickte ihm zu. An den Mann gewandt sagte er: „Eine Minute, ich muss nur eben mein Maßband, Stift und Papier holen."

Der ältere Herr nickte, drehte sich um und beobachtete die Leute, die durch die Gasse liefen.

„Es sollte nicht zu lange dauern", sagte Hal.

„Denk bitte daran: Beide Füße vermessen", erinnerte Soledad. „Nicht dass du ein zweites Mal hin musst."

Er nickte Soledad zu. „Bis später!"

„Bis dann!"

Hal verließ daraufhin den Laden, um den Mann zu begleiten und sich von ihm durch die Eingeweide der Stadt lotsen zu lassen. Hierbei versuchte er, sich den Weg einzuprägen, sollte es wider Erwarten zu einem späteren Zeitpunkt noch Fragen geben. Aufträge, die einen Besuch beim Kunden vor Ort erforderten, waren weder ungewöhnlich noch an der Tagesordnung. Sie waren in der Regel ein Indikator für ein gut betuchtes Klientel – was in diesem Fall wohl auszuschließen war.

„Welche Kosten kämen denn in etwa auf mich zu, wenn ich doch eine Maßanfertigung möchte?" fragte der Mann und deutete mit dem Zeigefinger an, dass sie nach rechts abbiegen mussten.

„Das schwankt mitunter sehr und muss kalkuliert werden", antwortete Hal, der sich in der kleinen Gasse umsah. „Maß nehmen wir generell kostenlos. Sie müssen nur in den nächsten Tagen noch einmal in den Laden kommen, um alles andere zu regeln, sollte es zu einem Auftrag kommen oder Sie sich für ein Paar entscheiden, sofern wir etwas Passendes vorrätig haben, das Ihnen und Ihrer Mutter zusagt."

Vor einigen Fenstern hingen Blumenkästen, doch aufgrund der mangelhaften Lichtverhältnisse wuchsen darin nur Gräser und dorniges Kraut. Kein Anzeichen bunter Blumen. Zwischen den hölzernen Gebäuden hingen Wäscheleinen, einige leer, andere voller Kleidung und Decken. Irgendwo klang ein Windspiel im sanften Wind.

„Wir sollten das bis morgen entschieden haben", sagte der Mann.

Hal verlor die Orientierung. Im Halbdunkel zwischen den Häusern sah nach einigen Metern alles gleich aus. Ob er überhaupt auf Anhieb den Weg zurück zur nächst größeren Straße finden würde?

Bei dieser Frage schoss ihm ein Gedanke in den Kopf: Was, wenn das hier eine Falle war? Er hatte nicht einmal eine Schere oder etwas Ähnliches in der Tasche, um sich damit zu verteidigen. Und was, wenn Soledad mitgegangen wäre?

Hal wurde unwohl, während sich seine Sinne schärften.

„Wir sind gleich da", sagte der Mann, der schräg vor Hal lief, da sie nebeneinander kaum Platz in diesen engen Gassen hatten.

Wie lange waren sie gelaufen? Und war eine Flucht möglich? Oder würde er in einer Sackgasse enden, umzingelt von Isacs Männern? Falls ja, weshalb?

Ihr Weg endete an einer schmalen, hohen Tür.

Der Mann deutete nach links, die Gasse entlang. „Hinter ein paar Ecken kann man das Meer sehen und ein großes Stück des Himmels. Es ist wirklich nicht weit ... für unsereins." Damit öffnete er die Tür und trat ins Dunkel.

Sie durchquerten mehrere stickige Zimmer und Flure, ehe sie einen Raum mit einer Couch erreichten, auf der eine alte Frau saß und im Schein mehrerer Kerzen in einem Buch las. Sie hob den Blick.

„Das ist der Schuhmacher", sagte der alte Mann. „Er wird Maß nehmen. Morgen können wir dann fragen, was es kosten wird."

Sie stellten sich einander vor und Hal gab der Frau die Hand. Er schätzte sie auf Mitte 80, weniger aufgrund ihres Aussehens, sondern auf Basis ihres Sohnes, der vermutlich über 60 war. Ob das in Anbetracht der Gegebenheiten in dieser Welt eine verlässliche Schätzung war, konnte er nicht sagen.

Hal sah sich unauffällig und schnell um: Sie waren allein. Niemand würde ihn aus einer Ecke heraus anfallen.

„Ich hole uns etwas Wasser", sagte der Mann zu Hal. Damit verließ er das Zimmer und schloss die Tür hinter sich.

Hal nahm Papier, Maßband und Stift hervor. Der Stift bestand aus einem geraden, hohlen Zweig, in welchem ein kleinerer, verkohlter Zweig steckte. Qualitativ kein Vergleich zu den Bleistiften, die er von Yaco erhalten hatte, aber für die täglichen Aufgaben vollkommen ausreichend.

„Sie sind gewiss der Neuankömmling, richtig?" fragte die alte Dame, die Hal in ihrer viel zu großen Hose und der weiten Jacke an einen Sträfling erinnerte.

Hal lachte. „Mittlerweile nicht mehr ganz, ich bin schon seit ein paar Monaten hier." Oder waren es Jahre? Er ging vor der Frau in die Hocke. „Sie müssten kurz ihren linken Fuß auf das Papier stellen."

„Könnten Sie mir helfen? Wir können auch auf meinen Sohn warten ...“

„Das ist nicht nötig, kein Problem“, sagte Hal und zog der Dame den Hausschuh und die grobe Socke aus. Er platzierte das Papier unter dem Fuß, setzte diesen darauf und zeichnete die Kontur nach.

„Wann haben Sie das Meer zuletzt gesehen?“ fragte Hal, dem die Stille nicht gefiel.

Die Frau überlegte. „Wenn ich das wüsste. Es ist lange her. Bis vor kurzem konnte ich wenigstens hin und wieder vor die Tür gehen, aber selbst das ist mir mittlerweile zu anstrengend. Ich bin etwas schnell außer Atem.“ Sie lachte. „Aber mit neuen Schuhen schaffe ich es auch wieder bis zum Meer.“

„Wir werden Ihnen Siebenmeilenschuhe anfertigen, dann müssen Sie nur einen Schritt tun und sind am Meer“, sagte Hal, um die alte Dame etwas zu erheitern.

„Lieber Zweihundertmeterschuhe, ich möchte es ja nur sehen, nicht darin schwimmen“, scherzte sie.

„So soll es sein“, entgegnete Hal, während er sich schnell und zugleich geschickt und exakt um den zweiten Fuß kümmerte. Dann nahm er von beiden Füßen verschiedene Maße und notierte diese auf einem dritten Blatt Papier. Anschließend zog er der Frau die Socken und die Hausschuhe an, erhob sich und steckte die angefertigten Unterlagen ein.

In diesem Augenblick öffnete sich die Zimmertüre. Der alte Mann kam herein und reichte Hal und seiner Mutter je einen Becher mit frischem, kühlem Wasser.

„Ich habe die nötigen Maße“, sagte Hal und leerte das Glas bis zur Hälfte. Er schwitzte, konnte aber nicht sagen, ob das an dem warmen, stickigen Raum lag oder an seiner Anspannung.

Er wollte die Dame gerade fragen, was sie für ein Buch las, als diese ihren Sohn fragte: „Und?“

„Alles in Ordnung“, sagte er. „Es ist uns niemand gefolgt.“

Hal wurde unruhig und schätzte die Chancen für eine Flucht ab. Im Zweikampf würde er es wahrscheinlich mit dem Mann aufnehmen können, sofern dieser keine Waffe bei sich trug. Eventuell hatte aber die alte Dame ein Messer oder eine Schusswaffe unter einem der Kissen auf der Couch versteckt.

Die alte Frau spürte, dass sich Hal bedroht fühlte. „Soledad weiß von alledem nichts, das ist ein Teil unserer Strategie. Keiner weiß über alles Bescheid. Aber ich glaube, er sprach mit dir bereits darüber.“

„Sie gehören zur *Bewegung*?“

„Mein Sohn ebenfalls.“

Der Mann nickte.

„Woher soll ich wissen, dass das keine Falle ist, um mich aus der Reserve zu locken?“ warf Hal in den Raum.

Die alte Frau trank ihren Becher aus und stellte ihn neben sich auf den kleinen Tisch. „Das kannst du nicht wissen. Wir müssen dir so vertrauen, wie du uns. Du könntest mittlerweile für Isac arbeiten. Wir hätten mehr Grund zur Sorge. Was hast *du* zu verlieren? Dein Leben? Wir setzen die Arbeit von Jahrzehnten aufs Spiel, ganz zu schweigen vom Wohl unserer Kinder und Familien. Um das alles zu schützen, ist jedes Leben entbehrlich. Jeder von uns ist nur ein kleines Rad im Getriebe."

Hal stellte seinen Becher auf den Tisch, ohne ihn zu leeren. „Und was wollt ihr?"

„Wir möchten die Karten, die du laut Soledad bei dir trägst, um sie zu kopieren, mehr nicht", sagte die Frau. „Wir sind noch sehr weit von einer vollständigen Karte der Welt entfernt, deshalb ist auch die kleinste Information von ungeheurem Wert. Selbst wenn die Unterlagen nichts Neues enthalten, wäre es leichtsinnig, sie nicht zu untersuchen."

Diesen Gedanken konnte Hal nachvollziehen. Niemand kam unbemerkt auf diesen Turm. Dass nun ausgerechnet er etwas bei sich trug, von dem Isac und seine Männer nichts wussten, grenzte an ein Wunder.

„Habt ihr Sicherheitsvorkehrungen, falls Isac oder die *Gläubigen* dahinter kommen, dass ihr solche Informationen sammelt?"

„Das weiß er längst. Aber das hilft ihm in keiner Weise. Und falls ihm der nächste Schritt gelingen sollte, dann ist es mehr als wahrscheinlich, dass er nichts weiter finden wird als das Archiv, das wir zum Schein pflegen. Es ist versteckt. Außenstehende wissen nichts darüber. Und es ist bis oben hin voll mit Fälschungen. Die korrekten Aufzeichnungen sind an einem anderen Ort."

„Ich nehme an, noch besser gesichert und noch geheimer", sagte Hal.

„Er war zu keiner Zeit in Gefahr", erklärte der alte Mann. „Einmal wäre es Isacs Leuten beinahe gelungen, das falsche Archiv aufzuspüren. Soledad bezahlte für den Schutz der Information einen hohen Preis."

„Das Humpeln ..."

„Richtig. Es gelang ihm aber damals, glaubhaft zu vermitteln, dass er nichts mit der *Bewegung* zu tun hat. Oder sie merkten, dass sie bei ihm keinen Erfolg haben werden. Sie beschlagnahmten alle Unterlagen, die sie bei ihm fanden und die wir ihm angeblich ohne sein Wissen untergeschoben haben."

„Fälschungen?"

„Jedes Blatt", sagte die alte Dame. „So konnten wir etwas Verwirrung stiften und zugleich unsere Spuren verwischen. Sie beschatteten ihn Ewigkeiten, tauchten mitten in der Nacht auf und zerlegten im wahrsten Sinne des Wortes alles, was ihm lieb und teuer war. Allein den Laden musste er sechsmal neu aufbauen. Irgendwann ließ man von ihm ab, wobei wir vermuten, dass er nach wie vor hoch oben auf ihrer Liste steht. Wahrscheinlich durchsucht man in seiner Abwesenheit die Wohnung und den Laden. Er fand zwar noch keinen Hinweis darauf, aber das hat nichts zu sagen. Und deshalb ist es wichtig, die Karten zu kopieren, bevor sie Isac oder den *Gläubigen* in die Hände fallen."

„Wir können dir ebenfalls Fälschungen anfertigen, die du sicher – aber nicht zu sicher – verstecken kannst, um die echten Karten zu schützen", schlug der

Mann vor. „Es ist unmöglich, Isacs nächsten Schritt vorherzusehen. Er könnte jetzt im Laden auf deine Rückkehr warten."

„Und wie stellt ihr euch das vor?"

„Du gibst uns die Karten und bekommst sie zusammen mit den Fälschungen zurück."

„Werden die Kopien hier anmacht?"

Der Mann schüttelte den Kopf. „Wir wissen nicht, wer die Kopien anfertigt oder wo. Was wir aber sagen können: Der Transport läuft über ein Geflecht aus Mittelsmännern ab und dauert Wochen, um keine Aufmerksamkeit zu erregen."

„Habe ich überhaupt eine Wahl?" wollte Hal wissen.

„Die hast du", antwortete die alte Dame. „Ich würde mich allerdings fragen, aus welchem Grund du das Wissen der Karten für dich behalten möchtest."

Das war eine gute Frage, wie Hal anerkennen musste. Vermutlich war er nur überrascht, überrumpelt von den Ereignissen. Er konnte die Vorsichtsmaßnahmen nachvollziehen, dennoch fühlte er sich in die Enge getrieben und mehr einem Zwang unterworfen als einer freiwilligen, gutmütigen Entscheidung.

„Vielleicht möchte ich nur sicher sein, dass mich niemand beseitigt, sobald ihr die Karten habt."

„Das würde ehrlich gesagt nur viel Staub aufwirbeln, so bekannt wie du hier bist. Du kannst davon ausgehen, dass Isac deinen Tod untersuchen lassen würde. Im schlimmsten Fall bekämen er und die *Gläubigen* die Originale und die Fälschungen in die Hände. Sie würden zwar annehmen, dass beides Originale sind, allerdings wäre der Schaden für uns gleich hoch."

Hal legte die Stirn in Falten. „Sie ahnen nicht einmal etwas von den Fälschungen?"

„Wieso sollten sie?" sagte die alte Frau. „Und selbst wenn, sie würden keine Ahnung haben, welche Unterlagen echt sind und welche nicht. Was ich damit sagen will: Dich zu töten hätte keinen Sinn. Es ist viel wichtiger, einen neuen Verbündeten zu gewinnen."

„Du solltest dich auf den Rückweg machen", sagte der Mann zu Hal. „Und kein Wort zu Soledad und Ziola. Und auch nicht, wenn dich irgendjemand ansprechen sollte. Diese Unterhaltung hat nie stattgefunden."

Hal überlegte. Jedes Treffen war ein Risiko, und das nicht nur für die *Bewegung*, sondern auch für ihn. Und was, wenn er irgendwann auf ihre Hilfe angewiesen war? Was, wenn seine weitere Reise von der zu fällenden Entscheidung abhing, ihnen die Karten zu geben oder nicht?

Kurzerhand zog Hal seine Jacke aus. „Ich brauche eine Schere, ich muss eine Naht auftrennen."

Der Mann eilte aus dem Zimmer. Kurz darauf kam er mit einem spitzen Messer zurück. „Reicht das?"

„Ich denke schon." Hal trat näher an eine der Kerzen, um sehen zu können, wo die Naht verlief. Augenblicke später hatte er den Faden geschickt gelöst und reichte der alten Dame die in Leder geschlagenen und mit einer sehr dünnen Schnur umwickelten Karten. „Mit Wachs versiegelt. Sie müssten trocken und in einem sehr guten Zustand sein." Er legte das Messer auf den Tisch und warf sich die Jacke über.

Die Frau war überrascht, beinahe geschockt, wie gewissenhaft und sicher Hal die Karten versiegelt hatte. Zudem schürte das Gewicht des Päckchens die Hoffnung auf neue Erkenntnisse.

„Wir müssen los", drängte der alte Mann.

Hal gab der Frau zum Abschied die Hand.

Sie lächelte. „Das mit den Schuhen war übrigens kein Vorwand. Ich möchte tatsächlich noch einmal das Meer sehen."

Hal sah sie an. „Ich weiß. Morgen kann ich sagen, was sie kosten werden."

Der Mann, der bereits in der Tür stand, sagte: „Die Anfrage war ein Vorwand. Betrachte den Auftrag als erteilt, auch bei einer Maßanfertigung. Ich komme morgen noch einmal vorbei, um über das Material zu sprechen." Er besiegelte die Abmachung mit einem Handschlag.

Dann verließen sie das Zimmer und das Haus. Den Rückweg traten sie im normalen Tempo an, um eventuellen Beobachtern keinen Grund für Spekulationen zu geben. Kurz vor Erreichen des Ladens bedankte sich der alte Mann bei Hal und reichte ihm zum Abschied die Hand.

„Wie gesagt, kommen Sie einfach vorbei, dann besprechen wir die weiteren Details", sagte Hal, dem der Wechsel in der Anrede so leicht fiel wie das Schauspiel mit Soledad während der Zeit im Geschäft.

„Das werde ich. Und vielen Dank!"

Damit ging der alte Mann seines Weges und verschwand kurz darauf zwischen den Menschen, welche die Einkaufspassage mit Leben erfüllten.

Hal atmete kurz durch, ehe er in die kleine Seitengasse bog, um mit Soledad über den abgeschlossenen Auftrag zu sprechen, die Kalkulation vorzunehmen und sich anschließend wieder der unterbrochenen Arbeit zu widmen.

Kapitel 18

Ein Teil des Ganzen

Der alte Mann war am nächsten Tag in das Geschäft gekommen und hatte sich für ein Paar entschieden, das allerdings nicht in der passenden Größe verfügbar war und daher angefertigt werden musste. Nicht ganz eine Woche später waren die Schuhe fertig – Soledad hatte dem Auftrag einen gewissen Vorrang gegeben, da niemand wusste, wie viel Zeit der alten Dame blieb. Der Mann wollte nachmittags am Laden sein, um gemeinsam mit Soledad und Hal zu seiner Mutter zu gehen, um die Anprobe vorzunehmen. Hal nahm sich daher den Vormittag frei und betrat zur Mittagszeit das Restaurant, in dem Ziola arbeitete.

„Was machst du denn hier?" fragte sie erstaunt, als sie ihn erblickte.

„Ich wollte dich überraschen", war seine Antwort, während sie einen Tisch abwischte.

Sie lächelte ihm zu. „Das ist dir gelungen." Sie beendete die Arbeit, legte den Lappen ab und schaute kurz, ob ihr Chef in der Nähe war. Da sie ihn nicht sehen konnte, trat sie näher und gab Hal einen Kuss auf den Mund. „Was verschafft mir die Ehre?"

„Wie gesagt, ich wollte dich überraschen", sagte Hal, griff in seine Jackentasche und holte etwas hervor. „Ihre Hand, Gnädigste!"

Ziola tat, wie ihr geheißen, und streckte die offene Hand aus. Hal legte seine Hand auf die ihre und sie spürte, dass er etwas fallen ließ. Als er den Blick freigab, sah sie eine geflochtene Kette aus Leder mit einem Anhänger. Das Objekt war spiralförmig von Draht umgeben, wurde so in Position gehalten und sicher umklammert. Am oberen Ende des Drahtes befand sich eine Öse, durch die wiederum die Kette lief.

Sie nahm den Anhänger in beide Hände und betrachtete ihn aus der Nähe. Sie sah Hal an und fragte: „Woher hast du das denn?" Beim Anblick der Murmel mit ihren bunten Linien und funkelnden Einschlüssen fehlten ihr die Worte. Sie hielt das Geschenk ins Gegenlicht.

Hal, der nichts über den Ursprung verraten konnte – er hatte mit Ziola nicht einmal über das Erlebnis im Laden gesprochen –, log: „Wenn ich das wüsste.

Ich fand die Kugel auf einem der Türme und entdeckte sie letztens zufällig in meinen Sachen. Ich wusste nicht einmal, dass ich sie noch habe. Jedenfalls hielt ich es für eine gute Idee, sie dir zu schenken. Und als Anhänger ist sie direkt noch hübscher."

Ziola strahlte und hängte sich die Kette um den Hals.

Hal fand, dass ihr der Anhänger wunderbar stand und gut mit ihren Augen harmonierte.

Sie betrachtete die Murmel einige Augenblicke, dann hob sie den Kopf und sah Hal bedauernd an. „Leider muss ich noch ein paar Stunden arbeiten."

Er gab ihr einen Kuss. „Ich auch. Ich bin gerade auf dem Weg zum Laden."

„Dann ... bis heute Abend!"

„So sei es", erwiderte Hal und machte sich auf den Weg. Er winkte Ziola noch einmal zu, ehe er das Restaurant verließ.

Als er den Laden erreichte, war Soledad bereits da. Die fertigen Schuhe befanden sich in einem Karton auf dem Tisch. Soledad war aktuell damit beschäftigt, für einen anderen Auftrag Schablonen auf Leder zu übertragen. Er blickte auf, als Hal das Geschäft betrat. „Ich glaube, wir sind zu zeitig."

Hal runzelte die Stirn. „Wie kommst du darauf?"

„Ich fand vorhin eine Notiz. 14:30 Uhr."

„Da haben wir noch über eine halbe Stunde", sagte Hal, trat ein und ließ die Tür offen.

Überall in der Stadt gab es große Uhren, die mittels Sand und Gewichten funktionierten und jedem die – ungefähre – Tageszeit verrieten. Komplexere und vor allem genauere Uhren, deren Uhrwerk nicht aus Holz bestand, gab es nicht; weder hatte eine davon ihren Weg nach Di'ium gefunden noch verfügte man hier über die technischen Möglichkeiten und nötigen Rohstoffe, um eine solche Konstruktion zu realisieren. Einmal am Tag wurden alle Uhren synchronisiert, wobei die Zeit der Rathausuhr als Grundlage diente. Jeden Morgen wurde sie beim ersten Gesang der Vögel auf 4 Uhr gestellt. Es gab noch eine Handvoll funktionstüchtige Sonnenuhren auf Di'ium, doch diese wurden seit vielen Jahrzehnten nicht mehr als Referenz genutzt, da die über den Tag verteilten Abweichungen der Uhrwerke keinerlei Einfluss auf das Leben und die Abläufe auf dem Turm hatten.

Hal nutzte die Zeit und räumte im Laden auf und fegte den Boden. Er wollte gerade die Schuhe in der Auslage neu arrangieren, als der alte Mann vor ihm stand und ihn grüßte. Hal gab ihm über die Auslage hinweg die Hand.

Soledad beendete seine Arbeit. Sie schlossen die Fensterläden und sperrten den Laden ab. Dann folgten sie dem Mann durch das Geflecht aus Straßen und Gassen bis in das Zimmer, in welchem die alte Dame saß und wieder in einem Buch las. Hal konnte nicht sagen, ob es dasselbe war wie bei ihrer ersten Begegnung.

Während Soledad die Aufgabe übernahm, der Dame die Schuhe anzuziehen, verließ der alte Mann den Raum und schloss die Tür hinter sich. Daraufhin begann die Frau: „Die Karten sind kopiert. Die größere war uns bereits bekannt, die andere nicht. Woher hast du sie?"

„Von einem Mann namens Yaco", antwortete Hal. „Ich erweiterte sie allerdings auf meinem Weg hierher."

„Damit hätten wir die Route zu Yaco?"

Hal nickte. „Aber sein Turm ist nicht markiert."

„Sie sollte trotzdem besonders sicher verwahrt werden, nicht dass Isac auf die Idee kommt, einen Trupp zu entsenden."

„Eventuell sollten wir losziehen", schaltete sich Soledad ein, der seiner Arbeit nachging, als wäre das Thema der Unterhaltung die normalste Sache der Welt. „Jetzt wäre er vermutlich sehr hilfreich für die *Bewegung*."

Die alte Dame nickte. Sie sah zu Hal. „Er hatte viele gute Ideen, aber er wollte unbedingt weiterziehen, genau wie du. Wir konnten ihn nicht überzeugen, zu bleiben."

„Es wäre so hilfreich, wenn wir das Kartenmaterial zu Yaco bringen könnten", sagte Soledad. „Dann wären die Unterlagen zumindest vor Isac sicher und wir müssten uns weniger Gedanken machen. Vielleicht ist es irgendwann möglich."

„Das ist richtig", stimmte die alte Dame zu.

„Ist das ein längerfristiges Ziel?", fragte Hal.

„Ja", antwortete die alte Frau. „Aber dazu müssen wir die Turmspitze unter unsere Kontrolle bringen, den Weg nach oben sichern und Isac und die *Gläubigen* ausschalten." Sie wechselte das Thema. „Wir werden sicherstellen, dass du die Karten schnellstmöglich zurückbekommst. Der Sicherheit wegen sind sie heute nicht hier."

„Ich hoffe, die spärlichen Informationen helfen euch trotzdem", sagte Hal.

„Jede neue Information über die Welt da draußen hilft uns."

Diese Aussage brachte Hals Gedanken zu der Sammlung von Büchern und Schriften, die Yaco aus dem Meer gefischt und vor dem Verfall bewahrt hatte. Vermutlich wäre es mit dem kollektiven Wissen der Mitglieder der *Bewegung* sogar möglich, die fremden Sprachen zu entziffern. Er teilte diesen Gedanken mit den anderen, was den Plan, auf lange Sicht eine Verbindung zu Yaco aufzubauen, noch erstrebenswerter machte.

„Was ich mich in letzter Zeit vermehrt fragte: Wie kommen Informationen über die inneren Bereiche der Spirale in die äußeren Regionen, wenn doch viele zum Zentrum möchten?" Hal sah zu der älteren Dame.

„Reisende ohne Ziel oder gescheiterte Abenteurer, die den Rückweg antreten, Leute, die Angst bekommen. Es gibt viele Möglichkeiten."

„Und durch die, die zu den *dreieckigen Türmen* wollen", fügte Soledad hinzu, welcher der alten Dame den zweiten Schuh angezogen hatte. Er richtete sich auf.

„Du müsstest mir behilflich sein, mit den kaputten Hüften komme ich allein gar nicht mehr hoch", sagte die Frau.

Soledad half ihr.

Als die vor Schmerzen stöhnende Frau stand, atmete sie durch und lächelte. Sie machte ein paar kleine Schritte, wobei Hal und Soledad merkten, wie hoch die Anstrengung für sie war. „Sie sitzen perfekt. Und wie schick sie obendrein aussehen!"

„Sollte es irgendwelche Mängel geben, lass es mich wissen", sagte Soledad. „Sind die Kopien schon im Archiv?"

Der Themenwechsel überrasche Hal.

„Ja, die Fälschungen sind ebenfalls schon an ihrem Ort", antwortete die alte Dame und meinte damit das Schein-Archiv.

„Hat die *Bewegung* eigentlich Zugriff auf die Karten von Isac und den *Gläubigen*?" wollte Hal wissen. „Garantiert haben sie Unterlagen, die euch fehlen und hilfreich sein könnten."

„Aktuell leider nicht", erklärte Soledad. „Vor Isacs Zeit gab es mehrere Archive, teilweise öffentlich zugänglich, wobei jedes den gleichen Inhalt hatte. Eine mehrstufige Sicherung. Als Isac an die Macht kam, ließ er die Archive auflösen. Wir nehmen an, dass er nach wie vor mehrere Kopien der Unterlagen hat, alles andere würde nicht zu seinem Wesen passen. Unser Archiv ist praktisch eins aus dieser Zeit, denn es gelang, alle Unterlagen vor der Auflösung zu entwenden und die Verantwortlichen zu täuschen. Später wurde es mehrfach verlegt, nur um auf der sicheren Seite zu sein."

„Also entstand die *Bewegung* im Grunde genommen nur wegen Isac?"

„Richtig. Vorher lag es im allgemeinen Interesse, alles über die Welt zu erfahren. Aber Isac riss die Macht an sich und begann damit, sämtliche Informationsflüsse zu kontrollieren. Zu was das führte, kannst du draußen auf den Straßen sehen. Die meisten Leute interessieren sich nicht einmal mehr dafür. Die ganze Sache wurde systematisch aus den Köpfen gelöscht. Aber das erzählte ich bereits."

Die Zimmertüre öffnete sich und der alte Mann trat ein.

„Und wie viel der Welt kann bereits mit den Daten des Archivs dargestellt werden?" war Hals nächste Frage.

Sie alte Dame zuckte mit den Schultern. „Das lässt sich schwer sagen, da wir die Dimensionen nicht kennen. Andernorts ist man da gewiss schon um ein Vielfaches weiter. Aber ich würde zwischen fünf und zehn Prozent schätzen. Maximal."

„Das ist nicht viel", fand Hal.

„Das klingt wirklich nach nichts, aber es ist unvorstellbar, wie groß das Archiv ist", warf Soledad ein.

„Würde man die bisher bekannte Welt im Maßstab deiner Karten darstellen, wäre sie mehrere Hektar groß", sagte die alte Dame. „Problematisch ist vor allem, einzelne Elemente zu verbinden und damit ein vollständigeres Bild zu bekommen. Die Suche nach identischen Kombinationen von Turmformen und Verbindungen ist kein leichtes Unterfangen, schon gar nicht, wenn es keine einheitlichen Regeln gibt und ein Großteil zu Papier gebracht wurde, wie es den Leuten gerade passte oder wie es der Platz erlaubte. Wenn Türme zum Beispiel unterschiedliche Entfernungen zueinander aufweisen, die es so in Wirklichkeit nicht gibt, stellt uns das vor immense Probleme. Aber lieber an den Kartenrand geschmierte Punkte als gar keine. Jedenfalls müssen wir in dem Fall das Material neu zeichnen, um alles zu entzerren. Erst dann kann geprüft werden, ob es eine Überschneidung mit den vorhandenen Unterlagen gibt. Etwas einfacher ist es, wenn der Lauf der Sonne eingetragen ist, dann können wir das Suchfeld zumindest ein wenig eingrenzen. Aber das ist nicht häufig der Fall."

„Ich unterbreche euch ungern", begann der alte Mann, „aber wir sollten an die Zeit denken."

Soledad nickte.

„Ich bringe euch zurück."

Hal und Soledad verabschiedeten sich von der alten Dame, nachdem Hal ihr die Hausschuhe wieder angezogen und die neuen Schuhe zurück in den Karton gelegt und diesen auf den Couchtisch gestellt hatte.

Als Hal das Zimmer verließ, sah er noch einmal kurz zurück. Die alte Frau nickte ihm lächelnd zu. Ob er sie gerade zum letzten Mal sah? Er wusste es nicht. Und vielleicht war das auch besser so.

Kapitel 19

Die Schlinge

Hal erfuhr drei Tage später durch Soledad, dass die alte Dame ihren letzten Spaziergang bewältigt hatte. Sie war am frühen Nachmittag mit Freunden und Angehörigen aufgebrochen, um an eine Stelle zu laufen, von der aus sie das Meer und den Himmel sehen konnte. Sie hatte immer wieder pausieren und sich erholen müssen – auf dem eigens dafür mitgenommenen Stuhl.

Der Hinweg hatte fast eine Stunde gedauert, da sie nicht nur über die Dächer hinweg schauen, sondern das Meer von ganz nah, von einer Brüstung aus betrachten wollte. Die alte Frau hatte dann eine Tasse Tee getrunken, etwas Kuchen gegessen und diesen großen Moment mit einem Glas Eierlikör gefeiert. Glücklicherweise war das Wetter perfekt gewesen, wodurch sie das wunderbare Blau des Himmels, das des Meeres darunter und die majestätischen Wolkenberge am Horizont hatte bestaunen können. Der anschließende Heimweg war zeitlich deutlich länger ausgefallen, doch auch diesen hatte sie selbst bewältigt.

Sie starb in der darauffolgenden Nacht im Schlaf.

Hal wusste nicht, ob er traurig sein oder sich darüber freuen sollte, dass sich die Frau ihren letzten Wunsch hatte erfüllen können. Dennoch hatte dieses Ereignis die Wirkung, dass er sich undefiniert seltsam fühlte und sich fragte, weshalb er nicht längst aufgebrochen war und stattdessen einer Arbeit nachging und beinahe ein normales Leben führte. War bei den meisten Menschen in diesem Turm der Wunsch nach einer Erweiterung ihres Horizonts auf ähnliche Weise verschwunden? Gefangen in einer Routine, ohne das Gefühl zu haben, auf der Stelle zu stehen, ein Verzicht auf Veränderung.

Dass die Dinge für ihn weiterhin von der wahrscheinlich andernorts vorhandenen Normalität entfernt lagen, zeigte sich eines Morgens, als er auf dem Weg zum Laden von Espinozo und fünf seiner Männer angehalten wurde.

Überrascht fragte Hal: „Ist etwas passiert?" Ihm fiel sofort auf, dass die Männer wachsam waren. Gewiss spielten sie in ihren Gedanken jede Eventualität durch. Er wusste automatisch, dass es um ihn ging und er nicht fliehen konnte.

„Kommen Sie einfach mit", sagte Espinozo mit ernster Stimme.

Hal spürte, wie die Augen der Passanten auf ihm ruhten, und wie getuschelt wurde. Was da wohl vor sich ging?

Widerstandslos folgte Hal Espinozo, neben welchem einer der Männer lief. Zwei von ihnen flankierten Hal und die übrigen beiden bildeten die Nachhut. Hal spürte, dass er für die Betrachter nicht wie eine Berühmtheit aussah, sondern wie ein Schwerverbrecher.

Sie liefen zum Verwaltungsbezirk und dort zum Rathaus. Eine ungewöhnlich breite Treppe führte mit nur wenigen Stufen zu dem Bau, der sich mit seinen vier Etagen deutlich von den meisten Gebäuden auf Di'ium abhob. Hal wurde durch mehrere Korridore geführt, bis er einen Raum betrat, in welchem sich ein großer Tisch befand – ein Besprechungszimmer.

„Dürfte ich endlich erfahren, worum es geht?" wollte Hal wissen, nachdem man ihn von Kopf bis Fuß durchsucht hatte – ohne etwas zu finden, abgesehen von etwas Geld – drei Knochen – und zwei Schlüsseln, die mit einem Stück Leder verbunden waren, welches ihm Ziola geschenkt hatte; einer war für den Laden, der andere für das Zimmer, das Ziola und er sich teilten.

Espinozo ignorierte die Frage, gab zwei der Männer den Befehl, im Raum zu bleiben, und wies zwei weitere an, vor der Tür zu warten. Der fünfte Mann folgte ihm, als er das Zimmer verließ.

Hal trat an ein Fenster und sah hinaus. Er konnte einen Platz überblicken, der von einer Balustrade begrenzt wurde, hinter der sich der große Freiraum des Turms öffnete. Dahinter sah er das Meer. Beim Anblick der Fensterscheibe fragte er sich, ob das Glas von Gott gesandt worden war. Er wusste, dass auf Di'ium Glas geschmolzen wurde, um daraus Scheiben, Gläser und andere Dinge zu fertigen, doch war es für ihn ein Rätsel, woher das Ur-Glas stammte. Er hatte das auch nie jemanden gefragt. Seltsam, dass er gerade in diesem Augenblick ein Interesse daran entwickelte. Später erfuhr er, dass man einst Sand vom Meeresboden nach oben beförderte, um daraus einfaches Glas zu erzeugen. Eiserne Körbe wurden an dicken Seilen befestigt über den Grund gezogen. Diese Arbeiten stellte man allerdings ein, als Bedenken laut wurden, dass dadurch die Stabilität des Fundaments gefährdet werden könnte, auch wenn der Sand nie aus der direkten Nähe des Turms stammte.

Nach einer Weile betrat Isac eiligen Schrittes den Raum. Er schloss nicht einmal die Tür hinter sich – das übernahm einer der Wachmänner. Er lief zu Hal. Und anstatt ihn zu begrüßen, hielt er ihm etwas vor das Gesicht und fragte: „Woher hast du das? Und versuche gar nicht erst, mir eine erfundene Geschichte aufzutischen!"

Hal erkannte die kleine, in Draht gefasste Kugel sofort. Er fixierte Isac. „Wo ist Ziola?"

„Ihr geht es gut", war die ausdruckslose Antwort. „Noch." Er steckte den Anhänger in seine Jackentasche und wandte sich ab. „Also?"

„Ich habe die Murmel auf einem der Türme gefunden", antwortete Hal.

Isac lief mit den Händen hinter dem Rücken umher wie ein Herrscher – also standesgemäß. „Dann möchte ich dir kurz etwas sagen, ehe du deine Antwort überdenken kannst." Er sah Hal kurz über den Tisch hinweg an. „Von diesen Kugeln gibt es noch mehr, jede einzigartig. Sie werden ‚Die Tränen Gottes' genannt." Isac machte eine kurze Pause, um die Worte wirken zu lassen. „Ich weiß, dass sie aus dem Nichts erscheinen. Die Frage, die ich mir nun stelle, ist die: Hast du die Träne wirklich einfach irgendwo auf deiner Reise gefunden?"

Hal überlegte. Ziola kannte die Wahrheit nicht. Wozu auch? Soledad hatte ebenfalls geschwiegen, dessen war er sich ziemlich sicher.

„Woher wissen Sie überhaupt von alledem?" Hal hielt es für geschickter, das Sie beizubehalten. Davon abzuweichen hätte Isac eventuell als Angriff auf seine Autorität gewertet. Er durfte die Lage nicht noch schlimmer machen.

„Ich möchte es so formulieren: Es gibt noch rechtschaffene Menschen, die genau wissen, wann es an der Zeit ist, Meldung zu machen."

„Der Schmuckmacher."

Isac schwieg sich aus, aber eine andere Erklärung gab es nicht. Es war unwahrscheinlich, dass Ziola dahinter steckte. Welchen Grund hätte sie auch haben sollen? War es eventuell jemand, den sie kannte? Jemand aus der Bewegung? Aber auch das machte keinen Sinn. Er wusste bereits zu viel, als dass man ihn auf diese Weise hätte auflaufen lassen können. Ein Attentat bei Nacht wäre die bessere Lösung gewesen. Blieb folglich nur der Schmuckmacher. Gut möglich, dass dieser bereits andere Exemplare dieser Tränen in den Händen gehalten und zu Schmuckstücken verarbeitet hatte. War Isac vielleicht sogar Stammkunde?

Hal spürte Isacs Blick auf sich ruhen. Wahrscheinlich versuchte der Bürgermeister, anhand der Körpersprache zu ergründen, ob Hal log. Deshalb sagte er wahrheitsgemäß: „Ich fand sie im Laden, wo ich arbeite."

„Kann das jemand bezeugen?"

Nun stand die Frage im Raum, ob die Wahrheit mehr schaden als helfen würde. Isac war nicht dumm, genauso wenig wie Espinozo. Dass Hal durch Soledad und dessen Enkelin automatisch eine gewisse Nähe zur Bewegung hatte, ja praktisch haben musste, konnte sich jeder denken. Aber waren sich Isac und seine Leute über die Reichweite der Verflechtungen bewusst? Hal hatte Recht zu der Annahme, dass sie mit Soledad keineswegs zimperlich umgehen würden; es wäre schließlich nicht der erste Einsatz drastischer Mittel. Und all diese Risiken für einen Schatten, für dessen vergängliche Existenz er keinerlei Beweis hatte? Soledad hatte die Murmel zwar zuerst gesehen, aber was machte das schon aus? Und sollten sie herausfinden, dass die Aussagen unterschiedlich waren, so hatten sie jedoch eine Gemeinsamkeit: Sie waren beide im selben Raum gewesen, als das Objekt entdeckt wurde.

Hal nickte. „Soledad. Ich zeigte ihm die Kugel, nachdem ich sie fand."

„Wo war sie?"

„Sie lag auf dem Boden."

„Einfach so?"

„Ja. Das heißt, vielleicht auch nicht."

Isac wurde hellhörig, was Hal an dessen subtil veränderter Körperhaltung ablas.

„Ich öffnete die Fensterläden und dann sah ich eine Art Schatten in der Zimmerecke. Ich ergriff die Flucht, es hätte ja ein Einbrecher sein können. Dann stieß ich mit Soledad zusammen und gemeinsam gingen wir in den Laden zurück. Und da fand ich die Kugel."

„Und der Schatten?"

„Der war verschwunden."

Isac nickte und machte dabei einen undefinierten Brummlaut. „Gab es sonst etwas Auffälliges? Ein Geräusch? Einen Windstoß? Einen Geruch?"

„An der Stelle, wo ich den Schatten sah, war die Luft wärmer als in der Umgebung. Die Kugel war ebenfalls warm."

Isac nickte. „Du wirst uns nachher die exakte Stelle zeigen. Eventuell darfst du für deine Kooperation Ziola und Soledad sehen." Er fixierte Hal. „Und kein Gott wird dir helfen, sollte ich herausfinden, dass an deiner Geschichte irgendetwas nicht stimmt." Damit machte er auf dem Absatz kehrt und verließ den Raum.

Wieso war er nicht schon längst von hier verschwunden? Weshalb hatten sich die Dinge so entwickelt? Was, wenn das hier eine andere Art von Sackgasse war? Hal spürte, dass er in etwas hineingeraten war, aus dem es so schnell kein Entrinnen gab. Wie ein Tier im fester werdenden Würgegriff einer Schlange. Oder war sein Kopf bereits in einer Schlinge, die damit begonnen hatte, sich zuzuziehen?

Er benötigte einen Plan – und zwar schnell.

Kapitel 20

Die Gesellschaft Gottes

Hal wurde von mehreren Männern im Beisein von Isac und Espinozo aus dem Rathaus geleitet und zum Schuhladen eskortiert. Als sie dort ankamen, hatten Wachmänner das Geschäft bereits weiträumig abgeriegelt. Hal war erstaunt, als er Soledad antraf.

„Alles in Ordnung?" fragte Soledad sichtlich besorgt.

Hal nickte. „Wo ist Ziola?"

„Das will man mir nicht sagen."

„Für private Gespräche haben wir keine Zeit", sagte Espinozo und drängte sich an den beiden vorbei in das Geschäft, gefolgt von Männern, die Koffer und Unterlagen bei sich trugen.

„Die Gesellschaft Gottes", flüsterte Soledad ehrfurchtsvoll. „Sie untersucht sämtliche Vorkommnisse dieser Art."

„Dürfte ich die Herren bitten?" fragte Isac. „Oder muss nachgeholfen werden?" Er machte eine einladende Geste Richtung Ladentüre.

Soledad und Hal verfielen sofort in Schweigen und folgten der Anweisung.

Sie mussten anschließend genau schildern und nachspielen, was sich zugetragen hatte, alles unter den Augen der Männer. Als Hal berichtete, wie er mit Soledad zurück in die Werkstatt trat und die *Träne Gottes* fand, unterbrach ihn Espinozo.

„Einen Moment", sagte dieser und sah zunächst zu Isac und anschließend zu Soledad. „Wer hat die *Träne* nun gefunden? Du oder du?" Dabei wanderte sein Blick zwischen Hal und Soledad hin und her.

„Wollten wir nicht alle bei der Wahrheit bleiben?" warf Isac in den Raum. Der Tonfall war tadelnd und überheblich.

„Ich fand sie und gab sie direkt an Hal weiter", erklärte Soledad, was seiner ursprünglichen Aussage entsprach.

Hal nickte. „Es ging alles so schnell, eine Sache von Sekunden. Und am Ende macht es doch keinen Unterschied, wer von uns was fand, das ändert nichts an den Tatsachen."

Isac sah ihn ernst an, sagte aber keinen Ton.

Nachdem Hal und Soledad die Geschehnisse erneut von vorn beschrieben und durchgespielt hatten, begannen die Männer damit, ihre Koffer zu öffnen und den Raum – speziell die Stelle, an welcher der Schatten gewesen und die Kugel erschienen war – mit sonderbaren Apparaturen zu untersuchen und eifrig Notizen zu machen.

Isac und Espinozo beobachteten die Arbeit der Mitglieder der *Gesellschaft Gottes* eine Weile. Dann sagte Isac: „Ich möchte später über alles eingehend unterrichtet werden." Er sah zu den zwei Wachmännern, die an der Tür standen. „Behaltet sie weiterhin in Gewahrsam."

„Was ist mit der Frau?" fragte einer von ihnen.

„Die auch."

Der Mann nickte.

„Wir sprechen uns später", sagte Isac knapp an Soledad und Hal gerichtet. Dann verließ er gemeinsam mit Espinozo den Laden.

„Dann los", befahl der Wachmann und winkte Unterstützung herbei, die sicherstellen sollte, dass niemandem die Flucht gelang.

Man brachte Hal und Soledad nicht zu den Gefängniszellen, sondern zurück ins Rathaus, genauer gesagt in den Besprechungsraum, den Hal bereits kannte. Nachdem die Tür hinter ihnen ins Schloss gefallen und von außen abgesperrt worden war, lief Hal zu den Fenstern und sah hinaus.

„Denk nicht einmal dran", sagte Soledad. „Bei dem Sprung wirst du dir nur die Knochen oder das Genick brechen, und wenn nicht, wirst du es nicht weit schaffen."

„Die tun fast so, als hätten wir versucht, den Brunnen zu vergiften", fand Hal. Er schaute zu Soledad. „Und was hat es mit dieser ‚*Gesellschaft Gottes*' auf sich?"

Soledad zog einen der Stühle am Tisch zurück und nahm Platz. Er beugte sich nach vorn, stützte die Ellenbogen auf die Tischplatte und verschränkte die Hände. „Wissenschaftler. Jäger des Übernatürlichen. So könnte man sie beschreiben. Sie sollen in alledem ein Muster erkennen und Indizien sammeln, damit Isac irgendwann Kontakt mit Gott aufnehmen kann, um direkt von ihm mehr über die Welt zu erfahren. So sagt man jedenfalls. Ich weiß, dass sie jede Stelle unter die Lupe nehmen, an der beispielsweise Metall erschien. Sie suchen irgendeine Verbindung zwischen den Fundorten und Punkten auf ihren Karten und in den Sternen, Gemeinsamkeiten und Umstände, die ihnen ermöglichen sollen, den nächsten Ort eines solchen Ereignisses zu bestimmen, noch ehe Gott dort wirken konnte ... oder wer oder was auch immer. Sie sind auch unentwegt im Turm auf der Suche nach neuen Hinweisen, weil die meisten Fundorte zufällig entdeckt werden. Gerade weiter oben in den Wäldern ist kaum jemand anzutreffen, der etwas beobachten könnte. Es ist ein großes Glücksspiel, denn man kann schließlich nicht jeden Stein einzeln umdrehen. Dass sie das mit der verdammten Glaskugel mitbekamen, muss ihnen wie ein Hauptgewinn vorkommen."

„Isac meinte, dass es von diesen Murmeln noch mehr Exemplare gibt", erklärte Hal.

Soledad war überrascht, denn das hatte man ihm während der Befragung vorenthalten. „Was es damit auf sich hat, erzählte er nicht?"

Hal schüttelte den Kopf. „Er nennt sie die , Tränen Gottes '. Mehr sagte er dazu nicht."

Soledad seufzte. „Hätte ich gewusst, was passiert, hätte ich das Ding verschwinden lassen und wir säßen hier nicht fest."

„Oder wenn der Schmuckmacher nicht zu Isac gegangen wäre, um die Sache zu melden."

„Ich frage mich, ob jemand von diesen *Tränen Gottes* weiß", sagte Soledad und meinte damit in erster Linie die Mitglieder der *Bewegung*. Ihm selbst war nicht ein Wort von einem ähnlichen Fund zu Ohren gekommen.

Hal konnte nur mit den Schultern zucken.

„Wir müssen schauen, dass wir die Sache lebend überstehen, alles andere ist erst einmal zweitrangig." Soledad machte eine kurze Pause. „Aber, um deine Frage weiter zu beantworten: Die *Gesellschaft Gottes* ist eine Mischung beider Lager: Isacs Leute und die *Gläubigen*. Die *Gesellschaft* ist an solchen Fällen nur interessiert, um zu beweisen, dass es nicht möglich ist, Gottes Wille vorherzubestimmen." Er korrigierte seine Sitzposition und streckte das linke Bein. Dann fuhr er fort: „Einige Mitglieder haben unbeschränkten Zugriff auf sämtliche Unterlagen und Informationen, die Isac gesammelt, beschlagnahmt und gestohlen hat."

Hal lief um den Tisch herum, um näher bei Soledad zu sein. Mit leiser Stimme fragte er: „Hat die *Bewegung* dort Leute?"

Soledad schüttelte den Kopf. „Wir wollten jemanden einschleusen, um zu erfahren, wie die Organisation aufgebaut und vernetzt ist, aber das endete in einer Katastrophe."

„Was ist passiert?" Hal setzte sich ebenfalls an den Tisch.

„Man konnte dem armen Teufel eine Verbindung zu uns nachweisen und hat ihn kurzerhand an Ort und Stelle getötet. Mit den Leuten ist nicht zu spaßen. Da sie im Interesse von beiden Lagern arbeiten, haben sie quasi die Freiheit, alles zu tun, was sie möchten. Da genügt auch nur der Verdacht, dass jemand einen Fundort nicht erwähnt ..."

„Wie in unserem Fall."

Soledad nickte. „Nur, dass er geheim geblieben wäre, hätte der Hinweis zu der verdammten Kugel nicht den Weg zu Isac gefunden."

Hal sah zu Soledad. „Tut mir übrigens Leid, dass die ganze Sache so gelaufen ist. Und dass ich überhaupt auf die Idee mit dem Anhänger kam."

Soledad zuckte mit den Schultern. „Was will man machen? Ich bin einfach das einzige Bindeglied zwischen dir und Ziola. Das passiert eben, wenn man im gleichen Laden arbeitet." Er lachte und lächelte Hal zu. Dieser sollte sich keine unnötigen Gedanken oder Vorwürfe machen. „Und vielleicht lebe ich nur noch, weil du stadtbekannt bist und wir zusammen in einem Laden arbeiten. Würde einem von uns etwas zustoßen, gäbe es viele Fragen, auf die Isac vermutlich keine passenden Antworten hätte."

Plötzlich wurde die Tür aufgesperrt. Sie öffnete sich und Ziola trat ein. Hinter ihr wurde der Raum wieder verschlossen.

Hal stand auf und lief zu ihr. „Ist alles in Ordnung?"

Sie nickte und war glücklich, ihn und Soledad unversehrt zu sehen. Sie umarmte Hal, dann ihren Großvater. „Woher wissen die von dem Anhänger? Und was soll das alles?"

Hal lief wieder zum Fenster und sah hinaus, als würde er auf eine Eingebung hoffen. „Der Schmuckmacher hat es gemeldet."

„Es gibt noch mehr von diesen Kugeln", erklärte Soledad seiner Enkelin. „Der Hinweis über unseren Fund weckte Isacs Sammelleidenschaft."

„Und ich konnte ihnen nicht begreiflich machen, dass ich nichts weiß", berichtete Ziola.

„Die *Gesellschaft Gottes* befasst sich mit der Angelegenheit."

Ziola sah fragend zu Soledad. „Wieso denn das?"

„Ich sah etwas im Laden", begann Hal und drehte sich zu ihr. „Dann fand Soledad die Kugel."

„Was hast du denn gesehen?"

„Einen Schatten, wie eine Gestalt. Besser kann ich es nicht beschreiben."

Ziola blickte zu Soledad. „Wahrscheinlich gab es das schon einmal, deshalb die Aufregung."

„Garantiert", entgegnete er. „Die wussten ganz genau, was sie untersuchen müssen. Aber mir ist kein zweiter Fall bekannt. Und so schnell könnte nicht einmal die *Gesellschaft Gottes* reagieren, um es zu verheimlichen. Irgendjemand würde die Sache weitersagen."

„Oder ängstlich schweigen", warf Hal ein.

„Das glaube ich nicht", sagte Ziola. „Anfangs vielleicht, aber irgendwann spricht man doch über so etwas. Wahrscheinlich hat es der Schmuckmacher auch zuerst seiner Frau erzählt und ist letztendlich nur aus Angst vor möglichen Konsequenzen zu Isac gegangen." Sie setzte sich und schaute zu Hal. „Wieso hast du eigentlich nicht erzählt, woher du die Murmel wirklich hast?"

„Wir hielten es aus genau dem Grund für die richtige Entscheidung", verteidigte Soledad den Entschluss. „Je weniger davon wissen, desto besser."

Ziola lehnte sich zurück. „Hoffen wir mal, dass die Geschichte gut ausgeht. Wer weiß, was sich Isac und seine Leute sonst noch einfallen lassen und zusammenreimen."

„Was ist eigentlich mit deinen Karten?" fragte Soledad flüsternd über den Tisch hinweg in Hals Richtung.

„Die fanden sie nicht", antwortete Hal, und das so leise, dass Soledad und Ziola die Worte von seinen Lippen ablesen mussten, da sie kaum verständlich waren.

„Aber wenn die *Gesellschaft Gottes* nun offiziell ihre Finger im Spiel hat, müssen wir wirklich vorsichtig sein", meinte Ziola. „Bestimmt stellen ein paar ihrer Handlanger gerade unsere Wohnungen auf den Kopf."

„Worauf du dich verlassen kannst", stimmte Soledad zu.

„Ich hoffe, dass sie nicht zu weit vordringen", sagte Ziola. Der Schutz der *Bewegung* war so wichtig wie der Schutz der Archive. Wahrscheinlich ging man sogar Soledads Kundenverzeichnis durch und widmete sich akribisch jeder Person und deren Familien, suchte nach Hinweisen, Verbindungen und Mustern. Die ganze Geschichte hatte unglücklicherweise das Potenzial, wie ein alles verzehrendes Lauffeuer um sich zu greifen – und genau das erfüllte jeden von ihnen mit großer Sorge.

Soledad wollte gerade fragen, wie Ziolas Verhör abgelaufen war, als sich alle Blicke auf die Tür richteten, die aufgesperrt wurde.

Herein kamen Espinozo, mehrere Wachmänner, Isac, ein älterer Mann mit grauen Haaren und einer Art Robe und eine kräftig gebaute Frau mit kurzen Haaren und einem verbissenen Blick.

Hal las an Soledads Gesichtsausdruck ab, dass irgendetwas nicht stimmte.

„Zieht euch aus!" befahl die Frau laut.

Ein Wachmann packte Ziola, riss sie vom Stuhl hoch und zerrte sie zur Seite. Sie befreite sich aus dem Griff und fauchte: „Danke, aber das kann ich allein!"

Hal wollte etwas sagen, als er einen leichten Tritt gegen seinen Fuß spürte. Er sah zu Soledad, der ihn mit einem unscheinbaren Kopfschütteln daran erinnerte, dass es besser war, nicht den Helden zu spielen.

Unter den Blicken aller Anwesenden entkleideten sie sich.

„Die Unterwäsche auch!" sagte die Frau mit militärischer Strenge.

Hal wollte sich gar nicht vorstellen, wie sich Ziola im Beisein all der Männer fühlte. Er sah zu ihr. Ihr Gesicht verriet völlige Gleichgültigkeit. Oder war es Resignation?

Als jeder nackt war, sprach die Frau weiter: „Schaut, ob sie nichts versteckt haben! Und ihr, durchsucht die Kleidung!"

Daraufhin wurde jeder von ihnen gepackt, mit dem Gesicht zur Wand gedreht und mit groben Griffen dazu angehalten, sich breitbeinig hinzustellen und die Arme nach oben zu strecken. Sie spürten, wie ihre Pobacken gespreizt und die Ohren untersucht wurden. Soledad und Hal wurden auch unter den Hoden überprüft, Ziola in der Schamgegend, an den Brüsten und im Haar. Keiner sagte etwas; sie ließen die Prozedur einfach über sich ergehen.

„Hier ist etwas eingenäht", verkündete plötzlich einer der Männer.

Ziola, Soledad und Hal wurden umgedreht und mit dem Rücken gegen die Wand gedrückt. Sie beobachteten die Durchsuchung der Kleidung.

Der Wachmann zückte ein Messer und trennte an Hals Jacke jene Naht auf, von der dieser wusste, was sie verbarg. Sekunden später wurde das Leder mit den darin befindlichen Karten an die Frau gereicht.

Sie trat damit an den Tisch und schlug das Leder zurück. Beim Anblick der freigelegten Karten sah sie zu Isac. „Mir ist bewusst, dass Sie der Bürgermeister sind, aber sind Sie verdammt nochmal von allen guten Geistern verlassen? Wie konnte das übersehen werden?"

Hal hatte bis zu diesem Moment gehofft, dass das Leder durch den derben Stoff seiner Jacke nicht auffiel, nicht ertastet werden konnte. Wie hätte er wissen können, dass vorher nur halbherzig gesucht worden war?

„Wie sollen wir unserer Arbeit nachkommen, wenn Ihre Leute nicht in der Lage sind, eine derart primitive Aufgabe zu erfüllen?" Die Stimme der Frau war angeschwollen und ließ jeden im Zimmer wie versteinert dastehen. „Ist das eine Art Manipulation? Eine Verschwörung?"

Hal war erstaunt, dass sie Isac gegenüber einen solchen Ton anschlug. Soledad und Ziola hingegen schienen zu wissen, um wen es sich bei der Frau handelte.

Sie schlug die Karten wieder in das Leder.

Isac trat zu ihr, sah sie an und sagte ruhig und ohne jeden Ausdruck: „Stellen Sie nie wieder meine Autorität in Frage. Schon gar nicht vor meinen Leuten."

Die Frau hielt seinem Blick stand. „Und Sie sollten besser nicht vergessen, wo Ihr Platz ist!" Damit ließ sie Isac stehen und verließ mit einigen Wachmännern den Raum.

„Zieht euch wieder an!" befahl Espinozo.

Soledad, Hal und Ziola kamen der Aufforderung nach. Sie spürten – wie vermutlich jeder im Raum – die Anspannung, die um sich griff.

Isac sah aus dem Fenster.

Der Mann in der Robe sah Ziola dabei zu, wie sie sich ankleidete. Dann blickte er zu Isac, der mit dem Rücken zu ihm stand.

„Alle drei wegsperren", sagte Isac, woraufhin Espinozo nickte und mehrere Wachmänner heranwinkte.

„Was soll das?" wollte Ziola wissen, was ihr einen ernsten Blick Espinozos einbrachte. Sie schwieg.

Hal spürte, dass etwas zu brodeln begonnen hatte, das nun auf ihren Rücken ausgetragen wurde. Isac war sichtlich wütend und das führte zu diesem Aktivismus; es war beängstigend.

Zwischenspiel

R u h e

Mir fiel in diesem Sommer auf, dass die anderen Autofahrer viel aggressiver unterwegs waren, als noch im Frühling. Es wurde gedrängelt, gehupt, wild gestikuliert und geflucht. Die Ellenbogengesellschaft hatte die Straßen erobert und versetzte gefühlt jeden in eine Stress-Situation, der den Motor auch nur startete. Dass jemand vor einem plötzlich bremste und in eine Straße bog, ohne zu blinken, war mir so ein Rätsel wie Personen, die nicht wussten, wie man einen Kreisverkehr nutzt. Aus diesem Blickwinkel heraus betrachtet, ging es wohl auch zu einem Teil um Egoismus und Ignoranz. Oder schlicht und ergreifend um Blödheit.

Ich hatte an diesem späten Nachmittag nur vor, noch zwei, drei Kästen Wasser zu kaufen. Seit einer Woche gab es keine einzige Wolke am Himmel und der Wetterbericht spielte den Sonnenanbetern in die Hände. Die Kehrseite war, dass die Luft regelrecht stand und so drückend war, dass man unentwegt schwitzte, ob mit oder ohne Bewegung. Jedenfalls bog ich in eine Nebenstraße ab und fuhr weiter, als hinter mir aus einer Seitengasse ein Fahrzeug kam, das in die gleiche Richtung rollte. Im Rückspiegel konnte ich nicht erkennen, wer fuhr und wie viele Leute in dem Auto saßen, ich sah nur, dass sehr dicht aufgefahren und mal nach links, mal nach rechts gelenkt wurde, wohl alles nur, um mich zu provozieren oder dazu zu bringen, endlich Platz zu machen.

Einige Zeit später erreichte ich eine Kreuzung. Ich musste geradeaus weiter, wohingegen das Auto hinter mir auf die Linksabbiegerspur rollte und neben mir hielt. Ich schaute zur Seite und sah, dass der Fahrer und sein Beifahrer – beide trugen Sonnenbrillen und waren vielleicht Anfang 20 – irgendetwas riefen, sich zwischendurch ansahen und lachten. Ich ließ die Scheibe in aller Ruhe nach unten, ohne den Blick von den beiden zu nehmen. Ich achtete nicht einmal auf das, was sie da sagten. Wahrscheinlich hatten sie noch weibliche Begleitung dabei, denn ich hörte helles Gelächter von der Rückbank. Oder es waren ihre Kumpel. Machte das einen Unterschied? Ich merkte sofort, dass den Kerlen gar nicht gefiel, wie ich reagierte, dass ich weder etwas sagte noch tat. Ich saß einfach nur da und schaute ihnen abwechseln auf das dunkle Glas, hinter welchem sich ihre Augen verbargen. Garantiert hätten die Augen verraten, wie gering ihr Selbstbewusstsein war.

Ich weiß nicht, ob es an mir lag, an der Hitze, an der möglichen Gegenwart von Frauen oder einfach nur am Temperament, fest stand, dass der Ton von überheblich und frech hin zu streitsüchtig, wütend und letztendlich aggressiv wechselte. Ich beobachtete eine wahre Evolution der Mimik. Aus dem Augenwinkel heraus sah ich, dass die Ampel für meine Fahrrichtung auf Grün sprang. Also griff ich mit der rechten Hand zur Seite auf den Beifahrersitz, wo mein Rucksack lag. Und da ich Übung darin hatte, bereitete ich alles mit nur einer Hand vor, zählte im Kopf bis zwei und warf die Tränengasgranate mit einem freundlichen Lächeln in den anderen Wagen. Dann fuhr ich in aller Ruhe los. Ich hörte lautes Geschrei, sah allerdings nicht in den Rückspiegel. Wozu auch? Ich wusste, was passierte.

Auf dem Weg zum Getränkemarkt fragte ich mich zwei Dinge: Sollte ich einen Kasten extra kaufen? Und: War es vielleicht an der Zeit, die Granatensorte zu wechseln?

Kapitel 21

Eine Frage der Autorität

Hal erfuhr, dass der Mann mit der Robe auf den Namen Clegauth hörte und das Oberhaupt der *Gläubigen* war, wenn man ihn als solches bezeichnen wollte. Die Frau, die ihre Stimme gegen Isac erhoben hatte, hieß Agostina und war die Befehlshaberin der *Gesellschaft Gottes*. Und genau dieser Status schien es ihr zu erlauben, Entscheidungen zu fällen, ohne dafür Rechenschaft ablegen zu müssen. Sie hatte überaus loyale Gefolgsleute, Männer als auch Frauen, und den Ruf, mit Widersachern alles andere als zimperlich umzugehen. Gleiches traf auf Clegauth zu, doch liefen die Dinge bei den *Gläubigen* ausschließlich im Hintergrund ab, fern der öffentlichen Wahrnehmung, wie eine Melodie, die nur ganz leise, kaum hörbar gesummt wurde.

Dass sich Agostina und Isac in einem Machtkampf befanden, mussten Soledad, Ziola und Hal am eigenen Leib spüren, denn sie wurden in Einzelzellen gesperrt und mehrmals täglich mit Fragen über die *Bewegung*, die *Träne Gottes*, die Karten und ihre Verbindung untereinander gelöchert. Immerhin sah Hal Soledad und Ziola viermal am Tag für eine kurze Zeit: Zum Frühstück, zum Mittagessen, für einen Spaziergang außerhalb dieser trostlosen Mauern in einem dunklen Hinterhof, und zum Abendbrot. Ohne diesen Kontakt hätte er wohl den Verstand verloren – und er war froh, dass diese gemeinsame Zeit nicht reduziert und als Druckmittel eingesetzt wurde. Da stets Wachmänner anwesend waren, konnten sie sich nicht offen austauschen, denn sie wussten, dass jede zusätzliche, noch so kleine Information in den Händen Isacs wie Öl war, das in ein Feuer gegeben wurde. An diesem Punkt durften sie nichts riskieren. Sie konnten nur abwarten.

Es zermürbte Hal, dass er nicht wusste, was mit Ziola geschah, wie es ihr ging, wie sie sich fühlte, und wie sich Soledad schlug. Jedes Mal, wenn sich die Zellentüre öffnete, rechnete er damit, dass die Befragungen eine neue Stufe erreichten und in Erpressung und Folter mündeten, um irgendein Geständnis zu erzwingen, von dem er nicht einmal wusste, was es potenziell hätte sein müssen. Dass drastische Methoden ausblieben, war eventuell nur Teil einer Strategie und damit eine andere Art von Folter.

In seiner Zelle, die nur über einen kleinen Spalt knapp unterhalb der Decke verfügte, durch den kaum Licht einfiel, stank es ungeheuerlich, denn direkt neben dem Bett, das mehr oder minder aus einem Laken auf einigen zusammengebundenen Heuballen bestand, klaffte ein Loch im Boden, in das er sich erleichtern konnte. Auf den Türmen hatte er zwar die Annehmlichkeit von Toilettenpapier vermisst, aber immerhin war es ihm möglich gewesen, dem Geruch zu entrinnen. Er hörte die Geräusche der Stadt, die gedämpft zu ihm drangen, hin und wieder einen Vogel, der in der Nähe zwitscherte, und das nahezu unentwegte Summen der Schmeißfliegen. Dass er mit den anderen unter diesen Umständen gefangen gehalten wurde, konnte er nicht nachvollziehen. Er wusste nicht einmal, ob es dort draußen Stimmen der Verwunderung gab, oder ob sie einfach verschwunden waren, ohne dass es jemanden kümmerte. Möglich, dass alle Fragen abgeblockt wurden oder sogar ein nach außen hin völlig anderes Bild gezeichnet wurde, eines, das Isacs Vorgehen rechtfertigte und eventuell sogar Befürworter fand. Auf der anderen Seite dürfte der *Bewegung* klar sein, dass etwas nicht mit rechten Dingen zuging, immerhin waren zwei ihrer Mitglieder verschwunden und jemand, der ihnen wichtige Unterlagen überlassen hatte.

Hal befürchtete, bald wahnsinnig zu werden, eingesperrt in diesem dunklen Loch, ohne jede Beschäftigung. Wenn er nicht schlief – oder sich in einer sonderbaren Zwischenwelt befand, wo Traum und Realität fließend ineinander übergingen – oder auf und ab ging, um die Beine zu bewegen, machte er Liegestütze und andere Übungen, die seinen Kreislauf in Schwung brachten und ihm eine kleine Aufgabe und Herausforderung boten. Würde er mehr Wiederholungen schaffen als beim letzten Mal?

Sie fragten immer wieder nach den Geschehnissen an dem Tag, an welchem die *Träne Gottes* auftauchte, nach dem Schatten, den er auch zeichnen sollte, und danach, ob er und Soledad nicht etwas verschwiegen, das sich im Laden zugetragen hatte. Obendrein machte er sich Sorgen wegen der Karten. Was, wenn sie nun einen Trupp entsandten? Immerhin zeigte die Karte, die er selbst weiter vervollständigt hatte, eindeutig, dass alles an genau einem Turm endete und dass man von dort sicher wieder zurück nach Di'ium gelangen konnte. Was, wenn sie ihn hier nur festhielten, bis sie ihre Mission erfüllt und Yaco sämtliche Informationen abgerungen hatten? War er des Todes, sobald er keinen Nutzen mehr hatte? Weil er mit seinen bisher verschwiegenen Erfahrungen und Berichten nur für Unruhe in der Bevölkerung sorgen würde? Oder ging an diesem Punkt die Phantasie mit ihm durch?

Hal und die anderen waren gefangen in einer Maschinerie, die sich unerbittlich drehte, wie ein mechanischer Mahlstrom, der sie zu verschlingen drohte; sie konnten nichts tun. Und erneut fragte sich Hal, ob er die Chance verspielt hatte, seine Reise fortzusetzen und dem Rätsel auf die Spur zu kommen. Und war er durch seine Gefühle zu sehr an Ziola gebunden? Diese Frage stand im Raum, gleichwohl Ziola mehrmals deutlich gemacht hatte, dass sie ihn niemals begleiten würde. Es schien alles so ausweglos, dass er gern auf die Wand eingeprügelt und sich die Verzweiflung aus dem Leib geschrien hätte. Und dann? Was hätte es gebracht?

Hal wusste, dass etwas bevorstand, als er eines Tages aus seiner Zelle geholt und nicht zum Hinterhof geleitet, sondern in den Waschraum geschickt wurde, wo er sich reinigen und neu einkleiden sollte. Im Anschluss daran brachte man ihn in den Besprechungsraum, wo Ziola bereits wartete – ebenfalls frisch gewaschen und mit sauberer Kleidung.

Als sich ihre Blicke trafen, wusste jeder von der Verwirrung des anderen. Sie umarmen sich und blieben fest aneinandergeschmiegt eine Weile stehen.

„Hast du eine Ahnung, was hier los ist?" fragte Ziola.

Hal zuckte mit den Schultern. „Ich frage mich eher, wo Soledad bleibt."

Mit leiser Stimme sagte Ziola: „Ob sie uns gehen lassen? Ich meine, wozu die frische Kleidung?"

„Na ja, sie haben nichts finden können. Wie auch?"

Die Tür öffnete sich und Soledad kam herein, gefolgt von Isac, Agostina, Clegauth und Espinozo. Zwei Wachmänner flankierten die Tür.

Hal und Ziola drehten sich zum Geschehen.

„Meine Dame, meine Herren, wir haben uns beraten", erklärte Isac.

Soledad stellte sich neben Ziola.

„Dass die gesamte Situation sehr unangenehm ist, dürfte jedem klar sein. Ich – wir alle – sind allerdings bestrebt, die Dinge nicht eskalieren zu lassen. Das Problem, dem wir uns nun gegenübersehen, ist die Frage, wie wir weiter verfahren sollen."

Die aufgesetzte Art, dieser Ton, als wäre Isac die Güte selbst, machte nicht nur Hal innerlich rasend, sondern auch Ziola und Soledad. Aber keiner sagte etwas, denn sie wollten ihre Lage nicht unnötig verschlechtern. Stattdessen hörten sie schweigend zu.

„Für die Sache mit den versteckten Karten hätte ich jeden anderen noch am gleichen Tag hinrichten lassen. Aber nach wie vor bist du für viele der Neuankömmling. Zusätzlich wurden in letzter Zeit immer mehr Fragen gestellt, wo ihr drei seid, was geschehen ist und so weiter. Wir hätten auch ganz anders mit euch verfahren können." Bei diesen Worten sah Isac zu Soledad und jeder wusste, dass das eine Anspielung auf sein kaputtes Bein war. „Fakt ist aber auch, dass niemand ungestraft ein derartiges Verhalten an den Tag zu legen hat. Die Karten hätten direkt ausgehändigt werden müssen, ebenso wie sämtliche Informationen über den Vorfall im Laden und die *Träne Gottes*. Deshalb können wir keinen von euch freilassen, als wäre nichts geschehen."

Ziola, Hal und Soledad wurden unruhig. Was würde nun folgen?

„Niemand lässt sich gerne seine Autorität untergraben", fuhr Isac fort. „Niemand. Und schon gar nicht ich. Denn es soll keine einzige Person auf die Idee kommen, dass man hier tun und lassen kann, was man will. Und deshalb werden wir euch verbannen."

Ziola legte die Stirn in Falten und sah zu Soledad.

„Wir werden euch fortschicken", erklärte Isac, „und töten, solltet ihr es wagen, zurückzukommen und auch nur einen Fuß auf diesen Turm zu setzen."

„Das ist praktisch eine Hinrichtung", entfuhr es Soledad laut.

Auf einen Schlag veränderte sich die Körperhaltung der beiden Wachmänner. Espinozo sah Soledad ernst an. „Wir können das auch direkt erledigen, alter Mann! Du musst es uns nur sagen."

Soledad schwieg. Er bereute den kleinen Ausbruch, denn er konnte froh sein, dass sie nicht an Ort und Stelle getötet wurden. Demzufolge war noch nichts verloren. Ihm und Ziola war es vor langer Zeit gelungen, sich erfolgreich durchzuschlagen. Und auch Hal hatte viele Erfahrungen sammeln können. Wahrscheinlich hatten sie von allen Anwesenden sogar die besten Überlebenschancen.

Isac sah kurz zu Espinozo, um deutlich zu machen, wer das Sagen hatte. Er wandte sich wieder an die Gefangenen: „Es ist ein eleganter Kompromiss. Wir haben euch los und müssen uns dabei nicht einmal die Hände schmutzig machen. Ihr seid für für euer Bestehen so verantwortlich wie für euer Ende."

„Ihr werdet im Anschluss in einem anderen Bereich untergebracht", erklärte Espinozo. „Wir wollen ja nicht, dass euch doch noch jemand zu Hilfe kommt. Und morgen bei Sonnenaufgang wird man euch nach oben eskortieren."

„Dürfen wir wenigstens irgendetwas mitnehmen?" wollte Hal wissen, der an seinen Rucksack dachte.

„Aber gewiss doch", sagte Isac und lief Richtung Tür. „Euer Leben."

Ohne weitere Kommentare leerte sich das Zimmer. Dann wurde das Trio von mehreren Wachmännern in einen kleinen Raum im hintersten Winkel des Rathauses gebracht, der zwar über ein Fenster zum Innenhof verfügte, aber keine Fluchtmöglichkeit bot, denn unten patrouillierten Wachen. Sie wussten zudem, dass die Tür und der Gang ebenfalls gesichert waren. Es war ihnen praktisch unmöglich, unbemerkt zu entwischen. Und so blieb ihnen nichts anderes übrig, als abzuwarten.

Hal betrachtete die drei einfachen Betten: Zusammengebundene Strohballen mit einer derben Decke und einer Rolle aus Stoff, die als Kissen fungierte. Mehr befand sich nicht in dem Zimmer.

„Und nun?" fragte Ziola und sah zu Soledad, dann zu Hal. „Ich meine ... wie soll es weitergehen?"

Soledad trat an Hal heran und flüsterte: „Könntest du dich an die Karte von Yaco erinnern und den Weg zu ihm finden?"

Ziola trat näher, um den Inhalt des Gesprächs mitzubekommen. Neugierig lauschte sie.

Hal wusste nicht, was er darauf antworten sollte. „Ich habe sie nicht jeden Tag studiert und verinnerlicht, wenn du das meinst. Yacos Turm ist südlich von hier." Er schloss die Augen. „Und irgendwie sagt mir mein Gefühl, dass der Turm im Südosten der richtige Startpunkt ist."

„Dann müssen wir es irgendwie zu diesem Turm schaffen", sagte Soledad. „Mit etwas Ruhe könnte ich die umliegenden 2 oder sogar 3 Turmreihen mit ihren Verbindungen aufzeichnen."

„Das wäre für den Anfang ausreichend", fand Hal. „Vielleicht hilft das ja meiner Erinnerung auf die Sprünge und wir können die übrigen Etappen rekonstruieren."

Soledad nickte. „Wenn wir wissen, in welche Richtung sie uns schicken, kann ich einen Teil der Route bestimmen." Er überlegte. „Vorher bringt es nichts."

Damit lag Soledad richtig. Mutmaßungen hatten an diesem Punkt keinen Wert. Und der Versuch, die Wachen zu überwältigen und sich direkt zu der gewünschten Gondel durchzuschlagen, wäre ebenfalls zu gefährlich. Und wenn sie es doch schaffen würden, säßen sie trotzdem in der Falle, denn ohne Deckung waren sie Wurfgeschossen und Speeren hilflos ausgeliefert.

„Ich sage es ungern", begann Ziola, „aber vielleicht ist jetzt der richtige Moment, ein Gebet an Gott zu richten ..."

Kapitel 22

D a s   f a l s c h e   S p i e l

Hal wurde erfüllt von einem Gefühl der Ungewissheit, fast so, wie er es beim ersten Aufstieg kurz nach seinem Erwachen durchlebt hatte. Als die Sonne einen hellen Streifen an den östlichen Horizont zeichnete, hatten Soledad, Ziola und Hal bereits das Rathaus verlassen. Im Schein mehrerer Lampen, in denen sich Kerzen befanden, führte man sie zu einem der Aufzüge. In der Nacht waren auf Isacs Befehl hin überall Wachposten aufgestellt worden, um eine Flucht der drei Gefangenen zu verhindern.

Ein Aufzug beförderte sie mehrere Etagen hinauf, ehe sie in einen anderen wechselten. Kein Fahrstuhl, keine Plattform konnte direkt bis ganz nach oben fahren. Hal konnte nicht sagen, ob die aktuellen Grenzen der Statik mit Stahl überwunden werden konnten oder ob es den Konstrukteuren von Di'ium an entsprechendem Wissen und Erfahrungswerten mangelte. Maximal wurden 8 Etagen mit einem Aufzug überbrückt. Es gab einst einen Aufzug, der 20 Stockwerke überwinden konnte, ein Zeichen des technischen Fortschritts und der Macht. Doch ein schwerer Zwischenfall mit mehr als 40 Toten sorgte dafür, dass man die Anlage zurückbaute und entschied, derartige Projekte vorerst nicht zu wiederholen. Interessanterweise war es den Vorvätern gelungen, den Turm zu verändern, ihm seine jetzige Form zu geben und dabei die Statik aufrechtzuerhalten. Allerdings gab es keine Überlieferungen der Techniken, weder mündlich noch schriftlich. Selbst eine ausgedehnte Suche in den Archiven des Turms erbrachte keine neuen Erkenntnisse zu diesem Thema.

In der kühlen Morgenluft ließen sie die Stadt relativ schnell unter sich, ebenso die ersten Felder, Wiesen, Hühnerfarmen und Weideflächen. Bald darauf gab es nur noch Wälder, deren Holz essenziell für das Leben auf dem Turm war. Diese Wälder trennte je eine leere Etage, um im Fall der Fälle das Übergreifen eines Feuers zu verhindern. Es gab Wasserbecken, Fischfarmen und Reisfelder. Auch weitläufige Flächen, auf denen Stämme und Bretter gelagert wurden, zogen an ihnen vorüber. Die leeren Etagen waren geisterhaft, denn dort gab es nichts außer Stein; keinen Grashalm, keine Ranke. Vereinzelt flatterte ein Vogel auf, dessen Artgenossen die unheimlichen Areale mieden, als würde sie eine unsichtbare Macht auf Abstand halten. Es war wundersam, denn hier oben gab es keine natürlichen Feinde, was die leeren Ebenen zu perfekten Brutstätten oder Nachtlagern gemacht hätte.

Hal hoffte, dass sie den nächsten Turm unbeschadet erreichen würden, denn der sichtbare Himmel zeigte keine einzige Wolke und war daher Vorbote für einen heißen Tag. Und er war sich sicher, dass man ihnen weder einen Schutz vor der Sonne noch Trinkwasser zur Verfügung stellen würde. Soledad auf der anderen Seite war zuversichtlich, noch vor Ende der ersten Überfahrt den Weg zum Turm im Südosten im Kopf skizziert zu haben.

Zu Hals Verwunderung schien die Situation Ziola zu überfordern. Dabei hatte sie doch stets gewusst, was zu tun sei. Aber unter den aktuellen Gegebenheiten war sie an ihre Grenzen gestoßen und fragte sich, genau wie er, wie das alles passieren konnte – und wie es nun weiterging.

Schweigend befolgten sie die Anweisungen, verließen einen Aufzug, liefen durch die Dämmerung und betraten den nächsten, um dann dem Wind, dem Ächzen des Holzes und der sehnigen Spannung der Seile zu lauschen.

Was, wenn das alles nur ein Schauspiel war und man sie vom Turm stoßen würde? Hal wollte gar nicht daran denken. Er überlegte vielmehr, ob es machbar war, auf der Turmspitze die Oberhand zu gewinnen und die Richtung einzuschlagen, die für den geplanten Weg zu Yaco die beste Ausgangssituation bot. Leider konnte er diesen Gedanken weder mit Soledad noch mit Ziola teilen, obgleich er vermutete, dass auch sie auf ein solches Wunder hofften. Er konnte nicht davon ausgehen, dass sie seinen Plan erkennen würden, sollte er die Initiative ergreifen und sich gegen die Wachen wenden. Eine Frage blieb: Wollte man sie tatsächlich verbannen? Falls ja, so würde jegliche Gegenwehr die Lage verschlechtern. Gab es allerdings die Order, sie dort oben zu töten, wäre jede Aktion eine Chance, die Sache zu überleben.

Die Wachmänner hatten zwar keine Schusswaffen – diese gab es auf Di'ium nicht –, waren aber zahlenmäßig überlegen, ob nun mit einem Schlagstock, einer Affenfaust, einer Steinschleuder oder einem Speer. Sie hatten auch Messer oder geknüpfte Schlagwaffen mit Kernen aus Knochen, Stein und Knochenmehl. Doch so simpel ihre Ausrüstung auch schien, so gefährlich war sie – und das wusste Hal. Die Männer waren angespannt und bereit, mit aller Gewalt durchzugreifen, denn nur selten war es vorgekommen, dass sich jemand in sein Schicksal gefügt und nicht doch noch in letzter Minute versucht hatte, das Blatt zu wenden.

Als die Sonne kühle Schatten warf und das Gras vom Tau der Nacht benetzt zu funkeln begann, machte sich eine Art Aufbruchsstimmung breit. Keiner der Anwesenden sprach ein Wort. Nur der Wind, der Gesang der Vögel, die Geräusche der Aufzüge und ihre Schritte begleiteten die drei Verstoßenen. Auf der anderen Seite schien alles unwirklich. Ob das an den Umständen lag oder am mangelnden Schlaf – keiner von ihnen hatte in der vergangenen Nacht auch nur eine halbe Stunde Ruhe finden können –, blieb ein Rätsel.

Während die Sonne den Himmel erklomm, zählte Ziola die Etagen. Als sie die 151. Ebene des Turms erreichten, hielt der Aufzug und sie stiegen aus. Nun trennten sie noch 11 Etagen von den Gondeln.

Hal staunte nicht schlecht: Die Etage war mit den nächsten drei oberhalb verbunden, wodurch ein gigantischer Raum entstand. Die skelettartigen, wohl durchdachten Elemente, welche die Außenwände des Turms bildeten und von den Säulen innerhalb der Ebene abgingen, wie alte Spinnweben, täuschten die Augen des Betrachters. Alles wirkte größer und weiter und erweckte den Eindruck, man könne bis zum Horizont laufen, als würde sich am Rand des Turms eine weite Landschaft entfalten, die man nur sehen konnte, wenn man nahe genug am Abgrund stand. Die Ebene war leer, zumindest fast.

Ziola wollte gerade fragen, ob hier irgendwann einmal etwas entstehen sollte, doch blieb es bei dem Gedanken, denn unweit ihrer Position warteten mehrere Leute. Sie erkannte sofort, um wen es sich dabei handelte.

Soledad, Hal und Ziola wurden zu der Gruppe gebracht. Sie spürten, dass etwas bevorstand. Der Wind verriet es mit seinem Geruch und der Art, wie er die Haut von jedem berührte. Selbst der riesige Raum wusste es.

„Wie ich sehe, seid ihr überrascht", sagte Isac. „Habt ihr wirklich gedacht, wir würden uns erst oben treffen?"

„Hätte es einen Unterschied gemacht?" fragte Soledad.

„Das kannst du dir sparen", entgegnete Isac selbstbewusst. „Du hast vielleicht deine Enkelin und den Neuankömmling täuschen können, aber genau hier endet dein Spiel."

„Wovon bitte redet er da?" wollte Ziola wissen.

Soledad schwieg und sah zu Isac, dann zu Espinozo. Waren das Richter und Henker? Würden sie bald ihr Leben aushauchen? Hier in diesem kargen, trostlosen Bereich des Turms, wo niemand fliehen konnte, wo es keine Deckung und kein Versteck gab.

„Eine Hand wäscht die andere", fuhr Isac fort. „Mir wurden als Gegenleistung für einen kleinen Gefallen Informationen zugespielt, die besagen, dass ein Anschlag auf mich geplant ist." Er sah zu Hal. „Und du hast noch immer keine Ahnung."

Hal legte die Stirn in Falten. „Keine Ahnung wovon?"

„Es war Kalkül, dass du hier bist, dass wir alle hier sind. Der alte Herr neben dir hat die Sache mit der *Träne Gottes* geschickt nach außen sickern lassen. Er wusste, dass ich mich persönlich mit der Materie auseinandersetzen würde, denn diese Begeisterung, der Wunsch nach mehr Wissen, das ist meine Schwäche. Und genau das wurde geschickt ausgenutzt."

„Stimmt das?" hakte Ziola nach.

Hal blickte zu Soledad.

„Ja", antwortete dieser.

„Du hättest uns geopfert?!" Ziola wusste nicht, was sie von der Geschichte halten sollte.

„Zu seiner Verteidigung muss ich sagen, dass niemand geopfert worden wäre, hätte der Plan funktioniert", sagte Isac. „Aber auch wir haben Verbindungen. Und Druckmittel. Oder eine helfende Hand. Es kommt immer auf die Umstände an. Und auf die Ziele."

Hal lief eine Gänsehaut über den Rücken, als er in die Augen von Espinozo sah, die ausdruckslos wirkten, regelrecht tot. Was machte er hier? Wollte er sich an dem bevorstehenden Schauspiel und dem unweigerlich damit verbundenen Leid ergötzen?

Sie waren umzingelt von bewaffneten Männern. Es war praktisch nicht möglich, dieser Situation zu entrinnen. Eventuell würde er es bis zum Rand des Turms schaffen. Dort konnte er immerhin selbst in den Tod schreiten.

Dass sich Soledad in Schweigen hüllte, machte Ziola fassungslos und wütend zugleich. Was hatte das alles zu bedeuten? Oder war Soledad so überrascht wie sie? Hatte man vielleicht auch ihn geopfert? Möglicherweise versuchte er, die Fassung zu wahren und so die Hintermänner und die Mitglieder der *Bewegung* zu schützen.

Plötzlich sah Hal in der Ferne an einer der Säulen ein Flimmern in der Luft, das ihm auf unheimliche Art bekannt vorkam. Im gleichen Augenblick setzte sich hinter ihnen der Aufzug, mit dem sie gekommen waren, nach unten in Bewegung.

Espinozo sah zum Aufzug und rief: „Was ist da los?"

Einer der dortigen Wachmänner zuckte mit den Schultern, während die anderen in Alarmbereitschaft waren. Sie befahlen dem Führer des anderen Aufzugs, seinen Platz zu verlassen und zu ihnen zu kommen, damit es nicht einen zweiten Vorfall gab.

„Weiß jemand, dass wir hier oben sind?" wollte Isac wissen. „Hat jemand mit dem Aufzugführer gesprochen?"

„Das ist die Frage", sagte Espinozo, warf ihm einen kurzen Blick zu und lief dann Richtung Aufzug.

Die Luft bei der Säule verdunkelte sich zu dem tanzenden Schatten, den Hal kannte, der alles und nichts darstellte und daher unmöglich einzuordnen war; eine Silhouette, ein Schleier und zugleich ein Muster, das sich jeder greifbaren Definition verweigerte. Dann brach sich das Licht in einem zu Boden fallenden Objekt – eine *Träne Gottes*.

Isac fiel Hals Blick auf und er wandte sich schlagartig um, nur um selbst Zeuge dieses Mysteriums zu werden. Er wich überrascht zurück.

Einer der Wachmänner löste sich von der Gruppe und eilte in einem Bogen nach links los, gefolgt von zwei Kameraden – einer rannte in einer Linie, der andere schlug einen Haken nach rechts, da niemand wusste, was da vor sich ging. Keiner von ihnen hatte bisher etwas Vergleichbares erlebt.

Isac wurde klar, was das kurze Funkeln zu bedeuten hatte. „Behaltet sie im Auge!" Damit folgte er den Männern ruhigen Schrittes.

Ziola wandte sich zum Aufzug, wo Espinozo mit den Wachen sprach.

Die verbliebenen Wachmänner ließen die Augen in der Umgebung schweifen, sahen auch nach oben. Die ganze Situation schien ihnen nicht geheuer.

„Hast du uns wirklich ans Messer geliefert?" fragte Hal.

Soledad sah ihm in die Augen. „Ganz Offensichtlich. Aber das war so nicht geplant."

„Das merke ich. Und nun?" Hal fiel es schwer, die Fassung zu bewahren. Zugleich war ihm klar, dass es im Augenblick wichtigere Dinge gab, als die Sache auszudiskutieren und zu verstehen.

Soledads Blick wanderte kurz nach oben, ohne dabei den Kopf zu sehr zu heben. Hal verstand das Zeichen: Sie mussten zur Turmspitze. Aber wie? Bei den Aufzügen befanden sich Espinozo und fünf Männer, drei waren auf dem Weg zu dem sich auflösenden Schatten und weitere drei standen hier bei ihnen. Der Mangel an Optionen auf dieser Ebene eröffnete nur eine Möglichkeit: Den Kampf. Sie hatten keine andere Wahl. Entweder bedeutete das ihr Ende oder nicht. Sich ohne Gegenwehr hinrichten lassen? Niemals! Schließlich verfolgte Hal nach wie vor ein Ziel.

„Ruhe!" befahl einer der Männer.

Hal schaute ebenfalls zu den Aufzügen, dann zu Ziola. Er hob die Hand, um sich am Hals zu kratzen, und durchtrennte dabei heimlich mit dem Zeigefinger symbolisch seine Kehle. Dann deutete er mit dem Daumen über seine Schulter zu den dortigen Wachmännern. Er verschleierte den gesamten Bewegungsablauf und die darin enthaltenen Informationen, indem er sich mit der Hand durch das Haar fuhr und am Kopf kratzte.

Ziola verstand und nickte unmerklich.

Soledad beobachtete Isac. Dieser näherte sich der bereits von den Wachmännern gesicherten Stelle, an der kurz vorher noch dieser tanzende Schatten gewesen war, die *Hand Gottes*. Isac blieb stehen und hob etwas auf.

Hal schaute sich unauffällig um und prüfte die Lage. Den Mann schräg vor sich konnte er eventuell binnen Sekunden ausschalten, womit sie hier nur noch zwei Gegner hätten. Sie mussten das alles über die Bühne bringen, ehe die anderen wieder bei ihnen waren. Eventuell sollte er Isac als Geisel nehmen, ein Gedanke, der ihm bisher noch nicht in den Sinn gekommen war – und ironischerweise hatte es bisher keine bessere Gelegenheit gegeben.

Er stellte sich seinen Angriff, seine Bewegungen vor und sagte dann: „Los!" Im gleichen Moment stürmte er nach vorn und schlug dem Wachmann mit aller Kraft und den Fingerknöcheln voran frontal gegen den Kehlkopf. Der Mann brach röchelnd zusammen. Sofort stürzte er sich auf den Mann links davon, der mit einer Schlagwaffe ausholte. Hal tauchte ab und rannte in den Körper des Widersachers, wobei er ihm in den Unterleib schlug und ihn mit der Schulter voran nach hinten drängte. Er umklammerte mit dem anderen Arm den Mann, um genauer zielen und schlagen zu können, was dazu führte, dass der Kerl vor lauter Schmerz die Waffe fallen ließ und auf die Knie sank. Hal stieß sich von ihm ab. Der Wachmann kippte nach hinten und hielt sich den Schritt. Da die Sache ernst war, vergaß Hal alles um sich herum und setzte mit einigen gezielten Tritten gegen den Kopf nach. Der Mann schaffte es nicht einmal mehr, die Arme schützend zu heben, und verlor das Bewusstsein. Oder war er tot?

Hal wirbelte herum und eilte zu Ziola, deren Angreifer mit dem Rücken zu ihm stand und mit seinem Schlagstock nach ihr schlug – sie wich mehrmals getroffen zurück. Mit einer Hand packte er das Haar am Hinterkopf, mit der anderen das Kinn und riss den Kopf herum. Der Mann ging mit gebrochenem Genick zu Boden.

Soledad, der seine Zielperson ebenfalls ausgeschaltet hatte, griff sich dessen Affenfaust. Hal und Ziola taten es ihm gleich. Derweil hatten die anderen Männer mitbekommen, was vor sich ging, und stürmten heran.

„Wir nehmen Isac als Geisel!" rief Hal und rannte Richtung Säule, wo sich der Bürgermeister befand. Ziola und Soledad folgten.

„Erledigt sie!" tönte Espinozos bedrohliche Stimme hinter ihnen.

Hal wusste nicht, wie sie es schafften, aber kurze Zeit später schlug Soledad Isac mit einem Streich seiner Waffe nieder, wodurch dieser seinen Hut verlor. Er packte den Bürgermeister, riss ihn zurück auf die Beine und griff ihn mit einer Hand von hinten am Kragen. Mit der anderen Hand hielt er die Affenfaust fest umklammert. „Eine falsche Bewegung und ich schlage dir den Schädel ein!"

Isac, der die Hände halb nach oben, halb zur Seite hielt, wimmerte: „Wir können eine Lösung finden!"

„Wir wollen nach oben", sagte Soledad. „Wenn auch nur einer deiner Leute irgendetwas versuchen sollte ..."

Espinozo war mit den übrigen Wachmännern bereits vor Ort und sagte: „Ihr wisst schon, dass ihr den Turm nicht lebend verlassen werdet, oder?"

„Bleibt einfach auf Abstand!" rief Isac. „Sie wollen nur nach oben."

„Das kann ich leider nicht zulassen", sagte Espinozo beherrscht, regelrecht kalt. „Macht sie fertig!"

„Ich meine es ernst", drohte Soledad, während Hal und Ziola, die sich neben ihm befanden, ihre Waffen fester umklammerten und sich auf einen Angriff gefasst machten.

„Es ist auch mein Ernst", erklärte Espinozo.

Beim Blick in das Gesicht seines Stellvertreters erkannte Isac, dass er hintergangen wurde. Espinozo wollte die Gunst der Stunde nutzen und sich selbst die Macht einverleiben – der perfekte Streich.

„Erledigt jeden", ordnete Espinozo mit ruhiger Stimme an.

Dieser Befehl traf Soledad, Hal und Ziola wie aus heiterem Himmel; jene zwei Worte raubten ihnen die Möglichkeit einer gesicherten Fahrt hinauf zur Turmspitze. Auf der anderen Seite hatte sich ihre Lage nicht verschlechtert. Aber ob das in Anbetracht der jetzigen Situation noch eine Relevanz hatte, stand in den Sternen.

„Was immer er euch bezahlt, ich verdopple es!" Isacs Stimme brach bei diesen Worten. Er war panisch und den Tränen nahe.

„Du kannst das Leben ihrer Familien nicht mit Geld aufwiegen", konterte Espinozo. „Und genau das liegt in meinen Händen."

Hal fragte sich still, wie lange Espinozo schon auf eine solche Gelegenheit gewartet hatte. Oder hatte er diese Entscheidung erst auf dem Weg hierher getroffen?

Der Stellvertreter des Bürgermeisters sah zu Soledad. „Nur zu! Schlag dem Mistkerl den Schädel ein. Das erspart mir die Arbeit."

Isacs Augen weiteten sich. „*Ich* bin der Bürgermeister! Und ich befehle euch: Nehmt diesen Verräter fest!" Jegliches Selbstbewusstsein war aus seiner Stimme gewichen. Was übrig blieb, glich einem hysterischen Kreischen.

Das Zögern der Männer deutete Hal als Zwiespalt. Sie wussten nicht, ob sie Espinozo trauen konnten. Wenn sie den Bürgermeister töteten, waren weder sie noch ihre Familien zwangsläufig in Sicherheit. Stellten sie sich hingegen auf Isacs Seite, gab es nichts, das sie vor der Todesstrafe bewahrte, zumal ihr Zögern bereits als Verrat auslegbar war.

Im Hintergrund näherten sich derweil mehrere Männer im Laufschritt, die in dem Durcheinander unbemerkt mit dem Aufzug nach oben gekommen waren. Ihnen folgten Agostina und Clegauth.

Ziola war irritiert. Was machten das Oberhaupt der *Gläubigen* und die Anführerin der *Gesellschaft Gottes* plötzlich hier?

Kapitel 23

Das Konstrukt

„Nehmen Sie diese Verräter fest!" rief Isac, als er sah, wer sich da näherte.
Espinozo schaute über seine Schulter und war sichtlich überrascht.
„Nehmen Sie jeden hier fest!" sagte Isac mit Nachdruck.
Soledad wusste, dass Isac nur seinen eigenen Kopf retten wollte. Er schlug dem Bürgermeister mit der Affenfaust auf den Oberschenkel. Isac schrie auf.
Eine Handbewegung von Agostina und die eintreffenden Wachen umzingelten die Gruppe. Es war damit klar, dass sie zur *Gesellschaft Gottes* gehörten.
Hal und Ziola versuchten, die Augen überall zu haben, um einen eventuellen Angriff vorhersehen zu können.
„Haben Sie nicht gehört?!" brüllte Isac. „Alle festnehmen!"
„Erst einmal legt jeder seine Waffe nieder", sagte Agostina. „Das gilt auch für euch." Sie blickte nacheinander zu Hal, Soledad und Ziola.
So schwer es ihnen auch fiel, die Übermacht war zu groß. Es gab kein Entrinnen. Selbst Hals Idee mit dem Sprung vom Turm hatte sich zerschlagen, da er es von der aktuellen Position aus niemals unbeschadet bis zum Rand schaffen würde – auf dem Weg dorthin hätte man ihn entweder eingeholt oder von hinten mit einem Pfeil oder einem Wurfgeschoss niedergestreckt.
Hal und Ziola ließen die Waffen fallen, ebenso Soledad. Sie wussten, dass sie nun wirklich in der Falle saßen.
Isacs Wachmänner senkten die Waffen und legten sie auf den Boden. Isac riss sich von Soledad los. Er wollte sich gerade aus dem Kreis entfernen, als Agostina mit einer kleinen Kopfbewegung zwei ihrer Männer zum Bürgermeister schickte. Sie packten ihn von beiden Seiten so, dass er sich kaum bewegen konnte.
„Ist hier jeder wahnsinnig geworden?!" schrie er mehr entsetzt als zornig.
„Das sollte ich Sie fragen", erwiderte Agostina, holte die Karten hervor, die man in Hals Kleidung gefunden hatte, und warf sie Isac vor die Füße.
Jeder war verwundert, speziell Hal.
„Das sind Fälschungen", erklärte Agostina.
Hal wusste nicht, wie er diese Aussage einordnen sollte. Was war hier los?

„Und damit drängt sich mir die Frage auf, ob diese Tatsache etwas damit zu tun hat, dass angeblich keiner Ihrer Männer die Karten fand. Und ehe Sie nun auch nur ein Wort sagen, überlegen Sie bitte ganz genau. Wir kamen bisher halbwegs gut miteinander aus." Dann änderte sich Agostinas Stimme – sie wurde kalt. „Sollten Sie lügen, werde ich Ihnen hier an Ort und Stelle persönlich die Augen ausstechen und Sie im übelsten Viertel der Stadt aussetzen."

Isac wusste nicht, wie ihm geschah. Erst wurde er von Espinozo hintergangen und nun wurde behauptet, die Karten seien gefälscht. Hatte sich jeder gegen ihn verschworen?

„Woher ich weiß, dass es Fälschungen sind?" sagte Agostina, da Isac kein Wort herausbekam. „Auf einer entdeckten wir die gleiche Bezeichnung, wie wir sie bereits auf einer anderen, praktisch angrenzenden Karte fanden, nur passen keine weiteren Elemente zusammen. Natürlich kann es sich dabei auch um einen Zufall handeln, das möchte ich gar nicht ausschließen, aber wenn ich Sie hier so sehe, wie Sie offensichtlich die zum Schweigen bringen wollen, die von Ihrem Tun wissen ... nun, Sie können sich denken, welches Licht das auf Sie wirft. Ihre Begründung für all das sollte daher wirklich *sehr* gut sein."

Hal sah zu Soledad. Dieser zuckte mit den Schultern.

„Und ehrlich gesagt frage ich mich, was Sie sonst noch verheimlichen."

„Er hat eine neue *Träne Gottes* bei sich", platzte es aus Hal heraus. Er musste diese Gelegenheit nutzen. Des eigenen Feindes Feind war ein Freund. Sein gesamtes Denken war darauf ausgerichtet, irgendwie aus dieser Lage zu entkommen und es nach oben auf den Turm zu schaffen. Sie mussten hier weg.

Isac wollte herumfahren, doch der Griff der Männer war zu fest. „Ich werde dich-"

„-durchsucht ihn!" rief Agostina, deren Stimme so laut war, dass in der Ferne einige Vögel aufflatterten und dabei schrille Warnrufe an ihre Artgenossen sandten.

Ein Mann trat vor – und dabei auf die Karten – und durchsuchte Isac, während dieser weiterhin festgehalten und daran gehindert wurde, sich zu wehren. Sekunden später hielt Agostina die *Träne Gottes* und betrachtete die zartrosa Kugel, in der himmelblaue Linien etwas formten, das an eine Blüte erinnerte – oder an ein Feuerwerk. Sie reichte die Murmel an Clegauth, der das Objekt eingehend studierte und sich nicht für das interessierte, was um ihn herum geschah.

„Gibt es noch etwas, das Sie verheimlichen?"

„Sie erschien erst vor ein paar Minuten", beteuerte Isac.

Agostinas Gesichtsausdruck verriet eindeutig, dass sie keinem Wort Glauben schenkte.

„Ich möchte mich noch einmal klar und vor allem verständlich ausdrücken: Ich habe nicht vor, Lügen zu tolerieren, schon gar nicht, wenn sie gegen meine Interessen gerichtet sind."

„Ich weiß wirklich nicht, wieso die Karten Fälschungen sind", sagte Isac. Agostina wandte sich an Soledad, Hal und Ziola: „Und ihr könnt nicht zufällig etwas Licht ins Dunkel bringen?"

Soledad überlegte. Einerseits war er Hal und Ziola eine Erklärung schuldig, andererseits war es vielleicht ein Weg, um zumindest etwas Gnade aus dem ganzen Chaos herauszuschlagen und damit ihre Haut zu retten. Ihm war klar, dass Agostina genau wusste, welch vielschichtiges System zur Sicherheit der *Bewegung* beitrug. Dass er mitten in diesem sich offenbarenden Konstrukt aus Unwahrheiten und Verschleierung stand, das wie ein Backsteinhaus zusammenfiel und noch mehr Verwirrung stiftete, missfiel ihm zutiefst.

„Die Karten wurden entnommen und kopiert", erklärte Soledad. „Dann wurden sie wieder eingenäht. Dass es Fälschungen sind, wusste bis eben keiner von uns. Es musste schnell gehen, daher blieb keine Zeit für eine Prüfung. Wir können also nicht sagen, von wem wir hintergangen wurden. Vielleicht war es ein Missgeschick und eine Verwechslung, weil jemand nicht aufmerksam war. Oder jemand tauschte die Karten während unserer Haft aus." Diese bewusste Anspielung auf Isacs Männer, die angeblich nichts hatten entdecken können, fand Soledad passend.

„Und weshalb hast du den Neuankömmling und deine Enkelin mit in die Geschichte hineingezogen?" hakte Agostina nach.

„Um die Sache zu Ende zu bringen", gestand Soledad. „Die Gelegenheit war zu perfekt. Wir konnten sie nicht verstreichen lassen."

„Mit ‚wir' meinst du die *Bewegung*."

Soledad nickte. „Isac ist besessen von Hal und der Aussicht auf neue Informationen. Also planten wir einen Anschlag und sorgten dafür, dass er sich persönlich mit der Sache beschäftigt."

„Und die *Träne Gottes* war der perfekte Köder."

„Korrekt."

„Und wo sollte der Anschlag stattfinden?"

„Das entzieht sich meiner Kenntnis."

„Er lügt doch!" rief Isac. „Was glauben Sie, weshalb ich hier bin? Jeder von denen dachte, ich würde nachkommen, aber ich war ihnen einen Schritt voraus und überraschte sie hier oben."

„Vermutlich so, wie wir Sie überraschten", sagte Clegauth, der die *Träne Gottes* wegsteckte und ganz beim Geschehen war.

„Könnte ich mir die Karten einmal ansehen?" fragte Hal, der sich ziemlich sicher war, dass man seine Jacke weder ausgetauscht noch die Karten unbemerkt entwendet hatte. Aber Soledad lag richtig: Nach der Rückgabe hatte niemand die Echtheit der Karten geprüft. Es gab ja keinen Grund dafür.

„Nur zu", antwortete Agostina.

Hal trat nach vorn, hob die Karten auf, wischte den staubigen Stiefelabdruck des Wachmannes ab und faltete sie auseinander. Über die große Karte konnte er nichts sagen, aber jene, an der er selbst gearbeitet hatte, war in der

Tat nicht das Original. Irgendetwas an der Schrift wirkte seltsam. Die Buchstaben und Zahlen waren zweifelsfrei gut kopiert, trotzdem handelte es sich nicht um seine Handschrift. Ohne die Verbindungen zwischen den Türmen zu prüfen, fragte er sich, wie sie damit den Weg zu Yaco hätten finden sollen. Und dann war da noch das alte, abgegriffene und fleckige Papier. Jemand hatte viel Mühe investiert.

Auch Soledad, der sich zu Hal gesellt hatte und einen Blick auf das Papier warf, war verwundert. Handelte es sich tatsächlich um eine Fälschung?

Ziola sah, wie weitere bewaffnete Männer mit dem Aufzug nach oben kamen. Der Trupp näherte sich im Laufschritt.

„Wozu überhaupt ein Anschlag?" wollte Agostina von Soledad wissen.

„Weil Isac nur an sich denkt."

„Tun wir das nicht alle?" warf Clegauth ein.

„Ich habe diesen verdammten Turm zu dem gemacht, was er ist", protestierte Isac. „Niemand muss Hunger leiden, jeder hat sein Auskommen, mal mehr, mal weniger bescheiden. Anscheinend habt ihr alle vergessen, welches Chaos hier herrschte, bevor ich die Verantwortung übernahm und alles in seine geordneten Bahnen lenkte."

„Das hat keiner von uns vergessen", gab Agostina zu verstehen. „Aber Sie sollten auch nicht vergessen, wer Sie dabei unterstützt hat."

Hal gab die Karten an Soledad weiter. „Die kleine ist tatsächlich gefälscht."

„Also, wo sind die echten Karten?" fragte Agostina in die Runde.

„Vermutlich hat er sie", sagte Isac und deutete mit einer Kopfbewegung zu Espinozo. „Wahrscheinlich wollte er mich deshalb umbringen."

Hal verlor langsam aber sicher den Überblick.

„Hast du sie?" wollte Agostina von Espinozo wissen.

„Natürlich nicht!" antwortete er hastig. „Ich habe keinem von euch je Probleme gemacht. Wieso sollte ich ausgerechnet jetzt damit anfangen?"

„Weil du dich auch plötzlich gegen mich wendest?" warf Isac in den Raum.

Dass jeder der Männer versuchte, sich an irgendeinen Strohhalm zu klammern, beunruhigte Hal, denn er hatte noch weniger Einblick und Antworten als sie. Was immer Soledad und die *Bewegung* geplant hatten, es war außer Kontrolle geraten.

„Ich glaube, so kommen wir nicht weiter", stellte Clegauth fest.

„Wir sollten die Befragung *intensivieren*", schlug Agostina vor. „Vielleicht lockert das die Zungen. Es ist nämlich schon ein großer Zufall, so viele Leute auf einem Haufen anzutreffen. Und jeder stellt sich dumm."

Unvermittelt meldete sich einer der Wachmänner zu Wort: „Er hat uns erpresst. Er wollte unsere Familien töten, sollten wir nicht gehorchen." Er deutete mit einer knappen Kopfbewegung Richtung Espinozo.

„Bist du verrückt geworden?" brüllte der Beschuldigte.

Es war interessant, denn noch vor wenigen Minuten hatte Espinozo getönt, dass die Wachen nicht käuflich waren und er ein Druckmittel zur Verfügung hatte, nämlich die Angehörigen der Männer. Und doch hatte Isacs Stellvertreter auf einen Schlag nicht mehr die Oberhand. Dass sich der Mann hier und jetzt zu Wort gemeldet hatte, obwohl seine Familie in Gefahr schwebte, verdeutlichte die Macht der *Gesellschaft Gottes*.

Agostina sah sich kurz um, ohne nach etwas zu suchen. Sie überlegte. Dann sagte sie: „Das wird wirklich von Minute zu Minute besser." Sie atmete durch. „Schafft ihn und den Bürgermeister weg. Frische Kleidung und einsperren. Hand- und Fuß-fesseln anlegen und rund um die Uhr beobachten. Und knebeln. Wir möchten Antworten und niemanden, der seine Zunge verschluckt."

„Wissen Sie überhaupt, mit wem Sie es hier zu tun haben?" schrie Isac, der nicht wusste, wie ihm geschah. Eben hatte er noch die Fäden in der Hand gehabt, und nun war er die Marionette, ein fallendes Zahnrad in einer berstenden Maschinerie.

Agostina trat vor Isac und sah ihm in die Augen. Dann packte sie ihn mit der rechten Hand an der Kehle und drückte zu.

Isac bekam keine Luft mehr und versuchte vergeblich, sich aus dem Griff zu winden, der dadurch nur fester wurde. Auch die beiden Wachmänner hielten ihn unvermindert unter Kontrolle. Seine Augen wurden feucht und das Gesicht rot.

„Ich weiß sehr wohl, mit wem ich es hier zu tun habe", war Agostinas Antwort. „Wissen Sie, ich jage gern. Jeder weiß, wie gern ich jage."

Isac hatte das Gefühl, jede Sekunde das Bewusstsein zu verlieren. Seine Lunge gierte nach Luft. Alles in ihm verkrampfte sich.

„Und jeder fürchtet meine Entschlossenheit, wenn ich jage. Vielleicht wäre es an der Zeit, dass Sie sich fragen, welche Entschlossenheit ich entwickeln kann, wenn man auch nur versucht, mich zu jagen. Niemand hintergeht mich. Niemand." Damit ließ sie Isac los, der sofort nach Luft schnappte und hustete. „Abführen!"

Zwei ihrer Männer packten Espinozo, der sich gegen diese Behandlung mit ungeschickten Hieben zu wehren versuchte. Einige Schläge in die Magengegend verdeutlichten allerdings seine Unterlegenheit. Er schwieg und wurde, genau wie Isac, Richtung Aufzug gebracht. Vier von Agostinas Männern begleiteten die Gruppe.

„Und was machen wir mit denen?" fragte Clegauth, der Ziola in aller Ruhe von oben bis unten betrachtete. Sie fühlte sich unwohl, wusste sie doch genau, was durch seinen Kopf ging, wo sie von seinen gierigen Blicken berührt, beinahe durchdrungen wurde.

„Sie wurden von Isac verbannt", sagte Agostina. Sie sah zunächst Soledad an, dann Hal und schließlich Ziola. „Ich bin mir nur nicht sicher, was besser ist: Sie in eine Gondel stecken oder sie töten. Wir könnten natürlich auch versuchen, ihnen doch noch irgendeine Information zu entlocken. Aber wahrscheinlich ist Isacs Idee die beste. Ohne Wasser werden sie nicht sonderlich weit kommen, aber jeder sieht, wie großzügig wir sind."

Keiner sagte etwas. Sie schauten nur zu Agostina und Clegauth.

„Und dann kümmern wir uns um Isac. Es wird Zeit, dass hier ein neues Kapitel aufgeschlagen wird." Sie sah zu Hal. „Wir sollten dir dankbar sein. Dein Auftauchen hat hier einiges in Bewegung gebracht." Sie wandte sich ab. Die Wachmänner machten ihr Platz. „Bringt sie nach oben und schickt sie ... wohin auch immer." Sie blieb kurz stehen und drehte sich um. „Das ist mein Geschenk an euch. Und lasst euch hier nie wieder blicken." Damit lief Agostina in Begleitung der meisten ihrer Männer und Clegauth zurück zum Aufzug, der sich in diesem Moment mit Isac und Espinozo nach unten bewegte. Die übrigen Wachen hatten sich unmerklich per Augenkontakt und Handzeichen verständigt und blieben zurück, um dem Befehl Folge zu leisten.

Hal, Ziola und Soledad wurden in einigem Abstand zu dem Aufzug gebracht, mit welchem die höheren Etagen erreichbar waren. Ein Wachmann, der den ursprünglichen Aufzugführer ersetzt hatte, wartete bereits.

Hal fragte sich, ob er dem Frieden trauen konnte, während er die ächzende Holzkonstruktion betrat, die sich kurz darauf ruckelnd nach oben bewegte. War er tatsächlich dem Tod an diesem Ort entronnen? Oder hatten die Wachmänner bereits stille Order erhalten? Und was ging in Ziola und Soledad vor? Im Gegensatz zu ihm wollten sie den Turm gar nicht verlassen. Sie standen daher vor dem Nichts. Einen Hoffnungsschimmer gab es jedoch: Yaco.

Ziola sah zu Hal und schenkte ihm ein Lächeln, obgleich es alles andere als Freude ausdrückte – dahinter lagen Angst und Verzweiflung.

Hal wandte den Blick ab und sah in die Ferne, wo das blaue Meer zwischen den Schatten und der filigranen Architektur funkelte. Neben ihnen knirschten die Seile des anderen Aufzugs, der sich nach unten bewegte.

Plötzlich gab es einen lauten Knall oberhalb. Holz barst und mit einem Geräusch, das an einen Peitschenhieb erinnerte, rissen nacheinander die einzelnen Tragseile, die wie zuckende Schlangen vom Gewicht des abstürzenden Aufzugs beschleunigt in die Tiefe tauchten, wo es noch mehr Getöse gab. Es war unmöglich, dass Agostina und Clegauth diesen Absturz überlebten.

Zur gleichen Zeit suchte eine Silhouette im Gebälk den Schutz der Dunkelheit.

Kapitel 24

Die Wende

Plötzlich griff einer der Wachmänner seine Kameraden an. Es dauerte einige Momente, bis Hal realisierte, dass er ihnen irgendetwas in die Kehle rammte. Direkt gingen zwei der Männer blutüberströmt zu Boden. Die anderen drei griffen an. Einen von ihnen trafen mehrere Stiche am Oberkörper und den Armen und setzten ihn so außer Gefecht. Der Mann an der Kurbel ließ diese los, woraufhin der Aufzug mit etwas Verzögerung und einem Ruck zum Stillstand kam. Er griff nach seiner Waffe, die ein geschliffener Ast mit mehreren Längsrillen war, der am Ende über eine leichte Krümmung verfügte.

Alles ging so schnell. Ziola zuckte zusammen. Soledad griff sich eine geknüpfte Schlagwaffe vom Boden, die, wie Hal von anderen Exemplaren wusste, im Inneren einen ledernen Schlauch enthielt, der mit hölzernen Kugeln und Knochenmehl gefüllt war, und prügelte auf einen der übrigen Männer ein, der nach einigen Treffern am Kopf bewusstlos zusammenbrach. Der Wachmann mit der Stichwaffe erledigte nach einem kurzen Handgemenge einen weiteren seiner Kameraden. Hal sprang unterdessen nach vorn und hielt den Mann von der Kurbel mit einem Tritt in die Seite davon ab, einen Streich mit dem geschliffenen Ast auszuführen. Er wusste nicht, wer Freund und wer Feind war. Direkt wich er zurück. Nun sah Hal, dass der Wachmann, der alles begonnen hatte, ein Stück Holz hielt, das nach vorn hin schmaler wurde, bis es etwa den Durchmesser eines kleinen Fingers besaß. Das Ende war flach angespitzt, wodurch es mühelos Kleidung und menschliches Gewebe durchdringen konnte, ohne dabei abzubrechen. Der Fremde streckte den letzten Gegner, der sich noch nicht von Hals Tritt aufgerafft hatte, behände nieder.

Soledad ging in Abwehrhaltung und wich zurück.

Der Wachmann war sichtlich außer Atem. Er sagte: „Ich gehöre zur *Bewegung*.“ Dann griff er sich den geschliffenen Ast und schlug damit auf den Schädel jenes Gegners ein, den Soledad zu Boden geschickt aber nicht getötet hatte. Anschließend schmierte er sich noch mehr Blut der Opfer ins Gesicht und auf die Kleidung und legte die Stichwaffe in die Hand der Leiche zu seinen Füßen.

Soledad, Hal und Ziola standen wie angewurzelt da.

Der Mann deutete mit dem Kopf an ihnen vorbei zu der Stelle, wo der andere Aufzug in die Tiefe gestürzt war. „Um Isac und Espinozo kümmern wir uns ebenfalls. Beschmiert euch mit Blut, man muss denken, dass ihr ebenfalls hättet sterben sollen!"

Soledad sah den Mann an. Er kannte ihn nicht.

Clegauth und Agostina waren tot, sie mussten nach diesem Absturz tot sein. Und nun sollte Espinozos Kopf rollen? Und der des Bürgermeisters?

Soledad stellte fest: „Das bedeutet Krieg."

Der Mann nickte. „Die *Gläubigen*, die *Gesellschaft Gottes* und Isacs Gefolge … wir haben keine Ahnung, wie viele Anhänger es gibt. Wir können zwar ihre Anführer töten, aber ihr Wille muss auch gebrochen werden. Vielleicht wird sogar die Stadt brennen oder der ganze Turm. Wir dürfen deshalb keine Zeit verschwenden!" Damit griff der Mann in eine seiner Taschen und holte ein pralles Stück Leder hervor. Er reichte es Hal. „Die Originale. Und weitere Karten, die dich etwas näher zum Zentrum leiten werden."

Hal nahm die Gabe sprachlos an.

Sofort eilte der Mann zur Kurbel und drehte sie, woraufhin sich der Aufzug wieder in Bewegung setzte. „Wir wurden angegriffen und haben sie erledigt." Bei diesen Worten deutete er mit dem Kopf auf die Leichen. „Wir müssen uns beeilen!"

Ziola blickte zu Hal und schüttelte den Kopf. „Ich kann meine Leute nicht im Stich lassen."

„Ich weiß …"

Soledad stellte sich zu dem Mann, der den Aufzug bewegte.

Obgleich das Thema in den letzten Wochen und Monaten von der Oberfläche verschwunden war und nach den jüngsten Ereignissen keiner von ihnen daran geglaubt hatte, sich noch einmal damit auseinandersetzen zu müssen – oder zu können –, wusste Hal, dass dieser Moment unausweichlich war. Ziola wusste es auch. All das, was sie hatten, schien nun vor ihren Augen zu zerbröckeln, zu zerfallen wie ein Gewölbe, dessen Zeit gekommen war, um Platz für neue Dinge zu machen. Trotz aller Vernunft traf es ihn hart, speziell die Umstände, unter denen es ablaufen musste; kein Abschied nehmen, keine letzte Zärtlichkeit, kein bewusstes Lossagen. Ziolas Augen verrieten, dass sie die gleichen Gefühle teilte. Und genau das machte es noch schwerer.

„Los doch!" rief der Mann. „Das Blut!"

Soledad, Ziola und Hal kamen der Anweisung nach und besudelten sich mit dem Rot, dessen Geruch ihnen beißend in die Nasen stieg.

Sie erzählten allen Wachmännern, deren Weg sie kreuzten, von dem Anschlag, dem unsäglichen Komplott, und erwähnten, dass es direkte Anweisung vom Bürgermeister gab, die Wachen in der Stadt zu unterstützen. Das Blut an ihrer Kleidung untermauerte die Worte und versetzte jeden derart in Aufruhr, dass keine Fragen gestellt wurden, während sie die Aufzüge wechselten und die Stadt immer weiter hinter sich ließen. Indem sie Leute nach unten schickten, hielten sie sich den Rücken frei.

Auf der Spitze des Turms brachten sie die Wasservorräte und Speisen der dort aufgestellten Wachposten zu der Gondel, die Hal laut Aussage ihres Begleiters näher zum Zentrum bringen würde. Hal musste sich auf die Richtigkeit dieser Information verlassen, denn sie hatten keine Zeit, die Sache in Ruhe über den Karten brütend zu diskutieren. Und nach den Gefahren, die der Mann zu ihrer Rettung auf sich genommen hatte, wäre es unlogisch, wenn dieser absichtlich eine falsche Richtung nennen würde.

Sie legten die mitgeführten Waffen in die Gondel. Danach entledigte sich Soledad seiner Schuhe und Kleidung, bis er nur noch die Unterhose trug, und sagte: „Leider ist das alles."

Hal gab Soledad, der in den Monaten zu einem Verbündeten und zu einem Freund geworden war, die Hand und umarmte ihn anschließend. „Ziola darf nichts passieren." Die Worte waren kaum mehr als ein Hauch.

„Dafür werde sich sorgen", war die Antwort, die der Wind davontrug.

Ihr Begleiter sah zu den Aufzügen. Er rechnete damit, dass misstrauisch gewordene Männer wieder nach oben kamen.

Ziolas Augen wurden glasig, als sie vor Hal stand. Dann rann eine Träne über ihre Wange und zeichnete eine Spur in den Schmutz auf ihrer Haut. „Dein Traum ist sehr, sehr wichtig. Wenn du hier bleibst, riskierst du ihn wieder oder verlierst ihn ganz. Ich würde dich eher fortjagen, als das mit ansehen zu müssen."

„Ich weiß", erwiderte Hal. Sein Kopf sagte, dass es richtig war, aber es fühlte sich in diesem Moment vollkommen falsch an.

Sie küssten und umarmten sich ein letztes Mal. Dann blickte Hal zu ihrem Retter. „Kannst du beide in Sicherheit bringen?"

Der Mann nickte. „Es ist alles vorbereitet." Zu Soledad und Ziola sagte er: „Ihr werdet eine Weile untertauchen."

Ziola ließ Hals Hand los, schaute ihm in die Augen und nickte.

Hal trat zu dem Mann und reichte ihm die Hand. „Danke."

Er nickte. „Los!" Er zog seine Jacke aus und warf sie in den Transportkorb.

Hal betrat die Gondel, ein Gefühl, das er fast vergessen hatte. Der Mann schloss die kleine Tür und fragte: „Hast du die Karten?"

Hal zog das Bündel aus dem Hosenbund unter seiner Jacke und zeigte es.

Der Mann betätigte den Hebel, der den Mechanismus mit Leben erfüllte.

Hal schaute zu Ziola, die ihm stumm drei Worte sagte, die er nie vergessen würde. Er winkte ihnen zum Abschied ein letztes Mal, dann trat das Trio den Rückweg an. Ziola schaute noch einmal zurück, dann eilte sie zum Aufzug.

Als Ziola in den Schatten der hölzernen Konstruktion verschwunden war, krampfte sich sein Herz zusammen.

Als eine Träne auf das Holz der Gondel traf und davon aufgesogen wurde, trieb die bevorstehende Einsamkeit einen alten Dorn in seine Seele.

Zwischenspiel

Die Langen

Im Herbst zieht es mich in die Wälder. Nicht nur in meiner Gegend, sondern auch weiter weg. Ich mag die Jahreszeit. Und ich hänge Puppen an Galgenstricken auf. Ich kleide sie, um den Anschein zu erwecken, es wären Menschen. Und ich wähle Stellen, die man erst sieht, wenn die Bäume und Büsche alle Blätter verloren haben. Ob nun ein Wanderer panisch die Flucht ergreift oder ein Autofahrer von der Straße aus meinen kleinen Streich sieht, ich werde es nie erfahren. Und es interessiert mich auch nicht.

Ich frage mich bei meinen ausgedehnten Streifzügen oft, wie Wanderwege entstehen. Welche Gegebenheiten führen zu dieser Biegung und zu jener? Vermutlich legen Tiere Schneisen instinktiv an. Oder folgen sie unsichtbaren Energielinien? Und wie ist das mit Wanderern? Erahnt das Auge und damit das Unterbewusstsein einen Weg, den jemand – wieso auch immer – bereits gegangen ist? Wie ein Echo aus der Vergangenheit. Ich muss allerdings zugeben, dass mir ein tieferes Interesse und vor allem die Zeit fehlt, um die Sache analytisch zu betrachten, Karten anzulegen und in dem Wust aus Linien ein System zu erkennen oder davon etwas abzuleiten. Es würde sich mir ohnehin die Frage stellen, wie viele Waldgebiete ich bis ins letzte, ins kleinste Detail untersuchen müsste, um eine Aussage treffen zu können, die keinen Zufall widerspiegelt.

Ich kann aber sagen, dass meine Puppen keinem System folgen. Ich suche mir ein Gebiet, erkunde es und plane anschließend. Spontan funktioniert so etwas nicht, denn die Stellen dürfen nicht zu nah an einer Straße oder einem Weg sein. Allein der Transport ist eine kleine Herausforderung. Und ich muss mir sicher sein, dass es dort kein übermäßiges Menschenaufkommen gibt und ich nicht entdeckt oder gestört werde.

Ich weiß nicht, wie viele Schaufensterpuppen ich in all den Jahren aufknüpfte. Bei einigen hinterlasse ich auch einen Rucksack mit irgendwelchen Dingen, die den Anschein erwecken sollen, es wäre eine echte Leiche, die dort oben am Ast baumelt und sich im Wind wiegt. Ab und zu mit einem abgegriffenen Taschenbuch, dann ein Zettel mit einem traurigen Gedicht. Oder ein

Messer mit etwas getrocknetem Blut von einem rohen Stück Fleisch. Mich interessiert es nicht wirklich, was die Leute denken und wie sie reagieren. Es macht mir Freude, mir vorzustellen, wie sie reagieren *könnten.*

Oft, wenn ich so durch einen Wald spaziere, die Stimmung aufnehme und hier und da etwas Interessantes sehe – eine Lichtung, gestreift von Licht und Schatten, einen Bach, der sich zwischen Birken verliert –, muss ich an eine Geschichte denken, die mir meine Großtante mehrmals erzählte, als ich noch klein war. Wobei, es war weniger eine Geschichte, vielmehr eine Warnung vor einem Waldgebiet außerhalb des Dorfes, wo sie damals lebte. Für sie war es wie ein Lied, ein Gedicht, das sie mir vortrug:

„Wenn du spielen gehst, lauf nicht zu weit in den Wald. Viele fürchten sich vor der Nacht, vor einer dichten Nebelbank oder einen Gewittersturm, denn dort werden sie ihrer Sinne beraubt. Das ist ein Quell für negative Energien, die daraus Kraft schöpfen, um uns etwas Böses anzutun und daran zu erinnern, dass wir in Wirklichkeit lediglich Geschöpfe mit auferlegten Grenzen sind, Grenzen, die wir nicht immer sehen oder fühlen können, die es aber einzuhalten gilt. Und du darfst dich nie täuschen lassen. Nie. Sei dir gewiss, dass es Orte gibt, die du auch bei Sonnenschein meiden solltest, denn Licht und Dunkel sind stets vermählt, kein Sonnenstrahl ohne Schatten. Und in diesen Schatten aus Zweigen und Ästen verstecken sich die *Langen,* um dich zu verfolgen und einzuholen. Du wirst nicht wissen, ob du einen Schatten siehst oder ihre knochigen Gebeine und Finger, Klauen, mit denen sie nach dir greifen und dich entführen, entführen hinaus ins Moor hinter dem Wald, jenseits vom Birkenhain, wo du im faulen Schlamm der schwarzen Wasserlöcher verschwinden und sterben wirst."

Vielleicht pflanzten ihre Worte einen Samen in meine Gedanken, der später keimte und zu meiner Faszination für Wälder und die Idee mit den Schaufensterpuppen heranwuchs. Vielleicht möchte ich mit alledem die Wanderer und Spaziergänger fernhalten, sie so erschrecken, dass sie immer mit einem unguten Gefühl in den Wald gehen, nicht, um sie vor den Schrecken zu warnen, vor den *Langen,* aber doch, um sie fernzuhalten und dem Wald Frieden zu schenken, denn nicht jeder Mensch hat eine innere, für beide Seiten nährende Verbindung zu den Wundern, die Teil der Bäume, Farne, ja Teil von allem Leben in den Wäldern sind.

Ich sollte trotzdem damit anfangen, aus Stofftieren, Teddybären und Babypuppen groteske Wesen zu kreieren, vielleicht eine Symbiose mit den Schaufensterpuppen, mit Stacheldraht und Holz, denn es sind noch immer zu viele Leute da draußen unterwegs. Und das macht mich krank.

Kapitel 25

Nachdem sich Hal gefangen hatte, knotete er Soledads Jacke und Hose zusammen und spannte beides in einer der Ecken von Geländer zu Geländer, um darunter wenigstens etwas Schatten zu finden. Er stellte die Wasservorräte – vier kleine und drei große Trinkbeutel, zusammen vielleicht 8 bis 10 Liter – in die Ecke, ebenso das Essen – es war eine kleine Holzkiste mit Brot, Käse, Äpfeln und einigen Karotten. Er legte das Bündel mit den Karten sorgsam in die Kiste, denn wäre es durch einen unglücklichen Zufall am Boden zwischen die Bretter gerutscht und in die Tiefe gefallen, hätte er sich das nie verziehen. Dann nahm er die Jacke des Mannes, der ihnen geholfen hatte, und durchsuchte sie. Er fand die Stichwaffe, die im Aufzug benutzt wurde, ein zweites, sauberes Exemplar, dazu ein Messer mit einer kurzen Klinge aus Knochen und mehrere kleine Steine, die gefällig in der Hand lagen, ohne jedoch einen erkennbaren Zweck zu erfüllen. Er platzierte auch diese Dinge in der Kiste. Die Jacke selbst, feucht vom Blut der Gegner, band er sorgfältig am Geländer der Gondel fest, damit sie im Wind trocknen konnte.

Hal sah zurück. Der Turm war mittlerweile vermutlich weiter entfernt, als dessen Größe vermuten ließ. Hal fragte sich, ob Ziola und Soledad in Sicherheit waren und ob es in den Straßen der Stadt bereits Gefechte gab. Er ließ die jüngsten Ereignisse, dieses entflammte Chaos Revue passieren und versuchte dabei, die Geschehnisse in die korrekte Reihenfolge zu bringen. Dabei fiel ihm auf, dass die Dinge ohne das Auftauchen der zweiten *Träne Gottes* eventuell anders verlaufen wären. Möglich, dass Isac seinen Hals hätte retten können, um anschließend ihn, Ziola und Soledad hinrichten zu lassen. Nun saß er aber hier in dieser Gondel. War das Zufall oder doch Bestimmung? War der sonderbare Schatten nur aufgetaucht, um ihm den Weg für eine erfolgreiche Flucht zu ebnen?

Was, so fragte er sich, was, wenn er vor unbekannten Zeiten irgendwo ins Meer gestürzt war und nur durch Gottes Wirken überlebt hatte? Was, wenn ihn eine Strömung an den ersten Turm gespült hatte? Eine Strömung, so mysteriös, wie jene bei Yacos Turm.

Er überlegte. Nun stand er wieder am Anfang. Seine Ausrüstung war quasi nicht mehr vorhanden, er hatte kein Fernglas, keinen Rucksack, keine Feuersteine und vor allem keine dieser kleinen Vorrichtungen, um aus dem Meer Trinkwasser zu gewinnen. Auf der anderen Seite konnte er froh sein, immerhin jetzt Nahrung und ausreichend Wasser zu besitzen. Bei seinem Erwachen hatte er nichts von alledem gehabt, und doch war es ihm gelungen, zu überleben. Es gab also keinen Grund für übertriebenen Pessimismus. Er war am Leben und nicht verletzt, dafür konnte er dankbar sein.

Ziola. Hätte er doch nur eine Zeichnung von ihr, einen Brief in ihrer Handschrift, irgendetwas. Selbst mit einem Stück Stoff aus ihrer Wohnung wäre er zufrieden gewesen. Aber es gab nichts und so war die Erinnerung das einzige Andenken.

Bei diesem Gedanken wurde ihm erneut schwer ums Herz. Er legte sich in den Schatten und schloss die Augen.

Am folgenden Tag – der nächste Turm war in der Ferne bereits zu erahnen – widmete sich Hal dem Studium des Kartenmaterials. Die Unterlagen enthielten tausende Türme und Verbindungen; es war sogar die Krümmung der Spirale erkennbar. Nach einer Weile hatte er in einer dieser Punktwüsten Di'ium ausmachen können und kurz darauf Yacos Turm, womit er wiederum seine eigene Position kannte. Es war ihm daher möglich, seine Route Richtung Zentrum zu planen. Natürlich musste er sich hierbei auf die Korrektheit der Informationen verlassen, aber derartige Anhaltspunkte waren besser als gar nichts. Zudem wäre es viel zu kompliziert gewesen, ihm Fälschungen unterzuschieben. Man hätte einfach darauf verzichten können, ihm überhaupt etwas auszuhändigen. Und gut möglich, dass die Karten eine Art Belohnung waren, denn, ob er wollte oder nicht, sein Auftauchen hatte Dinge in Bewegung gesetzt, die sich vorher in dieser Art wohl kaum jemand hätte vorstellen können.

Hal aß etwas von dem Brot und betrachtete die am Boden ausgebreitete Karte – die größte der insgesamt sieben Exemplare –, die er mit Soledads und den eigenen Schuhen beschwert hatte, damit sie vom Wind nicht fortgetragen werden konnte. Bei all den Punkten musste er an eine Galaxie denken. Gab es vielleicht noch mehr dieser Spiralen im Meer? Eventuell sogar welche mit einzelnen, sich deutlich abzeichnenden Armen?

Plötzlich sah alles weniger trist aus, weniger niederschmetternd. Er hatte ein Ziel verfolgt und nun bestand die reelle Chance, sich diesem zumindest ein gutes Stück zu nähern, was ihm ohne die Zeit auf Di'ium vermutlich erst später oder nie möglich gewesen wäre. Und obgleich er sich Ziola gegenüber schuldig fühlte, hatte er doch allen Grund, den neuen Aufgaben und Gefahren, die der Weg für ihn bereithielt, mutig entgegenzutreten. Er konnte, er musste nach vorn schauen. Ohne diese Reise wären die Opfer und die Strapazen, wäre der bisher gezahlte Preis umsonst gewesen. Und genau das hätte er sich niemals verziehen.

Kapitel 26

Zeichen einer alten Zeit

Die Wochen und Monate verstrichen. Hal reiste von Turm zu Turm, verfeinerte seine Jagdstrategien und fand hin und wieder Gegenstände, die er in seine langsam wachsende Ausrüstung integrierte. Mit jedem Stück dachte er seltener an die praktischen und hilfreichen Geschenke Yacos, welche auf Di'ium zurückgeblieben waren.

Während dieser Zeit traf er keine Menschenseele. Ob das gut oder eher ein Nachteil war, konnte er nicht sagen, allerdings hatte ihn die Erfahrung mit Isac gelehrt, dass man nie wusste, wie sich die Dinge entwickeln würden. Gut, er durfte sich keine ernsthafte Verletzung zuziehen, denn das wäre sein sicheres Todesurteil, aber die Begegnung mit einem Dieb oder jemandem, der zu sehr auf die eigene Sicherheit bedacht war, hätte wohl den gleichen Effekt gehabt. Er musste wachsam sein und vor allem wachsam bleiben.

In diesem Zusammenhang fragte sich Hal, was passieren würde, wenn er Gondeln mit Steinen beschweren, sie mit einem Hinweis ausstatten und losschicken würde, um herauszufinden, ob sich jemand auf dem Turm am anderen Ende der Kette befand. Und was, wenn er einen Turm erreichen würde, der zwar abgehende Ketten besaß, doch keine Gondeln, weil diese nicht zurück zur Turmspitze kamen. Jemand, der genau wusste, wohin er oder sie wollte, war durchaus in der Lage, dort eine Sackgasse zu erzeugen, wo es laut Karte keine gab. Allein der Gedanke an diese Möglichkeit verlieh seiner Reise eine zusätzliche Ebene der Ungewissheit. Es war erschreckend, denn wo es bei den ersten Türmen noch eine reelle Chance gab, sie schwimmend zu erreichen, fiel diese Option hier draußen weg. Selbst ein Floß oder ein einfaches Boot wäre kein Garant, die Entfernungen zu überbrücken, Geschichten von Seeungeheuern und tückischen Strömungen hin oder her. Dass er in all der Zeit kein einziges Schiff am Horizont entdeckt hatte, war Beweis genug.

Hal war, obgleich er bereits viel gesehen und erlebt hatte, nach wie vor überrascht von den Wundern dieser ihm mittlerweile etwas vertrauteren und dennoch fremdartigen Welt. Diese Wunder waren es auch, die ihn in Tagträume flüchten ließen, wenn er einmal mehr vor der Frage stand, wie es zu alledem hatte kommen können. Er entdecke Vögel, deren Gefieder in der Nacht leuchtete, Pilze, die honigsüß dufteten und noch besser schmeckten, Bäume, deren Rinde wie das schillernde Gefieder eines Kolibris war, blaues Gras, bogenförmige Wolkenformationen, die sich am Horizont erhoben, und smaragdgrüne Sonnenuntergänge. Er entdeckte einzelne, verfallene Behausungen und ganze Geisterstädte, die ihn an untergegangene Hochkulturen erinnerten, mit Tempelanlagen, gehauen aus einem Monolith unvorstellbarer Größe. Er fand Überreste von Glashütten, weitläufige Salzgärten, Hochöfen für die Gewinnung von Metall und riesige Lager mit Holzkohle, die so hoch aufgeschüttet war, dass er sich wie in einer schwarzen Wüste vorkam. Hal fragte sich, wie man es geschafft hatte, all diese Leistungen zu vollbringen. Und wo waren die Erbauer? Weshalb war er hier völlig allein?

Trotz der wundersamen und mysteriösen Dinge, die Hals Reise offenbarte, wirkte ein Turm besonders nach, wobei es weniger der Bau selbst war, sondern die unterste Ebene: Etwas außerhalb der Mitte befand sich ein kreisrundes Loch im Boden, mit einem Durchmesser von etwa fünf Metern. Die Innenwand bestand aus verrostetem Eisen, das Erhöhungen und Vertiefungen besaß, mal frei, mal geometrisch, stellenweise aufgelöst durch den Verfall des Metalls. Hal konnte etwa einen Meter in die Tiefe blicken, bevor die Dunkelheit die Konturen verschlang.

Hal trat an den Rand des bodenlosen Lochs und legte seinen Rucksack ab, den er vor längerer Zeit aus den Häuten mehrerer Kleintiere genäht hatte. Er ging auf die Knie, tastete sich vorsichtig voran und sah hinab. Konnte er da unten eine Art Mechanik erahnen? Hatte dieser Fund etwas mit den Ketten zu tun? Gab es so etwas in jedem Turm? Wenn ja, wieso lag der Bereich hier offen vor ihm? Und was befand sich dort unten?

Diese Öffnung war wie ein Brunnen, aus welchem Fragen sprudelten. Bei diesem Gedanken hielt Hal die Hand ins Wasser und kostete mit der Zungenspitze davon, was augenblicklich die gehegte Hoffnung zunichtemachte, Süßwasser gefunden zu haben. Er erhob sich und betrachtete den Rand Lochs: Die Steinplatten, die auf der gesamten Ebene ein wirres Mosaik bildeten, waren so sauber gearbeitet und eingepasst, dass sich Hal zu erinnern versuchte, ob er in irgendeinem Turm je Anzeichen für eine Luke oder eine Abdeckung gesehen hatte.

Von einer Treppe aus, die sich an eine der gigantischen Stützen der Außenwand schmiegte, überblickte er den riesigen Freiraum der untersten Etage und suchte diesen nach weiteren Auffälligkeiten ab – vergebens.

Während des weiteren Aufstiegs dachte er immer wieder an diese sonderbare Öffnung. Er musste akzeptieren, dass er das Geheimnis nicht lüften konnte. Und er hoffte inständig, dass der Mechanismus noch immer funktionierte, denn er wollte nicht einmal daran denken, nach all der Zeit, den vielen Türmen, den Strapazen und den überwundenen Gefahren in einer Sackgasse zu verenden.

Zu seiner Erleichterung stellte er ein paar Tage später fest, dass die Gondel, die er laut den Karten nehmen musste, intakt war. Auch die gigantische Kette bewegte sich ohne Probleme.

Am nächsten Turm erwartete Hal ein weiteres Mysterium, denn etwa einen Kilometer davon entfernt erhob sich ein kleiner Turm, nicht höher als 100 Meter und damit ein wahrer Zwerg. Hal betrachtete den Turm und dachte nach, während sich die Sonne anschickte, den Horizont in Flammen zu tauchen. Wie hoch war die Wahrscheinlichkeit, dass sich dort drüben etwas Nützliches finden ließ? War es das Risiko des Weges wert? Er konnte einen Krampf bekommen, in eine Strömung geraten oder gar attackiert werden, ob nun von einem Hai oder einer ihm unbekannten Kreatur, einem jener Wesen, das angeblich Boote zerbersten ließ und die Besatzung bei lebendigem Leibe verschlang. Oder würden einmal mehr Gottes Hände Schutz bieten?

Da er so oder so den nächsten Tag abwarten musste, wollte er sich um sein Nachtlager kümmern und die Sache in Ruhe durchdenken. Da auf der untersten Ebene nur kümmerliche Gräser wuchsen, stieg er hinauf bis zur dritten Etage, wo es mehrere Büsche gab, mit deren weichen Zweigen und Blättern er Vorlieb nahm. Der Turm machte einen ausgesprochen kargen Eindruck, weshalb Hal bezweifelte, weiter oben bessere Bedingungen vorzufinden. Daher errichtete er seinen Schlafplatz an Ort und Stelle.

Er stand eine Weile am Rand der Etage und blickte hinab auf das Wasser. Leider sorgte der Wind für einen konstanten Wellengang, der es ihm unmöglich machte, eventuelle Strömungen zu erkennen.

Im letzten Licht des ausklingenden Tages sah er die Karten durch. An seiner Position war der kleine Turm nicht eingezeichnet, und er fand auch an keiner anderen Stelle einen Punkt ohne Verbindung zu dem gigantischen Netzwerk der Spirale. Wenn alle Türme in diesem Gebiet vermerkt waren, wieso fehlte dann dieser eine? War er jünger als das vorliegende Kartenmaterial? Gab es möglicherweise einen Grund für sein Fehlen in den Aufzeichnungen? Hal überlegte. Der Turm war zu nahe, man konnte ihn nicht übersehen. Was also war sein Geheimnis?

Er war fest entschlossen, dem Turm einen Besuch abzustatten. Doch bis dahin musste er sich gedulden und vor allem ausruhen, denn es würde kein leichtes Unterfangen werden, die Strecke zu schwimmen. Zur Sicherheit wollte er eine der hölzernen Stichwaffen mitnehmen. Der Vorteil war, dass sie nicht untergehen würde, sollte er sie im Wasser verlieren.

Er faltete die Karten zusammen und verstaute sie, bevor er er sich auf seinem Lager bequem machte. Kurze Zeit später überkam ihn ein tiefer, erholsamer Schlaf.

Als Hal am nächsten Tag in den frühen Mittagsstunden erschöpft aber ohne Zwischenfälle den kleinen Turm erreichte, der zu seiner Verwunderung komplett aus Metall bestand, stellte er irritiert fest, dass keine Eingänge wie bei den anderen Türmen vorhanden waren. Also schwamm er im Uhrzeigersinn um die Konstruktion, die einen Durchmesser von etwa 10 Metern besaß. Die Außenhülle ragte dabei ohne sichtbaren Vorsprung völlig glatt auf, als wäre sie aus einem Stück. Es gab zwar Öffnungen, aber diese lagen außerhalb seiner Reichweite. Er wurde unruhig, denn ohne Möglichkeit, das Wasser zu verlassen, musste er den Rückweg antreten – und das, obwohl er jetzt schon beinahe entkräftet und unterkühlt war.

Er musste bis zu der dem großen Turm abgewandten Seite schwimmen, wo er eine kreisrunde Öffnung fand, die es ihm erlaubte, sich aus dem Wasser zu ziehen.

Das Innere des Turms war so dunkel, dass sich Hals Augen erst einmal daran gewöhnen mussten. Nach einiger Zeit erahnte er, dass der Raum vor ihm bis auf eine Wendeltreppe in der Mitte leer war. Von oben drang ein Hauch von Licht herab.

Bevor er weiterlief, entledigte er sich kurzzeitig seiner nassen, kalten Kleidung und wrang sie aus, so gut es ging. Da ihn ein angenehm warmer Luftzug umgab, würde die übrige Feuchtigkeit schnell aus dem Stoff weichen. Dann lief er weiter.

Die Wendeltreppe, ebenfalls aus rostigem Metall, führte ihn zur ersten Etage, die ringsum über mehrere längliche Öffnungen verfügte, deren oberes und unteres Ende ein Halbkreis war. An sich wäre das nichts Besonderes gewesen, doch Hals Auge war so sehr an eckige Formen gewöhnt, dass diese Veränderung ein frischer Eindruck für seinen Geist war. An den Wänden befanden sich Zahnräder, die allesamt ineinandergriffen, ohne dabei ihren Zweck zu offenbaren. Die größten Exemplare hatten einen Durchmesser von mehr als einem halben Meter, die kleinsten waren nicht größer als ein Daumennagel. Obwohl er suchte, fand er keinen Anfang, keinen Punkt, von dem er hätte sagen können, dass dort eine Kraft wirken musste, um alles in Bewegung zu setzen. Er versuchte, eines der größeren Räder zu drehen, doch es passierte nichts. Ob mehr Kraft nötig gewesen wäre, es eine Blockade gab oder ob der allgegenwärtige Rost verantwortlich war, sollte Hal nie erfahren.

In den Etagen darüber fand er allerlei sonderbare Maschinen, mit Rädern und Hebeln, abstrakte Konstruktionen, die mehr an Kunst erinnerten als an mechanische Vorrichtungen mit einem unbekannten Zweck. Es gab eiserne Schalter und Knöpfe, die Hal betätigte, doch nichts passierte. Einige Mechanismen waren in Kästen verborgen, andere zeigten ihren Aufbau freizügig wie das Skelett eines längst fleischlosen Tieres. Es gab Rohre und Leitungen mit kurzen Blechen an den Seiten, die Hal an Stacheldraht erinnerten, eiserne Stränge besetzt mit rostigen Rasierklingen, die teils geometrische, teils organische Formen hatten. Hal musste aufpassen, sich im Vorbeigehen nicht zu verletzen.

Der Wind, der durch den sonderbaren Turm zog, ließ alles klingen, heulen und scheinbar vibrieren, als würde sich die Luft dadurch aufladen und Teil der rätselhaften Maschinen werden. Unweigerlich drifteten Hals Gedanken zu dem mysteriösen Loch, das ihm nun wie ein entfernter Teil dieses Turms erschien. Gab es eine Verbindung? War dies eventuell so etwas wie eine Wartungsstation für den Mechanismus? Falls ja, wieso war das hier die erste, die er zu Gesicht bekam? Nicht einmal Yaco oder Soledad hatten je von etwas Derartigem gesprochen.

Mit jeder Ebene, die Hal hinter sich ließ, kamen mehr Fragen auf. Wieso war dieser Turm so anders? Welcher Zweck verbarg sich dahinter? Und was hatte es mit all den Vorrichtungen im Inneren auf sich? Wann hatte der letzte Besucher seinen Fuß an diesen Ort gesetzt?

Als er nach zahlreichen Etagen das obere Ende der Wendeltreppe erreichte, stand er in einem Raum, der lediglich über eine Art Sockel nahe der Treppe verfügte. An den Wänden und auf dem Boden waren allerlei Linien und Muster in das Metall gearbeitet, wohingegen die Decke über und über mit Kreisen bedeckt war. Bis auf einen waren alle identisch: Der größte Kreis lag direkt über der Wendeltreppe. Hal zählte in einem kleinen Bereich zehn Stück ab und versuchte so, die Gesamtzahl zu schätzen; es mussten mehrere Tausend sein.

Hal lief zu dem Sockel. Auf der Oberseite stand ein einzelner, eiserner Knopf hervor. Er drückte ihn. Aus dem Inneren der Vorrichtung erklang ein klickender Ton, mehr passierte nicht. Er ließ einige Sekunden verstreichen und lauschte aufmerksam, ohne zu atmen. Er wollte sich gerade abwenden und den Rückweg antreten, als er ein leises Geräusch über sich hörte. Sein Blick wanderte nach oben, wo er gerade noch mehrere Bewegungen ausmachen konnte. Er betätigte den Knopf erneut, ließ ihn aber gedrückt. Nun sah Hal, dass es sich nicht um einfache Kreise auf dem Metall handelte, sondern um Bolzen, die in die Decke eingelassen waren. Von ihnen schoben sich nun einige aus ihren Kammern, ehe sie bei einer Länge von etwa fünf Zentimetern stoppten. Hal wusste sofort, um was es sich dabei handelte: Eine Karte. Und so wertvoll sie auch war, so nutzlos war sie, denn er hatte keine Möglichkeit und keine Mittel, sie abzuzeichnen, um sie später in Ruhe zu studieren.

Er überlegte kurz, fand aber, dass es zu riskant war, seine Karten zu holen, um hier vor Ort zu versuchen, aus alledem schlau zu werden. Die Gefahr, die Karten im Wasser zu beschädigen oder gar zu verlieren, war zu groß. Er musste sie hüten, jede einzelne, denn sie waren seine einzige Orientierung. Auf die Sonne und die Sterne war längst kein Verlass mehr, die Himmelsrichtungen durch seine Bewegung innerhalb der Spirale längst aufgehoben. Er hatte an den Karten Markierungen angebracht, anhand derer er alles sowohl am Lauf der Sonne als auch an mehreren Sternen ausrichten konnte, um seine Position abzugleichen und ein Gefühl für die unbekannte Route zu bekommen, da die Karten alles andere als maßstabsgetreu waren. Die Arbeit, die er bisher in die Unterlagen investiert hatte, machte sie noch wertvoller als allein der Besitz.

Beim Anblick der mechanischen Karte über seinem Kopf fragte er sich, ob die Welt tatsächlich wie eine Spirale aufgebaut war. Oder war sie doch ein riesiger Kreis? Ein Kreis, der eine Spirale verbarg, definiert durch die Übergänge von einer Komplexität zur nächsten. Er wusste nicht einmal, wie weit ihn die Karten noch führen würden, da er keine Vorstellung von den Dimensionen hatte, von der Entfernung, die ihn und das Zentrum trennte – was voraussetzte, dass seine Richtung stimmte. Aber vielleicht wollte irgendetwas, dass er vorankam, dass er nicht einfach irgendwo verendete, eine Kraft, die im Hintergrund wirkte, wie beim Erscheinen der *Träne Gottes*, wo sie zweifelsfrei dazu beigetragen hatte, seine Hinrichtung zu verhindern.

Er betrachtete den großen Kreis über der Wendeltreppe. Symbolisierte er das Zentrum dieser Welt?

Er ließ den Knopf los, woraufhin die Bolzen zurück in ihre passgenauen Kammern sanken.

Die Decke war flach, eine Erkenntnis, die wie aus dem Nichts erschien. Dabei wurde ihm klar, dass er nicht sagen konnte, ob sich die Türme am Horizont hinter der Erdkrümmung verbargen oder nicht, ein Gedanke, der die Dinge um ihn herum noch unverständlicher machte.

Ziola. Ein Lächeln, die Erinnerung an einen unbestimmten Geruch und eine Stimme ohne Klang in seinem Kopf. Sie war mittlerweile so weit weg. Ihm wurde bewusst, wie wenig er in letzter Zeit an sie dachte. Was sie wohl gerade tat? Ob die Revolution vorüber war? Oder stand Di'ium in alles verzehrenden Flammen?

Hal fühlte sich plötzlich seiner Zuversicht beraubt und völlig verloren. Weniger wegen Ziola und der Einsamkeit als vielmehr wegen der Welt, die ihn umgab; ein Reich mit all den Rätseln, dem ungewissen Ausgang dieser Reise und dem dunklen Nichts, das sein altes Leben unter Verschluss hielt.

Er wandte sich ab und trat den Rückweg an. Das Wasser war kälter und der Kampf gegen die Wellen anstrengender. Es war, als hätte er einen Teil seiner Hoffnung in diesem *eisernen Turm* zurückgelassen, der ihm wie das Zeichen einer alten Zeit vorkam. Welche untergegangene Zivilisation hatte hier draußen gewirkt?

Was, wenn seine Reise ewig dauern und er niemals am Ziel ankommen würde? War das vielleicht doch die Hölle? Seine Hölle? Eine Hölle mit Regeln, für die er selbst verantwortlich war. Für einen Moment machte der undurchdringliche Schleier vor seiner Vergangenheit Sinn, denn diese Qual fand keine Erleichterung.

Hal musste sich konzentrieren, um schwimmend auf Kurs zu bleiben und nicht in einem Bogen abzudriften. Aber hätte das einen Unterschied gemacht? Er war sich da nicht so sicher.

Zwischenspiel

Vergänglichkeit

Durch die Kronen der Birken sah ich den blauen Himmel, groß, endloser noch als der Wald, durch den ich lief.

Ich blieb stehen und schaute mich um. Längst war der Weg zwischen den Bäumen und unter dem raschelnden Herbstlaub verschwunden. Ein Windhauch ließ trockene Blätter regnen und das Weiß der Stämme war schon beinahe schmerzhaft in meinen Augen. Am Stand der Sonne las ich ab, dass es Nachmittag war. Ich lief mittlerweile reichlich vier bis fünf Stunden ohne größere Pausen.

Da der Birkenwald nach allen Seiten hin identisch aussah und ich keinerlei Referenzpunkte besaß, war ich mir nicht einmal sicher, noch in die ursprünglich eingeschlagene Richtung zu marschieren. Ich musste auch immer wieder einen kleinen Umweg machen, um dichte Baumgruppen und Stämme umgestürzter Bäume zu umgehen. Ich bekam nur die Birkenrinde, die immer länger werdenden Schatten, das allgegenwärtige Braun der toten Blätter und den Himmel zu sehen.

Nach einer Weile wurden die Baumreihen dichter. Entsprechend mehr Laub lag auf dem Boden, der sich unter den Sohlen meiner Schuhe so weich wie Moos anfühlte. Mir fiel auf, dass ich keinen einzigen Vogel hörte, kein summendes Insekt, keine Schritte eines Tieres im Laub. Ich war hier draußen vollkommen allein und fühlte mich durch das Fehlen von Geräuschen wie in einer Zwischenwelt. Ein angenehmer Wind umspielte mich, küsste förmlich mein Gesicht. Der Duft von Erde, Pilzen und Laub stieg mir in die Nase und wirkte regelrecht entspannend, so entspannend, dass ich an einer geeigneten Stelle stehen blieb und mich kurzerhand in der Sonne auf den Boden legte, auf das Bett aus weichem Laub. Dort atmete ich tief durch, streckte Arme und Beine von mir und schloss die Augen.

Die Sonne brannte sich orange durch meine Lider und zeichnete allerlei Formen auf meine Netzhaut. Ich lächelte und spürte deutlich, wie mein Körper zunehmend schwerer wurde. Ich versank förmlich im Laub, im weichen Boden.

Ich hörte, wie der Wind weiteres Laub von den Bäumen pflückte und es raschelnd auf mich niedersank. Ich spürte die Berührungen es am Hals, den Armen und im Gesicht, fühlte, wie es nach und nach meinen Körper bedeckte wie eine wärmende Decke. Und mit jedem Blatt, das sich auf mich legte, entspannten sich meine Muskeln weiter, atmete ich sämtlichen Stress des Alltags aus, das Gift der Welt jenseits des Waldes. Immer mehr Laub landete auf meinem Gesicht. Irgendwann blockierte es die Sonne. Ich blieb aber liegen und ließ die Augen geschlossen, denn es fühlte sich so gut an, praktisch eins mit der Natur zu werden.

So lag ich da, lächelnd unter dem Laub, während der Tag verging, und starb.

Kapitel 27

Der Herr der Schönheit

Hal ließ einen Turm hinter sich, der mit Millionen von Windspielen aus Knochen, Metall, Holz, Bambus und Glas und kleinen und großen, ebenfalls vom Wind gespielten Harfen gefüllt war, deren überraschenderweise harmonischer Klang sich aufgrund seiner Allgegenwärtigkeit tief in Hals Bewusstsein fraß und ihn während seines Aufstiegs beinahe um den Verstand gebracht hätte. Ein anderer Turm besaß auf jeder Etage einen verwilderten Friedhof, der sich nicht nur auf den Boden beschränkte, sondern auch auf den Wänden und an den Decken zu finden war; überall ragten Grabsteine aus dichtem Gras und knochigem Rankenwerk, allesamt derart verwittert, dass nur noch ihre Formen zu erkennen waren und das eine oder andere Ornament. Während des tagelangen Aufstiegs hatte Hal nicht einen Buchstaben, nicht eine Zahl entziffern können. Meist präsentierten sich die Schriften als Ahnung, die beim zweiten, intensiveren Blick zu bedeutungslosen Formen zerfielen.

Er fragte sich, wie viele Geheimnisse im Meer trieben, was davon irgendwann preisgegeben wurde und welche ungesehen für alle Zeit zum schwarzen Grund sanken.

Er entdeckte in unregelmäßigen Abständen hier ein rostiges, gebrochenes Zahnrad, dort eine ganze Apparatur, von der er ausging, dass ihr Ursprung der gleiche war wie der des *eisernen Turms*, der ihm gezeigt hatte, wie winzig und unbedeutend er doch war. Hal ahnte, ja wusste mittlerweile, dass es da draußen noch Dinge gab, die selbst die größten Wunder verblassen ließen.

Zwischen all den Fragen und Gedanken offenbarte sich ihm die Erkenntnis, dass der zentrale Turm aufgrund seiner Lage und den Beziehungen innerhalb des Systems eine Sackgasse war, eine Sackgasse sein musste. War am Ende jeder Reisende zum Scheitern verurteilt? Wie konnte im Zentrum die Erklärung für das Mysterium liegen, mit dem alles begonnen hatte?

All diese Fragen und Zweifel traten jedoch schlagartig in den Hintergrund, als Hal einen Turm erblickte, der, genau wie der *eiserne Turm*, in einiger Entfernung zu seinem großen Nachbarn aufragte. Der Bau war geschätzt 300 Meter hoch und besaß einen Durchmesser von gut 80 Metern.

Nachdem Hal seinen Besitz unter einem Schutthaufen inmitten mehrerer Büsche versteckt und die kräftezehrende Strecke schwimmend hinter sich gebracht hatte, wurde er am frühen Morgen von einem älteren Mann begrüßt, der auf den Namen Hildersson hörte. Dieser hatte lange, graue Haare, die ihm lockig vom Kopf hingen, eine Brille mit verhältnismäßig kleinen, ovalen Gläsern, ein dunkelgraues, staubiges Sakko und eine derbe Hose aus Jute. Er trug weder ein Hemd noch Schuhe.

Die Erscheinung des Mannes, seine Ausdrucksweise und der unbekannte Akzent waren eine Sache, der Turm selbst eine andere: Es handelte sich im wahrsten Sinne des Wortes um ein gigantisches Museum. Es gab Gemälde, Skulpturen und verschiedenste Gegenstände und Objekte aus Holz, Bronze, Marmor, Eisen, Sandstein, Glas, Ton und Keramik. Obendrein beherbergte der Turm eine riesige Bibliothek mit Büchern und Dokumenten, Regale mit Tausenden Schallplatten und eine Sammlung von Musikinstrumenten und sonderbaren Klangapparaten.

Nachdem er Hal trockene Kleidung überreicht und ihm ein stärkendes Mahl angeboten hatte, erklärte Hildersson: „Ein Bild zeigt dem Betrachter so vieles. Nicht zwingend das Große im Hintergrund, die Details, das Wort, das ein verliebtes Paar am See wechselt, nein, aber es zeigt vieles."

Hal, der Hildersson durch dessen Turm folgte, lauschte den Worten und war übermannt von den Dingen, die es hier zu sehen gab; ein großer Kontrast zu der Eintönigkeit der letzten Wochen und eine innere Reise zurück zu Yacos Turm.

„Schrift, das geschriebene Wort hingegen, fordert den Geist. Die kleinen Dinge werden erklärt, so auch die großen. Aber das Bild, das muss sich im Kopf des Lesers formen. Und damit wären wir bei der Musik."

Die Bilder, die Hal sah, zeigten von Still-Leben über Alltagsszenen bis hin zu phantastischen, unheimlichen und wirren Träumen und Phantasien alles, was man nur ersinnen konnte. Dort war ein Wal mit einem Meer im Bauch, da ein Baum, dessen Blätter Wolken waren, die an Zweigen und Ästen aus einem verschlungenen Regenbogen schwebten, hier ein Moor, in welchem eine blasse Schönheit zwischen Seerosen tanzte, und an der nächsten Wand ein beinahe nach Ruß riechendes Bild, das rauchige, unaussprechliche Kreaturen andeutete, deren Anatomie sich dem Betrachter in all den Schatten zwar entzog, deren Wesen jedoch als Kribbeln im Nacken spürbar wurde; es war, als würden darin festgehaltene Gefühle unsichtbar wie ein Luft in diese Welt streben, Gefühlte so zahlreich und wirr, dass sie sich einer Deutung entzogen.

„Musik bietet kein Bild, kein Wort. Wie also kann sie eine Stimmung transportieren? Wie ein Bild erzeugen, das der Hörer genau vor sich sehen kann? Musik, mein Freund, Musik ist die höchste aller Künste, denn sie zu beherrschen bedeutet zu Malen in Farben, die bunter und kräftiger nicht sein könnten, zu schreiben in Worten, deren Bedeutung alles und nichts vereint." Er blieb stehen und hob den Zeigefinger wie ein Lehrer. „Aber sie vergibt auch nichts. Ein Wort kann man ausradieren, einen Berg übermalen, aber einen Ton ... ein Ton, der einmal freigesetzt wurde, lässt sich nicht wieder einfangen."

„Wie ein Gedanke", sagte Hal.

„So ist es, mein Freund, so ist es!"

Hal, der aus dem Staunen nicht herauskam, wusste beim Anblick von tonnenschweren Skulpturen, dass hier etwas völlig anderes vor sich ging als auf Yacos Turm. „Was machst du mit all den Sachen?"

„Ich, mein Freund, suche die *Essenz der Schönheit*", antwortete Hildersson. „Nicht nur in der Natur, in Bildern oder Texten, auch in der Musik. Ich suche nach der einen Formel, die alles vereint."

Hal fand es etwas schwierig, den Gedanken des Mannes zu folgen, der ihm wie eine Mischung aus einem wahnsinnigen Professor und einem exzentrischen Künstler vorkam – und eventuell war er das auch.

„Und du hast das alles zusammengetragen?"

„Nein, nein. Wie auch? Ich fand den Turm so vor. Die Bilder, die Skulpturen, die Bücher, die Schallplatten ... ich kam nur aus Neugier hierher, genau wie du, und blieb."

„Wohin warst du unterwegs?"

Hildersson zuckte mit den Schultern. „Das kann ich dir gar nicht sagen. Es ist lange her. Aber als ich das Wasser verließ und meinen Fuß in diesen Turm setzte, da *kannte* ich meine Aufgabe: Das Geheimnis lüften und die *Essenz* finden."

„Das klingt, als wärst du noch auf der Suche."

Hildersson nickte. „Ich muss wie ein Chirurg arbeiten, vorsichtig und doch präzise, darf nichts übersehen, muss alles einbeziehen, das Grobe und das winzigste, filigrane Detail. Ich habe noch nicht einmal alle Schallplatten und Schriften studiert, so viel gibt es hier zu entdecken. Vielleicht verbirgt sich darin ja auch die Geschichte des Turms."

Bei diesen Worten wurde Hal aufmerksam. „Gibt es Karten?"

Der Mann schien nicht zu verstehen.

„Von der Welt da draußen, mit Türmen und Verbindungen", erläuterte Hal.

Hildersson schüttelte den Kopf. „Sehr wahrscheinlich nicht, zumindest entdeckte ich noch keine. Sie würden zudem nicht in die Sammlung passen. Ich lade dich aber gerne ein, selbst einen Blick in die Unterlagen zu werfen. Vielleicht wirst du ja fündig."

Während sie eine der steinernen Treppen zur nächsten Etage bestiegen, sah Hal durch die zahlreichen Fenster, die dem Inneren Licht spendeten, hinaus auf das Meer und fragte sich, wieso er nun bereits zwei dieser Nebentürme gefunden hatte. Seine Karten boten keinen Hinweis darauf, wodurch er spontan auf zwei mögliche Ursachen kam: Entweder gab es die Türme noch nicht, als man die entsprechenden Bereiche kartierte, oder man hatte sie bewusst ausgelassen, weshalb auch immer. Und Berichte von Reisenden, die von hier aus ohne Aufzeichnungen in die äußeren Regionen zurückkehrten, mussten erst einmal den Weg in andere Teile dieser Welt finden. Möglich also, dass man auf Di'ium in der Tat noch nichts von alledem wusste.

Hal glitt aus diesen Gedanken zurück in die Gegenwart, als er realisierte, dass dieser Ort, trotz all der Kunstschätze, derart kalt, ja seelenlos wirkte, wie eine lieblose Ausstellung, eine zusammenhangslose Aneinanderreihung von Kunst. Zudem ließ sich der Eindruck nicht abschütteln, dass Hildersson etwas Unheimliches ausstrahlte. Seine suchenden Augen, seine Art – irgendetwas an dem Mann ließ Hal einen Schauder über den Rücken laufen. Ein Hinweis Gottes, aufmerksam zu bleiben?

„Und weiter oben hast du einen Garten?" fragte Hal und brach damit die Stille.

Hildersson nickte. „Auch der war schon hier. Ohne ihn wäre ich weitergezogen." Er drehte sich kurz zu Hal um. „Wir sind bald da."

„Gibt es Tiere?"

„Außer einigen Vögeln und Fischen, nein. Auf Nager kann ich gut verzichten, die Bibliothek noch mehr."

„Könnte ich den Garten sehen?"

„Später vielleicht", sagte Hildersson.

Die Antwort kam für Hal ungewöhnlich schnell.

„Mein Freund, du musst wissen, ich bekomme nicht jeden Tag Besuch", fuhr der Mann fort, „deshalb möchte ich gleich, während du dich in Ruhe in der Bibliothek umsiehst, für ein weiteres Mahl sorgen. Ich nehme an, die Reise war nicht gerade gepflastert mit kulinarischen Köstlichkeiten ..."

Hal nickte stumm und sah zu dem großen Turm, der zwar weit weg war, durch seine Größe jedoch sehr nah wirkte. Die Kette, mit deren Hilfe er zu dem Turm gereist war, bewegte sich und würde erst in einigen Tagen wieder stillstehen. Die Gondel selbst konnte Hal noch schwach erahnen. Da sich keine der anderen ankommenden Ketten bewegte, würde in absehbarer Zeit niemand zum Turm gelangen. Aber was, wenn schon längst jemand dort war und sich im Verborgenen hielt? Hatte er seine Ausrüstung und die Karten sicher genug versteckt? Oder war bereits jemand mit dem Diebesgut auf dem Weg nach oben?

Natürlich hätte er Hildersson fragen können, ob oder wann jemand vor ihm angekommen war, doch er wollte es wie mit Isac halten: Je weniger Informationen er preisgab, desto besser.

Die Treppe führte an der Innenseite des Turms wie eine gigantische Wendeltreppe nach oben. Nach einer Weile erreichten sie eine Etage, die, im Gegensatz zu den vorherigen, nicht offen war. Stattdessen fand sich Hal vor einer hoch aufragenden Wand aus dunklen Brettern, die über eine Tür und viele längliche Öffnungen verfügte.

„Ein Sturm und einfallender Regen würden eine Katastrophe auslösen", erklärte Hildersson, während er die knirschende Tür öffnete. „Aber die Luft muss auch zirkulieren können, denn Schimmel ist nicht weniger gefährlich."

Im Inneren erhoben sich zahlreiche Regale, spärlich vom durch die Öffnungen einfallenden Licht erhellt. Hier und da stand eine schiefe Leiter. „Lesen kann man hier nicht, wie du siehst", sagte Hildersson. „Aber sobald man sich an die Lichtverhältnisse gewöhnt hat, kann man suchen, was man möchte, es dann entweder mit nach unten nehmen oder den Tisch und den Stuhl vor die Tür stellen." Er deutete auf das Möbel unweit der Tür. „Selbst wenn ich Kerzen hätte, würde ich sie hier drin niemals benutzen. Es wäre zu fahrlässig, regelrecht dumm."

Hal war von der Masse an Büchern, gerollten und wild gestapelten Papieren und Unterlagen überwältigt.

„Das ist nur ein Teil", erklärte Hildersson stolz. „Die Bibliothek füllt über uns weitere zwei Etagen."

Hal war überrascht und zugleich entmutigt, denn wie lange sollte er suchen? Und würde er überhaupt etwas Brauchbares finden? Fest stand, dass er sich entscheiden musste, ob er bleiben oder den Rückweg antreten sollte. Noch hatte er ein paar Stunden Zeit, aber die Dämmerung konnte durch plötzlich aufziehende Wolken beschleunigt werden. Und noch herrschte kaum Wellengang. Gewiss gab es die Chance, einen Hinweis ausfindig zu machen, der möglicherweise entscheidend war, doch er fühlte sich schlichtweg unwohl bei der ganzen Sache. Hinter seinem Rücken konnte er deutlich Hilderssons Blick spüren, der an ihm haftete.

Hal sah über seine Schulter zu dem Mann, der ihm ermutigend zunickte.

„Sieh dich ruhig um, mein Freund", sagte Hildersson und lächelte.

Trotz des schwachen Lichts erkannte Hal, dass sich die Augenpartie nicht nennenswert veränderte. Daraus konnte er ableiten, dass es ein gespieltes Lächeln war.

„Ich werde mich in der Zwischenzeit um das Essen kümmern. Falls du etwas brauchst, rufe einfach nach mir, ich bin zwei Etagen tiefer in der Küche. Wie gesagt, das ist nur ein Teil der Bibliothek."

Hal nickte. „Ich habe leider nichts, das ich dir als Dank geben könnte."

Hildersson winkte ab. „Mir genügt es, wieder eine Stimme zu hören und mich zu unterhalten. Du kannst ja später von deinen Erlebnissen berichten." Damit verließ er die Bibliothek und lief in aller Ruhe die Treppe nach unten.

Hal prüfte, ob die Stichwaffe aus Holz noch sicher im Hosenbund steckte, denn diese hatte er nach dem Umkleiden wieder an sich genommen. Im Anschluss wandte er sich der Bibliothek zu und überlegte, wie er vorgehen sollte. Er trat an das erste Regal und zog ein beliebiges Buch heraus. Er warf einen Blick hinein und war überrascht, dass er es lesen konnte.

Bei dieser Feststellung wurde ihm etwas bewusst, über das er bisher nicht weiter nachgedacht hatte: Er konnte sich mit jedem verständigen. Zwar hatte er bei Yaco Bücher in fremden Sprachen gesehen, genau wie in den Bibliotheken auf Di'ium, doch das gesprochene Wort war immer verständlich. Dabei war die Frage: Hätte sich die Sprache in den isolierten Jahrhunderten, ja vielleicht sogar Jahrtausenden nicht verändern müssen? Sprache war lebendig, wie ein körperloser Organismus, der sich fortlaufend entwickelte. Wie war es folglich möglich, dass er auf dem gleichen Stand war, wie die Leute, mit denen er bisher Kontakt hatte? Und umgekehrt. Es machte keinen Sinn. Natürlich konnte es auch reiner Zufall sein, dass er ausgerechnet bei Yaco, auf Di'ium und nun bei Hildersson gelandet war, um je einem weiteren Zufall in Form des gesprochenen Wortes zu begegnen. Aber daran glaubte er nicht.

Das Buch schien ein Roman zu sein. Er stellte ihn zurück und lief zu einem anderen Regal. Dort gelangte ein weiterer Roman in seine Hände. Er überlegte: Natürlich hätten Karten in Bücher gepasst, immerhin handelte es sich nur um ein paar Punkte und Linien, nicht um richtige Landkarten mit vermerkter Topografie. Dennoch waren die Kartenformate, die er bisher gesehen hatte, zu groß, weshalb er annahm, dass auch gebundene Varianten eine Größe besaßen, die weit über die eines durchschnittlichen Werks hinausging. Zudem musste er Ausschlusskriterien finden, da er unmöglich jedes Buch einzeln sichten konnte. Und wahllos Bücher aus den Regalen zu ziehen, glich purer Verzweiflung. Daher wollte er sich systematisch mit allem beschäftigen, dessen Erscheinungsbild den meisten Erfolg versprach. Das reduzierte die Suche auf lose Unterlagen, gerollt und gefaltet, und auffällig großformatige Bücher.

Hals Gedanken glitten wieder ab zu der Frage, ob seine Karten sicher genug versteckt waren. Er musste sich zwingen, zu erkennen, dass er sich noch so viele Sorgen machen und jedes erdenkliche Szenario durchspielen konnte, doch nichts davon hatte einen Nutzen. Er war hier auf diesem Turm, fern des Verstecks. Falls in diesem Augenblick Hände nach den Karten gruben, dann sollte es so sein.

Hal trat einige Schritte zurück und betrachtete das aktuelle Regal: Keines der Bücher fing seinen Blick. Es gab auch keine Papierstapel oder aus der Bücherfront ragende Rollen. Erfolglos begutachtete er ein paar Regale, bis er mehrere große Werke ausmachte, die er geradeso ohne Leiter erreichen konnte. Es waren Bücher mit Abbildungen von Pflanzen, die er nie zuvor gesehen hatte. Die detailreichen Kupferstiche waren von außerordentlicher Qualität.

In den nächsten Stunden fand er weitere Bücher über Pflanzen, Sammlungen mit anatomischen Zeichnungen von Tieren, illustrierte Bücher mit offenbar erzählender Literatur, Sammlungen religiöser Darstellungen, Werke über Schiffsbaukunst und Architektur, Steinmetzarbeiten und ganze Bände, die sich – so vermutete Hal zumindest – mit all den Kreaturen befassten, die jenseits der Türme in den Tiefen des Meeres lauerten. Gerollte Blätter enthielten neben Konstruktionsplänen und ungemein realistischen Darstellungen von Kathedralen nur weitere anatomische Studien von Menschen, Pflanzen und Tieren. Des Weiteren entdeckte er Bücher über Sterne und Planeten, doch dieser Fund war so ernüchternd wie das spätere Endresultat seiner Suche auf allen drei Ebenen der Bibliothek. Da Hal die Bücher nur wahllos an verschiedenen

Stellen aufschlug, um sich einen Eindruck zu verschaffen und zu entscheiden, ob sich ein intensiverer Blick lohnte, kam er schnell voran, auch wenn er für lose Blätter und Papierrollen etwas mehr Zeit benötigte. Gefühlt brachte er nur ein paar Stunden im Halbdunkel zu, doch er spürte deutlich die monotonen Abläufe in seinen Unterarmen und vor allem in den Händen.

Erfolglos verließ er den obersten Bereich und trat an eines der Turmfenster. Er konnte von seiner Position aus die Sonne nicht sehen, vermutete aber, dass es bereits später Nachmittag war und damit Zeit, allmählich den Rückweg anzutreten, zumal er sich noch um sein Nachtlager kümmern musste – und vor allem um ein Feuer, um sich und die Kleidung zu trocknen. Er hatte nicht vor, auch nur eine Nacht an diesem Ort zu verbringen

Hal wollte gerade nach unten laufen und die Küche und damit Hildersson suchen, als er innehielt: Es zog ihn hinauf zur Spitze des Turms. Was, wenn es dort oben ebenfalls sonderbare Mechaniken und Vorrichtungen gab, wie er sie vom *eisernen Turm* her kannte? Er musste dieser Frage nachgehen.

Kapitel 28

Geschwind und leichtfüßig nahm Hal die Stufen und passierte mehrere offene Etagen, die wie eine Mischung aus Lager, Werkstatt und Wohnbereich wirkten, gefolgt von Bereichen mit Kunstobjekten, die allerdings weniger geordnet waren als jene in den unteren Ebenen.

Er verlangsamte das Tempo und lauschte. War Hildersson vielleicht unbemerkt an der Bibliothek vorbei nach oben zum Garten gegangen, um die eine oder andere frische Zutat für das Essen zu holen? Der Mann hatte gesagt, Hal solle nach ihm rufen. Gerade deshalb mahnte seine innere Stimme zu erhöhter Vorsicht. Anscheinend war es nicht erwünscht, dass er sich hier allein umsah, so jedenfalls seine Interpretation.

Hal lief weiter. Auf der nächsten Etage machte er eine überraschende Entdeckung: Tierskelette reihten sich an ausgestopfte Exemplare verschiedenster Säugetiere. Auch Fische und Wirbellose waren auszumachen, teils in mit Wachs versiegelten Gläsern, wo sie in einer gelblichen Flüssigkeit ruhten. Auf der Ebene darüber mischten sich getrocknete Pflanzen beinahe wie zur Zierde unter die Exponate, die teils ihre Anatomie zur Schau stellten. Das Ganze wurde mehr und mehr zu einer Art Gruselkabinett.

Er war schon fast im nächsten Stockwerk, als sein Blick über den freien Raum wanderte und etwas in dem wilden Sammelsurium ausmachte: Ein Skelett. Hal hielt es zunächst für das eines Affen, doch die Arme waren zu kurz und die Schädelform zu menschlich, ebenso die Haltung. Instinktiv griff er nach der Stichwaffe, die er so hielt, dass der größte Teil von seiner Hand verdeckt wurde und der Schaft im Ärmel verschwand. Er sah auf der Treppe zurück und nach oben. Dann lief er weiter.

Irgendetwas sagte ihm, dass er besser daran täte, umzukehren, aber die Neugier war zu mächtig. Es folgten – und das irritierte ihn – insgesamt drei Etagen, die völlig leer waren. Aus einer der Fensteröffnungen entflatterte ein kleiner Vogel.

Als er auf der nächsten Ebene vor mehreren ausgestopften Menschen stand, vor Bergen aus mit Steinen beschwertem Papier, das die Anatomie bis ins kleinste Detail zeigte, vor allerlei schauerlichen Instrumenten und Büchern über den Körper und vor mehreren Tausend, teils fotorealistisch gezeichneten Gesichtern, wusste er, dass Hildersson jedes Mittel recht war, seine *Essenz* zu finden, den Schlüssel zu Schönheit und Harmonie. Selbst wenn das alles aus einer Zeit vor Hilderssons Auftauchen stammte und er keinen Reisenden umgebracht und seziert hatte, war dieser Fund Alarmsignal genug. Hildersson beschäftigte sich definitiv sehr ausgiebig mit den schauerlichen Dingen. Hal schossen schlagartig mehrere Gedanken durch den Kopf: Würde das Essen vergiftet sein? Verfügte der Mann über Waffen, mit deren Hilfe er Hal auch auf größere Entfernung zur Strecke bringen konnte? Diese Frage war ein wichtiger Punkt, immerhin würde Hal auf dem Weg zu dem großen Turm unausweichlich eine ideale Zielscheibe abgeben, die sich im Wasser nicht sonderlich schnell bewegte.

Er konnte nur hoffen, dass sein Besuch hier oben unbemerkt blieb und er sich irgendwie davonstehlen konnte, ohne dabei Misstrauen zu erwecken. Deshalb machte er kehrt und lief die Treppe hinab, so leise wie nur möglich. Vergessen war der Wunsch, die Spitze des Turms zu sehen.

Hal brachte die leeren Etagen so geschwind hinter sich wie jene mit den Tieren und Pflanzen, anschließend die mit den Kunstobjekten. Als er das ungeordnete Lager oberhalb der Bibliothek erreichte, hörte er plötzlich ein Geräusch aus den Tiefen dieses Chaos'. Er sah in die entsprechende Richtung, hielt sich aber weiterhin nahe der Außenwand des Turms, um so jederzeit den Rücken frei zu haben. Er konnte nichts entdecken. Vielleicht ein Vogel? Er schaute kurz die Treppe hinauf und lief weiter.

Hal hörte etwas auf der Treppe, nur wenige Stufen unterhalb seiner Position. Ehe er sah, dass dort ein Wirbelknochen gelandet war, um ihn abzulenken, stürmte Hildersson aus seiner Deckung hinter einem der Regale in der Nähe hervor und versetzte Hal einen derart kräftigen Tritt, dass dieser das Gleichgewicht verlor und stürzte. Die hölzerne Stichwaffe entglitt ihm beim Versuch, den Aufprall abzufangen, aber es gelang ihm nicht ganz. Er schlug gehen die Wand, zog sich dabei erhebliche Schürfwunden zu und landete unsanft auf der Treppe, welche glücklicherweise nicht sehr steil war. Hal raffte sich auf, als Hildersson bereits bei ihm war und mit einem Knüppel nach ihm schlug. Hal tauchte ab, griff das linke Hosenbein des Mannes und riss ihn mit einem Ruck von den Füßen. Hildersson kippte nach hinten und schlug auf die Stufen, was ihm hörbar die Luft aus der Lunge presste.

Hal griff nach der Stichwaffe unweit von sich, doch da traf ihn schon ein etwas unbeholfener Schlag mit dem Knüppel. Plötzlich war Hildersson über Hal und fiel ihn an wie eine wilde Furie. Der Mann stieß undefinierte Laute aus, packte Hal mit beiden Händen an der Kehle und drückte zu. Sein Blick war der eines Irren.

Hal wollte den Griff lockern, doch es gelang ihm nicht. Hildersson hatte eine unglaubliche Kraft.

„Weißt du, weshalb sich Hände zu dem entwickelt haben, was sie sind?" presste Hildersson zwischen den Zähnen hervor. „Weil man damit töten kann. Sie sind Teil der *Essenz*."

Hal wurde schwarz vor Augen. Er schlug nach Hilderssons Kopf, doch dieser drehte ihn einfach zur Seite, um die Augen zu schützen. Hals Lunge verlangte nach Sauerstoff. Alles in ihm verkrampfte sich. Selbst mit Hilfe der Beine konnte er nichts ausrichten. Es war unmöglich, den Mann von sich stoßen. Verzweifelt tastete er nach dem Knüppel, der irgendwo liegen musste, und bekam mit der rechten Hand seine hölzerne Stichwaffe zu greifen, mit der er augenblicklich auf Hilderssons Seite einstach. Er spürte den Widerstand der Rippen, von denen das harte Holz abglitt, um sich zwischen den Knochen einen Weg in das Innere zu suchen.

Hildersson spie Hal einen Schrei entgegen, eine Mischung aus Wut und Schmerz, und drückte noch fester zu. Der Mann wusste, dass die Verletzungen schwerwiegend waren, und setzte daher alles daran, nicht allein zu sterben. Dieser Fremde durfte keinesfalls dort weitermachen, wo er aufgehört hatte, denn es war sein Wissen, seine Arbeit! Niemand sollte je hinter das Geheimnis der *Essenz* kommen, wenn nicht er.

Hal spürte, wie ihn die Kräfte verließen. Er traf seinen Widersacher mehrmals zwischen die Rippen, ein paarmal rutschte die Waffe an den Knochen ab. Er mobilisierte seine letzten Reserven und stieß mehrmals unterhalb des Brustkorbs auf Hilderssons Seite ein. Er rammte das Holz so lange in den Gegner, bis Schwärze und Stille die Oberhand gewannen und ihn völlig umhüllten.

Als Hal die Augen öffnete, war zunächst nur Dunkelheit um ihn herum. Er drehte den Kopf und versuchte dabei, sich an die vorangegangenen Geschehnisse zu erinnern. Rechts sah er durch eines der Fenster den Himmel, der in dieser Nacht seine prächtigsten Sterne zeigte, zumindest kam es Hal so vor.

Er richtete sich unter Schmerzen auf; ihm taten sämtliche Muskeln weh – und der Hals. Er tastete seine Umgebung ab und fand Hildersson, gestorben an den inneren Verletzungen. Hal stand auf und zerrte die Leiche unter großer Anstrengung zu einem Fenster, von wo aus er sie in die Tiefe stieß und dem Meer übergab. Er wollte sicher sein, dass Hildersson wirklich tot war.

Hal schleppte sich im Anschluss von der Treppe und stolperte im Dunkel umher. Er versuchte vergebens, sich die Etage vorzustellen, wie er sie bei Tag gesehen hatte, wo was stand, wo er eventuell einen Platz für die Nacht finden konnte. Nach einer Weile ertastete er mehrere Stofflaken, die er einfach auf den Boden legte, um sich darauf zu betten und in einen tiefen, erquickenden Schlaf zu sinken, wobei er im Nachhinein nicht sagen konnte, ob er nur bis zum frühen Nachmittag geruht oder mehr als einen Tag durchgeschlafen hatte.

Er streckte sich und blieb kurz liegen, während sein Hirn die Dinge sortierte und er wieder wusste, wo er sich befand und was geschehen war. Anschließend suchte er Wasser, um den Durst zu stillen. Im gleichen Atemzug nahm er Brot und getrockneten Fisch zu sich, alles aus einem kleinen Vorratsraum, einem Verschlag in der Nähe der Küche. Dabei kam ihm die Idee, sich ein Floß zu bauen, auf welchem er Vorräte trocken zum großen Turm transportieren und sich zugleich daran festhalten konnte, um seine Kräfte zu schonen.

Als er einige Zeit später die hölzerne Tür mit mehreren zusammengebundenen Brettern und Balken unterstützt hatte, um mehr Auftrieb zu haben, holte er sämtliche Nahrungsmittel und Krüge mit Süßwasser aus der Kammer und brachte alles in die unterste Ebene. Anschließend ging er daran, den Turm gezielt nach nützlichen Gegenständen abzusuchen. Er musste sich beeilen, denn er wollte keinesfalls eine weitere Nacht hier verbringen. Zwar hätte ein Neuankömmling, genau wie er, wohl zuerst den Weg zu Hilderssons Turm eingeschlagen, doch darauf konnte und wollte er sich nicht verlassen, nicht beim Wert der versteckten Karten.

Abgesehen von einem Feuerstein, einigen Küchenmessern und den kratzigen Laken, auf denen er genächtigt hatte, konnte er leider nichts finden, das seine Reise erleichtert hätte und das zusätzliche Gewicht wert gewesen wäre. Hildersson besaß keinen Rucksack, keine Waffen und keine Schuhe. Die Gerätschaften, mit denen der Mann wahrscheinlich Tiere und Menschen ausgestopft und präpariert hatte, wären auf Di'ium ein Vermögen wert gewesen, doch hier stand für Hal selbst ein trockenes Brot höher im Kurs. Er überlegte zwar, ob er sich nicht irgendetwas Nützliches bauen konnte, doch die Ideen führten zu nichts. Er entdeckte aber Nadeln, Faden, dicken Zwirn und zu seiner Überraschung und Freude ein Fernrohr. Das gute Stück bestand aus Kupfer und war so verbeult, dass er es nicht ganz zusammenschieben konnte. Von diesem Makel abgesehen, war es in einem guten Zustand. Es würde ihm sehr hilfreich sein, das stand fest. Zusammen mit der bei seiner Ankunft abgelegten Kleidung legte er die Fundstücke in eine kleine Holzkiste. Er stellte sie zu den gesammelten Nahrungsvorräten.

Auf der Turmspitze – und in den Etagen darunter – wuchsen verschiedene Gemüsesorten, Getreide, Mais und Obst. Das Angebot war so reichhaltig, dass es Hal bedauerte, nicht alles verwerten und mitnehmen zu können. Er stellte sich eine kleine Auswahl zusammen, die zwar einiges an Gewicht hatte, aber auch schnell aufgebraucht sein würde. Seit Wochen konnte er sich erstmals wieder satt essen, eine Gelegenheit, die er nicht ungenutzt lassen wollte.

Die Aussicht von oben bot keine neuen Erkenntnisse, dafür war der Turm schlichtweg zu klein. Aber Hal nutzte den Moment, sich bewusst zu machen, dass er überlebt hatte, hier stehen und die Reise fortsetzen konnte. Er wusste nicht, ob Gott etwas damit zu tun hatte, aber er dankte ihm still. Irgendetwas, irgendjemand hatte gewiss über ihn gewacht, nicht nur auf Di'ium und nicht nur hier, und darüber war er froh.

Bevor er sich an den Abstieg machte, lief er an der Brüstung einmal um den Turm und suchte dabei das Wasser ab – keine Spur von Hilderssons Leiche.

Wahrscheinlich hatten sich bereits diverse Meeresbewohner an dem Fleisch gelabt. Beim Passieren der Bibliothek fand er, dass es keine schlechte Idee war, ein oder zwei Bücher mitzunehmen, etwas Literatur für die eine oder andere Rast.

Er lief zu den Regalen, von denen er wusste, dass sie Lyrik und Prosa beherbergten. Er griff sich zwei Werke, deren Format angenehm war, und prüfte kurz die Sprache, wohingegen der Inhalt eine Überraschung bleiben sollte. Bei der überwältigenden Auswahl hätte er sich ohnehin nie entscheiden können. Je weniger er über die beiden Bücher und die zurückgelassenen wusste, desto besser. Gleiches galt für die Frage, ob es nicht doch irgendwo in den Regalen Kartenmaterial gab, das ihm hätte helfen können. Noch vor Monaten hätte er sich über eine solche Gelegenheit gefreut, doch nun zog es ihn fort. Sich wochenlang hier aufzuhalten, die Unterlagen zu studieren – vielleicht sogar umsonst – und dabei Gefahr zu laufen, von einem neuen Besucher oder gar einer Gruppe angegriffen zu werden, waren Risiken, die Hal in seiner Entscheidung bestärkten.

Das kleine Floß erleichterte ihm den Weg ungemein und er war froh, als er am frühen Abend ein kleines Feuer machen konnte, gemütlich in seiner trockenen Kleidung im goldenen Licht der Sonne verweilte und wusste, dass er einen aufgefüllten Wasservorrat besaß und reichlich Nahrung. Während er zwei Äpfel und einen Maiskolben über dem Feuer röstete, griff er eines der beiden Bücher und schlug es auf. Es hieß „Die Blaue Maschine". Sonderbarerweise wurde der Autor nicht genannt, was Hal aber nicht weiter störte, da er sicher war, dass ihm der Name nichts gesagt hätte. Es waren etwas mehr als 500 Seiten auf sehr dünnem Papier mit recht kleiner Schrift.

Hal erinnerte sich an die alte Dame, die in ihrem Zimmer gesessen und ein Buch gelesen hatte. Wieso war ihm nicht in den Sinn gekommen, sie nach dem Titel und dem Inhalt zu fragen? Ob ein Exemplar davon in Hilderssons Archiven stand?

Wie er so dasaß und die erste Seite des Buches las, stellte er fest, dass er sich seit langer Zeit nicht mehr so wohl in seiner Haut gefühlt hatte. Ob es an der Stimmung des Moments lag oder daran, dass er mit dem Leben davongekommen war, wusste er nicht; am Ende war der Grund zweitrangig. Er begann zu lächeln, hob den Blick vom Buch und ließ sich mit geschlossenen Augen die goldene Abendsonne ins Gesicht scheinen.

Kapitel 29

In der Stille

Wie lange war er schon unterwegs? Wie viele Türme und Treppenstufen hatte er bereits hinter sich gelassen?

Welche Augenfarbe hatte Ziola?

Er wusste auf keine der Fragen eine Antwort. Er wusste nicht einmal, ob er überhaupt noch auf dem richtigen Kurs war und sich dem Zentrum der Spirale näherte. Die Karten waren seit Monaten nutzlos, die Nachbartürme nicht einmal im Ansatz zu erkennen, da sie, obwohl gigantisch, so weit entfernt waren, dass die Gondel für viele Tage zu einem Gefängnis wurde. Er wählte seinen Weg intuitiv, denn es gab nichts, das er hätte abwägen können. Er fragte sich sogar, wofür er das alles auf sich nahm, ob seine Hoffnung, eine Antwort zu finden, überhaupt irgendeine Bedeutung hatte. War es das wert? Hätte er nicht besser an Ziolas Seite für die Freiheit auf Di'ium kämpfen sollen? Und wäre Hilderssons Turm nicht doch der ideale Ort gewesen, um seinen Lebensabend zu verbringen?

Einen Vorteil hatte es jedoch, sich in diesen tieferen Regionen der Spirale zu bewegen: Nahrung. Obgleich das Angebot oft einseitig war, gab es auf jedem Turm genügend Früchte, Tiere und vor allem Wasser, um zu Kräften zu kommen und einen ausreichenden Vorrat für die nächste Überfahrt zusammenzustellen. Im Laufe der Jahrhunderte oder Jahrtausende hatten Samen, Sporen und auch Tiere ihren Weg zu den gewaltigen Türmen gefunden, wo das Leben ungehindert gedeihen konnte, nicht zuletzt aufgrund der Abwesenheit von Menschen. Es waren isolierte Systeme entstanden. Manche Tier- und Pflanzenarten schienen identisch, andere wiesen kaum Gemeinsamkeiten auf oder beschränkten ihre Existenz auf nur einen Turm.

Vor Wochen hatte ein Mechanismus versagt und das glücklicherweise kurz nach dem Start. Diese Tatsache hatte Hal das Leben gerettet, denn es war ihm möglich gewesen, mittels der Ranken, welche die große Kette umschlungen hatten, zurück zum Turm zu gelangen. Er hatte unsagbare Ängste ausgestanden, als er an einer der Halteketten der Gondel nach oben klettern musste, um dann unter Aufbringung aller Kräfte bis zur Oberseite der tragenden Kette zu gelangen. Ihm war keine andere Wahl geblieben, denn den Rucksack und die Vorräte hatte er mit Schwung im hohen Bogen zurück zum Turm geworfen, welcher mit etwas mehr als fünf Metern zu weit entfernt war, um ihn mit einem gewagten Sprung zu erreichen. Selbst zwei Meter wären kaum zu überbrücken gewesen; die sich bewegende Gondel bot keinen sicheren Absprung.

Und wie er so dort oben kletterte, sich an den teils armdicken Ranken festzuhalten versuchte und wegen seiner schweißnassen Hände immer wieder abzurutschen drohte, genau in dieser Situation fragte er sich, ob es Vorsehung war. Es konnte kein Zufall sein, dass genau dieser Mechanismus an exakt dieser Stelle stoppte. Eine Kette ohne Bewuchs hätte das Todesurteil bedeutet, genau wie eine später haltende Gondel. Die von ihm durchtrennten oder durch die wirkenden Kräfte von der Architektur abgerissenen Ranken wären mit ihren Enden zu weit vom Turm entfernt gewesen, um ihn wieder erreichen zu können.

Irgendwann lag Hal auf dem Boden, sah zum Himmel und fragte sich, wie er das hatte überleben können. Und er war regelrecht panisch, als er am folgenden Abend die ausgekleidete Gondel seiner zweiten Wahl bestieg und den Hebel löste. In den nächsten Tagen machte er fast kein Auge zu. Wenn er die Fahrt verschlafen hätte, wären sämtliche Risiken und daraus resultierenden Tatsachen unverändert geblieben, aber er konnte nicht. Er war fast unentwegt damit beschäftigt, irgendeinen Fixpunkt zu finden, der ihm verriet, dass er sich noch bewegte, dass die eiserne Zelle nicht zum Stillstand gekommen war.

Mit Grausen dachte Hal an diesen Zwischenfall zurück. Die Erinnerung genügte und seine Handflächen wurden feucht.

Hildersson war die letzte Person gewesen, die er gesehen hatte. Er fragte sich, ob die riesigen Städte, von denen unter anderem Yaco gesprochen hatte, abseits seiner Route lagen oder ob sie in den unbekannten Zeiten ausgestorben und zu den verlassenen Ruinen geworden waren, die er immer wieder auf seinem Weg nach oben durchschreiten musste. Oder war ihr Fehlen ein Zeichen dafür, dass er einen Irrweg beschritt? Mit jedem Turm, den er passierte, fühlte er sich einsamer. Erst nach einer Weile realisierte er, woher dieses Gefühl kam, was es heraufbeschwor: Die Stille.

Er konnte Vögel weder sehen noch hören. Selbst das Summen von Insekten schien seltener zu werden. Es gab nur noch ihn, den Wind und das Rauschen des Meeres – letzteres verschwand ebenfalls, sobald er eine gewisse Höhe erreichte. Zeitweise fühlte er sich wie in Trance, übermüdet, nicht im Stande, die Dinge klar zu betrachten oder seine Handlungen bewusst zu kontrollieren. Er funktionierte nur, während sein Geist an anderen Orten war, in Erinnerungen, die nicht hinter den Schleier blicken konnten, der sein Erwachen in dieser Welt umwehte.

Nach wie vor fand er Gegenstände und Hinweise darauf, dass er nicht der erste Besucher in diesen Regionen war, obschon er ahnte, dass die letzte Gegenwart eines Menschen unsagbar weit zurück lag. Er fühlte sich wie auf einem verlorenen Außenposten, je weiter er in die tieferen Gefilde der Spirale vordrang. Würde er sich in dieser Stille auflösen, unbemerkt Teil des Nichts werden und langsam aufhören zu existieren?

Der wachsende Mangel an neuen Eindrücken stimulierte seine Erinnerungen und er reiste zurück zu den phantastische Kreaturen, die er gesehen hatte, ob im Wasser, in den Lüften oder in den Türmen; er erinnerte sich an feuerrote Echsen, so groß wie ausgewachsene Krokodile, die sich stets auf der Außenseite eines Turms aufgehalten hatten, wo sie ununterbrochen das schnell nachwachsende Moos abweideten, das den Turm wie ein Mantel umgab. Er wusste noch, dass sie ausgesprochen scheu waren und innehielten, sobald sie bemerkten, dass er sie beobachtete. Dann ergriffen sie die Flucht und warnten ihre Artgenossen mit einem Geräusch, das entfernt an das Schnurren einer Katze erinnerte, nur lauter und viel höher.

Ein anderer Turm war voller Holzmöbel, Tische, Stühle, Schränke und Kommoden, meist gestapelt bis unter die Decke der jeweiligen Etage. Hal musste immer wieder den Weg freiräumen, ohne unter den hölzernen Massen begraben zu werden. Und als wäre das nicht sonderbar genug, war die Luft erfüllt von einem Staub, der an winzige Glühwürmchen erinnerte. Dieser Staub, diese Partikel durchdrangen Wände, den Boden, die Möbel und alles, was ihnen in dieser Welt im Wege stand. Sogar Hals Materie bildete keine Barriere für sie, während das Leuchten in seinem Körper verschwand und ihn verließ, als wäre er gar nicht vorhanden. Die Lichter glühten in den oberen Hautschichten und verloren sich darunter in der Dunkelheit des Gewebes. Der optische Eindruck passte nicht zu dem, was er spürte, denn wo er Hitze oder Wärme erwartete, fühlte er nicht die kleinste Temperaturschwankung. Und nachts boten jene Lichter ein unvergleichliches Schauspiel, denn die Welt um Hal herum bestand plötzlich nur noch aus Schatten, welche die gelblich bis grünlich glühenden Irrlichter zu verschlingen schienen und dadurch plastisch wurden wie eine invertierte Welt.

Bei all den Gedanken, der Selbstreflexion und den Zweifeln, mit denen sich Hals Geist beschäftigte, hatte die Reise etwas von einem Pilgerweg, dessen Stationen die Türme waren. Dennoch war es ein sehr ermüdender Prozess, der vonstattenging. Wie gerne hätte er sich niedergelegt, die Augen geschlossen und für immer geschlafen. Aber er hatte es sich ausgesucht, hatte mehrmals eine andere Entscheidung treffen können. Insgeheim wusste er sehr wohl, dass ihn die Fragen zermürbt hätten, wäre er irgendwo sesshaft geworden. Wenn er nun aufgeben würde, wäre er dann nicht völlig umsonst durch all das gegangen? Er würde sogar akzeptieren, in einer Sackgasse zu verenden, wenn er sein Ziel vorher nicht aus den Augen verlor und an seinem Wunsch festhielt, denn das machte jeden Zwischenfall zu einem natürlichen Risiko, einem Teil des Weges, mal zufällig, mal unausweichlich. Doch Rückzug, das Aufgeben, ein bewusstes Scheitern würde eine Sackgasse zu einer Strafe erheben, zu einem heraufbeschworenen Fluch.

Er musste durchhalten und den Dingen harren, die vor ihm lagen. Nur auf diese Weise konnte er allem und sich selbst in dieser sonderbaren Welt einen Sinn geben. Wenn er nicht verstand, was das alles zu bedeuten hatte, so wollte er doch an der Hoffnung festhalten, es eventuell eines Tages zu erfahren.

Zwischenspiel

Lied des Windes

Ich weiß gar nicht mehr, wann und wo ich Emma das erste Mal traf. Dürfte auf irgendeinem Konzert oder in einem Club gewesen sein. Einer von den kleinen, die nach Unterführung, Schweiß und Rauch stinken. Und nach Kotze. Und nach Schimmel hinter den Wänden. Wir mochten solche Absteigen. Und dann wurden wir recht schnell Freundinnen. Nach der Schule schrieb ich mich hier an der Uni ein und sie sich an einer anderen, weil sie das Gefühl hatte, „raus zu müssen". Wir telefonierten regelmäßig, dann schrieben wir uns Briefe und nach einer Weile wurden die Abstände länger und die Briefe kürzer. Klar, wir besuchten uns auch gegenseitig und zogen zusammen los, aber das war nicht mehr wie früher. Wahrscheinlich wurden wir erwachsen. Oder alt, keine Ahnung. Aber wir verloren uns nie ganz aus den Augen.

Sie konnte schon immer recht gut Gitarre spielen. Also ich fand es gut. Sie hatte das von ihrer älteren Schwester. Und wenn ich nach der Schule bei ihr war, zupfte ich herum und spielte den Rockstar. Das war lustig. Sie wollte mir ein paar Griffe beibringen, aber das war nicht mein Ding. Sie lag gern auf dem Boden und zupfte einen Ton, wartete und zupfte den nächsten. Kein Lied in Zeitlupe, nur zufällig. Ich lag dabei oft neben ihr, Wange an Wange, wie ein Ritual.

Wir knutschten sogar einmal miteinander. War jetzt nicht schlecht, aber auch nicht richtig gut. Ich wette trotzdem, wenn es gut gewesen wäre, wären wir im Bett gelandet und ein Paar geworden.

Und dann zog sie weg und stand am Abend vorher mit der Gitarre bei mir vor der Türe und drückte sie mir in die Hand. Damit ich an meinem Gepose arbeiten kann. Und dann sahen und hörten wir uns immer seltener. Aber die Gitarre erinnerte mich an sie und an früher, an das gemeinsame Saufen und Kiffen und Lachen und wie wir uns mit Eis und Eierlikör trösteten, wenn es mit den Jungs scheiße lief.

Die Gitarre war für sie am Ende nur unnötiges Gepäck, richtiger Ballast. Lieder kann man ja auch pfeifen. Das ist viel leichter. (Das Wortspiel war jetzt auch nicht schwer.) Sie schickte mir immer eine Postkarte von ihren

Reisen. Mensch, wo sie überall war! Keine Ahnung, wie sie das auf die Reihe bekam. Ich musste immer schauen, dass ich lerne, um das Studium nicht in den Sand zu setzen. Und arbeiten durfte ich ja auch, Miete und so.

Naja, und dann kam ein Anruf ihrer Schwester und ich erfuhr, dass Emma tot ist. Ein Reh war ihr mitten in der Nacht ins Auto gelaufen. Zusammengerechnet weinte ich bestimmt ein oder zwei Tage. Auf, keine Ahnung, ein paar Wochen verteilt. Da ging ich nur noch mit Sonnenbrille raus, irgendwie musste ich ja funktionieren und meine Rechnungen bezahlen und das Studium durchziehen. Wie sich das liest. Aber ich dachte viel nach, klar. Schon erstaunlich, wie das die Sicht auf das Leben verändert.

Ich glaube, den fertigen Brief stecke ich in eine Flasche und werfe sie ins Meer, wenn ich mal wieder dort bin.

Bei mir sind immer die Fenster offen. Also außer im Winter oder wenn es zu halt ist, klar. Und einmal wachte ich auf, weil ich die Gitarre hörte. Kein Lied, aber einen Ton. Und dann noch einen, wie damals auf dem Boden. Ich dachte erst, ich träume, aber dann schoss ich hoch, weil es in meinem Zimmer war. Richtig unheimlich! Ich machte das Licht an und schaute nach. Als Vorhang hatte ich ein Batiktuch und ein Zipfel strich durch den Wind von draußen über die Saiten, weil die Gitarre dort zufällig an der Wand stand.

Keine Ahnung, wie lange ich zuhörte. Draußen war ein Gewitter im Anmarsch und die Luft roch schon nach Regen. Ich weiß noch, dass ich dachte: Vielleicht ist das gar nicht der Wind, sondern Emma, die da zupft. Tja, und da war es vorbei. Ich weinte los. Es kam echt alles wieder hoch.

Ich stand nur da und weinte. Und dann schoss mir plötzlich etwas in den Kopf und ich hörte auf.

Am nächsten Morgen bin ich dann los, kaufte ein paar Sachen und bastelte aus einem großen Holzwürfel, den ich seit Ewigkeiten hatte, zwei quadratischen Holzleisten und ein paar Nägeln einen Ständer, quasi ein halbes T. Und an den tackerte ich ein paar Stoffstreifen. Dann nahm ich meinen Nachttisch, legte die Gitarre drauf und stellte den Ständer so hin, dass die Streifen die Saiten an verschiedenen Stellen berührten. Dann noch ein paar Büroklammern unten dran (als Gewicht und zum Einrichten der Länge) und siehe da: Es klappte! Wenn der Wind ins Zimmer wehte, gab es einen leisen Ton. Oder mehrere, je nach dem.

Dann experimentierte ich ein paar Tage mit der Breite der Stoffstreifen, der Menge an Büroklammern und dem Abstand und der Ausrichtung vom Nachttisch zum Fenster, weil ich nicht dauernd ein Konzert wollte. Deshalb hasse ich ja Windspiele. Na, jedenfalls fand ich eine gute Kombination.

Und weil nicht jedes Lüftchen etwas spielt, denke ich, dass Emma ab und zu auf Besuch ist und mir dann Hallo sagt. Und dann freue ich mich.

Das macht es nämlich erträglicher.

Kapitel 30

D e r   w e i ß e   T u r m

„Ari'is."

Hal schrak auf.

War es ein Traum oder hatte wirklich jemand zu ihm gesprochen, ihm dieses seltsame, unbekannte Wort zugeflüstert? Die angenehm weiche Frauenstimme schmiegte sich an seine Gedanken.

Ein Windstoß ging durch die Krone des Baums, unter welchem Hal geschlafen hatte, und ließ weiße Blütenblätter regnen, die lautlos und tänzerisch zu Boden fielen. Irgendwo in der Nähe plätscherte Wasser.

Der Turm bestand komplett aus Marmor mit einer weißen Grundfarbe, mal mit rauchig grauer Maserung, dann wiederum mit feinsten, zartblauen Äderchen oder mit orangen, nachts leuchtenden Einschlüssen. Es gab riesige Treppen, Säulen so hoch wie Wolkenkratzer, gigantische Hallen und von prunkvollen Balustraden begrenzte Plattformen, die den Blick über die weitläufige Umgebung ermöglichten, über Hunderte, ja Tausend Meter hinweg. Wasserfälle stürzten in die Tiefe, mit türkisblauem Wasser, das durch Kanäle geleitet wurde und welches Springbrunnen, Becken und Teiche speiste. Das Wasser war ebenso Kernelement des Turms wie die teils filigrane, kaum tiefe Schatten erzeugende Architektur, deren statischer Sinn durch ihre Schönheit verschleiert und aufgelöst wurde. Und überall wuchsen Bäume, die in voller Blüte standen; die einen hatten strahlend weiße Blütenblätter, bei anderen wohnte dem Weiß ein Hauch von Gelb inne, dort Rot, da Blau, doch stets so subtil, dass der Unterschied nur durch einen direkten Vergleich zum Vorschein kam. Auf der anderen Seite gab es keine normalen Blätter, kein Gras, keine Ranken und kein Moos. Die Farbe Grün existierte hier nicht, als hätte sie eine höhere Macht gänzlich verbannt.

Dieser Turm war so anders und so abgelegen, dass er trotz seiner Dimensionen, die Hal nicht fassen konnte, aus der Ferne nicht im Ansatz zu erkennen gewesen war. Als Hal jedoch das Ziel der Gondel ausmachte, wusste er, dass der Turm der letzte seiner Art war, dass sich vor ihm das Zentrum dieser Welt erhob, der Kern der Spirale lag.

Er hatte die mehr als zwei Wochen lange Fahrt nur überlebt, weil er durch die ständig gestiegenen Abstände und Reisezeiten ein Gefühl dafür besaß, wie viel er an Vorräten benötigte. Diverse Unwetter mit sintflutartigen Regenfällen hatten ihn dabei trotzdem mehr als einmal vor dem Verdursten gerettet. Es war ihm ohnehin ein Rätsel, weshalb er noch lebte.

Er erinnerte sich an Yacos Worte. Es war gut möglich, dass irgendwo im Inneren dieses gigantischen Wunders ein Gebirge thronte, dass es dichte Wälder mit Hirschen und Seen gab, weite Wiesen und tiefe Moore. Doch nichts von alledem wurde auch nur im Ansatz angedeutet. Überall gab es diese atemberaubende Architektur, in die sich jeder Baum, jeder Hain einfügte. Alles schien frei von Zufällen zu wachsen, an einer fest definierten Stelle; sogar die Wurzelstränge folgten geordneten Bahnen. Auffällig war auch, dass sich die von den Bäumen regnenden Blütenblätter nirgends sammelten. Durch den Aufbau des Turms konnte der Wind jeden noch so kleinen Winkel erreichen und jeden Zweig, jedes einzelne Blütenblatt beinahe rituell hinaus auf die Weiten des Meeres tragen.

Dieser Turm, edler als alle anderen zusammen, bot unentwegt etwas Neues, etwas noch Aufregenderes, noch Schöneres. Er hätte trotz der Bäume fast tot gewirkt, seelenlos und steril, doch summten und flatterten zahlreiche Insekten umher, deren teils bunt schillernde Farben von der alles vereinnahmenden Helligkeit geschluckt wurden und nur aus direkter Nähe zu bestaunen waren. Nachts wurde die Konstruktion von Glühwürmchen erhellt, als wären Galaxien vom Himmel gesunken; zu keiner Zeit lag der Turm in völliger Dunkelheit, auch nicht an den trübsten, nebligsten Tagen, als wäre tief in seinen Eingeweiden eine weitere Sonne, deren Licht den Stein durchdrang.

Ob außer ihm noch jemand hier war? Seit seiner Ankunft hatte er zumindest kein Anzeichen dafür entdeckt. Auch fehlten Hinweise, dass überhaupt schon einmal jemand an diesem Ort gewesen war; dennoch fühlte er sich beobachtet. Das Ungewöhnliche an dieser Situation war das fehlende Gefühl einer Bedrohung. Oder war es weniger ein Beobachten als vielmehr ein Locken, das ihn tiefer in den Turm ziehen wollte? Höher hinauf in die unbekannten Höhen dieser Konstruktion und hin zu der Antwort, die Hal so ersehnte.

Ari'is.

Das Wort ging ihm nicht mehr aus dem Sinn. War das der Name dieses Turms, dieses leuchtenden Ortes? Oder hatte es eine andere Bedeutung?

Nachdem sich Hal mit einigen gepflückten Äpfeln eines blattlosen Baums und etwas frischem Wasser gestärkt hatte, packte er seine Sachen und entschied sich für eine Richtung. Es gab viele Möglichkeiten: Hier ein Durchgang, dort eine Treppe, da ein sich schlangengleich nach oben windender, von Bäumen gesäumter Weg und dort eine Wendeltreppe an einer riesigen Säule.

Da er an jeder Ecke frisches Obst pflücken konnte, das an den in Blüte stehenden Bäumen wuchs, scheinbar ohne überreif zu werden und von allein abzufallen, war sein Hunger stets gestillt, obgleich er sehnlich in eine Scheibe

Brot gebissen oder etwas Schinken genossen hätte. Aber in den nächsten Tagen und Wochen würde er dieses Bedürfnis verlieren und die Nahrung als eine Art der Reinigung ansehen, ohne einen Mangel zu erleiden. Neben Äpfeln, Birnen und Mirabellen gab es auch zartrosa Kirschen, orange Walnüsse und Früchte, die er noch nie gesehen hatte und deren vorzüglichen Geschmack sich den Worten entzog.

Natürlich trieb ihn auch die Neugier an, und das nicht nur wegen seiner Fragen. Er wollte wissen, was dort oben war, wie es aussah. Gingen eventuell doch weitere Ketten ab und dieser Turm war gar nicht das Zentrum der Spirale? Aufgrund der Größe der Anlage war es ihm leider nicht vergönnt zu sehen, ob von anderswo Ketten an den Turm führten. Theoretisch hätte er den Turm nur einmal umrunden müssen, was aber dadurch erschwert wurde, dass es keine einzelnen Etagen gab: Der Turm bestand aus zahllosen Ebenen, die chaotisch und doch ästhetisch zusammenspielten, als wäre der Bau nach und nach wild gewachsen, wie eine Pflanze. Eine Umrundung hätte, so schätzte Hal, Wochen gedauert und damit Zeit, die er nicht bereit war, zu investieren. Er wurde gelockt, getrieben von dieser Energie, diesem unermüdlichen, tiefsitzenden Dang, immer höher zu steigen.

Hal sah Vorhänge aus Wasser, die im Wind zu tanzen schienen und hinter denen prachtvolle Bäume ihren lieblichen Duft mit der Frische der kühlen Luft vermählten. Er erblickte immer aufwändiger werdende Ornamente und Skulpturen, teils völlig normal und lediglich handwerklich bemerkenswert, dann wieder so ausgefallen, als wären sie dem Fieberwahn eines Verrückten entsprungen und von meisterlicher Hand in die Gegenwart geholt worden. Doch so unterschiedlich die Formen und Darstellungen auch waren, eine Gemeinsamkeit verband alles: Frieden. Keines der steinernen Lebewesen wirkte bedrohlich, keine Figur aggressiv; selbst in ihren Blicken zeigte sich nichts als Ruhe und Zufriedenheit. Hal fragte sich, ob sie allesamt erleuchtet waren.

Im gleichen Atemzug wollten seine Sorgen nicht verschwinden. Fast war ihm, als mehrten sie sich. Was, wenn dort oben nichts auf ihn wartete? Keine Antwort, ja nicht einmal ein Hinweis. Was, wenn er dann hier festsaß, gefangen in diesem wundervoll anzuschauenden, gigantischen Käfig? Eine Sackgasse und der brennende, nie zu löschende Wunsch nach einer Antwort und Erlösung. Eine grauenhafte, ewige Verdammnis.

Er zwang sich, nicht durchzudrehen. Sein Kopf sagte, dass derartiges Denken nichts brachte, dass er den Dingen zunächst gegenübertreten musste, doch sein Bauch hegte Zweifel. Der Gedanke wollte nicht von seiner Seite weichen, denn immerhin war er mit den kursierenden Gerüchten über einen riesigen Turm im Zentrum vertraut. Sollten diese nur Erfindungen sein oder basierten sie auf wirklichen Berichten von Leuten, die diesen Ort betreten und wieder verlassen hatten? Falls ja, so musste es einen Weg fort von hier geben. Sollte es sich nur um Phantasien handeln, die zufällig nahe bei der Wahrheit lagen, würde er es auf der Spitze erfahren; Hal wollte an dieser Hoffnung festhalten.

Der Turm schien von Hals Sorgen zu wissen, auf sie zu reagieren, denn immer wieder rissen ihn Teile der Architektur, deren Schönheit er nie für möglich gehalten hätte, aus seinem gedanklichen Trott. Und da war diese fast verführerische Gegenwart, dieses Locken, das mit zunehmender Höhe intensiver wurde.

Immer wieder blieb Hal stehen und sah sich aufmerksam um, ob nun in seiner direkten Umgebung oder von einer hervorstehenden, alles überragenden Plattform aus, stets auf der Suche nach einem Farbakzent, der sich vom Rest abhob und damit ein potenzieller Hinweis auf frühere Besucher war. Er rechnete nicht wirklich damit, jemanden anzutreffen, dennoch ermahnte er sich wiederholt zu Vorsicht und Aufmerksamkeit.

So vergingen Wochen. Alles schien zu verschmelzen in diesen Weiten, deren Farbe beinahe etwas Himmlisches hatte, Hal fast schwerelos zu machen schien. Und immer wieder hörte er diese Stimme, die ihn aus dem Schlaf riss, ihm Energie gab, den Weg fortzusetzen, seine Neugier schürte und ihn ab und an sogar nachts laufen ließ, behütet vom Tanz der Leuchtkäfer, die ihm an einigen Stellen wie ein glühendes Band den rechten Weg zeigten.

Irgendwann verlor er das Gefühl für seine Position, denn das Innere des Turms – mit all seinen Treppen, Windungen und Plattformen, blühenden Bäumen und plätschernden Bächen – war kompakter, unübersichtlicher aufgebaut als die fragil zerklüfteten, mit Bögen und Streben spinnennetzartig anmutenden Außenbereiche, hinter denen irgendwann Himmel und Meer vor Hals Augen zu einer Einheit wurden. Wenn sich am Horizont Wolkenberge erhoben, so konnte er diese teilweise nicht vom Marmor des Turms unterschieden, und an grauen, nebligen Tagen war ihm, als würde er sich bereits in Höhen bewegen, wo es normal war, Wolken zu durchschreiten. Streckenweise fühlte er sich dem Wahnsinn nahe, denn das Fehlen neuer Eindrücke versetzte ihn nur zu schnell in eine Art Trance, aus der zu befreien ihm zunehmend schwerer fiel; immer wieder ertappte er sich dabei, keinerlei Erinnerung zu haben, welcher Weg seit Tagesanbruch hinter ihm lag oder wie viele Meter er seit der letzten Abzweigung gelaufen war. Nur das Licht der Sonne gab ihm Aufschluss über die vergehende Zeit, doch auch nur, wenn er einen direkten Blick auf sie hatte, denn die Architektur des Turms verwandelte das einfallende Licht sehr schnell zu einem Schein, einem Glühen, das von jedem Element auszugehen schien – sogar von den Bäumen. So funkelte Wasser, obwohl es der Sonne abgewandt war, während einige Areale nur geringfügig dunkler waren, obwohl sie sich unter anderen Umständen nicht von tiefschwarzen Schatten hätten trennen lassen.

Obwohl er nicht jeden Winkel des Turms sah, nicht sehen konnte, glaubte er daran, dass es hier Gebirge gab, gigantischen Wälder mit farnüberwucherten Lichtungen, und all die Wunder, von denen die Geschichten geschwärmt hatten. Das hier war kein Wunschdenken, keine ausgeschmückte Phantasie, und gut möglich, dass es nichts von alledem hier gab. Vielleicht waren Phantasien dort draußen von Nöten, um den Menschen das Gefühl zu geben, dass es noch mehr gab als ihr Leben auf einem Turm inmitten einer lebensfeindlichen Welt, inmitten dieses tiefen, unergründlichen Meeres.

Weshalb war er hier? Eine Frage, die er sich stellen musste, um den Weg in das Hier und Jetzt zu finden, wohl wissend, dass er sich bald wieder im reinen Leuchten dieses Ortes verlieren würde.

Ari'is.

Er musste weiter, denn dort oben lag die Antwort, dessen war er sich sicher; er *spürte*, dass Wünsche und Hoffnungen hinter ihm lagen und längst einer Ahnung, ja sogar einer stillen Gewissheit gewichen waren.

Und so setzte er einen Fuß vor den anderen und verlor sich immer mehr in diesem Licht ...

Nachspiel

In den Händen der Strömung

Es war ein herrlicher Morgen. Nachdem ein Sturm die ganze Nacht gewütet hatte, trieb nun ein frischer, kalter Wind die letzten Wolkenfetzen über den Himmel, dessen Blau klarer und kräftiger wirkte, als am Vortag. Der Wind kräuselte die Oberfläche des Meeres auf eine sanfte, unauffällige Art.

Yaco lief in Ruhe über die Stege an seinem Turm und suchte nach möglichen Schäden. Dabei beobachtete er aber auch das Wasser, denn Unwetter hatten die Eigenart, oft ganz außergewöhnliche Schätze mit sich zu führen. Mit einem langen Stab, der am Ende einen Haken besaß, fischte er das Treibgut der letzten Nacht aus dem Wasser: Bisher ein paar Bretter, ein gut erhaltenes, kleines Fass – vermutlich mit Rum –, mehrere Fetzen Segeltuch und ein hölzernes Gefäß, das an eine Amphore erinnerte. Yaco entfernte den Verschluss aus Holz und Wachs. Er roch sofort, dass darin Gewürze waren, doch leider hatten diese Wasser gezogen. Ob sie noch brauchbar waren, musste er nach der Trocknung prüfen. Er stellte den Behälter zu den anderen Sachen und hielt weiter Ausschau nach schwimmenden Objekten. Im Anschluss wollte er die Netze prüfen.

Er entdeckte noch eine kleine Holzschachtel mit einer Perlenkette und einer Feder darin, die überraschenderweise trocken war. Er klappte die Schachtel zu und stellte sie auf dem Steg ab, als er ein Geräusch ganz in seiner Nähe hörte: Etwas schlug im Rhythmus des Meeres gegen Holz.

Nach einer Weile hatte Yaco die Klangquelle ausgemacht und kroch auf allen Vieren über den Steg und sah zwischen den Brettern nach unten, wo er in einem der Hohlräume eine Glasflasche treiben sah, die immer wieder vom Wasser gegen einen Querbalken gestoßen wurde. Yaco legte sich am Rand des Stegs auf den Bauch, um mit der Hand ins kalte Wasser greifen und die Flasche erreichen zu können. Nach einigen Versuchen bekam er sie zu greifen und konnte den Fund bergen.

Er sah, dass sich in der dreckigen, rauchfarbenen Flasche zusammengerolltes Papier befand, das mit einer Schnur aus geflochtenem Gras in Form gehalten wurde. Er entfernte den sehr festsitzenden Korken und fischte die Rolle nach einigen Versuchen heraus. Dann stellte er die Flasche neben sich, nahm im Schneidersitz am Rand des Stegs Platz und entfernte die Schnur. Er entrollte das derbe Papier und sah, dass es ein mehrseitiger Brief war, geschrieben auf verschmutzten Teilen einer Karte. Wissbegierig begann er zu lesen:

Yaco,

wenn Du das hier liest, dann wurden meine Gebete erhört. Immerhin erwähntest Du bei meinem Abschied, dass du Dich über eine Flaschenpost von mir freuen würdest. Bedauerlicherweise kann ich nicht sagen, wann sie Dich erreichen wird. Ich weiß nicht einmal, wie viele Jahre seit unserer Begegnung vergangen sind. Oder sind es schon Jahrzehnte?

Ich könnte nun ausholen, was ich alles erlebte, welchen Gefahren ich trotzen musste und wie ich es schaffte, doch am Leben zu bleiben. Leider kann ich nicht sagen, ob ich jetzt noch lebe, während Du Dich gewiss noch immer wunderst, aber ich kann sagen und stolz verkünden, dass ich es bis zum Zentrum schaffte. Und dort, genau dort fand ich die Antwort auf meine Frage, ja sogar die Antworten auf so viele Fragen.

Es gibt einen Grund, weshalb einige Leute nicht altern, weshalb die Zeit stillsteht und doch vergeht, wieso Personen erscheinen und verschwinden, weshalb es Gerüchte über ganze Städte in den Tiefen des Meeres gibt – die übrigens der Wahrheit entsprechen – und weshalb die Türme so sind, wie sie sind. Ich weiß auch, was auf den dreieckigen Türmen in den Weiten außerhalb der äußersten Reihen liegt, solltest Du je davon gehört haben. Ich weiß auch, weshalb Reisende dorthin wollen. Und wieso viele versuchen, hinab in die verborgenen Städte zu gelangen, wo es Maschinen gibt, so unglaublich groß und alt, viel älter als alles, was wir hier oben kennen.

Woher ich das weiß? Die Antwort lag auf der Spitze des Turms im Zentrum. Es war wie eine Stimme, eine Eingebung, durch die plötzlich alles einen Sinn ergab, die mir erklärte, warum ich hier aufwachte und mich an nichts erinnern konnte, weshalb das niemand kann, nicht einmal Du.

Das hier ist auch nur ein kleiner Teil einer viel größeren Welt, ein Staubkorn, wenn du so willst. Vielleicht ist es eines Tages möglich, mit einem Schiff doch die Türme zu verlassen und gefahrlos über das Meer zu segeln. Es soll möglich sein, aber nicht hier. Die Zeit ist noch nicht reif, niemand dafür bereit. Wäre es von heute auf morgen möglich, gäbe es ein völliges Chaos, Plünderungen, Neid und Mord. Wenn diese Dinge keine Gefahr mehr darstellen, erst dann können sich die Zeiten ändern. Wir werden es aber nicht erleben. Wir können nur davon träumen.

Ich kann auch nicht sagen, wie ich es bis zum Zentrum schaffte. Ich denke, es war Vorsehung, denn ich erlangte zwar nach meinem Aufbruch von Dei-

nem Turm mehr Wissen und einiges an Kartenmaterial, aber es reichte nicht im Ansatz bis in die inneren Regionen, wo jede Entscheidung ein Glücksspiel war. Doch wie hoch ist die Wahrscheinlichkeit für so viele zufällig richtige Schritte? Es muss Vorsehung gewesen sein, vielleicht ein göttlich geführter Eingriff in meine Geschicke, ich weiß es nicht. Möglich, dass alles nur darauf hinauslaufen sollte, dass ich Dir diese Zeilen schreibe und berichte.

Es gibt so viel und doch so wenig, was ich Dir noch mitteilen möchte. Vielleicht sehen wir uns ja einmal wieder, denn: Was ist schon Zeit?

Abschließend möchte ich die Erkenntnis teilen, die auch Dir klarmachen wird, weshalb die Dinge sind, wie sie sind, weshalb die Welt so funktioniert, wie sie es tut, mit all ihren sonderbaren Regeln und Gesetzen. Es dauerte viele Tage und Nächte, bis ich selbst ein klares Bild hatte und die Bedeutung entschlüsseln und sie auf das Hier und Jetzt übertragen konnte. Wir sind alle winzige Funken in der Nacht, Leuchtkäfer unter Sternen und noch lange nicht bereit, die größeren Welten zu betreten. Möglicherweise wird irgendwann dieser Moment, dieser neue Schritt kommen, vielleicht aber auch nicht.

Aber was bedeuten all diese Möglichkeiten und Vermutungen schon?

Yaco, die Wahrheit, der Sinn hinter und in allem ist sehr einfach:

Wir sind nichts weiter als Gedanken.

Dein Freund Hal

Yaco ließ das letzte der Blatt sinken und sah hinaus auf das Wasser.

Von Turm her näherten sich Schritte über das Geflecht aus Stegen. Yaco hörte sie nicht und wurde erst aus seinen Gedanken gerissen, als Ziola neben ihm stand, nach der leeren Glasflasche griff und fragte: „Was hat denn die Nacht alles geliefert?"

Er sah zu ihr auf und reichte ihr Hals Brief. Im Hintergrund sah er, dass Soledad ebenfalls den Turm verließ und in ihre Richtung lief.

Dann wandte er sich wieder dem Meer zu, dessen Wind plötzlich eine Energie mit sich führte, die jede Faser seines Körpers zu durchdringen schien. Eventuell hatte er genau deshalb all die Jahre an diesem Ort verbracht und so viele Dinge aus dem Meer gefischt, nur um genau diesen Moment erleben zu können.

Er wusste, dass sich die Dinge ändern würden, denn im frischen Wind dieses Morgens lag eine unvergleichliche Aufbruchsstimmung.

Es war Zeit für etwas Neues.

6

Isbel senkte das Buch.

Draußen verlieh die einsetzende Dämmerung der Welt mit ihrem kalten, blaugrauen Schein Kontur. Sie hatte tatsächlich die ganze Nacht gelesen, ohne Unterbrechung.

Sie schlug das Buch zu, legte es auf den Tisch, trank etwas Wasser, stand auf und streckte sich. Um für frische Luft zu sorgen, öffnete sie das Fenster. Binnen Sekunden war das Abteil erfüllt vom Geruch des anbrechenden Tages, dem kühlen Atem des Morgens. Sie fröstelte, aber der Wind fühlte sich so wunderbar auf ihrer Haut an, dass sie nicht umhinkam, sich ans Fenster zu stellen und mit geschlossenen Augen eine Weile den Duft von Gras und dem vergangenen Regen zu genießen.

Sollte sie das Buch mitnehmen oder es einfach hier liegen lassen, damit es seine Reise fortsetzen konnte? Vielleicht würde es auf einer Parkbank oder in einem Strandkorb bessere Chancen haben, nicht durch einen unglücklichen Umstand im Müll zu laden.

Isbel wurde trotz der Morgenluft von einer Müdigkeit heimgesucht, die sie binnen kurzer Zeit auf ihr Nachtlager lockte, wo sie schnell in einen tiefen und erholsamen Schlaf sank.

Als sie aufwachte, stand die Sonne bereits hoch am Himmel. Es war 10:32 Uhr. Sie richtete sich auf und trank etwas Wasser, ehe sie sich genüsslich streckte und so die letzte Schläfrigkeit vertrieb.

Es dauerte eine Weile, bis sie ihre Gedanken geordnet hatte und sich erinnern konnte, wovon das Buch handelte, das da so abgegriffen auf dem Tisch lag. Gerne hätte sie gewusst, ob der Zustand auf Lieblosigkeit zurückzuführen war oder ob er auf Begeisterung beruhte.

Fest stand, dass sie recherchieren würde, um herauszubekommen, wer das Buch unter welchem Titel verfasst hatte.

Ein Blick aus dem Fenster lenkte ihre Aufmerksamkeit in eine andere Richtung, denn die ihr bekannte Landschaft verriet, dass es nicht mehr lange bis zum Zielbahnhof dauern würde. Der Himmel war nur leicht bewölkt und hinter den umliegenden Wiesen und Feldern zeichneten sich Alleen mit mächtigen Bäumen ab. Hoch oben zog ein Schwarm Vögel dahin.

Isbel kaufte sich im Speisewagen einen frischen Obstsalat, zwei belegte Brötchen und eine Tasse grünen Tee. Den Salat und den Tee genoss sie an einem Fensterplatz. Der Waggon war kaum besucht. Sie hatte bemerkt, dass kaum noch Abteile belegt waren, was dem Zug etwas Geisterhaftes verlieh.

Mit den Brötchen in einer Papiertüte lief sie zurück zu ihrem Abteil, wo sie das Buch kurzerhand im Rucksack verstaute und damit ihrer Intuition folgte. Sie musste an die auf den ersten Blick sonderbaren Zwischensequenzen denken, welche die Handlung unterbrachen und die sie nur zu stark an ihre eigenen Träumereien erinnerten, an die kleinen Auszeiten vom alles umgebenden, alles verschlingenden Alltag. Oder war die Bedeutung dahinter eine gänzlich andere?

Die restliche Fahrt über sah Isbel aus dem Fenster. Niemand kam in ihr Abteil, nicht einmal der ohnehin überfällige Schaffner. Die Bahnhöfe wurden zunehmend kleiner und die letzte Großstadt, die vorübergezogen war, lag ebenfalls weit zurück. Sie fühlte sich entspannt und zufrieden, fast schwerelos.

Als sie an einem Bahnhof den Namen der fünftletzten Station las, der auf einem kleinen Zettel in der Seitentasche ihres Rucksacks stand, packte sie in Ruhe ihre Sachen zusammen, zog die Vorhänge zum Gang auf und öffnete die Tür. Der Himmel, der Sonnenschein und die frische Luft erzeugten eine regelrechte Herbststimmung, als wäre der Sommer längst vorbei. Dabei hatte er doch erst begonnen.

Isbel deutete das als Zeichen der Veränderung, eine Zeit des Aufbruchs. Sie wusste ja nicht einmal, wie lange sie am Meer bleiben und wohin es sie danach verschlagen würde.

Beim Verlassen des vorletzten Bahnhofs schulterte Isbel den Rucksack. Sie sah sich noch einmal um, damit sie auch nichts vergaß, und trat auf den Gang hinaus. Sie lief in Ruhe zu einer der Türen, wo sie allein wartete. Mittlerweile war sie die einzige Person im Waggon. Dass trotz der langen Fahrt niemand ihr Ticket geprüft hatte, wunderte sie noch immer.

Als sie den Bahnsteig betrat, sah sie, dass außer ihr niemand aus dem Zug stieg. Der Schaffner, der ganz vorn bei der Lokomotive war, wartete noch einen Moment, dann ertönte seine Trillerpfeife. Er stieg in den Zug, dessen Türen sich lautstark schlossen, bevor er langsam und ratternd Fahrt aufnahm. Nach einer Weile verschwand er in der Ferne.

Isbel lief über den Bahnsteig und durchquerte die kleine Wartehalle. Der alte Mann am Fahrkartenschalter nickte ihr freundlich zu. Eine Katze huschte durch die offene Tür, sprang auf eine der Bänke in der Mitte der Halle und sah zu Isbel, die bereits draußen in der Nachmittagssonne stand.

Der Bahnhof lag etwas abgelegen vom nächsten Dorf, getrennt durch einige Felder. An der Bushaltestelle rechts vom Bahnhof saß eine ältere Dame. Ihr kleiner Hund, den sie an der Leine hielt, saß da und schaute stumm zu Isbel.

Als sie sich näherte, erhob er sich und schnüffelte mit seiner feucht glänzenden Nase im leichten Wind und dann an Isbels Schuhen.

„Guten Tag", sagte Isbel. „Wissen Sie, wann der nächste Bus kommt?"

Die alte Dame lächelte und grüßte zurück. „In etwa einer halben Stunde."

Isbel schaute auf ihre Armbanduhr. „Fahren die Busse in regelmäßigen Abständen?"

„Jede Stunde. Der letzte entweder um sechs oder um sieben Uhr. Da müssten Sie im Bahnhof nachfragen. Der Schalter schließt um fünf. So ist das hier draußen."

Isbel überlegte, ob sie warten und fahren sollte, oder ob sich ein kleiner Abstecher zum Meer lohnte, dessen frischer Duft landeinwärts zog. Sie hatte mit ihrer Freundin keine feste Ankunftszeit ausgemacht. Das Dorf, wo sie wohnte, lag etwa acht Kilometer vom Bahnhof entfernt nahe der Küste, zu Fuß gewiss etwas mehr. Es sollte ihr möglich sein, alles miteinander zu verbinden und das Ziel entspannt vor Einbruch der Dämmerung zu erreichen. Sie hatte noch genügend Wasser, ein belegtes Brötchen und etwas Obst als Proviant. Und der Himmel sah auch nach allen Seiten hin freundlich aus.

Isbel fragte die alte Dame nach dem Weg zur Küste, bedankte sich, streichelte zum Abschied den kleinen Hund, der mittlerweile das Interesse an ihren Schuhen verloren hatte, und lief los – los Richtung Meer.

7

Isbel verließ die Hauptstraße und folgte der beschriebenen Abzweigung, einem schmalen Trampelpfad, der sich zwischen hohen Gräsern dahinschlängelte und zunehmend sandiger wurde. Als der Untergrund weich genug war, zog sie ihre Schuhe und Socken aus und lief barfuß weiter. Es fühlte sich wunderbar an, den Sand unter den Füßen zu spüren.

Der Wind strich über die Gräser und spielte mit ihnen ausgelassener als mit den Wolken hoch am Himmel, deren Schatten über das Land zogen. Einige Insekten kämpften gegen die sich stetig ändernden Kräfte an, um es zu einer der bunten Blüten zu schaffen, die hier nichts weiter waren als vereinzelte Farbtupfer.

Es dauerte eine ganze Weile, bis sich die Vegetation im hellen Beige des Sandstrands verlor, der immer wieder von den türkisblauen Wogen des Meeres geküsst wurde, die im Licht der Sonne funkelten. Isbel fröstelte vom Wind, dennoch ließ sie es sich nicht nehmen, ans Wasser zu gehen und dort im nassen Sand zu laufen. Das Meer radierte die Fußspuren aus, während es ihre Füße und Waden umspielte, um sie so zu begrüßen.

Abgesehen von ein paar Möwen, die im warmen Sand saßen, war Isbel allein am Strand. Weiße und hellblaue Muschelschalen knackten unter ihren Schritten. Sie genoss es, im nassen Sand einzusinken und ihn zwischen den Zehen zu spüren.

Sie lief eine ganze Weile am Wasser, ehe sie sich für eine kleine Rast entschied. Am Rand der Wiese setzte sich in den Sand und ließ sich dort beim Blick auf das Meer das belegte Brötchen schmecken.

Ob es da draußen unentdeckte Regionen gab? Türme? Oder sogar gigantische Städte in den dunklen Tiefen, so alt, dass selbst die kleinste Erinnerung daran nicht überlebt hatte? Oder wusste nur keiner davon, weil es, genau wie in dem Buch, Kräfte gab, die dieses Wissen unter Verschluss hielten?

Vielleicht gab es von dem Schriftsteller – oder der Schriftstellerin – noch weitere Bücher dieser Art, welche mit mehr Details zu dieser Welt. Isbel fühlte eine Abenteuerlust in sich keimen, eine prickelnde Vorfreude auf unentdeckte Welten, Verschwörungen, Intrigen und auf das Unmögliche.

Bei diesem Gedanken nahm sie das Buch hervor. Sie schlug es von hinten auf in der Hoffnung, doch noch irgendeine Information über den Verfasser zu finden. Doch außer einem Fleck – eventuell Tinte – fand sie nichts auf den vier Leerseiten. Sie blätterte etwas weiter zurück und überflog die Zeilen. Zu ihrer Überraschung kam ihr der Text unbekannt vor, und das, obwohl sie die Geschichte erst beendet hatte. Sie ging noch ein paar Seiten zurück und stieß auf einen Kapitelnamen, den sie definitiv nicht kannte.

Sie überlegte und blätterte bis zu Hals Brief an Yaco. Nach der kurzen, abschließenden Szene hatte sie das Buch weggelegt. Und nun stellte sich zufällig heraus, dass dieses Ende durch drei leere Blätter von einem weiteren Text getrennt wurde.

Verwundert begann Isbel zu lesen ...

– Regen –

Es war dieser verdammte Regen, der jeden dort unten mürbe machte, der die Energie raubte und damit Zuversicht und Durchhaltevermögen. Und dann war da noch der Nebel, der über die Gräben zog und sie teilweise füllte, wodurch die Orientierung noch schwieriger wurde, ganz zu schweigen von dem Schrecken, der mit dem Dunst kam, denn niemand wusste, ob es nicht Gas war, das binnen weniger Minuten Augen und Lunge zersetzte. Viele von ihnen hatten aufgegeben, wussten nicht einmal, wie lange sie schon ausharrten. Neue Gesichter gab es kaum, und damit nichts weiter als jeden Tag den gleichen Trott. Keine neuen Eindrücke, keine Ablenkung, nichts, was Licht in dieses triste Dasein brachte.

Etwas Trost fanden die Männer in Form weniger Büsche und Bäume, die hier und da in den Gängen wuchsen und damit zumindest einen Hauch von Farbe spendeten. Ansonsten gedieh nichts auf dem Boden, der von den Schritten so verhärtet war, dass er selbst bei Regen kaum Wasser aufnahm. An den Wänden, die teils aus Beton bestanden, mit Eisenplatten verkleidet waren und andernorts nur mit Brettern und Balken daran gehindert wurden, dem Druck der Erdmassen nachzugeben, konnten nur kümmerliche Moose und harte Flechten überleben. Einige Männer erinnerten sich an Zeiten, in denen immer wieder frisches Laub in die Gänge geweht wurde, doch das gehörte wie so vieles längst der Vergangenheit an; es war so verschwunden wie die dumpfen Klänge der schweren Geschütze in der undefinierten Ferne. Es glich schon einem Wunder, wenn sich ein Käfer an diesen Ort verirrte, der mehr Reich der Toten war als das der Lebenden.

Wo die Gänge in den Außenbereichen zur Oberfläche führten, ragten die Wände weiter im Inneren drei, vier Meter und höher auf, weshalb die Sonne in einigen Abschnitten die Schatten nur zur Mittagszeit vertrieb. Die Kleidung war fast immer klamm, ob nun von der hohen Luftfeuchtigkeit, dem eigenen Schweiß oder dem letzten Regen.

Schimmel in der Kleidung, Pilzinfektionen, wundgescheuerte Haut und nicht enden wollender Husten waren nur einige der Probleme, mit denen jeder zu kämpfen hatte. Tagtäglich kam es zu Auseinandersetzungen. Die Nerven lagen blank. Hinzu kam die karge Umgebung, die jeden mürbe machte und an den Rand des Wahnsinns trieb. Die Gräben waren Gift, das die Psyche so zersetzte wie das Gas das Gewebe.

Auch kursierten immer wieder Gerüchte, dass es in einigen Lagern zu Kannibalismus kam und es sogar Trupps gab, die mordend durch das Labyrinth zogen, um einen Weg aus dem Irrsinn zu finden. Die spärlichen, immer wieder gleichen, nach nichts schmeckenden Rationen leisteten ihren Beitrag, den Geschichten Glaubwürdigkeit zu verleihen und die Schrecken zu nähren. Hinzu kam, dass die Gedankenspiele in dieser Umgebung teils sonderbare Früchte trugen. Beispielsweise hatten ein paar der Männer irgendwo gehört, dass die Gänge nicht zufällig angelegt worden waren und trotzdem keinem strategischen Sinn folgten. Angeblich waren es Furchen, Verkörperungen von Ley-Linien, beschreitbare Energiebahnen. Doch die einzigen Energien an diesem Ort entsprangen der Bedrohung und tiefer Verzweiflung.

Das änderte sich allerdings für einen jungen Soldaten namens Ciaz, als dieser einen mit künstlichen Vitaminen und Koffein versetzten Schokoriegel aß, der sich im Mund wie Sand anfühlte und einen leicht bitteren Geschmack besaß. Dabei hörte er, wie ein Kamerad mit einem der Neuankömmlinge sprach, die am Vortag zu ihnen gestoßen waren. Nachdem ein Unwetter mit schweren Regenfällen ihre Stellung ausradiert hatte, wobei mehrere Soldaten unter den Erdmassen der einstürzenden Gänge den Tod fanden, irrten die fünf Männer tagelang orientierungslos durch das Labyrinth, bis sie endlich hier ankamen.

Ciaz' Aufmerksamkeit wanderte zu der Unterhaltung, was ihn den Geschmack und die Textur der Schokolade vergessen ließ. Der Mann erzählte, dass drei seiner Kameraden wenige Tage vorher von ihrem Vorgesetzten den Auftrag erhalten hatten, einem Soldaten zu folgen, ihn aufzuspüren und zurückzubringen, da dieser die Flucht ergriffen hatte und deshalb der entsprechenden Strafe zuzuführen sei – obwohl jeder wusste, dass es kaum möglich war, jemanden in diesem Labyrinth zu finden. Es war fast so irrsinnig wie der Bericht über einen Kriegsherrn, der mit Krankheiten infizierte Leichen als Wurfgeschosse nutzen ließ, um den Feind zu schwächen und letztendlich zu besiegen. Ciaz konnte sich leider weder an das Jahr noch die näheren Umstände erinnern, auf denen die Erzählung beruhte, die überraschenderweise jeder kannte, dem er bisher in diesen Gräben begegnet war.

Und obgleich Ciaz genau wusste, was Deserteuren und jenen drohte, die sich unerlaubt entfernten, begann doch ein Gedanke in ihm zu keimen, eine Glut wie vom Wind berührt pulsierend zu glimmen. Er würde hier sterben, wenn er seinen Befehlen folgte. Er und seine Kameraden warteten in diesen Gräben letztendlich nur auf ihren Untergang.

Das Meer! Wie schön es doch wäre, noch einmal das Meer zu sehen, die Wellen zu hören und die salzige, klare Luft zu riechen.

Bei diesem Gedanken formte sich ein klares Bild in seinem Kopf, ein Ziel: Er musste es wagen, musste ausziehen, um sich diesen Wunsch zu erfüllen, einen Wunsch, für den kein Risiko zu hoch war und selbst der Tod ein angemessener Preis.

Ciaz betrachtete die Schokolade, deren Oberfläche matt und teilweise grau war, was ihn an stockfleckiges Papier erinnerte.

Ein Dokument! Er brauchte ein Dokument, welches das Verlassen seines Postens rechtfertigte und – das war der wichtige Teil – jeden täuschte, der ihm über den Weg laufen würde. Die Feldtelefone mit ihren verrotteten Leitungen fielen immer wieder aus, was eine Meldung zu anderen Stellungen unwahrscheinlich machte. Dass seine Einheit nichts von dem Deserteur gewusst hatte, war hierfür Beweis genug.

Bis eben nahm er an, dass niemand auf die Idee kommen würde, Soldaten zu entsenden, um jemanden aufzuspüren und festzunehmen. Vor Jahren war das Routine, doch nun verbrauchten solche Aktionen die letzten Kräfte der Männer und trieben sie damit unweigerlich in den Tod. Aber was machte hier draußen schon Sinn?

Eventuell konnte Ciaz während seiner nächtlichen Wachschicht ein, zwei Seiten aus dem Wachbuch entwenden und später ein Dokument aufsetzen und einen Stempel kopieren, um die Sache halbwegs offiziell wirken zu lassen. Praktisch wäre eine Art Passierschein mit einem Auftrag, den er sich noch ausdenken musste und der plausibel genug war, um einen Alleingang zu rechtfertigen. Vielleicht konnte er ja die Geschichte des dreiköpfigen Suchtrupps für diese Zwecke nutzen. Dem fahnenflüchtigen Soldaten konnte er einen beliebigen Namen geben, ebenso eine zufällige Beschreibung. In diesem Zusammenhang war praktisch, dass er mittlerweile den Namen des Hauptmanns kannte, der den Trupp losgeschickt und das Unwetter nicht überlebt hatte.

Es war erstaunlich, wie ein paar Worte alles verändern, die Dinge in ein neues Licht rücken konnten. Ciaz hatte ein Ziel vor Augen, und das gab ihm mehr Perspektive als die Aussicht, hier noch für unbestimmte Zeit die Stellung halten zu müssen und womöglich von einer Krankheit heimgesucht zu verenden.

Ciaz sah auf das braune Wasser, das ihm bis knapp unter den Rand seiner Stiefel reichte und dessen Oberfläche von den großen Regentropfen gekräuselt wurde. Er beugte sich nach vorn, um an der gespannten Plane über seinem Feldbett vorbei den Himmel sehen zu können, der dunkelgrau und ohne jegliche Farbunterschiede den Tag bedeckte.

Er musste hier raus. Fort zur Sonne.

Etwa zwei Wochen nach seinem Entschluss ergriff Ciaz während der nächtlichen Patrouille die Flucht: Er prüfte einen der verbarrikadierten Zugänge zur Stellung und bot dem Wachposten in der Nähe an, kurz aufzupassen, damit dieser sich die Beine vertreten konnte. Kaum war der Soldat außer Sicht, holte er seinen Rucksack hervor, den er mit zwei Decken in einer Nische hinter einer Holzkiste versteckt hatte. Er schleuderte ihn über die Konstruktion aus Holz und Stacheldraht und nutzte anschließend die Decken, um unbeschadet auf die andere Seite klettern zu können. Dort schulterte er hastig den Rucksack und eilte in die Nacht.

Ein paar Stunden später verlieh die Sonne dem Himmel im Osten ein schwarzblaues Glühen, das bald zu einem Feuer wurde und die tieferen der wenigen Wolken ebenfalls entfachte. Durch die Gräben wehte ein kühler, reiner Wind, der nichts vom Gestank der Stellung hatte, der Kloake, in welcher an windstillen Tagen jeder Atemzug Überwindung kostete. Der zweite Unterschied waren die Vögel, die heiter sangen und von hier nach da flatterten. Sie mieden sämtliche Stellungen, genau wie die Ratten, denn dort wartete nur der Tod; Soldaten machten Jagd auf sie, um nach Monaten und Jahren mit Fertignahrung endlich wieder etwas Frisches essen zu können, sie machten Schießübungen oder sie fingen Tiere, um etwas zu haben, um das sie sich kümmern konnten, was ihnen Abwechslung gab und ihrem Dasein einen Sinn. Doch viele Tiere hatten gelernt, dass sie verloren waren, sobald sie auch nur in die Nähe der Stellungen kamen. Nicht einmal die hungrigsten, schwächsten und bis zur Schwelle des Todes ausgemergelten Exemplare ließen sich dort sehen. Entweder starben sie irgendwo still und leise oder sie wurden von anderen Tieren und Artgenossen auf ihrem Weg zu einer Stellung erlöst. Es war, als hätte sich sämtliches Leben von den Männern abgewandt. Umso erstaunter war Ciaz, als er die hellen, fröhlichen Klänge vernahm, an deren Existenz er nicht einmal mehr geglaubt hatte. Sie waren die Melodie einer klaren, reinen Energie, die hier draußen sämtliche Dinge durchströmte.

Mit dem fortschreitenden Sieg der Sonne über die Nacht wurde auch klar, dass hier draußen die Natur längst damit begonnen hatte, sich zu erholen.

Ranken mit großen Blättern bedeckten die Wände der Gänge und den Boden, der nicht mehr unentwegt von Schritten verdichtet wurde. Ciaz staunte, als hätte er noch nie eine grüne, gesunde Pflanze gesehen, einen Busch, saftiges Gras, weiches Moos und einen jungen Trieb.

Er wusste, dass das Meer im Westen lag, doch hielt er sich vorerst Richtung Osten, um später einen Bogen zu beschreiben und so die Chancen zu erhöhen, einer eventuellen – wenngleich unwahrscheinlichen – Verfolgung zu entwischen. Da die Gräben in unterschiedlichen Winkeln zueinander lagen, musste er sich an der Sonne orientieren. Er besaß zwar ein paar Vorräte, Chlortabletten und mehrere volle Magazine für das Gewehr und die Pistole, aber er hatte keine Vorstellung, von welcher zu überwindenden Distanz er ausgehen musste.

Während die Wirkung des Adrenalins nachließ, fragte er sich, ob er die richtige Entscheidung getroffen hatte, denn eine Rückkehr zu seinen Kameraden war definitiv nicht möglich. Allerdings hatte er sich schon größeren Hürden gestellt, andere Ängste und vor allem mächtigere Feinde besiegt.

So schnell die Zweifel gekommen waren, so schnell verschwanden sie auch, denn Ciaz besann sich auf den Grund, der ihn hinaus in das Labyrinth gelockt hatte. Und das, was die Gänge für ihn bereithielten, konnte er nur bedingt oder gar nicht beeinflussten. Er konnte lediglich abwarten und reagieren, wie auf einem Floß, das willenlos einem Strom folgte. Es dauerte daher nicht lange, bis er sich von den Farben und dem Leben, das hier draußen regierte, vereinnahmen ließ. Zuversichtlich setzte er einen Fuß vor den anderen und nahm dabei die Gerüche, Farben und Geräusche auf, die er so vermisst hatte.

– Die Notiz –

Die Temperaturen der Abende und vor allem der Nächte waren unangenehm. Da es keine Lichtquellen gab, musste Ciaz pausieren, sobald die Schatten um ihn herum zu mächtig wurden; und mit diesem Stillstand kam die Kälte. Wenn der Himmel wolkenlos war, erstrahlten zwar Sterne und der Mond, aber ihr Schein verlor sich nur zu schnell in den Gängen, die das Land durchzogen wie Flüsse aus Pech. Das kleine Ein-Mann-Zelt – eine Plane, Gestänge, Schnüre und Erdnägel – schützte ihn teilweise vor Wind und Regen, aber bei feuchtem oder gar unter Wasser stehendem Boden war er ohne ein Feldbett oder eine andere, höhere Unterlage dem Wärmeverlust von unten schutzlos ausgeliefert. In diesem Fall versuchte er, Holz, Pflanzen und Steine, kurz, einfach alles zu sammeln, was er finden konnte, um es aufzuhäufen und so wenigstens halbwegs trocken sitzen zu können. Dann hüllte er sich in die Zeltplane und verbrachte die Stunden bis zum Sonnenaufgang in einem Dämmerzustand, sofern er nicht derart müde und geschwächt war, dass er auch in aufrechter Position einschlief.

Natürlich kannte er lange Märsche und kräftezehrende Bedingungen, aber die Zeit in der Stellung war weniger entbehrungsvoll gewesen, weshalb er die Probleme, denen er nun unweigerlich begegnete, als Preis für seine Freiheit betrachten musste.

Es dauerte nicht lange und Ciaz hatte ein Gespür für alle noch so kleinen Veränderungen in der Tier- und Pflanzenwelt, die auf die Gegenwart von Menschen hinwiesen. In der Nähe von Stellungen fehlten Pflanzen so offenkundig wie der Gesang von Vögeln. Allerdings deutete sich eine Stellung bereits eine Weile vorher an, sei es durch den Geruch, ein undefinierbares Gefühl oder die Tatsache, dass sich Vögel nicht über eine unsichtbare Grenze hinauswagten, ob zu Land oder in der Luft. So gelang es ihm, jeglichen Kontakt mit Soldaten zu vermeiden. Was die Gefahr von umherziehenden Gruppen oder einzelnen Personen anging, so musste er damit leben, denn es war nicht möglich, sich in diesem Labyrinth dauerhaft zu verstecken, schon gar nicht kurzfristig. Er musste sich dieser Angst stellen und sie besiegen, es ging gar nicht anders.

Als er – umgeben von Leichenteilen und abgenagten Knochen – in einem Bild der Verwüstung stand, war ihm, als würden die Vögel zu ihm singen, ihm erzählen, dass genau so etwas passierte, wenn man nicht vorsichtig war.

Ciaz, der gegen den Gestank des Todes ankämpfen musste, um sich nicht zu übergeben, suchte in seiner Erinnerung nach dem Moment, ab welchem ihn seine Instinkte getäuscht und letztendlich in diese verlassene Stellung geleitet hatten. Dass niemand mehr lebte, war offensichtlich, dennoch hatte er zur Sicherheit jeden Winkel mit vorgehaltener Waffe abgeschritten.

Er fand Feuerstellen, über denen man die Körper der Soldaten zubereitet hatte. Die Flammen waren längst erloschen und die Asche kalt, doch der Zustand der sterblichen Überreste verriet, dass sich die grausigen Szenen erst vor wenigen Tagen abgespielt hatten. Gut möglich also, dass die Kannibalen noch in der Gegend waren.

Nachdem die Stellung gesichert war, machte sich Ciaz am späten Nachmittag daran, nach Vorräten zu suchen, Waffen und Munition zu sichten und die Taschen der Opfer zu überprüfen. Neben Wasser, Nahrung und einigen Dingen wie Besteck und Feldgeschirr fand er in den persönlichen Ausrüstungen auch Münzen, Ansichtskarten und Briefe. Aus der Tasche einer Uniform, die zerschunden, blutig und feucht am Boden lag, zog er ein mehrfach gefaltetes Blatt Papier, das er vorsichtig aufschlug und zunächst überflog. Da der Inhalt sein Interesse weckte, setzte er sich auf eine Kiste und studierte das handschriftliche Schreiben eingehender. Mit nur schwer leserlicher Schrift stand da geschrieben:

im tiefen Kern da liegt verborgen
was einst ein Geist mir hat gesagt
es keimt und weilt im Nirgendwo
und wartet nur auf mich

das ist die Hoffnung

Ciaz las die vier Zeilen und den Zusatz mehrmals durch und konnte die Bedeutung nicht fassen, anfangs nicht einmal eine vage Theorie skizzieren. Allerdings lag in den letzten vier Worten etwas, das ihn an sich selbst erinnerte, an seine Sehnsucht nach dem Meer. Eine zweite Parallele war der Umstand, dass jemand den Zettel bei sich getragen hatte, genau wie er das gefälschte Schreiben. Handelte es sich bei der Uniform möglicherweise um die des desertierten Soldaten? Oder hatten ihn seine Kameraden gefunden? Waren das hier vielleicht die Überreste der Gruppe? Aus der belauschten Unterhaltung war hervorgegangen, dass keiner wusste, weshalb ihr Kamerad das Weite gesucht hatte. Der wahre Grund war so rätselhaft wie die Worte auf dem Papier.

Wenn das stimmte, was machte der Mann dann hier draußen? Statt sich dem Rand der Gräben zu nähern und dem Irrsinn zu entfliehen, hatte er sich weiter

ins Innere begeben. Wollte er, genau wie Ciaz, einen Bogen laufen, um möglichen Verfolgern zu entkommen? Oder hatte er sich einfach verirrt?
Ciaz las die Zeilen erneut. Was war mit *, im tiefen Kern'* gemeint? Eventuell das Landesinnere, jene ferne Region, über die hier draußen niemand etwas wusste? Längst waren Meldungen von dort verstummt und es gab auch keine Soldaten, die aus dieser Richtung kamen. Das da draußen war nichts weiter als ein leerer Fleck auf den verbrannten Karten, vergessenes, wieder unbekanntes Terrain, Niemandsland. Das Nirgendwo.

Wenn das Ziel des Soldaten das Landesinnere gewesen war, was gab es dann dort? Was hatte ihn dazu bewogen, seine Einheit zu verlassen und sich den Gefahren zu stellen, die von seinen Verfolgern, anderen Stellungen, Einheiten und vor allem der lebensfeindlichen Umgebung hier draußen ausgingen? Nicht zu schweigen von den umherziehenden Gruppen, den Kannibalen, die augenscheinlich realer waren als Ciaz angenommen hatte. Der Anblick dessen, was Hunger, Verzweiflung und Tod zurückgelassen hatten, führte ihm vor Augen, wie durchsetzt das Land doch war, durchdrungen von Wahnsinn, den Schatten der Existenz. Aber hatte er sich nicht selbst all diesen Dingen gestellt, ihnen entschlossen die Brust entgegengestreckt, in jener Nacht, in der er seine Stellung verließ? Es stand ihm daher nicht zu, Entscheidungen zu hinterfragen, denn längst war er eines der Elemente, die das gesamte System stören konnten, da er niemandem unterstellt war.

Letztendlich lief es auf die Frage hinaus, ob er zum Meer marschieren oder etwas Unbekanntes in den Tiefen des Landes suchen sollte. Er musste sich entscheiden. Eines dieser Ziele zu erreichen, würde Beweis für das ungeheure Glück sein, das an seiner Seite war – oder ein Lächeln des Schicksals. Und wieder: Was hatte hier draußen schon einen Sinn?

Ciaz, in den Schatten der mittlerweile über vier Meter tiefen Gräben fröstelnd, wusste, dass die Sonne bald untergehen würde und es deshalb wenig Wert hatte, das Lager zu verlassen und die Reise fortzusetzen. Deshalb stellte er eines der umgeworfenen Feldbetten wieder auf und errichtete mehrere Barrikaden, die er so sicherte, dass Töpfe, Besteck und Geschirr Lärm machten, sobald jemand versuchen sollte, das Hindernis zu überwinden, in der Hoffnung, dadurch zu erwachen und sich einem Überfall erwehren zu können. Anschließend hortete er das, was er an nützlichen Sachen finden konnte, und ging alles in Ruhe durch, um zu entscheiden, was er in seine Ausrüstung übernehmen konnte. Er sichtete auch Unterlagen und nahm einen der Ausweise an sich, und damit eine falsche Identität. Er studierte auch die Namen in den anderen Dokumenten, um so bei Bedarf eine Geschichte zu konstruieren, die ihn als Überlebenden dieses fürchterlichen Vorfalls darstellte. Im Wachbuch, das stark unter Witterung, Schmutz und Zeit gelitten hatte, tauchten keine Hinweise über ungewöhnliche Aktivitäten auf.

Je mehr er über die Situation nachdachte, desto wirrer wurden die Möglichkeiten: Was, wenn hier gar keine Gruppe von Kannibalen eingefallen war?

Was, wenn es das Werk einiger Männer aus der Stellung war, von Hunger und Trostlosigkeit um den Verstand gebracht? Waren sie möglicherweise noch in der näheren Umgebung?

In diesem Zusammenhang lag es durchaus im Bereich des Möglichen, dass er in den sonderbaren Vers etwas hineininterpretierte, das von der Wahrheit nicht weiter hätte entfernt sein können. Aber konnte er sich dessen sicher sein? Es machte keinen Unterschied, ob die Kleidung, aus der er den Zettel hatte, dem gesuchten Soldaten gehörte und die wenigen Zeilen Hinweise enthielten oder ob das Zufälle waren, die weder etwas miteinander noch mit dem zu tun hatten, was Ciaz in seiner Stellung gehört hatte. Fest stand, dass ein Gedanke in ihm gekeimt war, ein Wunsch – und nicht zuletzt eine Hoffnung, eventuell sogar die gleiche, wie die von unbekannter Hand erwähnte.

Mit den neuen Zugängen und Verbesserungen in seiner Ausrüstung, gesättigt von kaum schmackhafter Nahrung und fast immun gegen den fürchterlichen Gestank, der die Stellung durchzog, legte er sich später am Abend auf sein Nachtlager und sank bald darauf in einen tiefen, kräftigenden Schlaf.

– Aufziehende Nacht –

In den folgenden Tagen, in denen sich Ciaz immer weiter in das Landesinnere wagte, wurden die Gräben deutlich tiefer. Da sie nun schon über fünf, teilweise sogar sechs Meter aufragten, marschierte er einen Großteil des Tages in einem Zwielicht, begünstigt durch die unregelmäßige Breite der Gänge von zwei bis drei Metern, an einigen Stellen deutlich weniger, an anderen etwas mehr. Auch zeigte sich immer wieder der Preis, den diese Dimensionen mit sich brachten, denn nicht selten musste er über Geröll klettern, gar den Rückweg antreten und eine andere Route beschreiten, weil kein Durchkommen möglich war. Oder er musste abwägen, ob sich das Risiko lohnte, einen Abschnitt zu durchqueren, in welchem Eisen und Holz der stützenden Konstruktionen nachgegeben hatten, ohne dabei völlig zu versagen und alles zum Einsturz zu bringen. Wie hoch lag die Wahrscheinlichkeit, dass ausgerechnet in den nächsten Minuten eine Lawine aus Erde und Geröll niedergehen würde?

Ciaz wusste nicht, ob das Land über ihm anstieg oder ob sich die Gräben unabhängig davon stetig tiefer ins Erdreich frästen, gleich Rissen in Gestein, die durch Wasser und Eis unentwegt an Breite und Tiefe gewannen. Wo er anfangs noch einen Blick aus dem Labyrinth hatte werfen können, blieb ihm diese Möglichkeit ab einer bestimmten Höhe verwehrt. Außer weiten, nach wie vor verödeten Flächen, die nur langsam von der Natur mit neuem Leben erfüllt wurden, gab es dort oben nichts, keinen Hain, kein Gebäude, nur Leere und Trostlosigkeit. Die Schutthaufen waren zu instabil und die Gefahr, bei einer Besteigung zu verunglücken und unter ihnen begraben zu werden, zu groß. Folglich blieb Ciaz seiner Phantasie und den Fragen überlassen, anstatt die Realität der Oberfläche zu sehen. Basierend auf den Veränderungen innerhalb des Labyrinths lag jedoch die Vermutung nahe, dass es dort oben mittlerweile nicht nur verbrannte, vergiftete und eventuell strahlenbelastete Ebenen gab. Immerhin waren die Gänge teils voller Leben.

Die zunehmende Vegetation hatte vielerlei Effekte: Er sah und hörte mehr Tiere, es gab Nahrung, wie etwa Beeren und Samen, in Moosteppichen gespeichertes Wasser und ein Grün, das durch die Schatten der Gräben mehr Dichte und Tiefe verliehen bekam, als tatsächlich vorhanden war. Büsche überspannten die Furchen, dunkle Scherenschnitte am Himmel, während Ranken die Seitenwände so voluminös bedeckten, dass Ciaz hin und wieder das Gefühl der Beklemmung in seiner Brust spürte und sich fragte, ob ein Feind im Dickicht lauerte.

Durch die Summe dieser Elemente wurden die Tage unentwegt dunkler und kürzer, die Nächte hingegen länger und kühler. Zwar besaß Ciaz trockene Streichhölzer und sogar einen kleinen Feuerstein, doch da trockenes Brennmaterial in den dauerhaft klammen Kerben der Erde wie ein geheimer Schatz war, blieb Feuer nur ein Gedanke und Wärme eine Phantasie. Dabei hätten die Ranken und Büsche den Rauch so gut gestreut, dass man ihn dadurch nicht ohne Weiteres hätte aufspüren können. Fast war ihm, als wären die Tage eine Abenddämmerung, die mit jedem Kilometer, den er hinter sich ließ, schwächer wurde, um irgendwann von der aufziehenden Schwärze endgültig verschlungen zu werden. Dann wären die hellen, schmalen Streifen in der Höhe der einzige Hinweis darauf, dass er nicht erblindet war. Doch auch sie würden verschwinden, verhüllt von Ranken und ihren Blättern. Diese ewig andauernde Nacht war eine Aussicht, die ihn erneut an seiner Entscheidung zweifeln ließ.

– Verloren –

Ein tagelang anhaltender Regen stellte Ciaz' Willen auf eine harte Probe, denn das Wasser in den Gräben stieg und stieg, spülte Schlamm und Geröll von oben herab und trieb Wellen vor sich her, die ihn, aufgeschaukelt durch mächtige Erdrutsche und durchbrochene Geröllberge, lautlos und plötzlich wie ein Feind aus einer beliebigen Richtung anfielen, ja überrollten. Neben den kalten, graubraunen Fluten war auch mit ihnen ziehendes Treibgut eine Gefahr, angefangen von größeren Holzstücken, die unsichtbar unter der Oberfläche schwammen, bis hin zu losgerissenen Ranken, die wie ein Fischernetz alles festhielten und sich wie Stacheldraht um seine Beine schlangen, mit jeder Bewegung, jedem Versuch der Befreiung enger, stets drohend, ihn seines Gleichgewichts zu berauben und unter Wasser zu ziehen, hinab in den dunklen, kalten Tod. Alles, was nicht wasserdicht verpackt war, wurde unweigerlich nass. Ciaz konnte weder den kleinen Esbit-Kocher nutzen, um sich ein heißes Getränk zu bereiten oder eines der luftdicht versiegelten Gerichte zu erwärmen, noch konnte er einen geeigneten Platz für ein Nachtlager finden. Stellen außerhalb des Wassers beschränkten sich auf angesammeltes Treibgut, das eine Insel oder einen Damm gebildet hatte, und auf herabgestürzte Erdmassen. Erholsamer Schlaf wurde eine ferne Erinnerung, gleich dem Traum vom Meer, denn seine Ruhephasen gingen kaum über einen undefinierten Dämmerzustand oder eine Stunde des Dösens hinaus, was – in Kombination mit dem zunehmenden Lichtmangel – zu einer Verschlechterung seiner Stimmung führte.

Ciaz war niedergeschlagen, schleppte sich mehr durch die kalten Wasser, als dass er entschlossen nach vorn marschierte, stellte sich vor, einfach anzuhalten und sich treiben zu lassen, sich zu unterkühlen und so erschöpft und von Gleichgültigkeit umhüllt zu sterben. Ihm war bewusst, dass er so das unbekannte Ziel nie erreichen würde, doch schien das Ende der Anstrengungen und Entbehrungen immer verlockender. Jeder Tag war hoffnungsloser als dessen Vorgänger, der Himmel grauer und bedrohlicher und die Sonne nichts weiter als ein verblasstes Gefühl der Geborgenheit auf seiner Haut. Ausgewaschen waren Hoffnung und Zuversicht.

Er fühlte sich wie in einer Einbahnstraße, als hätte er sich in verlaufen, verrannt in einer Idee, die einst Kraft spendete, nun bittere Fragen spie, eine Vision des Scheiterns.

Ciaz' Lage besserte sich, als der Regen aufhörte und das Wasser zurückging, die Kleidung vom Wind getrocknet und die Wolken zerrissen und vertrieben wurden. Allein das Blau des Himmels heiterte ihn auf. Wenn er dann einen Gang erreichte, der in einem günstigen Winkel zur Sonne lag, hielt er inne, schloss die Augen und sog das Licht und die Wärme auf, die in den nunmehr über acht Meter tiefen Gräben nur allzu flüchtig war. Aber selbst diese kurzen Augenblicke machten die Anstrengungen und finsteren Gedanken der letzten Tage vergessen, wodurch Ciaz erkannte, dass unter den zurückgedrängten Schatten noch ein Glutnest lag, winzig aber kräftig, dessen Glimmen das Potenzial hatte, das erloschen geglaubte Feuer neu zu entfachen, die verlorene Hoffnung wiederzugewinnen und Zuversicht dort zu pflanzen, wo er sie brauchte.

– An der Schwelle –

Es kam deutlich seltener vor, aber hin und wieder verstummte die Welt um ihn herum und er wusste, was das zu bedeuten hatte. Mehrmals endete diese Stille in einem Schusswechsel, einer hastigen Flucht oder dem Wurf einer Handgranate. Ciaz betrat vor langer Zeit aufgegebene Stellungen, entdeckte die sterblichen Überreste von Soldaten, von denen er nicht wusste, was sie in die Wirren und die Einsamkeit der Gänge getrieben oder hinterlistig gelockt hatte. Ferner stieß er auf Hinweise, die nahelegten, dass Kannibalen auch diese tieferen Regionen des Labyrinths durchstreiften. Er konnte aber nicht sagen, ob er die Spuren eine Woche oder einen Monat nach ihrem Verschwinden fand.

Zu seinem Leidwesen nahm die Tiefe der Gräben unentwegt zu. Der Himmel wurde auf ein paar Streifen reduziert, immer unerreichbarer, in immer weitere Ferne gerückt, wie die Wärme und das Licht der Sonne. Die Winde hier unten gewannen hingegen an Kraft und Kälte, als wären sie die Verkörperung all der Leiden, Vorbote des Todes, der die Furchen durchstreifte, nach neuer Energie lechzte, um diese zu rauben. Und je mehr sich das Licht zurückzog und auf Distanz ging, umso lebendiger wurden die Schatten, die Ciaz umgaben, geworfen von den sich im Wind wiegenden Pflanzen und von stützenden Elementen aus Holz und Metall, die in der Höhe in jedem nur denkbaren Winkel zwischen den Wänden verliefen wie freigelegte Rohre und Leitungen, schwarze Kerben im Blau.

Ihm war, als käme er mit jedem Schritt einer unsichtbaren Schwelle näher, von der er nicht wusste, wie sie aussah. Möglich, dass er sie längst hinter sich gelassen hatte. Er fragte sich mehr als einmal, ob er bei einer der Auseinandersetzungen ums Leben gekommen war und nun durch seine persönliche Hölle marschierte, durch einen seiner persönlichen Kreise, auf den geistigen Spuren Dantes. Doch dann erinnerten ihn der Duft von feuchtem Moos, der liebliche, heitere Gesang der Vögel und ein warmer Sonnenstrahl daran, dass er nicht tot war, und dass vermutlich aus diesem Grund die Schatten um ihn herum dichter wurden, die kalten, körperlosen Hände nach ihm ausstreckten und ihn zu greifen versuchten.

Je höher die Wände aufragten, je tiefer sich die Gräben in das Land fraßen und je kleiner der Himmel über ihm wurde, desto mehr hatte Ciaz den Eindruck, die Wirklichkeit hinter sich zu lassen und eine Zwischenwelt mit eigenen Regeln zu betreten. Aber waren die Kämpfe nicht bereits Teil dieser Welt gewesen? Kämpfe, deren Nebel, deren Finsternis wie ein Echo, eine Spur im Sand in das Hier und Jetzt reichte, lange, nachdem das letzte Geschütz in der Ferne verstummte. Hatte sich der geschlagene Feind eventuell bereits zurückgezogen? Waren die Gegner, auf die er stieß, vielleicht Kameraden, die nicht mehr wussten, wer Freund und wer Feind war?

Die Feuchtigkeit in seiner Kleidung, der Gestank, das Brennen und der Juckreiz durch den Mangel an Hygiene, sein leichter aber nicht enden wollender Husten, knappe Rationen von Wasser und Nahrung und der unzureichende Schlaf, all das trug dazu bei, dass er sowohl körperlich als auch geistig nicht zu Kräften kam. Er war sich daher nicht sicher, ob seine Wahrnehmung die Wirklichkeit zeigte oder ob sie zunehmend von Trugbildern durchzogen und verwässert wurde. Ciaz hatte den Eindruck, als wäre er dabei, sich in den Schatten zu verlieren und mit jedem Schritt weiter aufzulösen.

Er konnte über alles Mögliche sinnieren, verschiedenste Szenarien durchspielen und sich Theorien zu der Welt dort oben zurechtlegen, ohne damit die Wahrheit zu gefährden, die Wahrheit, dass es für ihn in diesem Labyrinth nur einen Weg gab: Den Weg zum Zentrum, zum Geheimnis, das schlafend nur darauf wartete, von ihm geweckt zu werden.

– Konstrukt –

Das Eisen war schwarz lackiert. Die Oberfläche wies an vielen Stellen Risse auf, wo sich die Farbschichten lösten, als wären sie dünnes, trockenes Holz. Auch hatten sich Blasen gebildet, die Rost bluteten, Wunden der Zeit.

Ciaz betrachtete die eiserne Wand, die sich dunkel vor ihm erhob. Sie ließ den Graben enden, der etwa drei Meter breit war, und ragte über 20 Meter auf. Die Oberfläche der Gegend lag noch ein paar Meter darüber, wie er aus einiger Entfernung hatte sehen können. Er konnte weder Schweißnähte noch Nieten ausmachen, nur eine leicht nach außen hin offen stehende Tür, etwa einen halben Meter breit und drei Meter hoch. Totes Laub, das den Boden im Graben mehrere Zentimeter hoch bedeckte, war in die Dunkelheit jenseits der Tür geweht worden. Ein deutlicher Luftzug ins Innere streifte Ciaz' Nacken, was ihm verriet, dass es einen weiteren Ausgang oder zumindest eine Öffnung gab.

Er drehte sich um, betrachtete den Graben hinter sich, der mit den eisernen Wänden wie der Seitenarm eines geleerten Hafenbeckens wirkte, und hielt kurz den Atem an, um ungewöhnliche Geräusche besser hören zu können. Er vernahm nichts dergleichen; kein auffälliges Rascheln im Laub, kein Klappern einer Ausrüstung, kein plötzliches Verstummen oder schreckhaftes Aufflattern der Vögel.

Ciaz nahm die Pistole zur Hand, trat an die Tür und zog diese mühsam weiter auf, um durch den Spalt ins Innere der unbekannten Anlage schlüpfen zu können.

Kaum hatten sich seine Augen an die Lichtverhältnisse gewöhnt, konnte er in der undefinierten Ferne einen Schein erahnen, ein diffuses Glühen, das sich nur minimal von der Dunkelheit abhob. Das Laub lag wie eine Gletscherzunge zu seinen Füßen und die schwarzen, eisernen Wände glänzten feucht. Die Decke konnte er nicht von den Schatten unterscheiden. Die kalte Luft roch wie in einer Höhle und war durchsetzt von einem konstanten Klang, einem Brummen, tief und gerade so laut, um nicht überhört zu werden.

Ciaz tastete sich langsam voran, schob die Sohlen mehr über den Boden, anstatt Schritte zu machen, um das Risiko zu minimieren, in der Finsternis zu stolpern oder gar ins Leere zu treten. Immer wieder versicherte er sich, dass der rückwärtige Raum frei war, dass sich keine Schemen, Verfolger zwischen ihn und den Ausgang schlichen.

Er überlegte, ob er nicht einen Stock mit Schuhcreme beschmieren und anzünden sollte, um wenigstens etwas Licht zu haben, aber er wusste auch, dass später jedes Gramm Schuhcreme und jedes Stück Esbit den Unterschied zwischen Leben und Tod ausmachen konnte. Deshalb konzentrierte er sich auf das geisterhafte Licht, welchem er sich langsam aber stetig näherte.

Der Gang verlief in einer Linie. Ob es abzweigende Korridore oder angrenzende Räume gab, ließ die Dunkelheit nicht erkennen. Aus Mangel an Referenzpunkten war es Ciaz nicht möglich, die zurückgelegte Strecke zu schätzen. Er konnte aber das ohnehin schwache Tageslicht jenseits des Türspalts kaum noch erkennen, als der Gang in eine große Halle mündete.

Das Licht, dem Ciaz gefolgt war, fiel durch zahlreiche Löcher und Spalten in der Decke. Da die Luftfeuchtigkeit für einen allgegenwärtigen, leichten Dunst sorgte, wurde die Helligkeit auf eine sonderbare Weise gestreut, was in der Masse den Schatten Einhalt gebot und der Halle Kontur verlieh. Genietete Eisenträger durchdrangen den Raum, als wären sie kristallgleich gewachsen, die Verkörperung eines unsichtbaren, alten Plans, gespeichert in nicht greifbarer Energie, welche der Materie ihre Ausrichtung gab.

Ciaz trat vorsichtig auf den Gitterrost, der sich von links nach rechts erstreckte und von einem Geländer begrenzt wurde, beides nicht lackiert und deshalb von einer Rostschicht umgeben, teils so dick, dass sie an vielen Stellen abblätterte. Er hatte keine Ahnung, ob er der Statik trauen konnte.

Die Halle war mit Wasser gefüllt, das bis knapp unter den Gitterrost stand. Hier und da fiel ein Tropfen aus der Höhe, kondensiert am Metall, der das Spiegelbild verzerrte.

Er lief nach links und sah dabei auf das Wasser, dessen Tiefe er nicht bestimmen konnte. Nach einer Weile blieb er stehen und sah über das Geländer hinweg zur anderen Seite der Halle. Dort hatte die schwarze Wand eine große Öffnung, deren unteres Ende im Wasser verborgen lag. Auf der linken Seite verlief sie senkrecht, rechts hingegen wurde sie nach oben hin breiter, ehe sie sich im glühenden Dunst verlor. Ciaz konnte erkennen, dass es jenseits davon ebenfalls Löcher in der Decke gab, eiserne Elemente und vor allem Wasser.

Etwas lockte ihn, rief wortlos seinen Namen. Er wusste, dass es für ihn nur den Weg in die angrenzende Halle gab, um von dort aus tiefer in die Anlage vorzudringen, weiter ins Herz des Labyrinths. Es war, als wäre er auf der Spur eines Echos, als würde er jemandem folgen, der vor unbekannten Zeiten an exakt dieser Stelle gestanden und sich die gleichen Fragen gestellt hatte.

– Tiefe –

Ciaz fühlte sich, als hätte er den kläglichen Rest seiner Körperwärme für immer dem Wasser übergeben. Seine Kleidung trocknete kaum, er fand kein brennbares Material und selbst eine warme Mahlzeit und ein heißes Getränk, zubereitet mit dem Esbit-Kocher, vermochten nicht, die Kälte zu lindern, die sich bis in seine Knochen gewunden hatte. Zahllose Stunden kauerte er in einer Ecke, da das Licht des Tages durch die Löcher und Risse in der Architektur noch schneller schwand als in den rückwärtigen Gräben. Gehüllt in völlige Dunkelheit wurde jeder fallende Tropfen zu einem Felssturz, jedes Geräusch des Windes zum Fauchen einer ungesehenen Kreatur und jeder spürbare Luftwirbel zu einer Berührung der Geister. Immer wieder erhob er sich, lief in einem kleinen Kreis und betätigte sich auf unterschiedliche Art körperlich, um den letzten Funken Wärme in seinem Herzen zu halten in der Hoffnung, diesen zu mehren. Zu diesem Zeitpunkt nahm er das konstante Dröhnen im Hintergrund nur noch vereinzelt wahr, so dass er nicht sagen konnte, ob sich der Klang verändert hatte.

Er musste sich jedoch bald darauf wieder der eisigen Kälte des Wassers stellen, das sich ihm teils unüberbrückbar in den Weg stellte. Wo er an manchen Stellen waten konnte, musste er an anderen bis zur Hüfte eintauchen oder gar schwimmen. Und ehe er es realisierte, befand er sich derart tief in den Eingeweiden dieser Anlage, dass der Rückzug mit jedem Schritt nach vorn gefährlicher wurde. Er hatte keine Ahnung, welche Strecke und welche Hürden noch zwischen ihm und dem Ausgang lagen. Seine Vorräte schwanden und damit seine Kräfte. Das schwarze, eisige Wasser, dem er mehrmals entstiegen war, konnte ihm beim Rückzug den Atem und damit das Leben rauben. Der Eingang war mittlerweile in eine größere Ferne gerückt, als der lang gehegte, kraftspendende Traum vom Meer.

Zu seiner Überraschung stieß er nach ein paar Tagen auf ein verlassenes Lager mit einer kleinen Feuerstelle, wo jemand offenbar Kleidung und Ausrüstung mit dem Ziel verbrannt hatte, sich an den Flammen zu wärmen. Ciaz fand zudem einen Rucksack, der etwas gedörrtes Fleisch, eine Feldflasche mit Wasser, zwei Patronen und andere Kleinigkeiten enthielt, wie eine Spule mit

Draht, ein paar Chlortabletten, zwei Mullbinden und eine geöffnete Packung Esbit; der fischige Geruch hatte alles durchsetzt.

Ciaz schaute sich um, soweit es die miserablen Lichtverhältnisse erlaubten, ohne eine Spur zu finden, die Aufschluss über den Verbleib der Person gab. Er fand keine Patronenhülsen und keine Anzeichen für einen Kampf, als wäre das Lager spontan verlassen worden. Doch weshalb? In dem Rucksack befand sich nicht viel, aber niemand bei klarem Verstand hätte sich von hier entfernt und ihn zurückgelassen.

Ciaz nahm alles an sich und entschied, es seinem Vorgänger gleich zu tun, und ein Feuer zu machen. Da der gefundene Rucksack kleiner und in einem schlechteren Zustand war als jener in seinem Besitz, zerschnitt Ciaz diesen in Streifen, um damit die Flammen zu nähren, die kurze Zeit später eine walnussgroße Menge Schuhcreme umspielten. Auch führte er die nicht verbrannten Reste des alten Feuers ihrer Bestimmung zu, während er auf dem Esbit-Kocher eine heiße Suppe zubereitete. Er legte Teile der Kleidung ab und versuchte, sich selbst und diese zumindest etwas am Feuer zu trocknen, indem er sich so nahe wie möglich stellte und die Kleidung in die aufsteigende Wärme und den Rauch hielt, der beißend in Ciaz' Nase kroch und seine Augen tränen ließ.

Lockte ihn die lautlose Stimme in seinem Kopf in die Irre, in den Tod? Er wusste, fühlte, welche Richtung in dieser Anlage einzuschlagen war, welche eisernen Korridore, Hallen und kalten Wasser er hinter sich zu lassen hatte, um sich dem unbekannten Ziel zu nähern, jenem Ziel, das offenbar nicht nur er suchte. In diesem Zusammenhang konnte er nur hoffen, dass die Lichtverhältnisse nicht noch schlechter werden würden. Ein völliger Verlust der Sicht hätte ein Scheitern bedeutet und ein Rückzug wiederum den Tod. Ciaz hatte sich eventuell in eine Falle manövriert. Er dachte jedoch nur kurz darüber nach. Tatsache war, dass er nicht zufällig von seiner Einheit getrennt wurde, sondern aus freien Stücken aufbrach, dass der Auslöser dafür und die Vermutung, die er sich vor Augen führen musste, identisch waren: Dort draußen hatte sich nichts geändert. In den Gräben lauerten und regierten nach wie vor Tod und Verderben, genau wie hier in dieser Anlage, nur mit anderem Gesicht.

Fast war ihm, als wäre er in den Eingeweiden einer gigantischen Kreatur, erstarrt, umgeben, geschwächt und durchdrungen von Kälte. War es dieses Wesen, das ihn rief, ihn lockte im Versuch, jemanden herbeizuholen, um das träge, eisige Herz wieder kräftiger schlagen zu lassen? Oder sollte er es mit einem gütigen Streich erlösen? Glichen seine Lebensgeister denen des eisernen Ungetüms? War er ein Fleisch gewordenes Spiegelbild dieses namenlosen Monstrums, dessen Existenz länger andauerte als die des weiten Labyrinths dort draußen?

Ciaz trat etwas zurück, um weniger Rauch einzuatmen – aber möglicherweise verloren seine Gedanken auch nur den Halt, weil er wahnsinnig wurde.

– Der Kern –

Er wusste nicht, wann der Regen eingesetzt und das Gewitter begonnen hatte, das mittlerweile unüberhörbar in den ungesehenen Höhen jenseits der Löcher und Spalten, außerhalb der Anlage wütete und immer wieder Blitz und Donner niederfahren ließ. Das Echo hallte gespenstisch in den Räumen und Gängen nach, kroch verfremdet durch die Korridore, während das Licht die Szenerie in unregelmäßigen Abständen den Fängen der Schwärze entriss. Dabei erkannte Ciaz, dass hier und da Ranken aus der Höhe hingen, die sich im Wind leicht wiegten. Andere wanden sich um Eisenträger, an deren Rost sich kümmerliches Moos labte. Die Wasser beheimateten mittlerweile auch Algen, mal als Flocken, mal als kleiner Teppich oder als unförmiger Strang, der aus der kalten Finsternis nach oben wuchs und zum unerreichbaren Licht strebte.

So, wie der Lärmpegel gewachsen war, hatte auch der Regen zugenommen, welcher nun vermehrt seinen Weg durch die zahllosen Öffnungen in der Deckenkonstruktion fand, hier vereinzelt, dort als kleines Rinnsal an einer Wand oder als feiner Streifen, ein flüssiger, überdimensionierter Spinnenfaden.

Leider ging mit den Blitzen die Gefahr einher, längst einen Bereich betreten zu haben, der weniger vom natürlichen Tageslicht bedacht wurde, weshalb Ciaz versuchte, sich jedes noch so kleine Detail zu merken, um im Fall der Fälle auch bei völliger Dunkelheit zurück an einen halbwegs sicheren Ort zu finden. Doch solange das Unwetter anhielt, wollte er den hellen Segen nutzen und so weit in dieses Geheimnis vordringen, wie nur möglich.

Das anhaltende Gewitter raubte ihm den Bezug zu Tag und Nacht. Er wusste nicht, sah nicht, wann die Dämmerung einsetzte. Das hatte zur Folge, dass er nur hin und wieder eine kleine Pause einlegte, um Wasser zu trinken oder etwas zu essen. Auch hatte er keine Ahnung, ob er nur ein paar Stunden lief, einen halben oder einen ganzen Tag, da sich die Umgebung zwar veränderte, jedoch die Grundzüge aus Eisen, schwarzer Farbe, Wasser und Leere als Anatomie des riesigen, schlafenden Ungetüms erhalten blieben.

Irgendwann verließ er einen breiten Gang und betrat eine Halle, deren seitliche Ausdehnung trotz aller Blitze im Dunst verborgen blieb. Die Decke lag in etwa 30 Metern Höhe, von welcher zahlreiche Ranken hingen. Am Boden gab es sogar ganze Teppiche von Moos, die teils mehrere Quadratmeter lückenlos bedeckten. Was Ciaz sofort bemerkte, war die deutlich gestiegene Temperatur. Der Unterschied betrug gemessen sehr wahrscheinlich weniger als gefühlt.

Ciaz lief weiter geradeaus, tiefer in den Raum. Nach einer Weile begann sich im Schein der Blitze etwas vor ihm abzuzeichnen und immer weiter aus der Finsternis zu schälen. Es stellte sich heraus, dass es eine Konstruktion aus Eisen war, mit einem gleichseitigen Dreieck als Grundriss und einer Wandbreite von grob geschätzt sechs Metern.

Ihm fiel eine geschlossene Tür auf, etwa einen Meter breit und viereinhalb bis fünf Meter hoch, die sich durch die Fugen vom umgebenden Material abhob. Die Ranken, die in der direkten Umgebung vermehrt von der Decke hingen und aus dem Schwarz zu greifen schienen, verhüllten das obere Ende der Konstruktion. Ciaz konnte nicht erkennen, ob der Bau bis zur Decke aufragte und damit einen möglichen Weg zur Oberfläche bot.

Das Donnern klang hier unten mehr nach schwerem Geschütz, nach Krieg. Auch die Blitze hatten Teile ihrer Natürlichkeit eingebüßt und wirkten stattdessen künstlich, weniger zufällig. Ein sonderbarer Geruch lag in der Luft, eine Mischung aus Ozon, feuchtem Waldboden und Öl.

Er näherte sich der Tür und betrachtete, sobald es das Licht zuließ, die Außenwand des Baus, die von ausgedehnten, rostigen Flächen bedeckt war. Es schien, als wäre dieser Teil älter als der Rest der umliegenden Anlage. Er hörte ein leises Brummen, das sich deutlich von der übrigen Klangkulisse abhob, woraufhin er den Arm ausstreckte und die Hand auf das Metall legte, welches leicht vibrierte und auffällig warm war. Möglicherweise war das die Quelle für das Dröhnen, das er am Eingang gehört und welches sein Bewusstsein in den letzten Tagen ausgeblendet hatte. Es war nicht auszuschließen, dass die Vibrationen und Geräusche durch all das Metall und den Aufbau der Anlage verstärkt wurden.

Die Tür zeichnete sich deutlich ab, ließ jedoch einen Griff, eine Vertiefung und eine Öffnung vermissen, um sie aufzuziehen. Ciaz drückte daher gegen das Metall, stieß aber auf Widerstand. Daraufhin umrundete er den Bau und suchte die Oberfläche ab, ohne Erfolg. Zurück bei der Tür legte er das rechte Ohr an das Eisen und versuchte, die Klänge des Unwetters und die Geräusche der Anlage auszublenden und sich zu konzentrieren, zu erahnen, was sich auf der anderen Seite des Eisens befand.

Was er hörte, transportierte keinen Hinweis, der ein Bild vor seinem geistigen Auge erzeugen konnte. Es klang wie eine Mischung aus Wellenrauschen, dem Rattern einer Dampfeisenbahn und Walgesang.

Dann vernahm er ein Klicken. Sofort wich er ein paar Schritte zurück.

Die Tür öffnete sich langsam nach außen und warf dabei einen Streifen Licht in die Schatten, einen warmen, orangefarbenen Schein, gleich einem Sonnenuntergang im Herbst. Ciaz musste die Augen zusammenkneifen, so stark wurde er geblendet. Er blieb regungslos stehen, während er sich von der Farbe vereinnahmen ließ, die sich schwerelos auf ihn, den Boden und die hängenden Ranken legte.

Er fühlte sich wie elektrisiert, spürte die Wärme, welche die eisige Kälte in seiner Brust verdrängte und ihm Ruhe schenkte, ein Gefühl von Glückseligkeit. Leider hielt dieser Zustand nicht lange an, denn als er den Raum vor sich betreten wollte, realisierte er, dass die Wärme, die er unter seiner Kleidung spürte, aus ihm kam, dass er blutete.

Ciaz sah an sich herab und erkannte die Austrittswunde eines Geschosses, mit zerfransten Rändern, von denen sich das zerrissene Gewebe seiner Uniform abhob. Wie hatte er nur annehmen können, allein hier unten zu sein?

Ungläubig, fast teilnahmslos hob er den Blick und spähte in den Sonnenuntergang, der da von rostigem Eisen gefangen vor ihm lag, und fragte sich, weshalb er dieser inneren Stimme gefolgt war, wieso er für eine Ahnung, für ein undefinierbares Verlangen darauf verzichtet hatte, noch einmal das Meer zu sehen.

Mit diesem Gedanken brach Ciaz zusammen. Er schloss die Augen und sah, wie das Glühen, das seine Lider durchdrang, allmählich von der Schwärze zurückerobert wurde, aus der es sich nur Augenblicke vorher erhoben hatte.

Kurz darauf starb er in dem Wissen, dass das Meer, nach dem er sich so gesehnt hatte, nichts weiter war als ein ferner Traum.

8

Isbel blätterte die übrigen zwei leeren Blätter bis zum Ende des Buches, nur um sicher zu sein, dass sie nicht doch etwas übersah. Sie senkte das Buch, klappte es dabei zu und blickte zum Meer.

Sie erinnerte sich an die alte Frau in der ersten Geschichte, die vor ihrem Tod ebenfalls das Meer hatte sehen wollen. Auch ihr Weg war beschwerlich gewesen; anders als der von Ciaz und vor allem kürzer, aber nicht minder fordernd. Doch was hatte es mit der zweiten Geschichte auf sich? Auf den ersten Blick passte sie so gar nicht zur ersten. Hal konnte sich nur zwischen den Türmen bewegen, so wie Ciaz durch die Gräben. Und beide hatten ein unbekanntes Ziel, waren getrieben von einem Wunsch, einer Vision. Und so, wie Hal wahrscheinlich den Weg über das offene Wasser nicht überlebt hätte, so war für Ciaz der Boden oberhalb der Gänge ein Tabu, eine Todeszone. Waren die Geschichten womöglich auf die Art verbunden, dass sie Träume der Protagonisten waren? Hatte Ciaz' Sehnsucht nach dem Meer die Türme und die endlosen Weiten heraufbeschworen? Lag in Hals Umgebung der Grund für die Sehnsucht nach dem sagenumwobenen Turm mit seinen weiten Flächen, den Gebirgen und Wäldern? Und war nicht jeder Schritt, egal wann und wo, mit Risiken verbunden und damit ein Kampf ums Überleben?

Isbel steckte das Buch in den Rucksack, nahm ihre Wasserflasche hervor und trank daraus.

Sie fühlte sich seltsam, fast so, als hätten beide Geschichten etwas in ihr aufgewühlt, freigesetzt, ihr eine Erinnerung an ein undefiniertes Erlebnis geschenkt, das sie niemals hatte.

Ihr Blick glitt über die Wellen hinweg in die Ferne. Vielleicht saß Isbel so fünf Minuten dort im Sand, vielleicht auch eine halbe Stunde. Sie hätte noch länger bleiben können, doch lag noch ein ganzes Stück Weg vor ihr. Deshalb verstaute sie die Flasche, erhob und streckte sich. Dann schulterte sie ihren Rucksack und machte sich daran, den Rest der Strecke hinter sich zu bringen.

Sie lief barfuß durch den nassen Sand und spürte das Wasser und den Wind auf ihrer Haut. Und so ungewöhnlich ihr die beiden Geschichten vorkamen, so klar waren die Verbindungen zum Hier und Jetzt, als würde ein unsichtbares

Geflecht Raum, Zeit und Wort durchsetzen. Hals Spuren auf den einzelnen Türmen waren von Witterungseinflüssen, Pflanzen und Tieren so aufgezehrt worden wie jene, die Ciaz hinterlassen und der Willkür des Regens übergeben hatte. Der einzige Unterschied zu ihr bestand darin, dass sie dabei zusehen konnte, wie die Wellen ihre Fußabdrücke verzehrten. In diesem Zusammenhang stellte sich Isbel die Frage, welche Dinge dann überhaupt Bestand hatten, wenn es nur Zeit brauchte, um alles zu zersetzen. Eine Geschichte, ein Kunstwerk, selbst ein Monumentalbau, jedes Werk würde irgendwann verschwinden und in Vergessenheit geraten. War daher alles bereits bei der Entstehung ohne Bedeutung? Möglich. Aber wenn jeder mit dieser Einstellung an die zu bewältigenden Aufgaben herangehen würde, wäre alles verloren, noch ehe es die Chance bekam, doch Generationen zu überdauern. Am Ende gab es nur den einen Augenblick, der unweigerlich zur Vergänglichkeit verdammt war. Und wo die Zukunft Hoffnung spenden konnte, war die Vergangenheit eventuell ein Segen. Wurden dadurch nicht auch die schlechten Dinge getilgt?

Isbel dachte an Isac und seine Herrschaft und an den Krieg, der das Land und die Menschen darin geformt hatte. Und damit hatte dieses kleine Buch einen bleibenden Eindruck hinterlassen. Sie würde es weiterempfehlen, weiterreichen und damit die Lebensdauer der Geschichten und Charaktere verlängern. Der Gedanke gefiel ihr. Vielleicht würde sich auch jemand an sie erinnern, lange nach ihrem Tod.

Sie blieb stehen. Das Wasser berührte ihre Füße.

In diesem Augenblick wusste sie, dass es keiner Worte bedurfte, keiner Kunst, nichts, das greifbar war, um die eigene Zeit zu überdauern. Das Meer würde sich an diesen Nachmittag erinnern, an ihre Haut und die Berührung.

Es war, als würde eine Spannung von ihr abfallen und Leichtigkeit gepaart mit einer angenehmen Schwere hinterlassen. Zugleich wurde der Klang des Meeres lauter, die Sonne auf ihrer Haut wärmer, der Wind kühler, die Luft salziger und reiner und die Farben um sie herum intensiver.

Isbel atmete durch und lief mit einem Lächeln weiter.

Ende.